www.bbulmedia.com

www.bbulmedia.com

The old SeCreT 오래된 비밀

DAHYANG ROMANCE STORY

The old SeCreT

오래된 비밀

이채영 장편 소설

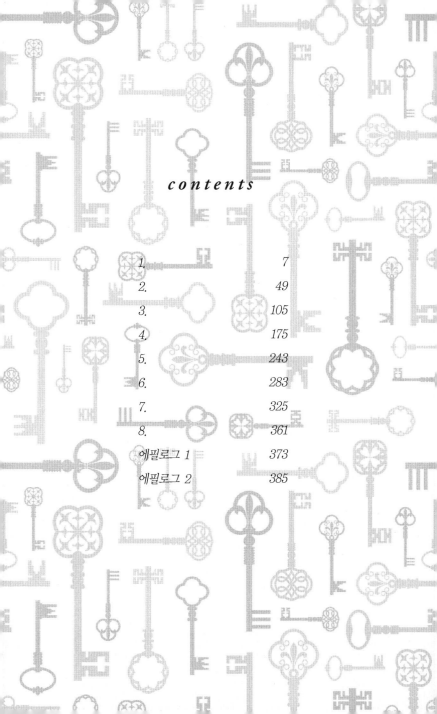

contents

1.

　다연은 손목에 차고 있던 시계를 보았다. 오후 1시 30분. 점심 식사를 마친 직장인들이 삼삼오오 몰려와 커피를 주문할 시간이었다. 다연은 머그잔과 일회용 컵이 넉넉하게 준비되어 있는지 눈으로 확인한 후 지서의 어깨를 툭 쳤다. 지서도 시간을 확인했는지 비장한 표정으로 말했다.

　"언니, 파이팅. 아! 벌써 올 게 오네요."

　지서가 투명한 유리창 너머로 양복 군단이 몰려오는 것을 보았다. 뒤늦게 유리문을 확인한 다연도 싱크대 앞에 섰다. 줄줄이 들어온 사람들이 포스 앞에 길게 줄을 섰다.

　"캐라멜 마끼아또 한 잔이랑, 카페라떼 한 잔 주세요."

　단골인 남자 손님은 메뉴판도 보지 않은 채 주문을 했다.

　"네. 조금만 기다려 주시면 맛있는 커피를 대령하겠습니다."

　생기발랄한 지서의 대답에 남자 손님이 웃으며 커피가 나오는 곳에 섰다. 곁에서 주문대로 커피를 만들던 다연도 따라 웃었다.

지서는 커피와 차를 맛있게 만들지 못했다. 매뉴얼대로 하면 되건만 번번이 실수를 했다. 그런데도 다연이가 지서를 1년 넘게 아르바이트생으로 쓰는 건 지서가 가진 에너지 때문이었다. 지서가 가진 생기발랄함과 넘치는 센스는 보는 사람으로 하여금 즐거움이 되었다. 그것은 단순히 커피를 잘 만드는 것 이상의 장점이 되었다.

윙. 한창 바쁠 시각 싱크대 위에 올려 둔 다연의 휴대폰이 진동하며 한자리에서 빙글빙글 돌았다. 다연은 곁눈질로 액정을 확인했다.

[어머니.]

다연이 잠시 멈칫했다. 받아야 하는데, 라고 생각하면서도 손이 네 개라도 부족할 정도로 바빠서 다연은 미처 전화를 받지 못했다. 그사이에 전화가 뚝 끊어졌다. 이후 전화가 한 번 더 걸려 왔으나 다연은 받지 못했다.

오후 두 시가 되어 갈 즈음이 되어서야 전화 통화를 할 만큼의 여유가 생겼다. 그러나 다연은 잠시 머뭇거렸다. 부재중 전화가 찍힌 액정을 잠시 들여다보던 다연은 고민 끝에 앞치마를 벗으며 지서의 등을 두들겼다.

"지서야."

"언니, 오늘도 우린 성공했어요!"

지서가 활짝 웃으며 무사하게 점심시간의 주문을 끝낸 것을 즐거워했다.

"그러게. 다행이다. 잠시 전화 좀 하고 올게."

"밖에서 통화하시게요?"

"응."

"왜요? 언니, 남자친구 생겼어요?"

지서가 의심스럽다는 얼굴로 물었다.

"아니. 그건 아니고."

"네, 알겠어요. 다녀오세요."

"응."

다연은 알겠다는 듯 손을 들어 보이곤 유리문을 밀고 나섰다. 11월 초인데도 불구하고 제법 매서운 바람이 몰아쳤다. 몸을 살짝 앞으로 웅크린 다연은 카페 옆 좁은 골목길에 섰다. 그러곤 휴대폰에 부재중 전화로 연달아 찍혀 있는 어머니의 이름을 꾹 눌렀다. 곧장 화면이 바뀌면서 '전화 연결 중'이 떴다. 다연은 휴대폰을 귀에 가져다 대며 초조한 듯 아랫입술을 깨물었다.

－다연아.

휴대폰 너머에서 차분한 어머니의 목소리가 들렸다. 다연은 숨을 흡 하고 들이마신 후 짜 놓은 글을 읽듯이 한 번도 쉬지 않고 말했다.

"네, 어머니. 전화하셨더라고요. 일하는 중이라 이제야 봤어요."

－아……. 그렇구나. 날이 점점 추워지는데 일하기 불편하진 않고?

"실내에서 하는 일이라서 괜찮아요."

－그래, 그렇구나.

상냥한 어머니의 말을 끝으로 침묵이 찾아왔다. 다연은 목을 감싸고 있는 스웨터의 일부분을 잡아당겼다. 숨이 막혔다. 어머니와의 통화는 늘 이랬다. 다정하고, 침착하며, 겉돌고, 견디기 힘들 만큼 어려웠다.

"무슨 일로 전화하셨어요?"

다연이 길어지려는 침묵을 견디지 못하고 물었다.

－아, 그래. 내 정신 좀 봐. 모레, 네가 집으로 들어오잖니. 네 아버

지가 바빠서 전화를 못할 것 같아서 내가 대신 했어.

"아……. 네. 알겠어요. 최대한 빨리 집을 구해서 나갈게요."

―아니다. 어차피 그 큰 집 다형이밖에 안 사는데 너라도 들어가서 돌봐 줘. 난 네가 다형이랑 같이 산다니까 오히려 안심되는구나.

어머니의 다정한 목소리에 다연은 입을 꾹 다물었다. 진심일까, 아닐까. 이젠 어머니의 말속에 담긴 진심 여부를 파악하는 것조차 지친다. 다연은 녹음된 음성을 뱉듯이 딱딱하게 답했다.

"네, 알겠습니다."

―수고하렴.

다정한 어머니의 목소리를 끝으로 통화가 끊어졌다. 통화가 완전히 끊어진 것을 확인한 후에야 다연은 참았던 숨을 몰아쉬었다. 전화 통화를 한 번 했을 뿐인데 온몸에서 힘이 쭉 빠졌다. 휴대폰을 바지 주머니에 챙겨 넣으며 다연은 주먹을 꽉 쥐었다.

갑작스레 집주인에 대한 원망이 솟아올랐다. 조금만 더 시간을 줬더라면 좋았을 텐데.

'개인적인 사정으로 이 건물을 팔게 되었어요. 아가씨한테는 미안하지만 이 주일 내로 집을 비워 줬으면 좋겠어요. 이사 비용은 우리가 부담할게요. 미안해요. 오랫동안 무탈하게 지내 준 아가씨인데……. 다시 한 번 사과할게요.'

갑작스레 찾아와 던진 집주인의 말은 그야말로 날벼락이었다. 다연은 한순간에 2년간 거주하던 집에서 쫓겨나게 되었다. 그럴 수 없다고 우기려던 다연은 계약 기간이 딱 이 주 후에 만료된다는 것을 알고는 망연자실했다. 대부분의 시간을 카페에서 보내는 다연은 퇴근 후 집을 구하러 뛰어다녔지만 현재 있는 돈으로 괜찮은 집을 구할 수 없었다. 그러다 잠들기 전 투정처럼 SNS에 글을 남겼다.

[이사를 가려니 돈도, 집도, 시간도 없다.]

자조적으로 써 놓고서 그날 밤의 일을 다연은 하얗게 잊었다. 그다음 날 그녀의 하나뿐인 남동생인 다형으로부터 끊임없이 전화가 왔다. 그날따라 일이 바빠 휴대폰을 확인하지 못한 다연이 휴대폰을 확인했을 땐 부재중 전화가 7통이나 와 있었다. 다연은 다형에게 전화를 걸기 전 그에게서 온 문자부터 확인했다.

[누나, 우리 집으로 들어와. 집 놔두고 뭐하러 생고생을 사서 해.]

[엄마, 아빠한테 말했음. 누나의 이사 확정!]

다형의 문자에 다연은 눈앞이 하얗게 변했다. 무슨 수를 써서라도 가족들에게 민폐가 되지 않기 위해 안간힘을 다했던 자신의 수고가 수포로 돌아갔다. 다연은 곧장 다형에게 전화해서 부모님께 전화해서 없던 일로 돌리라고 이야기했다. 그러나 다형은 단호하게 말했다.

'싫어. 안 좋은 일이 있으면 서로 돕고 돕는 게 가족 아니야? 큰 집 텅 비워 놓고 누나가 굳이 자취해야 할 이유가 뭐야? 그냥 집에 와. 그렇게 알고 끊을게.'

미국에 계신 부모님에게서도 뒤이어 전화가 왔다.

'다형이 혼자 그 큰 집에 살아야 하는데, 네가 와서 살면 마음이 놓이지.'

결국 여의치 않은 자금 사정과 가족들의 찬성에 의해 다연은 몇 년의 자취 생활을 접고 다형이 사는 본가로 들어가기로 결정했다. 그러나 다연은 아직까지 자신의 선택이 옳은 것인지 판단하지 못했다.

어두운 얼굴로 카페로 들어서던 다연은 때마침 문에서 나오던 누군가와 아슬아슬하게 스쳐 지나갔다. 다연은 무심히 앞을 보며 가게 안으로 들어왔다. 픽업대로 다연이 들어서자마자 지서가 쪼르르 달려왔다.

"언니, 언니. 대박. 방금 나가던 남자, 봤어요?"

"어?"

다연이 멍하게 되물었다. 그러자 지서가 답답하다는 얼굴로 다연의 팔을 붙들었다.

"방금 언니랑 스친 남자요. 아메리카노 들고 나가던 남자."

"아, 남자였어?"

"세상에나! 안 봤어요?"

지서가 어떻게 그걸 놓칠 수가 있냐는 듯 호들갑을 떨었다.

"어땠길래?"

"어떻긴요. 아! 저기 있네요! 아직 서 있네요!"

지서의 극적인 반응에 다연이 뒤늦게 유리문 너머를 보았다.

흐린 날씨 탓에 뿌옇게 보이는 공간에 남자가 서있었다. 외국인으로 오해받을 만큼 옅은 갈색 머리카락에 검은 재킷, 데님 청바지를 입은 그는 큰 키에도 불구하고 반듯한 자세를 유지하고 있었다. 그 남자의 정적인 뒷모습 때문에 도시의 화려한 경관이 한순간에 빛을 잃었다.

"장난 아니죠?"

지서가 들뜬 목소리로 물었다.

"응."

다연은 수긍할 수밖에 없었다. 제법 떨어진 거리인데 눈을 뗄 수 없는 뒷모습은 처음이었다.

"언니가 정말 아까운 기회를 놓친 거예요. 앞모습은 뒷모습보다 더

멋있었었거든요."

지서가 일급비밀을 알려 주는 사람처럼 나지막한 목소리로 속삭였다.

"그래?"

다연이 묻자, 신이 난 듯 지서가 고개를 있는 힘껏 끄덕였다.

"그럼요. 정말 깜짝 놀랐어요. 남자가 딱 들어와서 주문하려고 여기까지 걸어오는데 런웨이가 따로 없더라니까요. 숨이 턱 막혔어요. 제가 남자 연예인 보고도 이러지 않거든요? 그런데 저 남자를 본 순간 전기가 통했어요! 손가락, 발가락 끝이 찌릿찌릿했다고요! 믿을 수 있겠어요? 언니? 근데 좀 낯이 익은 것 같기도 하고……. 이런 게 운명일까요?"

지서가 눈을 부릅뜬 채 소리쳤다. 외계인을 본 것처럼 열띤 반응을 보이는 지서를 지켜보던 다연은 결국 품 하고 웃었다.

"왜 웃어요? 언니?"

지서가 입술을 삐죽거렸다.

"아니, 아냐."

다연이 손을 내저었다. 이것이 지서의 힘이었다. 사소한 것에도 크게 반응해서, 세상을 재미있게 사는 것.

"귀여워서."

다연은 애정이 담긴 얼굴로 지서의 머리를 쓰다듬었다. 그러자 지서가 갑자기 얼굴을 붉히며 양쪽 뺨을 감쌌다.

"언니, 반칙이에요. 그렇게 예쁜 얼굴로 나한테 웃어 주면 반하잖아요!"

아기 새처럼 반응하는 지서를 보며 다연은 다시 한 번 웃을 수밖에 없었다. 창고를 정리하겠다며 지서가 쪼르르 달려갔다. 텅 빈 카페에 홀로 남은 다연의 시선이 유리문 너머를 향했다. 남자가 사라졌다. 아마도 웃고 떠드는 동안 택시를 타고 사라진 모양이었다.

앞모습이 조금 궁금하긴 한데.

다연은 어깨를 으쓱거리며 설거지를 하기 위해 고무장갑을 꼈다.

✱

평소보다 30분 일찍 카페 마감을 한 후 다연은 곧장 집으로 달려갔다. 오전 중에 시간을 뺄 수 없어서 수당을 더 얹어 주고서 저녁에 이사하기로 했다.

살던 집으로 가자 이미 이삿짐 센터 아저씨들이 도착해 있었다.

"어서 합시다."

"네."

다연은 문의 잠금장치를 해제한 후 열어젖혔다. 아저씨들이 묵묵히 짐을 옮길 동안 다연은 빠진 것이 없는지 꼼꼼히 살폈다. 이사를 시작할 땐 외투를 입고 있었으나, 끝날 무렵엔 몸에 열이 올라 티셔츠 한 장만 입고 있었다. 버릴 짐은 미리 처분해 놓은 덕에 용달차 하나에 이삿짐이 모두 실렸다.

"더 챙길 건 없어요?"

용달차의 운전석에 앉은 인부가 손등으로 땀을 닦으며 물었다.

"네, 없어요."

다연은 빈집을 다시 한 번 확인한 후 대답했다.

"그럼 타세요."

"네."

다연은 용달차에 올라탔다. 맨 끝자리라 불편하긴 했지만 거리가 멀지 않아 참을 만했다. 집으로 가는 동안 다연은 휴대폰을 꺼내 다형에게 전화를 걸었다. 분명 오늘 이사를 간다고 이야기를 했음에도 불구하고 30분 전부터 불통이었다. 다연은 입술을 모으고서 초조한 얼굴로 휴대폰의 액정을 들여다보았다.

잠에 든 걸까. 그게 아니면 잠시 씻느라고 못 받는 걸까?

어떻게든 오늘 안에 이사를 마쳐야 한다. 이전에 살던 집은 당장 내일 아침부터 철거에 들어간다고 했으니 오갈 곳이 없었다. 어쩔 줄 모르며 액정만 들여다보는 사이, 용달차가 아파트 단지 내로 들어섰다.

"아휴, 아가씨. 성공했나 봐. 이사 갈 집이 좋네."

운전석에서 내린 아저씨가 아파트를 보며 웃었다. 속이 새까맣게 타들어 가던 다연은 차마 티를 내지 못하고 따라 웃었다.

"몇 층이에요?"

아저씨가 아파트 건물을 올려다보며 물었다.

"7층이에요. 잠시만요. 일단 제가 올라가서 문부터 연 후에 연락드릴게요."

"짐 내리고 있을 테니까 그렇게 해요."

인부들이 짐들을 동여매 놓은 끈을 푸는 사이 다연은 다급하게 엘리베이터를 향해 달려갔다. 엘리베이터가 도착하는 동안 다연은 연신 다형에게 전화를 걸었으나 묵묵부답이었다.

"다형이, 이게 진짜."

딩동, 소리와 함께 엘리베이터 문이 열렸다. 엘리베이터에 올라탄 다연이 7층을 누른 후 다형에게 문자를 전송했다.

[도착했어. 어디야?]

[어디서 뭐하는 거야?]

연달아 문자 두 통을 보낸 다연은 701호 앞에 섰다. 벨을 눌렀다. 묵묵부답. 다연은 다시 한 번 벨을 눌렀다. 그러나 역시나 묵묵부답이었다. 초조함을 넘어서서 허탈하기까지 했다.

"하, 진짜."

오늘 하루 종일 집에 있을 거라며 걱정 말라던 다형의 말을 철석같이 믿은 자신이 바보였다. 미리 비밀번호라도 받아 두면 좋았을 텐데.

다연은 암담한 얼굴로 도어락을 쳐다보았다. 혹시나 하는 마음에 이전에 쓰던 비밀번호를 눌러 보았지만 삑삑 경고음이 울릴 뿐 문은 열리지 않았다. 다연은 다시 한 번 곰곰이 생각했다. 다연은 다형이의 생일을 입력했다. 삑삑 소리가 나며 여전히 문은 꼼짝도 않았다.

"하아, 미치겠네."

고개를 든 다연이 천장을 멍하게 쳐다보며 눈을 깜빡였다. 만약에 이사를 가지 못한다면? 이미 1층에선 인부들이 부지런히 짐을 풀고 있었다. 그녀가 살았던 집은 철거 준비 중일 거고. 이 짐을 모두 챙겨서 갈 만한 곳이 없다. 오늘은 기필코 이사를 해야 한다.

잠시 천장을 보며 좌절하고 있던 다연의 얼굴이 순간 변했다. 설마, 하는 마음으로 다연이 도어락 번호판의 숫자를 꾹꾹 눌렀다.

1219.

삐리릭 하는 맑은 소리와 함께 도어락 잠금이 해제되었다. 문이 열렸으나 다연은 한동안 문을 열지 못했다. 입 안이 쓰다. 하필이면 이 숫자라는 것이. 이 숫자가 다형에게 어떤 의미인지 모르겠지만, 자신에겐 좋은 의미가 아니었다. 다형이와 어머니가 처음으로 집에 왔던 날짜이기에.

다형이와 의논해서 비밀번호를 변경해야겠다는 생각을 하며 문을 잡아당겼다. 그러곤 문 받침대로 문을 고정시킨 다연은 조용한 집 안으로 들어섰다.

자신이 들르지 않는 동안 집은 많이 변해 있었다. 인테리어와 집의 구조적인 구성도 많이 변했지만 청결 상태가 가장 크게 변했다. 깔끔한 성격의 부모님과 대조적으로 다형은 그다지 깔끔하지 않았다. 다연은 거실 소파에 아무렇게나 던져 놓은 외투 세 개를 챙겨 한쪽에 몰아 두었다.

성격상 거실을 청소하고 싶지만 시급한 건 거실의 청결 상태가 아니었다.

"일단 방부터 찾자."

다연은 거실에 서서 닫혀 있는 세 개의 문을 보았다. 부모님의 방, 다형의 방, 자신의 방이었던 곳이 지금은 어떻게 변했는지 모른다. 부모님의 방을 다형이가 쓰고 있는지 아니면 그 방을 자신이 쓰게 될지. 어떤 방을 써야 할지 고민할 때였다.

쏴아아. 어디선가 쏟아지는 물소리가 들렸다. 다연의 시선이 현관문과 가까운 화장실로 향했다. 스위치의 위치를 봐선 안에 사람이 없었다. 더군다나 물소리가 제법 멀게 들렸다. 뒤늦게 다연의 시선이 안방 쪽을 향했다. 안방에 있는 화장실에 사람이 있는 게 틀림없었다.

다연은 한숨을 내쉬었다. 역시 씻고 있었구나. 연락 두절된 게 40분 전부터니까, 그때부터 지금껏 씻고 있었다는 건가? 안도감과 다형을 향한 원망이 뒤섞여 다연이 얼굴을 딱딱하게 굳혔다. 함께 살게 된 첫날부터 잔소리를 하고 싶진 않았는데 일을 이렇게 만든다.

안방으로 들어간 다연이 허리춤에 팔을 턱 올리고서 주먹으로 욕실 문을 쿵쿵 두드렸다.

"주다형. 여기 있어?"

욕실 문 너머에서 물소리가 뚝 끊어졌다. 다연은 다시 한 번 주먹으로 욕실 문을 두드렸다.

"나 왔어. 이삿짐 곧 들어올 거야. 짐도 얼마 없고 인부도 두 명을 고용해서 네 도움 필요 없으니까 신경 쓰지 않아도 돼. 주다형. 내 말 안 들려?"

다연은 진지한 얼굴로 닫혀 있는 새하얀 욕실 문만 노려보았다. 신나서 같이 살자고 할 땐 언제고 이젠 욕실 안에서 문도 열지 않는다. 다연이 참지 못하고 다시 한 번 잔소리를 하려고 입을 열 때였다.

달칵, 소리와 함께 욕실 문의 잠금이 풀렸다. 이윽고 욕실 문이 스르륵 열렸다. 뭉게구름처럼 뽀얀 수증기가 문틈으로 흘러나왔다. 따뜻한 수증기를 얼굴에 고스란히 맞던 다연이 얼굴을 찌푸리며 한 걸음 물러섰다.

"다형아, 넌……."

팔짱을 낀 채 다형에게 불만을 토로하려던 다연의 말이 멈췄다. 문을 열고 나온 남자를 본 순간 바짝 구겨진 다연의 미간도 탁 풀렸다.

물을 머금어 짙은 갈색의 머리카락, 머리카락 색과 잘 어울리는 하얀 피부에 촉촉한 눈동자를 지닌 남자가 무표정한 얼굴로 그녀를 물끄러미 바라보고 있었다. 다연은 아주 잠깐, 벌어진 이 상황보다 남자의 비현실적인 외모에 홀렸다.

세상에 이런 남자가 있을 줄이야.

그러다가 남자의 고요한 눈빛을 마주하게 된 다연은 번쩍 정신이 들었다.

"누구……세요?"

다연은 경계 어린 표정을 하고서 그를 보며 물었다. 남자는 다연의 물음에도 아무 대답 하지 않은 채 그녀를 물끄러미 바라보고 있었다. 다연의 시선이 남자의 머리카락에 닿았다. 지금은 짙은 갈색이지만 분명 물기가 빠지면 옅은 갈색의 머리카락일 거다. 더군다나 남자는 조금 이국적인 생김새를 갖고 있었다.

"……혼혈아?"

다연이 멍하게 있다가 빠르게 눈을 깜빡였다. 태연하게 안방의 욕실에서 목욕을 하고 있는 이 남자가 도둑일 리가 없다.

"내가 집을 잘못 찾은 건가……?"

잠시 혼란스러움에 눈만 깜빡이던 다연은 무언가가 잘못되었다고 판단했다. 일단 자신을 아까 전부터 뚫어져라 바라보고 있는 남자에게 꾸벅 고개를 숙였다.

"죄송합니다. 뭔가 착오가 있었나 봐요. 마저 씻으세요. 그럼 이만."

"제대로 찾아온 거 맞아요."

남자의 낮고 깊은 목소리가 다연의 발목을 거머쥐었다. 잠시 멈칫한 다연이 천천히 뒤를 돌아보았다. 그는 여전히 깊고 투명한 눈동자로 그녀를 응시하고 있었다.

다연은 혼란스럽다 못해 정신이 없었다. 그 순간 다연의 손에 쥐어진 휴대폰이 우렁찬 벨소리를 냈다. 1층에서 부지런히 짐을 풀고 있을 인부였다. 그러나 전화받을 생각도 못 한 채 자신만 쳐다보고 있는 다연을 향해 남자는 야릇하게 웃으며 말했다.

"전화받아요, 주다연 씨."

남자가 주다연, 이라는 이름을 말하는 순간 전화가 끊어졌다. 하반신을 긴 타월로 가리고 나오는 남자를 다연은 멍하게 바라보았다.

저 남자가 자신의 이름을 알고 있다. 대체 누구길래.

이 모든 것이 혼란스러운 듯 멀거니 바라보기만 하는 다연에게로 남자가 조금씩 다가왔다. 다연이 주춤거리며 벽 쪽으로 물러섰다. 왜 이러세요, 라는 물음이 터져 나오기 직전 남자가 아슬아슬하게 다연을 스쳐 지나갔다.

다연은 바짝 긴장한 얼굴로 남자를 바라보았다. 남자는 침대에 가지런히 올려 둔 옷을 든 채 그녀를 바라보고 있었다.

"언제까지 그러고 있을 거예요? 옷 갈아입어야 하는데."

남자가 고개를 비스듬히 기울이자 머리끝으로 물방울이 톡 떨어졌다. 동시에 바라보고 있던 다연의 마음도 철렁 내려앉았다.

"죄송합니다."

다연은 서둘러 남자에게 사과를 하고는 방에서 빠져나왔다. 쿵 소리가 나게끔 문을 닫은 다연은 멍한 얼굴로 닫힌 문을 바라보았다. 뒤늦게 다연은 자신이 미안하다는 말로 빠져나올 상황이 아니라는 걸 깨달았다. 그러나 문을 두드릴 수 없었다. 저 남자도, 이 상황도 꿈인가 싶을 만큼 비현실적으로 느껴진 탓이었다.

"누나!"

갑자기 들리는 외침에 다연은 고개를 돌렸다. 신발을 벗는 둥 마는 둥 하며 다형이 허겁지겁 집 안으로 들어서고 있었다. 별명이 곰일 만큼 덩치가 커다란 다형이 부산스럽게 움직이자 넓은 집이 꽉 차는 듯했다. 다형을 보고 나니 비로소 꿈이 아니라는 것이 느껴졌다.

"누나!"

다형이가 미안한 얼굴로 다연을 부르짖었다.

"다형아."

다연이 침착한 얼굴로 다형의 이름을 불렀다. 그러나 다형은 종종
거리며 제 할 말만 폭포수처럼 쏟아 냈다.

"미안해, 누나. 오늘 누나가 온다는 건 알았는데 휴대폰을 잃어버
려서 정확히 언제 오는지 몰랐어. 난 왜 하필이면 오늘 휴대폰을 잃
어버리고 난리래? 근데 9시 반쯤에야 도착하는 줄 알았는데 생각보다
일찍 도착했네?"

"다형아."

"어, 누나. 왜? 왜 이렇게 비장한 얼굴이야?"

"여기가 우리 집이 맞니?"

일단 꿈이 아니라는 건 확인했으니 이 집이 우리의 것인지 확인할
필요가 있었다. 다연의 물음에 다형이 기가 막히다는 듯 웃으며 대답
했다.

"갑자기 무슨 소리야? 그거야 당연하지."

"그래? 당연한 거야?"

"응. 여기는 당연히 우리 집이지."

"그럼 안방에 저 남자는 뭐야? 내가 귀신을 본 거야?"

"……어?"

남자라는 말에 다형이의 얼굴이 삽시간에 굳었다. 다연은 순간 직
감했다. 분명 자신이 모르는 무언가를 다형이 숨기고 있다는 것을.

"뭐야? 말해."

다연의 진지한 목소리에 다형이 바짝 마른 입술로 우물쭈물거렸다.

"이삿짐입니다. 여기 맞습니까?"

그사이 이삿짐을 챙긴 인부들이 올라왔다. 하필이면 이런 타이밍에.

다연은 눈을 질끈 감은 채 한숨을 내쉬었고, 다형의 얼굴은 반짝 빛이 났다.

"누나, 이삿짐 왔대. 내가 도와줄게."

"다형……."

다연이 말릴 새도 없이 다형은 인부들이 있는 곳으로 달려갔다.

"수고가 많으십니다."

넉살 좋게 인부들에게 인사를 건네며 이삿짐을 나르는 다형의 뒷모습을 지켜보던 다연은 한숨을 내쉬었다. 그러다 고개를 돌려 여전히 닫혀 있는 안방 문을 보았다. 분명 두런두런 나누는 이야기 소리를 들었을 텐데, 안방 문은 꼼짝도 하지 않았다.

"아가씨, 행거는 어디에 두실 거예요?"

인부가 짐의 위치를 묻고 나서야 다연은 안방에서 시선을 거두었다.

"네, 갈게요."

✳

짐이 적어 이사는 생각보다 빨리 끝났다. 버릴 물건은 버리고, 최소한의 짐을 꾸려서 가능한 일이었다.

"여기요."

다연은 미리 준비해 두었던 봉투를 인부들에게 내밀었다.

"예, 감사합니다. 다음에 필요할 때 연락 주세요."

봉투를 받아 챙긴 인부가 명함을 내밀었다. 서비스가 몸에 밴 다연은 반사적으로 웃으며 고개를 끄덕였다. 두 명의 인부가 빠져나간 후 다연은 자신의 방을 보았다. 이삿짐을 옮긴 방은 어릴 적 자신이 쓰던 방으로, 웬만한 원룸보다 컸다. 그 덕에 짐을 다 밀어 넣고도 제법 여유 공간이 남아 있었다. 그러나 다연은 이사를 마쳤다는 안도감과 청소를 해야 한다는 귀찮음보다 앞서 해야 할 것이 있었다.

"주다형."

다연의 부름에 은근슬쩍 자신의 방으로 건너가려던 다형이 움찔하며 멈춰 섰다. 다연은 거실 중간에 어정쩡하게 서 있는 다형을 냉정하게 응시했다.

"어딜 도망가? 설명하고 가야지."

다연의 낮은 목소리에 다형이 죽을상을 한 채 돌아섰다.

"그게 누나⋯⋯."

"일단 따라 들어와."

다연은 닫혀 있는 안방 문을 확인하고는 다형을 데리고 자신의 방으로 건너왔다. 다연이 문을 닫고서 진지한 표정을 짓자 다형은 더욱 암담한 표정이 되었다. 커다란 곰 같은 녀석이 어깨를 축 늘어뜨리고서 입꼬리까지 아래로 늘어뜨리고 있었다.

"그런 표정 지어도 안 넘어가. 순순히 이야기해."

다연이 딱딱한 목소리로 말했다.

"미안해, 누나."

"뭐가."

"나도 일이 이렇게 꼬일지 몰랐어. 나도 좋은 쪽으로 일을 진행시키려고 한 건데……."

다형은 죽을상을 한 채 천천히 말을 꺼냈다.

"누나도 진우 알지? 몇 번 봤잖아."

"알아."

다형과 어릴 적부터 친하게 지낸 친구로, 다연이 이 집에서 살 때 오며 가며 몇 번 얼굴을 보았다.

"진우네가 엄청 어려워졌거든. 아버지 사업이 망했대. 엎친 데 덮친다고 어머님이 암까지 걸리셨다잖아. 병원비는 많이 들지, 당장 큰돈 나올 곳은 없지. 돈 좀 빌려 달라고 말하는데 얼굴이 말이 아니었어. 거기다가 태어나서 진우가 술 마시면서 그렇게 엉엉 우는 걸 처음 봤어."

"그래서? 너 설마……."

"제일 친한 친구가 곤궁한 사정에 빠졌다는데 내가 어떻게 모르는 척해? 어쩔 수 없이 내가 아는 사람한테 돈을 빌려서 줬지. 근데…… 그 아는 사람이 보증금을 빌려 준 거라면서 갚으라잖아. 내가 돈이 어디 있어? 어쩔 수 없이 보증금 갚을 때까지 우리 집에서 살라고 했지."

"그러니까 그 아는 사람이 저 사람이다?"

다연의 손끝이 안방을 가리켰다. 다형은 한껏 긴장한 얼굴로 고개를 끄덕였다.

"응."

다연은 암담한 얼굴로 눈을 질근 감았다. 현기증이 몰려왔다. 잠시 관자놀이를 꾹 누른 다연이 눈을 뜨고서 다형을 쳐다보았다.

"빚이 얼마야?"

"내가 알아서 할게."

"말해."

다연의 단호한 목소리에 다형이 조심스럽게 손가락 하나를 들어 보였다.

"백만 원?"

다연의 의아한 목소리에 다형이 절레절레 고개를 흔들었다. 동시에 다연의 얼굴이 구겨졌다.

"설마, 천만 원?"

"……미안해. 진우의 사정이 정말 급해. 어머님 병원비에 잠시 묵을 방이랑 이래저래 돈이 필요하다고 해서……. 친척들도 나 몰라라 하는 상황이라서 다급하대. 우리 집이 잘사는 걸 뻔히 진우가 아는데 모르는 척할 수도 없고……. 거기다가 누나도 알잖아. 진우가 예전에 내 목숨 살려 준 거. 나 물에 빠졌을 때 진우가 목숨 걸고 구해 주지 않았으면 여기 없었을 거야."

다형이 풀 죽은 얼굴로 중얼거리다 고개를 숙였다. 다연은 기가 막혀 잠시 아무 말도 할 수 없었다.

어릴 적부터 다형은 정이 많고 어려운 사람을 그냥 지나치지 못할 만큼 따뜻한 마음을 갖고 있었다. 그리고 때때로 그 따뜻한 마음으로 대책 없는 일을 벌이곤 했다.

13살 땐 발목 없는 할아버지가 차가운 시멘트 바닥에 앉아 구걸하고 있다며 3년 넘게 모아 온 돼지 저금통을 갖다 바치며 '방석이라도 사서 구걸하세요. 그래야 엉덩이가 건강해진대요. 파이팅!'을 외치고 돌아오기도 했다. 18살엔 불우한 학우를 돕겠다며 바자회에서 아버지가 가장 아끼던 골프채까지 헐값에 팔아넘긴 적도 있었다. 그러나 그런 대형 사고는 지금 이 사고에 비하면 별것 아니었다. 백만 원 단위도 아니고 천만 원 단위라니. 다형은 이제 겨우 25살로, 경제적 능력을 갖추지 못한 비생산 인구였다.

"너……."

다연은 말문이 막혀 다형을 가리킨 채 말을 잇지 못했다. 잠시 숨을 고른 다연이 겨우 말을 이었다.

"그럼 나한테 이야기를 하든지, 부모님한테 이야기를 해야 할 거 아냐? 이런 대형 사고를 치고 여태껏 한 마디도 안 한 거야?"

"진우가 사정 나아지면 갚는데."

"대체 언제?"

"그건 내가 알아서 할게."

다형이 자신을 믿으라는 듯 주먹을 불끈 쥐어 보였다. 그런 다형의 모습이 더 못 미더워 다연은 콕콕 쑤시는 머리를 꽉 눌렀다. 일단 이 문제는 논외였다.

"그래. 진우랑은 어렸을 때부터 친했으니까, 그래. 진우 성격에 네가 주는 그 큰돈을 덥석 받을 정도면 급한 사정이었겠지. 너도 뻔히 아는데 그냥 넘어갈 수 없었을 테고. 그건 이해해. 근데 그럼 적어도 내가 이 집에 이사 오기 전에는 이야기를 했어야 할 거 아냐. 그럼 나라도 이 집에 안 들어왔을 거잖아. 태어나서 처음 보는 남자랑 같이 살아야 하는 내 상황을 한 번은 고려했어야지."

"미안해. 나도 어제 결정 난 상황이라서……."

"그럼 그 남자도 어제 이사 온 거야?"

"응."

"하아."

기가 막힌 다연은 눈을 질근 감았다. 다른 사람과 함께 사는 것에 대한 별다른 거부감이 없는 다연이지만, 그것과 이것은 달랐다. 일단 성별이 다른 사람과 산다는 것은 수많은 범죄의 위험성을 껴안고 있는 것과 다를 바 없었다.

혼란스럽다 못해 답이 없는 상황이 벌어졌다. 이래서 집에 들어오지 않으려고 했는데.

"누나가 뭘 걱정하는지 알아."

끔찍한 상황을 목격한 사람처럼 참담한 표정을 짓고 있는 다연에게 다형이 조심스럽게 말을 건넸다. 그 순간 까만 다연의 눈동자가 다형을 향했다. 지은 죄가 있어서 찔끔한 다형은 뒷목을 긁적거리며 말했다.

"누나가 저 형을 걱정하나 본데. 그건 걱정하지 마. 좋은 사람이야. 그리고 신분도 확실한 사람이고……."

"인상 좋은 이웃집 아저씨가 범죄자였다, 라는 기사도 안 봐?"

"저 형, 모델이야! 그것도 요즘 잘나가는 모델이야."

"모델?"

다연이 반문하자 다형이 있는 힘껏 고개를 끄덕였다. 다연은 잠시 아까 전에 보았던 남자의 모습을 떠올렸다. 남자는 큰 키에 떡 벌어진 어깨, 자그마한 얼굴을 갖고 있었다. 특히나 남자가 갖고 있던 묘한 분위기를 떠올리자 저절로 수긍이 갔다. 어쩐지 평범한 사람 같지는 않더라니.

"그거랑 이거랑은 별개야. 일단 내가 불편해."

샤워를 하는 것도, 빨래를 널어놓는 것도 모두 불편하다. 동거하게 되면 어쩔 수 없이 사생활이 노출되는 부분이 생기는 것 또한 불편하다. 더군다나 시멘트 벽 몇 개 너머에 낯선 남자가 살고 있다는 사실을 인지할 때마다 불편해질 거다.

"누나."

고민하는 다연을 지켜보던 다형이 천천히 고개를 숙여 그녀를 불렀다. 다연이 어두운 눈빛이 다형에게 닿았다.

"걱정하지 마."

다형의 저 말이 가장 걱정스럽다. 그러나 다연은 대답 대신 다형만 물끄러미 쳐다보았다. 다연이가 이제 그만 나가 줄래, 라는 말을 하려던 찰나였다. 주위를 살피던 다형이 다연의 귓가로 조용히 다가가 낮게 속삭였다.

"저 형, 게이야."

✳

이중으로 잠근 방문을 열고 나온 다연은 거실을 살폈다. 이른 시각이라 모두가 아직 잠든 듯했다. 가슴을 쓸어내린 다연은 욕실로 들어가 문을 잠그고는 두어 번 확인했다.

샤워기에서 쏟아지는 물줄기 아래에 선 다연은 지그시 눈을 감았다. 오랜만에 집에서 자는 건데 숙면은커녕 꿈자리가 사나워서 온몸이 피로했다. 더욱이 정확히 기억은 나지 않지만 어릴 적 이야기도 꿈으로 나온 듯했다. 이래서 집에 들어오지 않으려고 했다. 자신의 방은 자리하고 있어도, 자신의 자리는 존재하지 않는 듯한 이 느낌을 다시는 느끼고 싶지 않아서.

"후아."

참고 있던 숨을 길게 뱉으며 얼굴을 손바닥으로 세게 문질렀다. 간단히 샤워를 마친 다연은 평상복으로 갈아입다가 속옷을 보곤 고민했다. 당장 세탁부터 문제다. 일단 세탁물을 둘둘 말아 챙긴 다연은 창고로 걸어갔다. 다행스럽게도 아직 드럼 세탁기가 자리하고 있었다. 드럼 세탁기 안에 세탁물을 챙겨 넣은 다연은 한결 마음이 놓였다. 뿌듯한 표정을 지으며 돌아서던 다연의 걸음이 뚝 멈췄다.

갑자기 코끝으로 은은한 커피향이 번졌다. 고개를 든 다연은 낯선 남자의 옆모습을 보았다. 씻고 나온 건지 남자의 옅은 갈색 머리카락의 끝이 촉촉하게 젖어 있었다. 커피를 내리고 있던 남자가 느릿하게 고개를 들어 앞을 보았다.

다연은 그 모습을 숨죽인 채 바라보았다. 처음 욕실에서 보았을 때부터 느낀 거지만 저 남자에겐 정적이고 고요한 분위기가 존재하고 있었다. 눈앞에서 어떤 일이 벌어져도 전혀 개의치 않을 남자의 표정과 몸짓의 여유가 이 세상의 것 같지 않았다. 그것이 다연을 더욱 불편하게 만들었다. 지독하게 불편하다. 조금만 방심하면 남자가 가진 기류에 휩쓸려 버릴 것 같아서.

남자와 마주하기 싫어서 다연이 조용히 창고의 문 뒤로 숨으려고 할 때였다.

"언제까지 거기 있을 거예요?"

남자의 낮고도 깊은 목소리가 부엌을 울렸다. 어느새 남자의 시선이 다연을 향하고 있었다. 다연이 눈을 질끈 감았다. 알아채지 못한 줄 알았는데 진즉부터 남자는 자신을 알아채고 있었다.

무딘 것 같은데 예리하구나.

"할 일이 있어서요."

다연은 아무렇지 않은 얼굴로 대답했다. 남자는 그렇냐는 듯 고개를 끄덕였다. 열린 창문 틈으로 불어온 바람에 남자의 갈색 머리카락이 들썩였다.

"언제 끝나요?"

남자가 여전히 시선을 커피에 둔 채 물었다.

"끝났어요."

"그럼 커피 마실래요?"

남자는 마치 알던 사람에게 말을 건네듯 태연했다.

"아뇨. 괜찮아요."

다연의 거절에 남자가 알겠다는 듯 고개를 끄덕였다. 대화가 끝났음에도 다연은 잠시 머뭇거렸다. 그러다 결심한 듯 입을 열었다.

"저기, 혹시 시간 되시면 이야기 좀 하실래요?"

다연의 말에 내리뜬 남자의 눈에 의아함이 어렸다. 그러다 묘하게 즐겁다는 듯 눈을 반짝였다. 다연은 남자의 작은 변화를 못 본 척 돌아섰다. 식탁에 앉을까, 거실에 앉을까 고민하던 다연의 걸음이 식탁으로 향했다. 남자가 커피 잔을 든 채 다연의 앞에 마주 앉았다.

다연의 시선이 식탁 위에 놓인 남자의 손에 닿았다. 모델은 손까지 예뻐야 할 수 있는 건가. 길게 뻗은 하얀 손가락이 남자다우면서도 섬세한 선을 갖고 있었다. 그러다 문득 다연은 자신의 얼굴에 닿는 남자의 시선을 느꼈다. 천천히 시선을 들어 올린 다연은 꽤 가까운 거리에서 남자의 눈과 마주쳤다. 머리카락 색보다 짙은 갈색의 눈동자가 미동 없이 그녀를 담고 있었다.

순간, 다연의 가슴이 철렁 내려앉았다. 웃는 듯 웃지 않는 듯, 무언가를 말할 듯 말하지 않을 듯, 기묘한 눈빛이었다.

"할 말이 있어요."

순간 무언가에 깊게 찔린 것처럼 놀라고 당혹스러워진 다연이 애써
침착하게 말을 시작했다.

"해요."

"제 동생이 돈을 빌렸다는 이야기를 들었어요. 일단 죄송해요. 돈
을 갚을 능력도 되지 않으면서 덥석 큰돈을 빌려서요."

그 큰돈을 무슨 생각으로 25살짜리 남자애한테 빌려 줬냐고도 묻
고 싶었다. 하지만 대화를 빨리 끝내고 싶어서 다연은 묻지 않았다.

"괜찮아요. 차용증 썼으니까요."

남자의 느긋한 대답에 다연은 고개를 끄덕였다.

"보증금이라는 말 들었어요. 저한테 어느 정도 여유가 되니까 일단
제가 갚을게요. 계좌번호, 은행, 계좌주 적어서 저한테 주세요."

"제가 여기 있는 게 불편하신가 봐요. 어서 내쫓으려고 하는 거 보
니까."

"편하진 않죠."

"저랑은 반대네요."

"그쪽은, 이 상황이 편하세요?"

"네."

"……."

"좋기까지 한데요."

남자가 비스듬히 고개를 기울이며 옅게 웃었다. 다연이 표정을 굳
히며 남자를 보았다. 몇 년간 사람을 대하는 일을 하다 보니 원치 않
아도 사람의 표정이나 감정을 읽는 데 노련해졌다. 그런데 이 남자는

대체 무슨 생각을 하는지 알 수 없었다. 더더욱 게이라면서 여자한테 저런 말을 던지는 저의를 모르겠다.

이 집이 무척 마음에 드는 건지, 아니면 다형이한테 관심이 있는 건지…….

생각을 하던 다연의 표정이 한순간에 싹 굳었다. 어느 쪽이든 남자가 이 집에 있는 것은 위험하다. 저 남자가 이 집에 영영 눌러앉는 것도 골치 아프고, 저 남자가 다형이에게 관심 있는 건 더 골치 아픈 일이다. 수중에 있는 돈을 탈탈 털면 천만 원은 나올 거다. 그 돈으로 이 남자를 내쫓아야겠다고 생각하며 다연이가 자리에서 일어났다.

"제 연락처는 다형이한테 물어보세요. 아까 말한 대로 그럼 제가 확인하자마자 천만 원 입금할게요."

"천만 원?"

남자가 짤막하게 물어왔다. 동시에 다연의 시선이 남자를 향했다. 남자는 커피 잔을 천천히 매만지고 있었다.

"천만 원이라면서요."

"왜 그사이에 제가 받을 돈이 반이 됐죠?"

"무슨 소리예요? 설마 그 짧은 시간에 이자라도 붙었어요? 그것도 원금만큼?"

다연이 정색하며 물었다. 그러자 남자가 고개를 가볍게 흔들며 말했다.

"아뇨. 뭔가를 잘못 알고 있는 것 같은데……."

남자가 천천히 눈을 들어 다연을 바라보며 말을 이었다.

"다형이가 저한테 빌려 간 돈은 이천만 원이에요."

＊

3년 전, 자신만의 카페를 오픈하기로 마음먹은 다연은 얼마 없는 돈을 모아 허름한 가게의 터를 구매했다. 지인들의 도움을 받아 그곳을 작은 이인용 테이블 세 개와 자그마한 부엌이 딸린 가게로 탈바꿈시켰다. 그때까지만 해도 가게 앞을 지나는 유동인구가 많지 않았다. 수입도 혼자 가게를 운영하면서 적당히 살 수 있을 정도였다. 다연은 그 정도로 만족했다. 어차피 돈을 많이 벌고자 시작한 사업이 아니라 여유롭게 일하고 싶어서 차린 곳이었다. 가게의 이름도 소박한 목표처럼 '지금 이 순간'으로 지었다.

그러나 다연과의 바람과 다르게 카페를 오픈한 지 2년이 지나자 가게 주변으로 속속들이 빌딩들이 들어서기 시작했다. 산업단지로 조성될 거라는 소식이 전해진 지 얼마 후의 일이었다. 하나둘씩 빌딩이 세워지더니 회사가 들어오기 시작했다. 그때부터 다연은 눈코 뜰 새 없이 바빠졌다. 오픈과 동시에 쉴 틈 없이 커피를 만들어야 했다.

이후 빌딩에 프랜차이즈 카페들이 들어서면서 한결 여유를 찾았으나 여전히 다연의 커피를 고집하는 사람들이 있었다. 가격이 저렴하면서도 프랜차이즈 카페와 비교했을 때 커피 맛도 좋다는 것이 이유였다.

혼자서 자그마한 가게를 운영하려던 다연은 결국 가게를 확장하고, 테이블 수도 6개로 늘렸다. 창고도 조금 더 큰 사이즈로 바꾸었고, 인테리어도 '소담하고 아기자기한 귀여움'보다 '편안하고 여유로운 느낌'으로 바꾸었다. 주 고객들이 회사원인 만큼 그들이 편안하게 쉬었다가 가길 바라는 마음에서였다.

그런데 다연은 그때 인테리어 공사를 크게 한 것을 처음으로 후회했다.

'못 미더우시면 차용증을 보여 드리죠.'

이천만 원이라는 말에 얼어붙은 다연을 보며 남자가 느긋하게 말했다. 청천벽력 같은 소리에 다연은 기겁했다. 다시 생각해도 놀라웠다.

이천만 원!

아무리 생각해도 구할 곳이 없다. 처음엔 다형을 향한 분노가 앞섰고, 그 이후엔 차분하게 생각하려 애썼다. 천만 원은 수중에 있는 돈으로 해결한다지만 남은 천만 원은 구할 곳이 없었다. 구해야 한다면 대출밖에 없는데, 그럴 생각은 없었다. 대출로 인해 여럿 인생이 망가는 것을 보았었기에 대출에 대한 반감이 자리하고 있었다. 더욱이 대출을 받기 위해 가게를 담보로 잡는 짓은 하고 싶지 않았고.

다연은 각종 도구를 깨끗한 행주로 닦다 말고 한숨을 내쉬었다. 남자를 내보낼 수 없다면 자신이 나가야 하는데, 근방의 집값이 대폭 상승하면서 천만 원으로 구할 수 있는 방이 없었다. 원룸도 천만 원의 보증금에 기본 삼사십만 원의 월세를 요구하니 엄두가 나지 않았다. 관리비에 각종 공과금을 합쳐 생각하니 더 암담했다.

"언니, 이사는 무사히 마쳤어요?"

오픈 준비를 마친 지서가 다연에게 쪼르르 달려와 물었다. 그 물음에 다연의 손이 삐끗했다. 다연의 손에서 힘없이 떨어지는 행주를 보며 지서가 의아한 표정을 지었다.

"왜 그래요? 왜 이렇게 가련하게 행주를 떨어트려요? 물어본 사람 민망하게? 무슨 일이라도 있었어요?"

"응? 응. 조금."

순순히 시인하는 다연의 말에 지서가 더욱 눈을 크게 떴다.

"왜요? 이사를 못 했어요?"

"아니. 이사는 했어."

"그런데요?"

"이사를 하긴 했는데……."

낯선 사람도 우리 집에 이사를 왔더라, 라는 말을 지서에게 할 수 없었다. 그러려면 다형이가 사고 친 것부터 구구절절 이야기를 해야 했다.

"그냥. 피곤해서."

다연이 뒷말을 삼키며 싱긋 웃었다. 그러자 지서가 의심스러운 듯 고개를 갸웃거렸다.

"정말 그게 다예요? 언니의 표정이 그렇지 않은 것 같은데. 흐음."

"정말로 별거 아냐. 어제 밤새도록 이삿짐 옮기고 정리했더니 피곤하다. 이사도 두 번은 못 하겠더라."

다연이 한 번 더 말하자 지서가 아기 새처럼 입술을 삐쭉거렸다.

"분명히 뭔가 있는 얼굴인데, 우리 언니는 너무 신비주의란 말이죠. 난 미주알고주알 다 떠드는데. 불공평해."

"나도 너한테 다 이야기하고 있어. 오늘은 정말 피곤할 뿐이야. 창고에 가서 물량 체크하고 올게. 가게 좀 봐 줘."

"네."

포스 앞에 서서 씩씩하게 대답하는 지서를 지나쳐 다연은 창고로 향했다. 지서는 나이 차이를 떠나서 분명 자신에게 좋은 사람이었다. 그러나 사람에겐 가슴에 품고만 있어야 하는 이야기가 있다. 가시 돋친 아픔이라서 입 밖으로 내기 힘든 이야기들. 꺼내는 순간 자신의 입과, 귀와 마음을 다치는 그런 이야기.

창고로 들어간 다연이 휴대폰을 꺼냈다. 아침엔 다형의 얼굴을 보면 화를 낼 것 같아서 우선 출근했다. 이젠 어느 정도 마음이 가라앉아 조목조목 이야기를 할 수 있을 것 같아서 전화를 걸었는데, 다형이 전화를 받지 않았다. 아마도 자신이 모든 비밀을 알게 되었다는 걸 남자를 통해 들은 모양이었다. 한 번 더 전화를 걸었으나 불발되었다. 다연은 한숨을 내쉬며 휴대폰을 꺼냈다.

[오늘 이야기 좀 하자. 오늘도 피하면 아버지에게 연락할 거야.]

문자를 전송한 다연은 휴대폰을 앞치마에 넣은 후 창고 불을 켰다. 기록되어 있는 물량과 실제 창고 물량이 일치하는지, 물량이 부족한 건 없는지 다연은 꼼꼼하게 체크했다. 부족한 건 각 얼음 열 봉지뿐이었다. 날이 추워서 얼음이 덜 사용되긴 하지만 어찌 될지 모를 일이었다.

"지서야, 얼음……."

창고에서 나온 다연이 지서를 부르다가 멈칫했다. 지서는 손님을 맞이하고 있었다. 제법 높게 디자인한 계산대가 작게 느껴질 만큼 큰 키를 지닌 한 쌍의 남녀였다. 그중 남자는 다연도 아는 사람이었다. 서준이었다. 서준의 시선이 조금 뒤에 다연에게 닿았다. 다연은 잠시 고민하다가 까딱 목 인사를 건넸다.

"어서 오세요."

다연의 말에 서준은 대답 대신 무표정한 얼굴을 비스듬히 기울였다. 왜 모르는 척하냐는 표정이었다. 다연은 주문을 받는 지서를 지나쳐 일부러 멀찍이 섰다. 서준의 시선이 따라붙는 게 느껴졌지만 다연은 모르는 척 등졌다.

"주문하시겠어요?"

긴장했는지 지서의 목소리가 떨렸다.

"아메리카노 한 잔이랑, 넌?"

여자가 긴 머리를 쓸어 넘기며 서준에게 물었다.

"나도."

"아메리카노 두 잔 주세요."

"네. 아메리카노 두 잔 해서 오천 원입니다."

여자가 쥐고 있던 카드를 내밀었다. 계산을 끝낸 후 지서가 카드를 건네주며 여자를 힐끔 보았다. 큰 키, 호리호리한 몸매, 패셔너블한 옷차림이 모델이라는 여자의 직업을 말해 주고 있었다. 뒤따라 지서의 시선이 남자에게 닿았다. 분명 어제 보았던 그 남자였다.

"잠시 기다려 주시면 가져다 드리겠습니다."

지서의 말에 여자가 고개를 까딱거렸다. 여자는 곁에 서서 어딘가를 물끄러미 응시하고 있는 서준을 보았다. 여자의 시선이 자연스럽게 서준을 따라 움직였다. 서준은 소독된 머그컵을 일렬로 진열하고 있는 여자의 자그마한 등을 바라보고 있었다. 서준이 사람을 이토록 오래 응시하는 것은 처음이었다.

"서준 씨, 카드 받아."

여자가 서준의 시야를 가리며 카드를 내밀었다. 그제야 서준의 시선이 유선을 향했다. 오늘 함께 촬영하기로 한 여자 모델인 유선은 오래전부터 알고 지낸 동료였다. 그런데 다연을 보는 순간, 자신에게 동행인이 있었음을 잠시 잊었다. 유선이 그럴 만한 존재감을 가진 게 아닌데도 말이다.

카드를 받아 든 서준은 픽업대가 보이는 대각선 테이블에 자리를 잡고 앉았다. 유선은 긴 다리를 꼬며 서준에게 물었다.

"무슨 커피를 마시러 여기까지 와? 촬영장이랑도 멀잖아."

유선이 예쁘게 뻗은 눈썹을 구기며 물었다. 촬영 현장에 문제가 생기면서 대기 시간이 무한대로 길어졌다. 야외 촬영이라 있을 곳조차 마뜩잖은 상황이었다. 촬영 감독과 PD가 두 사람에게 미안하다며 어디 가서 커피라도 마시며 몸이라도 녹이고 있으라고 카드를 쥐여 주었다.

근처 아무 카페나 들어가고 싶었던 유선과 달리 서준은 10분 정도 걸어야 하는 이 카페를 굳이 고집했다. 촬영이 무한대로 밀린 것만 해도 짜증이 나는데 추운 날씨에 얇은 옷을 입고서 10분이나 걸어야 한다는 것이 끔찍했다. 그러나 유선은 언짢은 속내를 숨기고서 서준을 따라나섰다가 이제야 투정을 부렸다.

"응? 왜 대답이 없어? 왜 여기까지 온 거냐고."

"같이 있고 싶어서."

서준의 말에 잠시 멈칫하던 유선이 얼굴을 확 붉혔다.

"나랑?"

"아니."

"뭐? 그럼 그게 무슨 소리야?"

"별거 아냐."

서준은 건조하게 답했다. 유선이 불만스러운 듯 눈가를 구겼다.

"커피 나왔습니다."

지서가 두 사람의 테이블에 쟁반을 가져다주었다.

"맛있게 드세요."

상냥하게 인사를 건네며 멀어지는 알바생의 어깨가 긴장한 듯 바짝 굳어 있었다. 유선은 자신을 보고서 긴장하는 사람들의 반응이 익숙했다. 모델이 되기 전엔 180센티에 달하는 자신의 키를 보고 모두 놀랐고, 모델이 된 후에는 자신의 키와 스타일 때문에 놀라곤 했다. 이런 자신을 보며 유일하게 놀라지 않은 사람이 서준이었다.

그때 유선은 한창 유명세를 떨치고 있었다. 이쪽 업계의 사람들이라면 대부분 자신을 보고 반색하기 마련인데, 서준은 차분했다. 오히려 고요한 눈빛으로 자신을 응시하다 '신서준입니다.' 라고 짤막하게 인사를 한 후 멀리 떨어져 있었다. 그 순간을 유선은 아직도 잊지 못했다.

"커피 안 마셔?"

유선은 아메리카노를 마시며 서준을 쳐다보았다.

"마실 거야."

대답하는 서준의 시선은 여전히 그녀의 어깨 너머 어딘가를 향하고 있었다. 이젠 굳이 돌아보지 않아도 서준이 무엇을 보고 있을지 알 것 같았다.

"아는 사람이야?"

유선의 눈 끝이 뾰쪽해졌다.

"응."

"저 여자는 널 모르는 척하던데?"

"모르고 싶은 모양이지."

서준의 무게 있는 덤덤한 답변에 유선의 눈이 가늘어졌다.

"그게 무슨 말이야?"

"글쎄."

덤덤하게 답한 서준은 창밖으로 시선을 돌렸다.

흐린 날씨와 뿌연 햇살이 뒤섞여 온 세상이 기묘한 회색빛에 휘감겨 있었다. 그러나 유선은 창밖의 모습보다 서준에게서 눈을 뗄 수 없었다. 세상의 회색 빛깔보다 노르스름한 조명 아래에 앉아 있는 서준의 모습이 더 신비롭다. 눈을 반쯤 내리뜬 채 여유를 고요하게 받아들이는 서준을 오랫동안 바라보던 유선은 입술을 꼭 깨물었다. 저런 모습을 보여 주면 화를 낼 수도, 따질 수도 없이 무기력해진다.

카페 안을 흐르던 노랫소리가 잠시 멎었다. 그러자 진공 상태에 빠진 것처럼 사위가 고요해졌다.

"서준 씨."

그때 아메리카노를 반쯤 비운 유선이 그를 불렀다. 서준의 시선이 느릿하게 유선을 향했다.

"질문할 게 있어. 이게 서준 씨한테 실례되는 질문이라는 거 아는데, 물을게."

"해."

"서준 씨, 정말 게이야?"

유선의 질문에 서준이 무표정한 얼굴로 그녀를 응시했다.

탁. 갑작스런 소음에 유선과 서준의 시선이 동시에 돌아갔다. 막대 걸레를 떨어뜨린 지서가 바짝 긴장한 얼굴로 둘을 쳐다보고 있었다.

"죄송합니다."

그러고는 후다닥 막대 걸레를 챙겨 계산대를 향해 달려갔다.

"그 질문, 벌써 세 번 넘게 한 거 알지?"

서준이 아메리카노 잔을 잡으며 말했다.

"내가 왜 세 번 넘게 똑같은 질문을 하는지 서준 씨도 알지?"

유선의 대답에 서준이 처음으로 미미한 반응을 보였다. 유선은 서준의 반응에 용기를 얻은 듯 말했다.

"서준 씨가 게이일 리가 없어."

"왜 그렇게 생각하는데? 난 여자를 사귄 적 없는데."

"남자도 사귄 적 없잖아."

"나한테 고백하는 남자 중에 내 취향이 없으니까."

서준이 잔을 내려놓으며 말을 이었다.

"그리고 내 커리어를 위해서 당분간 연애할 생각 없어."

"거짓말."

유선이 말했다. 서준이 물끄러미 유선을 응시했다.

"서준 씨는 거짓말하고 있는 거야. 다른 사람들은 서준 씨가 게이라는 말을 믿을지 몰라도, 난 안 믿어. 처음엔 믿었는데 이젠 아니야."

"거짓말이든 아니든, 이제 그만해."

"……."

"네가 넘어올 곳 없으니까."

서준이 선을 그었다. 더는 이 선을 넘지 말라는 듯 서준은 무표정한 얼굴을 하고 있었다. 동시에 유선이 입을 꽉 다물었다. 그건 싫다는 표시였다. 서준은 고집스럽게 자신을 쳐다보는 유선을 잠시 응시하다가 시선을 창밖으로 돌렸다.

유선이가 그만하라는 자신의 말을 들을 사람이었다면 진즉에 그만뒀어야 했다.

'내가 서준 씨를 좋아하는 것 같아.' 라는 고백을 했던 그 3년 전에.

＊

마감한 후 집으로 돌아온 다연은 가장 먼저 신발부터 확인했다. 순간 다연의 얼굴로 희비가 교차했다. 다형이가 있다는 것이 희, 그 남자도 있다는 것이 비였다.

거실을 가로질러 다형의 방으로 가던 다연은 걸음을 멈추고는 휴대폰을 꺼냈다. 전화를 건 지 3초도 되지 않아 다형이가 '응, 누나.'라고 대답하는 소리가 들렸다.

"내 방으로 건너와."

—응.

힘이 쭉 빠진 다형이의 목소리가 들렸다. 얼마 후 다연의 방으로 다형이 찾아왔다.

"누나."

다형이가 기죽은 목소리로 다연을 불렀다.

"빚이 천만 원이 아니라 이천만 원이라며."

다연이 앞뒤 다 자르고 본론부터 말하자 다형은 할 말을 잃은 표정을 지었다. 화가 단단히 난 건지 팔짱을 낀 폼이 심상찮았다. 자신이 생각했던 것보다 더 살벌한 분위기가 조성되자 다형이 풀 죽은 얼굴로 중얼거렸다.

"그게……. 누나, 미안해."

"아버지한테 말씀드려. 그리고 싹싹 빌고서 빌려."

"누나, 살려 줘. 아버지가 한 번만 더 사고 치면 가만 안 둔다고 했단 말이야."

"그걸 알면서 친 사고잖아. 그럼 책임을 져야지."

"아버지 성격 알잖아. 누나, 딱 한 달만 참아 주면 안 돼? 진우가 한 달 후엔 갚을 수 있대. 한 달 후에도 진우가 안 갚으면 내가 아버지한테 말할게. 응? 친한 친구가 그렇게 힘든 사정에 처했다는데 모르는 척할 수가 없었어. 누나한테 빌리려고 전화를 해도, 누나는 내 전화 잘 받지도 않았잖아."

다형이가 절박한 얼굴로 소리쳤다. 전화를 받지 않았다는 다형의 말에 다연은 찔린 표정을 지었다. 다연의 표정에 틈이 생긴 걸 눈치챈 다형이 그녀의 팔을 붙들고서 구구절절 사정했다.

"누나, 딱 한 달이야. 한 달만 버텨 주면 안 돼? 응? 저 형이 불편한 거라면 걱정하지 않아도 돼. 저 형은 게이라니까? 저 형이 얼마나 여자한테 관심 없는데. 모델, 웬만큼 이름난 연예인들이 들이밀어도 마다하는 게 저 형이야. 그러니까 누나가 생각하는 이웃집 성범죄, 뭐, 이웃방 남자가 밤에 돌변했어요, 이런 일은 없을 거라니까? 그건 내가 장담해."

"……진짜야?"

다연이 한결 누그러진 목소리로 물었다.

"그렇다니까. 내가 저 형을 알고 지낸 게 얼만데. 그동안 저 형이 단 한 번도 여자를 사귄 적이 없어. 여자한테 관심도 없는 사람이고."

다형의 말에 다연의 표정은 더욱 어둡게 변했다. 오전에 바닥을 청소하다 말고 뛰어온 지서가 호들갑스럽게 자신을 붙들고서 '언니, 저 남자가 그 남자예요. 어제 대박이라고 했던 그 남자 있잖아요. 그런데 저 남자…… 게이래요. 여자가 게이냐고 묻는데 아무 말도 못 하더라고요. 대박이지 않아요? 어쩜 세상에 멋진 사람은 게이 아니면 유부남이래요?' 라고 소리쳤다. 어디서 들었냐고 물었더니, 남자와 여자가 나누는 대화를 우연히 들었다고 했다. 거기다가 저 남자를 오랫동안 알아 온 다형 또한 그 남자를 게이로 알고 있었다. 그렇다면 저 남자는 확실히 게이일 확률이 높았다.

다연은 역으로 다형의 팔을 붙잡았다.

"네가 위험해."

"뭐가?"

"내가 아니라 네가 위험하다고."

다연이 진지한 얼굴로 다형에게 말했다. 잠시 멍한 얼굴로 자신을 쳐다보는 다형에게 다연이 심각하게 말했다.

"이웃방 남자가 밤에 돌변했어요, 의 대상이 내가 아니라 네가 될 수 있다고."

"누나, 그거 농담이라고 하는 거야?"

"진심이야."

"차라리 농담이라고 해 줘. 방금 소름 돋았어."

하얗게 질린 다형을 보며 다연은 낮은 한숨을 내쉬었다. 다형은 자신의 몸을 갑작스레 더듬더니 심각하게 말했다.

"정말 저 형이 내 몸을 노리나? 내가 그렇게 육감적이고 탐나는 몸이야?"

다연은 잠시 다형의 아래위를 살폈다. 키가 크고 통통한 체격의 다형은 곰의 인간판이었다. 특이 취향이 아닌 이상 모델만 보고 지내는 그가 다형을 탐낼 확률은 희박했다. 다연은 생각을 고친 듯 고개를 절레절레 흔들었다.

"아냐. 내가 잘못 생각한 거 같아."

"그렇지? 하긴, 저 형이 내 몸을 탐냈으면 벌써 끝났어야지. 알고 지낸 게 몇 년째인데."

다형의 말에 다연은 이마를 짚었다. 이젠 모르겠다. 이젠 낯선 남자의 속내를 파악하려 애쓰는 것도, 철없는 동생이 벌인 일을 수습하는 것도 지친다.

"후우, 네가 자초해서 벌인 일이니까 알아서 해. 난 이제 모르겠다."

다연이 포기한 듯 중얼거렸다.

"아빠한테는 말 안 하는 거지?"

"그래. 대신 딱 한 달만이야."

"응, 알았어. 고마워."

다형의 얼굴이 금세 활짝 피었다.

"쉬고 싶어. 그만 나가 봐."

"응."

무거운 짐을 훌훌 벗어 던진 듯 가볍게 걸어 나가는 다형의 뒷모습을 다연은 복잡한 표정으로 바라보았다.

"아! 누나."

다형의 부름에 다연이 말하라는 듯 쳐다보았다. 문고리를 쥐고 선 다형이 웃으며 말했다.

"누나가 집으로 돌아오니까 옛날로 돌아온 거 같아."

"……."

"옛날에 우리 넷이서 행복하게 살던 그때 있잖아. 누나가 자취한다고 나간 후로 내가 얼마나 심심했는데. 누나가 결혼하기 전까지 우리 같이 살자. 알았지? 아! 어서 부모님도 귀국하셨으면 좋겠다."

다형이 싱긋 웃으며 말했다. 그러나 다연은 따라 웃지 못했다.

쿵. 방문이 닫혔다. 다형이 나간 후 침묵이 찾아들었다. 다연은 방의 중간에 우두커니 서서 느리게 눈을 감았다 떴다. 쓸데없는 생각이 몰려들어서 다연은 고개를 빠르게 흔들었다. 안 좋은 생각을 계속하다 보면 습관이 된다.

먼지처럼 내려앉는 생각을 털어 내기 위해 옷을 갈아입고, 씻으러 빠르게 욕실에 들어갔다. 그러나 샤워기 아래에 선 순간 머리 위로 쏟아지는 물줄기처럼 쏟아지는 상념을 멈출 수 없었다.

옛날에 우리 넷이서 행복하게 살던 그때…….

'어휴, 너도 정말 고생이다. 어쩌다가 저런 애를 떠맡게 됐어? 쟤만 없었어도 너희끼리 완벽한 가족 아니니? 신도 참으로 너무하시지.'

'이 여자애는 누굴 닮은 거예요?'

'얼른 키워서 내보내. 네 자식도 아닌데 뭐하려고 끼고 살려고 그래?'

귓가로 사람들의 목소리가 쟁하게 들렸다.

옛날에 우리 넷이서 행복하게 살던 그때…….

그 말을 곱씹던 다연의 얼굴로 어두운 그늘이 내렸다. 다형의 말처럼 자신도 그렇게 믿었던 적이 있다. 다정한 엄마가 있고, 진중한 아빠가 있고, 귀여운 동생이 있는 화목한 가족의 구성원 중 하나라고 믿었던 때가.

자신이 완벽한 가족의 오점이라는 걸 알기 전까진…… 그렇게 믿었던 때가 있었다.

다연이 괴로운 얼굴로 눈을 감았다.

2.

　사람은 적응하는 동물이라는 말을 다연은 실감했다. 처해진 생활에 생각보다 쉽게 적응한 자신을 발견했다. 돈을 빌려 줘서 고맙다는 이유로 안방을 덜컥 내어 준 다형의 무모함도, 그 무모함을 쉽게 승낙한 속을 알 수 없는 남자마저도 이젠 낯설게 느껴지지 않았다. 물론 아직까지 세탁한 속옷을 방에 널어야 하는 불편함까지는 익숙해지지 못했지만.

　욕실에서 나온 다연은 창고로 향했다. 창고에 놓인 드럼 세탁기 안에 속옷을 넣은 후 다연은 수건으로 젖은 머리카락 끝을 조심스럽게 닦아 냈다.

　어젯밤 다형에게 함께 합숙하는 사람들이 지켜야 할 규칙을 전달했다. 창고에 놓은 드럼 세탁기는 다연의 것, 베란다에 놓인 큰 세탁기는 남자들의 것. 각자의 빨래와 설거지는 각자가 알아서 할 것. 각자의 방 청소 또한 각자가 할 것. 단, 거실은 이틀에 한 번꼴로 돌아가면서 할 것. 이 내용이 남자에게 전해졌는지는 모를 일이었다.

다용도실에서 부엌으로 나오자 은은한 커피향이 다연의 코끝에 닿았다. 자신이 다용도실에서 나올 즈음이면 남자는 늘 커피를 마시고 있었다. 다만 부엌의 싱크대에 기대서서 커피를 마시는 평소와 달리, 오늘은 거실에 서서 마시고 있었다. 남자는 벽면에 걸린 액자의 한 부분을 오래도록 응시하고 있었다.

다연은 남자에게 알은척을 해야 할지 잠시 고민했다. 한 달간 함께 거주하는 사람이자, 다형의 지인이라면 적당히 가깝게 지내는 게 좋았다.

그런데 어째서일까. 남자에게 향하는 발걸음이 자꾸만 머뭇거려졌다. 현실에서 좀처럼 보기 힘든 수려한 외모와 체형을 갖고 있어서인지, 아니면 남자가 갖고 있는 특유의 분위기 탓인지 알 수 없었다.

남자가 시선을 느꼈는지 고개를 비스듬히 돌렸다. 흰 스웨터에 검은 커피 잔을 쥐고 있는 남자의 모습이 커피 CF의 한 장면처럼 느껴졌다. 다연은 저도 모르게 숨을 깊게 들이마셨다. 그때 남자가 말했다.

"또 그쯤에 서 있네요."

"……."

"말 걸기도 애매하고, 인사를 하기도 애매하고, 그렇다고 모르는 척하기도 애매한 거리."

남자의 입술이 부드럽게 호를 그리며 늘어났다. 그러자 차갑게 보이던 남자의 모습이 금세 소년처럼 순수한 느낌으로 바뀌었다.

역시 모델은 다르구나.

다연은 몸을 휘감는 기묘한 느낌을 떨쳐 내며 성큼 한 발 걸어 나갔다. 눈이 마주치기도 했고, 어쨌든 한 달간 마주할 사이라면 적어도 통성명 정도는 해 놓는 것이 예의였다.

"생각에 잠긴 것처럼 보여서 말 걸기가 어려웠어요."

"그 핑계를 대고 싶었던 건 아니고요?"

"그럴 리가요."

다연은 뜨끔한 속내를 감추며 웃었다. 동시에 남자의 표정에 즐거움이 떠올랐다. 남자의 미묘한 표정 변화를 알아채지 못한 다연은 어색하게 말을 꺼냈다.

"바쁜 거 아니면 잠시 이야기 나눠요. 당분간 함께 살 텐데 서로 소개는 하고 지내야 할 것 같아서요."

"그러죠."

"이름이 뭐예요?"

"신서준, 이요."

이름을 말하며 남자가 눈을 내리깔았다.

웃는 남자의 얼굴이 야릇하게 보일 줄이야.

다연은 최대한 마음의 평정을 유지하며 아무렇지 않은 척 물었다.

"이름이 멋지네요. 나이는 다형이보다 많다고 들었는데, 맞아요?"

"27살이요."

"직업은 들었어요. 모델이라고요. 어쩐지 평범하게 느껴지진 않았어요. 제가 너무 질문만 했네요. 제 이름은……."

"주다연."

자신의 이름이 남자의 입에서 나왔다. 잠시 멍하게 있던 다연은 뒤늦게 깨달았다. 처음 만나던 순간부터 남자는 자신의 이름을 알고 있었다. '전화받아요, 주다연 씨.' 라고 말했었다. 다형의 지인이면 자신의 이름을 알고 있는 것이 이상한 일도 아니었다. 다만 그녀가 놀란 것은, 그가 발음하는 자신의 이름이 무척 듣기 좋았다는 거였다.

"제 나이는……."

"29세."

남자가 그녀의 소개를 번번이 가로챘다. 잠시 당황한 다연은 이내 영업용 미소를 지었다.

"이미 다형이한테 다 들었나 봐요. 소개할 것도 없이 다 알고 있으시네요."

"관심이 많거든요, 그쪽한테."

서준의 말에 다연이 놀란 얼굴로 남자를 바라보았다. 남자는 속을 알 수 없는 얼굴로 웃고 있었다. 남자의 장난에 자신이 과민하게 반응했다고 여기며 다연이 웃었다.

"나이는 내가 두 살 많네요. 누나라고 생각하고 편하게 대하세요."

"그럴게요. 다연 씨도 절 편하게 느꼈으면 좋겠네요."

말속에 뼈가 있다고 느낀 건 기분 탓일까.

"노력할게요. 그런데 여기서 뭘 보고 있었던……."

자신을 올곧게 응시하는 갈색 눈동자를 피하기 위해 다연은 대화의 주제를 돌렸다. 그러나 다연의 말은 끝까지 이어지지 않았다. 소파가 놓인 벽면에 가족사진이 자리하고 있었다. 그녀가 중학생 시절에 찍었던 가족사진이 아직까지 이 자리를 지키고 있을 줄이야. 다연의 표정이 딱딱하게 굳었다.

"부끄럽네요. 오래전 사진이 아직까지 여기 있을 줄은 몰랐거든요."

뻣뻣하게 굳은 입술 끝을 억지로 올리며 다연이 말을 꺼냈다. 그러나 서준은 대답하기는커녕 그녀를 물끄러미 바라보고 있었다. 다연은 남자가 아주 잠깐 흐트러진 자신의 표정을 알아챈 건 아닌지 걱정스러웠다.

그 순간 남자가 허리를 숙여 그녀의 얼굴 앞으로 다가갔다. 한 걸음 정도 벌어진 거리에서 서준은 다연을 바라보았다. 물 흐르듯 자연스러운 행동이라 다연은 저지할 틈도 없었다. 오히려 눈이 마주친 순간 시선에 얽매여 꼼짝도 할 수 없었다. 당혹스러움에 흔들리는 다연의 눈동자와 달리, 서준의 고요한 눈동자는 미동도 없이 그녀의 얼굴을 바라보았다.

"어릴 때랑 많이 달라졌네요."

"……."

"눈도, 코도, 입술도."

"……."

"분위기도, 표정까지도."

먼지가 내려앉는 소리가 들릴 만큼 고요한 아침의 거실, 서준의 시선이 느릿하게 다연의 얼굴을 따라 흘러내렸다. 그의 시선이 다연의 입술을 스쳤다. 오싹할 만큼 야릇해졌다.

"못 알아볼 만큼, 아주 많이."

"……."

서준이 천천히 허리를 곧게 펴더니 싱긋 웃고는 그녀를 스쳐 지나갔다. 옷자락이 스치며 바람이 일었다. 그제야 다연은 자신이 숨도 못 쉰 채 서준을 바라보고 있었다는 걸 깨달았다.

등 뒤로 쿵 하고 문 닫히는 소리가 들렸다. 그제야 얼음이 되었다가 이제 막 녹은 것처럼 다연은 뒤를 돌아보았다.

서준이 들어간 방을 물끄러미 응시하던 다연이 고개를 기울였다.

분명 서준은 사진 속의 자신과 지금의 자신을 비교해서 말하는 것일 거다.

'어릴 때랑 많이 달라졌네요.'

그런데 어째서인지 말투가 오래전에 자신을 알던 사람 같았다.

✳

출근하기 전, 다연은 다형의 방문 앞에 섰다. 문을 쿵쿵 두드리며 다연이 소리쳤다.

"다형아."

문 너머에서 '어.'라고 대답하는 소리가 들렸다. 얼마 후, 부스스한 꼴의 다형이 문을 열고 나왔다.

"어, 누나. 출근하게?"

이제 막 일어났는지 다형의 목이 잠겨 있었다. 전역한 지 1년도 채되지도 않았는데 다형의 늦잠은 벌써 습관화되었다.

"응. 넌 오늘 학교 안 가?"

다연이 주머니에 손을 찔러 넣으며 물었다.

"가야지. 다음 달이면 시험 기간이잖아. 이럴 땐 빠지면 안 돼. 으, 어서 시험 끝났으면 좋겠다. 겨울방학이나 했으면 좋겠어."

겨울방학. 다형의 말에 다연은 벌써 다음 달이 12월이구나, 라고 생각했다. 시간이 흔적을 남기지 않고 흐른다는 것이 새삼 느껴졌다. 다연은 손을 뻗어 제법 자란 다형의 머리카락을 슥슥 문질러 주었다.

"학교는 다른 때도 빠지면 안 되는 거야. 수업 꼭 참석하고. 시험 공부도 열심히 해."

"어, 알았어. 누나도 오늘 열심히 일하고. 시간 남으면 또 놀러 갈게."

눈을 반만 뜬 채 다형이 중얼거렸다.

"그래, 알았어."

"잘 가. 차 조심, 불조심, 건조함 조심. 여자의 생명은 피부니까."

제대로 뜨지도 못한 눈으로 다형이 윙크를 했다. 그 모습이 어설퍼서 다연은 픽 웃었다.

"아! 다형아."

그러다 무언가 생각난 듯 다연이 다형을 불러 세웠다.

"어?"

"서준……씨 말인데."

호칭이 애매하다. 서준 군이라고 부르기도 그렇고, 서준이라고 편하게 부르기도 어색해서 다연은 서준 씨라고 불렀다.

다연의 시선이 닫힌 안방을 향했다. 분명 아까 나가는 소리를 들었으니까 지금 저 방은 비어 있을 게 분명했다. 그런데 왠지 있을 것만 같은 묘한 기분이 들었다.

"어? 누나가 서준 형 이름을 어떻게 알아?"

다형이 의아한 표정으로 물어왔다.

"오늘 아침에 간단히 통성명했어."

"아아. 그랬구나. 여태까지 날 빼고 두 사람이 아침마다 조찬 자리를 가지고 있었군."

"그런 거 아니야. 어쩌다 보니 그렇게 된 거지. 다형아, 서준 씨한테 되도록 내 이야기는 하지 마. 어차피 잠깐 있다가 갈 사람인데 내 이야기 할 필요 없잖아."

"무슨 소리야. 누가 누구한테 무슨 이야기를 해?"

"네가, 서준 씨한테, 내 이야기를."

일부러 다연이 말을 딱딱 끊었다. 동시에 다형이 미간을 찌푸렸다. 그러더니 당최 무슨 소리를 하는지 모르겠다는 투로 다형이 말했다.

"난 형한테 누나 이야기를 한 적이 단 한 번도 없는데?"

"……뭐?"

"우리 누나가 함께 살게 될 거다, 라는 것만 말했어. 형이 누나에 대해서 아는 게 없을 텐데? 이름도 모를걸? 더군다나 형이랑 나랑 생활 패턴이 달라서 요즘 얼굴도 못 보고 지내."

"……."

"누나! 내 말 듣고 있어?"

"어? 어."

잠시 흐트러졌던 다연의 초점이 다형에게 향했다. 다형이 다연의 얼굴을 찬찬히 살피며 물었다.

"왜 그래? 서준 형이 누나한테 뭐라고 그래?"

"어? 그게…… 아니야. 아무것도."

"정말 아무것도 아니야?"

다형이 눈을 얍실하게 뜬 채 다연에게 물었다.

"응. 앞으로 내 이야기하지 말라는 말이었어."

"그거라면 안심해. 어차피 누나 이야기 할 일 없어. 누나, 이렇게 미적거려도 돼? 늦을 것 같은데?"

빠르게 고개 돌린 다연은 벽시계를 보았다. 평소보다 5분이나 늦은 시각에 다연이 이를 악물었다.

"이런."

"얼른 다녀와."

"그래, 나중에 집에서 보자."

다연이가 가방을 고쳐 메고는 빠르게 문 밖으로 나섰다. 문 밖에 나서자 이른 겨울바람이 몰아쳤다. 옷자락을 날리는 날카로운 바람에도 좀처럼 날아가지 않는 목소리가 있었다.

'우리 누나가 함께 살게 될 거다, 라는 것만 말했어. 형이 누나에 대해서 아는 게 없을 텐데? 이름도 모를걸?' 이라는 다형의 말과, '주다연. 29세.' 라고 정확히 말하던 서준의 말.

✳

지서가 여섯 시에 퇴근한 후 다연은 홀로 카페에 남아 있었다. 올해의 첫눈이 내린다는 기상청 예보 탓인지 평소와 달리 가게 안이 한산했다. 포스 앞에 앉아 책을 읽던 다연은 고개를 들어 검게 물들어가는 겨울 하늘을 바라보았다. 겨울의 풍경은 스산하고 황량해서 보는 사람의 마음을 시리게 만들었다. 그럼에도 다연은 겨울을 좋아했다. 뿌옇게 흩어지는 입김의 부드러움을, 세상을 온통 회색빛으로 물들이는 신비로운 색감을 사랑했다. 겨울에만 볼 수 있는 눈도, 크리스마스도 좋아하는 이유 중 하나였다.

"주다연 사장님!"

홀린 것처럼 겨울이 내려앉은 거리를 바라보던 다연이 고개를 돌렸다. 그녀의 오래된 친구인 주은이 서 있었다.

"왔구나."

"그래. 뭘 그렇게 멍하게 쳐다봐."

"아냐. 아무것도."

"여기 따뜻한 아메리카노 한 잔 주세요. 사장님."

주은은 일부러 도도한 표정을 지으며 카드를 내밀었다.

"한도 초과라는데요, 손님. 측은한 마음에 공짜로 대접하겠습니다. 자리에 앉아 계시죠."

다연이 결제도 하지 않은 채 카드를 주은에게 돌려주며 말했다.

"내가 가난한 쇼핑몰 사장인 건 어떻게 알고 이러니."

주은이 깔깔 웃으며 카드를 주머니 안에 챙겨 넣었다. 다연은 아메리카노 한 잔, 카모마일 한 잔을 쟁반 위에 올려 주은이 앉아 있는 테이블로 다가갔다.

"무슨 일이야? 연락도 없이."

주은의 앞에 아메리카노를 챙겨 놓으며 다연이 물었다. 그러자 주은이 기다렸다는 듯 깊은 한숨을 내쉬었다.

"다연아."

그녀의 이름을 부르는 주은의 목소리가 심상찮았다. 덩달아 다연도 긴장한 얼굴이 되었다.

"응?"

"너희 동생 살 뺄 생각 없다니?"

"갑자기 다형이는 왜?"

"걔 살 좀 빼서 우리 쇼핑몰 모델로 쓰자. 내 마음에 드는 남자 모델 구하기가 왜 이렇게 어렵니? 키가 크다 싶으면 어깨가 좁고, 어깨가 넓다 싶으면 머리가 크고, 어깨랑 머리랑 키가 완벽하다 싶으면 성격이 엉망이고. 후우. 다형이가 살이 쪄서 그렇지 틀은 완벽하잖아. 살만 빼면 우리 모델로 제격인데 살 뺄 생각 없대?"

"없을 거야. 그리고 다형이는 모델 같은 거 못 해. 어색해서 죽으려고 할 거야."

"누나가 사진 기사면 말 잘 듣겠지."

"아닐 거야. 다형이 은근히 말 안 들어."

주은의 말에 다연이 고개를 절레절레 흔들었다.

"어휴. 그래. 다형이가 살 빼는 거 기다렸다간 이번 시즌 놓치지."

주은이 깊은 한숨을 내쉬며 죽을상을 지었다. 여성 쇼핑몰을 운영하던 주은은 남편과 함께 올해 남자 의류 쪽으로 사업을 확장시켰다. 올해 두 시즌 연속 중박 상품을 내놓으며 승승장구하던 그녀에게 문제가 생겼다. 본래 그녀의 업체와 계속해서 일해 오던 남자 모델이 계약 조건을 높여 다른 쇼핑몰과 계약을 한 것이 화근이었다.

그때부터 다른 남자 모델을 구하기 위해 동분서주했으나 마뜩잖은지 벌써 일주일 넘게 골머리를 썩이고 있었다.

"벌써 겨울 시즌 상품 내놓기도 늦었어. 한겨울 상품이라도 어서 내놔야 하는데, 아주 미치겠다. 너는 개처럼 배신하지 마. 다른 쇼핑몰에서 사진 기사로 활동해 달라고 해도 단칼에 거절해. 알았지?"

주은이 눈을 뾰쪽하게 뜨며 으름장을 놓았다.

"걱정하지 마. 찾는 곳도 없으니까."

찻잔을 감싸 쥔 다연이 웃으면서 대답했다.

고등학생 시절부터 다연은 취미로 사진을 찍었다.

'찰나를 영원으로 남기는 기적.'

어느 사진기의 광고 문구에 홀리면서 시작된 취미생활이었다. 그녀가 실제로 가장 좋아하는 사진의 종류는 풍경이었으나, 인물 촬영도 잘했다. 이 사실을 진즉부터 알고 있었던 주은은 쇼핑몰을 오픈하면

서부터 다연을 사진 기사로 점찍었다. 모든 상품을 다연이 찍진 않더라도 주력 상품만큼은 다연의 사진을 사용했다.

"자."

주은이 바닥에 내려놓은 종이가방을 다연에게 스윽 내밀었다.

"뭐야?"

"보면 알 거야."

주은이 턱을 괴고서 어깨를 으쓱거렸다. 주은의 얼굴을 힐끔 본 다연이 종이가방을 열었다가 눈을 크게 떴다. 종이가방 안에는 C사의 DSLR이 담겨 있었다. 다연이 가지고 싶어 하던 모델로, 고가라 엄두를 못 내던 카메라였다.

"이게…… 뭐야?"

"뭐긴 뭐야. 사진기지."

"이걸 왜 나한테 줘?"

다연이 눈을 동그랗게 뜬 채 묻자 주은이 거만한 자세로 앉아 말했다.

"이 언니가 하사하는 선물이다."

"생일도 아닌데?"

"우리 쇼핑몰 오픈할 때부터 지금껏 내가 널 쥐꼬리만 한 일급으로 부려 먹었잖아. 그게 영 미안해서 그런다. 나 때문에 쉬는 날에 제대로 쉬지도 못하고 이리저리 돌아다니기나 하고."

"이거 비싸잖아. 아냐. 난 못 받아. 네 일 도운 것도 내가 좋아서 한 건데 이런 거 줄 필요 없어."

다연이 다급하게 카메라를 종이가방 안에 넣으려는 걸 주은이가 저지했다.

"어휴. 우리 양심적인 주다연 씨. 내가 이래서 널 사랑하지. 그렇지만 이건 받아. 네가 찍은 사진들로 우리 상품이 대박 난 게 몇 개냐? 모델 잘 살려서 찍어, 옷 잘 살려서 찍어, 풍경 잘 살려서 찍어. 이런 카메라 기사가 어딨어? 내 성의이자 뇌물이야. 앞으로 더 좋은 사진 찍어 주세요. 기사님."

 "그래도……."

 "정 미안하면 남자 모델 소개 좀 시켜 주든가. 그게 아니면 다형이를 굶겨서라도 이 주일 내로 살을 빼게 만들든가."

 갑자기 남자 모델 이야기를 하며 주은이 시름에 잠겼다. 괴로운 듯 얼굴을 문지르는 주은을 보며 다연은 고민했다. 남자 모델이라면 아는 사람이 하나 있긴 했다. 그것도 엄청난 남자였다. 다만 소개를 시켜 줄 만큼 가깝지 않았다. 오히려 이천만 원의 채무로 맺어진 불편한 사이가 아닌가. 다연은 머릿속에 떠오른 남자를 슥슥 문질러 지웠다.

 "고마워. 잘 받을게. 앞으로 열심히 찍을게."

 "그래. 그래 주면 상부상조지."

 주은이 씩 웃으며 아메리카노 찻잔을 집어 들었다. 다연도 뒤따라 찻잔을 들었다. 그러나 찻잔이 다연의 입술에 닿을 때까지 주은의 찻잔은 허공에 들린 채 꼼짝도 않았다. 그것이 이상해서 다연은 주은을 바라보았다. 주은은 카페 문을 보며 돌처럼 굳어 있었다.

 "왜 그래?"

 주은에게 물으며 다연이 고개를 돌렸다. 그 순간 서늘한 한기가 어깨를 쓸고 지나갔다. 카페 문을 밀고 한 남자가 들어오고 있었다. 방금 전까지 그녀의 머릿속에 있던 그 남자였다.

"신서준이다."

그 순간 주은이 나지막하게 그의 이름을 불렀다. 다연의 시선이 곧장 주은을 향했다. 저 남자의 이름을 주은이 어떻게 알고 있는지 의아했다. 그러나 주은의 시선은 카페 안으로 들어온 서준에게서 떨어질 줄 몰랐다.

저벅저벅, 낮은 발소리를 내며 걸어온 서준이 다연의 앞에 멈춰 섰다. 인기척을 느낀 다연의 시선이 자연스럽게 서준을 향했다.

"커피 한 잔 줄래요?"

아차 싶어서 자리에서 일어난 다연은 엉겁결에 서준과 가깝게 마주 섰다. 한 걸음 물러날 줄 알았던 서준은 그 자리에 서서 꼼짝도 하지 않았다. 다연의 놀란 시선이 서준의 갈색 눈동자에 닿았다. 끝을 모를 만큼 깊고 투명한 눈동자였다. 서준이 옅게 웃으면서 한 걸음 물러서지 않았다면 다연은 한참이나 그 눈을 바라보고 있을 뻔했다.

뒤늦게 민망해진 다연은 비스듬히 몸을 돌리며 서준에게 물었다.

"어떤 커피요?"

"따뜻한 아메리카노로 주세요."

서준이 주머니에서 카드를 꺼내 내밀었다.

"괜찮아요. 넣어 두세요. 오늘은 서비스로 줄게요."

다연이 손사래 치며 거부하자 서준의 고개가 비스듬히 기울었다. 그러자 그의 부드러운 머리카락이 스르륵 파도처럼 밀려났다. 잠시 다연을 바라보던 서준의 눈이 웃음으로 예쁘게 접혔다.

"그럼 맛있게 먹을게요."

서준은 카드를 코트 안으로 챙겨 넣고는 계산대 끄트머리에 섰다. 테이블에 앉아 있던 주은은 홀린 것처럼 신서준을 바라보았다. 그러다 더는 못 견디겠다는 듯 자리에서 벌떡 일어나 다연에게 다가가 조용히 속삭였다.

"뭔데, 대체 이게 무슨 상황인데."

"손님이 가게에 찾아온 상황이지."

다연의 무덤덤한 대답에 주은이 미간을 구겼다.

"야, 신서준이 그냥 손님이야? 유명인사지!"

"너도 알아?"

"쇼핑몰도 엄연히 패션 사업이거든?"

"아아."

그제야 다연은 주은이 어떻게 신서준을 단박에 알아봤는지 알아챘다. 패션잡지는커녕 각종 매체와 친하지 않아 정보가 어두운 다연과 달리 주은은 패션에 관해선 빠삭했다. 온갖 패션잡지를 다 보는 주은이 신서준을 알아보는 것은 어찌 보면 당연했다.

"둘이 친해 보이던데 어떻게 아는 사이야?"

주은의 두 눈이 반짝반짝 빛났다. 동시에 다연은 위험을 감지했다. 주은이 이런 눈빛으로 은근히 떠볼 때는 뭔가 노리는 게 있을 때였다. 다른 사람은 몰라도 주은이 신서준을 노리면 곤란한 쪽은 다연이었다. 그래서 다연은 순순히 사실대로 불지 못했다.

"아무 사이 아니야."

"아무 사이 아닌데 네가 커피를 공짜로 준다고?"

날카로운 주은의 말에 다연이 아차 했다. 그러나 최대한 침착한 표정으로 말했다.

"단골이야."

"여기 단골이라고? 대박! 그럼 친하겠네."

"아냐. 그냥 인사만 하는 사이야."

다연이 일부러 선을 그으며 말하자 주은이 난감한 듯 이맛살을 구겼다.

"그래? 그것참, 난감한데⋯⋯."

고심하는 주은을 보며 다연은 제발 서준이 빨리 가게에서 나가 주길 바랐다. 자신의 친구인 주은이 민폐를 부리기 전에, 그래서 자신을 부끄럽게 만들기 전에.

따뜻한 아메리카노를 종이컵에 담아 새지 않도록 뚜껑을 꼭 닫았다. 한 번 더 확인한 후에야 다연은 계산대 끝에 서서 무언가를 유심히 보고 있는 서준에게 다가갔다.

"여기요."

서준은 다연이 내민 잔을 받아 들며 싱긋 웃었다. 언뜻 비춘 미소가 시원한 바람처럼 청량했다. 괜히 서준에게 뻗은 손끝이 저릿해졌다. 다연은 손을 등 뒤로 감추었다.

"잘 마실게요."

"네."

다연이 마주 웃고는 돌아설 때였다.

"이 명함, 가져도 돼요?"

서준이 뭉게구름이 잔뜩 그려진 가게 명함을 들고서 물었다.

"필요하다면 가지세요."

다연의 허락에 서준이 옅게 웃더니 명함을 코트 주머니 안에 챙겨 넣었다. 평소라면 가게 명함을 왜 챙겨 가는지 물어볼 텐데, 주은이 매의 눈으로 감시하는 상황이라 다연은 맘 편히 물을 수 없었다.

다연은 주은이 앉아 있는 테이블로 돌아와서도 좌불안석이었다. 어째서인지 커피를 받아 들고도 서준은 가게에서 나갈 기미가 보이지 않았다. 오히려 빈 테이블에 착석했다.

"대박이다. 넌 네 가게 단골이 모델이면 말을 해 줘야지."

주은이 목소리를 낮춰 속삭였다. 덩달아 상체를 앞으로 숙인 다연이 낮게 경고했다.

"사고 치지 마."

"무슨 사고?"

"가서 모델 해 달라고 영업하지 말라고. 휴식 취하러 온 단골손님이야. 네가 여기서 영업하면 내 체면이 엉망 되는 거 알지? 부탁할게."

"영업은 무슨, 제안이지."

다연은 쏟아지는 한숨을 속 안으로 삼키며 자리에서 일어났다.

"하여튼 사고 치지 마. 잠시 실례할게."

다연은 이마를 짚으며 화장실로 향했다. 점심시간에 단체손님 받을 때보다 지금이 더 피로했다. 곧 주은이 냉큼 자리에서 일어났다.

"다연아, 미안. 언니가 급하다."

다연이가 들어간 화장실을 향해 사과를 한 후 주은이 서준을 향해 걸어갔다.

"신서준 씨, 맞으시죠?"

서준이 고개를 들어 자신에게 다가온 여자를 보았다. 방금 전까지 다연과 마주 앉아 있던 여자가 말을 걸고 있었다.

"네."

서준이 가볍게 고개를 끄덕였다.

"어머, 맞구나. 제가 오래전부터 신서준 씨 팬이었거든요. 제가 차라도 대접하고 싶은데 괜찮으세요? 아니면 제 친구랑도 친해 보이던 데 같이 합석할까요?"

서준은 잠시 갈등했다. 오랜 촬영으로 피곤한 상태였다. 그러나 서준은 앞자리를 권했다.

"그러죠. 대신 차는 됐습니다. 이미 커피가 있어서요."

"아우, 감사합니다."

주은의 얼굴에 활짝 웃음꽃이 폈다.

"여기 제 명함 받으세요."

주은은 얼른 명함 지갑에서 명함 한 장을 꺼내 서준에게 내밀었다. 서준이 명함을 쳐다보자 주은이 활짝 웃으며 말했다.

"제가 크진 않지만 적당한 규모의 쇼핑몰을 운영하고 있어요. 일전에 서준 씨의 잡지 인터뷰를 봤는데 쇼핑몰 모델도 하셨다고 들었어요. 초면에 이런 말씀 드리는 게 얼마나 무례한 행동인지 알지만 이번 기회를 놓치면 매일 후회할 것 같아서요."

서준의 시선이 주은을 향했다. 순간 주은은 가슴이 철렁 내려앉는 듯했다. 서준이 자신의 말에 관심을 보인다는 것에 놀라기도 했지만, 남자의 섬세하게 빚어낸 얼굴과 눈매 때문에 놀랐다.

"말씀 계속하시죠."

서준의 말이 떨어지고 나서야 주은이 황급히 정신을 차리고 말을 이었다.

"서준 씨, 저희 쇼핑몰에서 남자 모델을 구하고 있어요. 저희가 금액은 최대한 요구하시는 대로 맞춰 드리겠습니다. 당장 결정 내리라는 건 아닙니다. 저희 쇼핑몰에 한번 접속하셔서 둘러봐 주세요. 신생 쇼핑몰이라 화려하진 않습니다만, 내실 있습니다. 앞으로 쇼핑몰을 더욱 크게 확장시켜서 TV 프로그램에 협찬할 계획도 세우고 있습니다."

주은이 앞으로의 사업 계획에 대한 이야기를 비장하게 꺼낼 때였다.

"주은아!"

다연이 사색이 된 얼굴로 주은의 이름을 불렀다. 동시에 주은의 입이 딱 다물어졌다. 두 사람의 곁으로 성큼성큼 다가온 다연이 주은의 어깨를 붙들었다.

"이게, 무슨 상황이야?"

다연의 목소리가 음침해졌다.

"그러니까 이게 말이야."

주은이 구구절절 변명하려는 순간, 다연의 시선이 서준의 손에 들린 명함에 닿았다.

그 짧은 시간에 기어코 일을 쳤구나!

할 말 많은 표정으로 다연이 주은을 쳐다보았다. 그러자 주은이 난감한 얼굴로 말했다.

"네 가게 단골에게 영업한 건 정말 미안한데, 이런 모델을 쉽게 구할 수가 없어. 아니, 만나기조차 힘들어. 신서준 씨는 우리나라 남자 톱모델 중에 한 분이야. 너도 잘 생각해 봐. 네가 이런 모델을 직접 찍을 수 있는 기회가 올 거 같니? 없어. 이분이랑 함께 일하게 되면 나만 이득이 아니라 너도 이득이라고. 네가 언제 유명 모델을 찍어 보겠어?"

"그만하자. 가게 마감해야 해."

다연의 시선이 서준에게 닿았다.

"죄송한데 가게 마감을 해야 해서요."

다연의 말에 서준이 자리에서 일어났다. 주은의 명함을 보고 있는 서준을 등진 채 다연은 주은을 끌어당겨 다른 테이블에 앉혔다.

"사고 치지 마."

"사고는 무슨."

"약속해. 안 그러면 너 내쫓을 거야. 마감 칠 동안 사고 치지 마."

"그래. 알았어, 알았어."

다연은 믿음이 가지 않지만 어쩔 수 없다는 표정으로 창고로 향했다. 쓰레받기와 빗자루를 꺼내 창고에서 나온 다연은 이야기를 나누고 있는 두 사람을 보았다. 한숨이 훅 쏟아졌다.

그새를 못 참고 주은이 다시 서준에게 쪼르르 달려간 것이다. 서준을 훔쳐보는 주은의 눈빛이 반짝반짝거렸다. 신서준이라는 남자를 놓칠 수 없다는 결의가 엿보였다.

그런 주은을 바라보는 다연은 씁쓸했다. 적어도 신서준과 자신이 빚으로 엮인 불편한 관계만 아니었더라면 주은을 도와줬을 텐데. 이천만 원을 덜컥 빌린 걸로 부족해 모델 일까지 도와 달라고 할 염치가 도무지 없었다. 더욱이 주은의 말에 의하면 '우리나라 톱모델'이라는 데, 그런 사람이 자그마한 쇼핑몰 모델로 설 리 없었다.

"주은아, 이제 그만 이분을 보내 드려야 할 것 같은데……."

다연이 주은의 팔을 잡았다. 그러자 주은이 절박한 얼굴로 다연을 바라보았다. 다연은 이만하면 됐으니 포기하라는 뜻을 담아 주은의 등을 다독였다.

그런 후 다연은 서준을 바라보았다. 그에게도 다시 한 번 마감 시간이니 가게에서 나가 달라고 말하려던 차였다.

"사진기사분이 다연 씨라고요?"

서준이 한발 빨랐다. 그는 여전히 주은의 명함을 든 채 그녀를 보고 있었다.

"네."

다연은 의아했으나 차분하게 대답했다. 그러자 서준의 입술이 길어지며 눈이 가늘어졌다. 사람을 벅차게 만드는 그 미소로, 그가 말했다.

"그럼 이 제안 긍정적으로 검토할게요."

"……."

"물론 소속사랑 일정 조율을 해 봐야겠지만 가능할 거예요."

"……."

말을 하는 내내 서준의 시선은 다연을 향하고 있었다.

"이 번호로 연락드리죠. 마감 잘하세요."

서준이 가게를 가로질러 나갔다. 생각지 못한 답에 다연과 주은은 멍한 얼굴로 서준의 뒷모습을 바라보았다. 창밖으로 드리운 어둠으로 그가 빨려 들어갔다.

"지금, 서준 씨가, 긍정적으로 검토한다고 한 거 맞지?"

상황 파악이 덜 된 주은이 멍한 목소리로 물었다.

"응."

여전히 가게 창밖을 바라보던 다연도 멍하게 대답했다.

"절박하면 역시 이루어지는구나! 내가…… 내가…… 신서준 씨를 우리 쇼핑몰 모델로 세울 수 있게 되다니!"

"긍정적으로 검토한다고 했지, 한다고는 안 했어."

"그게 그 말이야! 이게, 이게 현실이야? 야! 다연아! 우리 남편한테 전화 한 통만 하고 올게! 아니다! 내가 내일 또 올게! 얼굴 보고 이야기해야겠다."

"그래. 조심히 가."

정신이 없어 얼떨떨한 다연은 주은을 내보냈다. 핸드백을 든 주은이 금세 사라졌고, 다연은 멍하게 문만 바라보았다.

신서준의 섭외는 주은에게 분명 좋은 일이었다. 신서준이라는 사람은 확실히 태가 좋고 몸에 틀이 잡힌 사람이었다. 거기다가 페이스도 캐주얼, 기성복, 트레이닝복 가릴 것 없이 잘 어울리는 이미지였다. 그런데도 다연은 신서준의 섭외를 마냥 축하해 줄 수가 없었다.

사진기사가 자신이라는 사실을 알고서, 넙죽 이 제안을 받아들인 남자……

다형이 말해 주지 않은 이름과 자신의 나이를 알고 있는 남자…….

뭔가 이상하다. 남자가 사라진 방향을 다연은 오래도록 바라보았다.

✳

"이야기를 나눴으면 해요."

다연은 딱딱하게 굳은 얼굴로 서준의 등을 보며 말했다. 퇴근하는 내내 서준과 대화 나눌 생각밖에 없었다. 다행스럽게 방 안에는 다형이가 있으니 불상사가 생긴다면 빠른 대처가 가능했다.

정수기 앞에 서 있던 서준이 고개를 들었다. 다연을 확인한 그는 잔을 들고서 몸을 반쯤 틀었다. 그의 눈이 갸름해지면서 웃음기를 띠었다.

"그래요, 그럼."

소년 같기도 하고, 때론 야해 보이기도 하는 웃음이었다. 그러나 지금 다연은 그런 그의 웃음이 더욱 미심쩍었다.

"주은이, 아니. 제 친구의 쇼핑몰 모델로 작업하는 게 가능해요?"

"가능해요. 요즘 재계약을 앞두고 있어서인지 소속사가 제 제안을 잘 들어 주거든요."

서준은 잔을 입가에 가져다 대며 대수롭지 않게 대답했다. 다연은 입술을 꾹 다물었다. 자신이 진지한 분위기를 조성할수록 서준의 분위기는 한층 더 여유로워졌다. 마치 이 상황을 유도한 사람처럼. 섞이지 않은 물과 기름처럼 미묘한 분위기가 조성되었다.

"그렇게까지 쇼핑몰 제안을 받아들인 이유가 뭐예요?"

"사진기사가 마음에 들어서요."

그가 말을 마친 후 물을 마셨다. 다연의 눈이 찌푸려졌다.

"정말로, 나 때문에 그 제안을 수락한 거예요?"

"네."

"왜요?"

"난 다연 씨가 돈을 많이 벌었으면 좋겠거든요. 그래야 내 돈을 빨리 갚죠."

서준은 들고 있던 잔을 느긋하게 식탁 위로 내려놓았다. 그리고 그보다 더 느긋한 얼굴로 그녀를 바라보았다.

"그게, 전부예요?"

"글쎄요."

"모호한 대답하지 말고요."

"그렇게 딱딱한 얼굴로 물어오는데 누가 마음 편하게 이야기하겠어요."

서준의 말에 다연은 잠시 할 말을 잃었다.

"다음에 기분 좋게 대화하죠."

이제 대화를 그만하겠다는 듯 찻잔을 싱크대로 가져다 놓는 서준의 등을 바라보던 다연은 낮은 목소리로 물었다.

"내 이름은 어떻게 알았어요? 다형이는 알려 준 적 없다던데."

싱크대에 찻잔을 담그던 서준의 손끝이 미미하게 멈칫했다. 이 기세를 몰고 가겠다는 듯 다연이 한 번 더 딱딱하게 물었다.

"내 나이는 또 어떻게 알았어요? 다형이가 나를 좋아하긴 해도, 내 이야기를 여기저기 하고 다닐 애가 아니에요. 다형이의 아주 오랜 친구 정도만 내 이름을 알거든요. 걔도 내 나이가 28인지 30인지 헷갈려하는데, 대체 서준 씨는 어떻게 알고 있었던 걸까요?"

"……."

"나는 전혀 누군지 모르는 남자가 내 나이랑 이름을 알고 있어요. 거기다가 유명 모델이라는데 보증금 이천만 원이 없어서……. 후, 그래요. 이건 내가 모르는 개인 사정이 있을 수 있으니까 묻지 않을게요. 내 이름이랑 나이를 어떻게 알았는지 설명해 줘요. 제대로 설명하지 않으면 굉장히 무서울 것 같거든요."

"무서워요?"

서준이 싱크대에서 돌아서며 물었다.

"그러니까…… 성적 취향이 남들과 다르다면서요. 그럼 여자인 나를 좋아할 리 없을 테니 장르가 로맨스는 아니잖아요. 그럼 호러, 스릴러, 범죄물 쪽밖에 안 남는데……. 내가 모르는 집안의 복수물만 아니었으면 좋겠네요."

다연의 말에 서준이 웃으며 다가섰다. 천천히 걸어오는데도 보폭이 큰 탓에 서준은 금세 다연의 앞에 섰다. 그러고는 천천히 허리를 굽혔다. 꽤 가까운 거리에서 얼굴이 마주했다. 눈동자가 흔들리는 것이 다 보일 만큼 근접한 거리에서도 다연은 물러서지 않았다. 오히려 딱딱한 얼굴로 말했다.

　"대답, 해요."

　이 일만큼은 해명을 듣고 싶었다. 다연의 말에 서준의 부드러운 입술이 서서히 벌어졌다.

　"기억 안 나요?"

　"……."

　"내 이름은 주다연이야, 라고 직접 말해 줬잖아요."

　"……."

　무심한 듯, 절박한 서준의 목소리가 들려왔다. 투명한 눈동자에 설명할 수 없는 묘한 감정이 담겨 있었다. 다연의 눈이 찌푸려졌다.

　내가 언제?

　그런 적 없다고 말해야 하는데 입술이 벌어지지 않았다.

　"전혀 기억 못 하고 있네요."

　"……."

　"난 한 번도 잊은 적 없었는데."

　방금 전까지 웃음을 머금고 있던 서준의 눈동자로 쓸쓸한 바람이 불었다. 순간 다연은 시간이 멈춘 듯했다. 아주 오래전, 놓쳐 버린 언젠가가, 그녀의 기억 끄트머리를 붙들었다. 이 눈을, 이 표정을, 언젠가 본 적 있었다. 그러나 다연이 기억을 해내기 전에 서준은 허리를 곧게 폈다.

"난 충분히 대답했어요. 주다연 씨가 알려 줬다고."

"내가, 대체 언제요?"

겨우 가까스로 정신을 차린 다연이 서준을 보며 물었다.

"그건 본인이 생각해내요."

서준의 얼굴은 평소의 무표정으로 돌아와 있었다. 서준은 다연을 스쳐 지나갔다. 자신의 방으로 가기 전, 서준은 몸을 틀어 다연의 뒷모습을 보았다. 혼란스럽고 난감해하는 기색이 뒷모습에서 읽혔다.

"아!"

서준은 일부러 무언가 기억났다는 듯 소리를 냈다. 그러자 다연의 어깨가 움찔했다. 반쯤 돌아선 다연은 방 문고리를 잡고 선 서준을 보았다. 그는 다연을 바라보며 무심하게 말했다.

"우리 기억의 장르는 호러, 스릴러, 복수물 아니니까 걱정하지 말아요."

"……."

"무척, 아주 무척 좋은 기억이었으니까."

"……."

"잘 자요."

서준은 옅게 웃으며 방으로 들어섰다. 닫히는 방문 사이로 굳어 있는 다연의 얼굴이 점점 작아지더니 어느 순간 사라졌다. 홀로 남은 다연은 멍하게 닫힌 서준의 방문만 바라보았다.

✽

다연은 평소보다 일찍 집을 나섰다. 밤새 서준과의 첫 만남을 떠올리기 위해 고민하다가 날을 새운 탓이었다. 단지 30분 일찍 나섰을 뿐인데 아침 바람이 어제보다 차가웠다. 바람이 파고들지 않도록 목도리를 여미고 모자를 푹 눌러쓴 다연이 잰걸음으로 움직였다.

버스를 탄 다연은 늘 그렇듯 가장 뒷자리에 앉았다. 버스 안이 모두 보이고, 창밖의 풍경도 유난히 잘 보인다는 이유로 다연은 버스 뒷자리를 좋아했다. 푸른 하늘 아래로 가로수의 얇은 나뭇가지들이 길게 뻗어 있는 풍경이 빠르게 스쳐 지나갔다. 눈을 깜빡하는 사이에 풍경은 빠르게 흘러갔다.

다연은 늘 보는, 그러나 세세하게 기억하지 못하는 일상의 풍경을 눈에 담으며 생각했다. 서준과의 만남도 이랬던 걸까. 너무도 빠르게 지나쳐서 자신이 놓쳐 버린 걸까. 그렇다면 놓쳐 버린 수많은 기억들 중 어디쯤에 있는 걸까. 알 수가 없다. 그렇다면 서준과의 기억은 쉽게 놓칠 만큼 사소하고 가벼웠던 걸까.

자신은 놓쳐 버릴 만큼 사소했을지라도 서준은 그렇지 않은 듯했다. 여유롭고, 묘한 분위기만을 풍기던 그가 내비치던 절박함을 다연은 기억하고 있었다. 더불어 온 마음을 쩽하게 만들던 그의 눈빛까지도.

그런 외형에, 그런 분위기를 가진 남자라면 스치듯 보아도 기억했을 거다. 대체 어디에서 그를 만난 건지 도무지 알 수 없었다.

일순 다연의 눈빛이 흐려졌다. 하루 종일 신서준 생각만 했더니 갑작스레 피로가 몰려왔다.

"후우."

가게 근처의 버스 정류장에 내린 다연은 몸을 웅크렸다. 역시나 바람이 차가웠다. 코끝을 쩽하게 하는 찬 바람을 피해 고개를 푹 숙인 채 걸었다. 5분 만에 가게로 들어선 다연은 곧장 난방부터 돌렸다. 추위를 이기려고 제자리걸음을 뛰던 차에 주은의 연락을 받았다.

"이른 시각부터 무슨 일이야?"

─고마워, 다연아.

"응?"

다연이 가방을 내려놓으며 물었다.

─네 덕에 신서준 씨를 섭외할 수 있었어.

"신서준 씨가 계약한대?"

─응! 자세한 건 협의해 봐야 아는데 신서준 씨가 하겠다고 나서 준 게 어디야! 신서준 씨가 모델로 서면 자연스럽게 우리 쇼핑몰 홍보도 되거든! 고맙다! 친구야! 그래서 말인데…….

주은이 말끝을 늘이는 것이 심상찮았다. 다연은 자연스럽게 미간을 좁혔다.

"무슨 말을 하려고 이렇게 뜸을 들여?"

─친구야, 나를 살리는 김에 마저 살려 주면 안 되겠어?

"무슨 뜻이야? 돌려 말하지 말고 그냥 말해."

─신서준 씨가 계약 조건 1순위로 든 게 있는데, 네가 꼭 사진사여야 한대. 네가 신서준 씨를 어렵게 생각하는 것 같던데, 나를 살려 주는 셈 치고 도와주면 안 될까? 그런 남자 모델 쉽게 구할 수 없을뿐더러, 신서준이라니까? 우리 쇼핑몰 대박 나는 건 시간문제야! 이번에 도와주면 정말 섭섭하지 않게 지불할게. 응? 제발!

"그 사람이 그렇게 유명해?"

─야! 어마어마하거든? 국내외 디자이너들이 찾는 모델이라니까? 그리고 고고하기로 유명한 명품 회사들이 최초로 기용한 국내 모델이

거든?

"저기 그럼 있잖아. 궁금해서 묻는 건데, 그런 남자면 돈도 많이 벌겠지?"

－그걸 말이라고 해? 신서준 씨가 모델료를 깎고 또 깎아 줬는데도 내 허리가 휘청한다.

역시나.

다연은 입술을 깨물었다. 주은이 체면을 내던지고 달려들 정도면 확실히 유명한 모델이 맞았다. 그것도 자신이 상상하는 이상으로. 더군다나 모델료가 그렇게 높다면, 신서준이 자신의 집으로 들어온 건 돈 때문이 아니었다.

－내 말 듣고 있어? 다연아!

"응? 아, 응."

다연은 건성으로 대답하며 의자에 걸터앉았다. 천장에 내장되어 있는 히터에서 따뜻한 바람이 불어오자 몸이 한결 노곤해졌다.

－나 좀 도와 달라니까! 너만 오케이하면 끝이야.

"응, 할게."

－진짜? 정말로? 너, 나중에 말 바꾸기 없어!

"응. 네 말대로 신서준 씨를 정식으로 카메라 렌즈에 담을 일이 몇 번이나 있겠어? 나한테도 좋은 기회지."

그리고 갑자기 몹시 궁금해졌다. 그가 어떤 기억을 품고서, 자신을 찾아 여기까지 오게 된 건지. 그 기억은 어떤 색이며, 또 어떤 의미였는지까지. 서준이 직접 이야기해 줄 생각이 없어 보이니 자신이 찾아야겠다는 생각이 들었다.

－어우, 잘됐다! 고마워!

휴대폰 너머에서 신난 주은의 목소리가 들리자 다연은 씩 웃었다. 아침 일찍부터 신이 난 사람의 목소리를 들으니 덩달아 기운이 났다.

전화를 끊기 전 주은은 촬영은 사흘 후인 이번 주 금요일이라고 말했다. 생각보다 급한 스케줄이라 다연이 의아해하자, 겨울 시즌이 코앞이라 어쩔 수 없다고 했다. 주은과의 통화를 끝낸 후 다연은 달력을 보았다. 다연의 시선이 토요일에 닿았다. 붉은 동그라미 아래에 '기일' 두 글자만 적혀 있었다.

"잊고 있었네. 이번 주 토요일이라……."

토요일을 웅얼거리던 다연은 불이 꺼진 가게 안에 우두커니 앉아 창밖을 보았다. 겨울을 받아들인 세상의 풍경이 한결 을씨년스러웠다.

부는 바람에 휘청이는 나뭇가지도, 구름 한 점 없이 흐려진 하늘도, 텅 빈 거리를 떠도는 때늦은 낙엽조차도.

다연은 구부정하게 앉아 그 먹먹한 풍경을 한참이나 바라보았다.

✳

사흘이 흘러가는 동안 다연은 서준을 보지 못했다. 다연이 대부분의 시간을 가게에서 보낸 탓도 있지만, 하루가 멀다 하고 가게로 찾아오던 서준의 발길이 딱 끊긴 게 컸다.

다연이 서준을 다시 본 건 주은의 스튜디오에서였다. 그사이 서준은 머리를 잘랐는지 전보다 한결 헤어스타일이 깔끔해져 있었다.

촬영에 들어가기 전 서준이 간단히 스타일 정리를 하는 동안, 다연은 주은을 통해 있었던 이야기를 전해 들었다. 소속사에서 뒤늦게 제재를 거는 통에 모든 제품의 모델로 설 순 없고, 주력으로 미는 다섯 상품만 촬영하기로 했다는 것이었다. 더불어 그 다섯 상품의 재질과 디자인에 대해 소속사가 꼼꼼하게 체크했다고 했다. 어깃장을 놓으려는 수였으나 서준의 강력한 대처로 오늘 촬영이 가능할 수 있었다고 했다. 서준을 전 상품의 모델로 내세우지 못한 건 아쉽긴 하지만 다섯 상품만으로도 꽤 큰 수확이라고 했다.

"그런데 너 어디 아파?"

주은이 카메라를 만지작대고 있는 다연을 보며 물었다. 다연이 고개를 가로저었다.

"아니. 왜?"

"얼굴이 안 좋아 보여."

"요즘 잠을 못 자서 그런가 봐."

괜찮다는 걸 보여 주려는 듯 다연이 웃었으나 주은의 얼굴은 좀처럼 풀릴 줄 몰랐다.

"재현 씨는?"

다연이 대화의 주제를 바꿨다. 주은도 더는 캐묻지 않고 대답했다.

"오늘 배송 사고가 있어서 그거 처리하러 갔어."

"다들 바쁘네."

"이 일이 그렇지, 뭐. 휴일도, 퇴근도 없는 일이지. 안 그래도 우리 남편이 신서준 씨 못 봐서 아쉽다고 난리다, 난리야."

"재현 씨도 서준 씨를 알아?"

다연이 깜짝 놀라 물었다.

"당연하지. 그 사람도 나름 이쪽에 몸담고 있는 사람인데. 옛날에 꿈이 디자이너였던 사람이야. 그런 사람이 모델을 모르면 안 되지."

"아, 맞다."

"다 됐어요."

다연과 주은이 대화하는 사이 준비를 마친 서준이 탈의실에서 나오
며 말했다.

"거기 서시면 돼요."

주은이 자리를 가리켰다. 다연은 조명의 조도와 서준에게 맞춰 카
메라 렌즈를 조작했다. 렌즈를 통해 서준을 본 순간 다연은 감탄했다.
옷의 색감을 살리기 위해 조절한 조명 아래에서도 서준의 빛은 쉽사
리 죽지 않았다. 특히 고개의 각도, 손짓, 시선 처리가 흠잡을 데 없
이 완벽해서 다연은 평소보다 훨씬 수월하게 작업할 수 있었다.

"다 됐어요."

1시간 만에 1차 작업이 완료되었다. 사진 촬영이 끝날 때까지 숨을
죽이고 있던 주은은 홀린 것처럼 멍한 얼굴로 다연에게 다가왔다.

"대박이다. 역시 전문 모델은 달라도 뭐가 다르구나."

주은의 말에 다연 또한 공감이었다. 단순히 기술적인 측면뿐만 아
니라 타고난 분위기와 정제된 느낌이 남달랐다. 주은이 다음 옷을 준
비하러 간 사이 다연이 카메라에 담긴 사진을 확인할 때였다.

"사진 보여 주세요."

고개를 든 다연은 서준과 눈이 마주쳤다. 그는 무표정한 얼굴로 그
녀를 바라보고 있었다.

"여기요."

다연이 카메라를 내밀었으나, 서준은 뒷짐 진 채 고개를 스윽 내밀
었다. 다연은 자신의 얼굴 가까이로 다가오는 서준의 얼굴을 보곤 숨
을 멈췄다. 분명 숨을 멈췄는데 부드러운 향기가 코끝을 스쳤다.

"뭐해요? 안 넘기고."

서준의 말에 다연은 오른쪽 버튼을 눌러 찍은 사진을 한 장, 한 장 보여 주었다. 그사이 서준의 손이 스윽 다가와 확대 버튼을 눌렀다. 그 때문에 카메라를 쥔 다연의 손끝과 서준의 손끝이 스쳤다.

　"이 사진 어때요?"

　"괜찮아 보여요."

　다연은 무심히 대답했지만 실은 아무것도 눈에 들어오지 않았다. 불편하다는 말로 표현되지 않을 묘한 기분이 손끝으로 뻗어 나갔다.

　"흉터가 있네요."

　"네? 어디가요?"

　다연의 시선이 확대된 사진으로 향했다.

　"사진 말고, 여기요."

　서준의 손끝이 다연의 엄지손가락을 가리켰다. 길게 일자로 그려진 상처는 생긴 지 얼마 안 되었는지 붉었다.

　"아. 조금 다쳤어요."

　다연이 별거 아니라는 듯 대답했으나, 서준의 시선은 상처에서 떨어질 줄 몰랐다.

　"어쩌다가요?"

　"유리컵을 깼거든요. 잠시 방심하는 틈에요."

　오늘 오후에 달력을 보던 지서가 '언니, 누구 기일이에요?'라고 물어보는 바람에 머그잔을 떨어뜨렸다. 그 파편을 줍다가 놓쳤는데 그것이 엄지손가락을 베고 지나갔다. 다연은 이 사실을 서준에게 구구절절하게 설명할 수가 없어서 대충 어물쩍 넘겼고, 서준도 더는 물어보지 않았다.

　"서준 씨."

다연이 그를 불렀다. 다연이 먼저 자신을 부를 거라고 생각지 못했는지 서준이 의아한 시선으로 쳐다보았다.

"나를 일부러 찾아온 거죠?"

다연의 시선은 여전히 액정을 향하고 있었다. 그런 다연을 바라보는 서준은 아무 말도 하지 않았다. 침묵이 긍정을 뜻한다는 걸 알기에 다연은 말을 이었다.

"우리의 첫 만남이 꽤 중요했던 것 같은데, 먼저 말해 줄 생각은 없어요? 스스로 기억해 보려고 사흘 내내 고민했는데, 도저히 떠오르지가 않아서요. 먼저 말해 주면 떠올릴 수 있을 것 같아요."

다연의 말에 서준은 굽혔던 허리를 길게 폈다. 다연의 시선이 뒤늦게 서준을 향했다.

"그럴 생각 없어요."

서준이 눈만 움직여 다연을 내려다보며 답했다.

"왜요?"

서준과 마주 선 다연이 물었다.

"다연 씨가 기억해 냈으면 좋겠거든요. 온전히 다연 씨만의 기억을."

"……."

"내가 말해 주면 왜곡될 수도 있으니까요."

"온전히 기억해 내면 뭐가 달라지는데요?"

"그건 그때 말해 줄게요."

"……."

"적어도 지금보다는 꽤 많은 게 달라질 테니까."

서준이 옅게 웃었다. 가슴이 울렁거릴 만큼 선선하고도 묘한 미소였다. 탈의실 문이 벌컥 열리며 주은이 나왔다.

"서준 씨, 두 번째 의상 준비됐어요. 일단 제가 맞춰서 코디를 해 놨는데 서준 씨가 보고 원하는 대로 변경하고 싶으면 하셔도 돼요. 저보다야 서준 씨 안목이 훨씬 낫지 않겠어요?"

"알겠습니다. 옷 갈아입고 올게요."

서준이 탈의실 문을 닫고 들어갔다. 주은은 다연이 들고 있던 카메라를 들여다보았다.

"이야, 사진빨도 잘 받네. 우리 쇼핑몰, 아주 대박 나겠다! 대박 나겠어!"

신이 난 주은의 말을 들으면서도 다연의 시선은 좀처럼 닫힌 탈의실 문에서 떨어질 줄 몰랐다.

새벽 한 시가 되어서야 촬영이 끝났다. 다연은 주은을 도와 스튜디오를 정리하려고 했으나, 주은은 다연의 등을 떠밀어 억지로 퇴근시켰다. 엉겁결에 다연은 서준과 함께 퇴근했고, 집으로 돌아오는 택시 안에서 두 사람은 어떤 대화도 나누지 않았다. 어색한 침묵을 깨고자 다연이 서준을 쳐다보았으나 그는 상념에 잠긴 얼굴이라 말을 걸지 못한 채 시선을 창밖으로 돌렸다.

집으로 돌아와 수고했다는 말만 주고받은 후 다연은 방으로 들어왔다. 간단히 샤워를 하고, 잠옷으로 갈아입은 후에야 다연은 다형이 줄줄이 보낸 문자를 확인했다.

[누나 내일 아침 일찍 들어갈게 미안해]

[아는 형 집에서 자고 갈게. 진짜 미안해]

무려 두 시간 전에 보낸 문자였다. 다연은 외간 남자가 있는 집에 자신을 홀로 덜컥 남겨 둔 다형의 담대함이 놀라웠다. 어떻게 이럴 수 있느냐고 따져 물으려다가 생각을 접었다. 자신이 조른다고 한들 이미 외출한 다형이가 돌아올 리 없었고, 피곤해서 따질 힘도 없었다. 휴대폰을 책상 위에 두고서 침대에 누운 다연은 천장을 바라보았다.

가로등의 주홍빛 불빛이 검은 천장을 길게 가로지르고 있었다. 잠을 자야 한다는 걸 알면서도 잠이 오지 않는 밤이었다. 왼쪽으로 뒤척, 오른쪽으로 뒤척거리던 다연은 결국 침대에서 일어났다. 따뜻한 물이라도 한 잔 마실 생각으로 부엌에 나갔다가 잔뜩 쌓인 설거지거리를 보았다.

이런 짓을 할 사람은 이 집에서 한 사람밖에 없었다. 주다형.

유난히 귀찮음이 심한 다형이 그중에서도 가장 싫어하는 것이 설거지였다. 이런 걸 그냥 두고 보지 못하는 성격의 다연은 결국 소매를 걷어붙였다. 어차피 잠도 오지 않고, 라는 생각을 하며 수세미를 막 들 때였다.

"뭐해요?"

늦은 밤에 잘 어울리는 목소리다, 라고 다연은 무심결에 생각했다. 몸을 돌려세운 다연은 씻고 나왔는지 물기에 젖어 있는 서준을 보았다. 촉촉하게 젖어 있자 관능미가 한결 더했다.

"안 잤네요. 설거지요."

다연은 놀란 마음을 숨긴 채 수세미를 들어 보였다.

"이 시간에요?"

"잠이 안 오기도 하고, 눈에 띄었으니까 해야죠. 서준 씨는 안 자요?"

태연하게 말을 건네고 있었으나 다연은 이 늦은 시간, 이렇게 마주하고 있다는 것이 어색했다. 특히나 다형이 외박함으로써 이 큰 집에 남겨진 사람은 서준과 자신뿐이었다. 부디 이 사실을 서준이 모르길 바랐다.

"물 마시러 나왔어요."

"그럼 마시고 들어가요. 최대한 조용히 설거지하긴 할 건데, 혹시나 조금 시끄럽더라도 이해해 주고요."

싱크대 쪽으로 돌아선 다연이 수세미에 세제를 짰다. 비빈 지 얼마 되지 않아 금세 거품이 차올랐다.

"그거 내려놔요."

등 뒤에서 서준의 목소리가 들렸다.

"네?"

"그거 내려놓으라고요."

서준이 턱 끝으로 다연의 손에 들린 수세미를 가리켰다. 다연은 갑작스레 왜 그러냐는 듯 쳐다보자, 성큼성큼 다가온 서준이 그녀의 손에서 수세미를 빼앗았다. 물을 틀어 거품이 묻은 그녀의 손을 씻어 낸 서준의 표정이 미미하게 굳었다.

"아."

다연은 뒤늦게 상처가 난 자신의 엄지손가락을 보았다. 어쩐지 엄지손가락이 이유 없이 따끔거린다 싶었다. 자신의 무신경함에 다연은 꽤 놀랐다. 이런 아픔도 인지 못 할 만큼 정신이 없던 건가.

그래, 실은 정신이 없다. 돌이켜 생각해 보면 자신은 기일을 앞두고 늘 정신이 없었다. 작년엔 하루 종일 집 안 청소를 세 번 넘게 했고, 재작년엔 같은 문지방에서 열 번도 넘게 넘어졌다. 이 정도의 시간이 흘렀으면 상처에 딱지가 앉고 흉터가 되고도 남았을 시간인데, 아직도 상처는 벌어져 있었다. 기일을 앞둔 날이면, 늘 이렇듯 머릿속이 멍했다.

다연은 문득 서준이 자신의 멍한 얼굴을 빤히 보고 있다는 것을 느꼈다. 다연이 얼른 표정을 고쳤다. 서준의 시선이 다시 그녀의 엄지손가락으로 향했다.

"대일밴드도 안 붙였네요. 연고는 발랐어요?"

"……."

"발랐을 리가 없겠죠."

어쩐지 서준의 목소리가 딱딱하게 들렸다. 자신의 상처에 왜 서준이 딱딱하게 구는지 다연은 좀처럼 이해할 수 없었다. 서준의 손에 붙잡힌 자신의 손을 빼내며 다연은 말했다.

"괜찮아요. 이 정도 상처는."

"보는 내가 안 괜찮아요. 그러니까 들어가요. 설거지는 내가 할 테니까."

"고무장갑 끼고 하면 돼요. 잠이 안 와서 하는 거니까 신경 쓰지 마요."

"잠이 안 오면 누워서 잠 하나, 잠 둘, 잠 셋……. 이렇게 세요. 그럼 잠이 올 테니까."

서준의 말에 다연은 놀란 표정을 지었다. 잠 하나, 잠 둘, 잠 셋, 이렇게 잠을 청하는 것은 그녀의 오래된 버릇이었다. 그러다 문득 드문 버릇이 아닐 것이란 생각이 들었다.

"해 봤는데 잠이 안 와요. 오늘 피곤한데 이상하게 잠이 안 오네요."

다연은 대답하면서도 왜 자신이 이런 말까지 하는지 이해할 수 없었다.

더욱이 신비롭고 비밀이 많은, 거기다가 어렵고 불편한 남자에게.

"마음이 시끄러워서 그럴 거예요."

서준의 말이 다연의 가슴에 콕 박혔다. 생각지 못한 답을 들었다. 서준은 그릇을 수세미로 씻으며 힐끗 다연을 보았다.

"마음을 끄고 잠 하나, 잠 둘, 잠 셋을 세어 봐요. 백이 되기 전에 잠이 올 테니까."

서준은 다연의 등을 떠밀었다. 거실까지 내몰린 다연은 어느새 싱크대로 돌아가 거품 난 수세미를 드는 서준을 보았다. 서준을 말려야 하는 게 아닌가 고민하던 다연은 머뭇거리다 돌아섰다. 결국 방으로 돌아온 다연은 침대에 누워 천장을 보았다. 이미 한 번 해 봤지만 실패했던 그 방법이 이제 와 먹힐 리 없겠지만, 다연은 잠을 세어 보았다.

마음을 끄고, 잠 하나, 잠 둘, 잠 셋……

잠 서른다섯을 말하기 전, 다연은 거짓말처럼 잠에 들었다.

✳

기일 전날은 좀처럼 잠을 이루지 못했는데, 처음으로 숙면을 취했다. 간단히 준비를 한 후 다연은 곧장 버스터미널로 향했다. 아버지에게서 연락이 온 것은 다연이 버스에 착석해 안전벨트를 매었을 때였다.

"네."

다연의 시선이 창밖을 향했다. 스산하고 을씨년스러운 풍경이 눈에 박혔다. 분명 유리문에 가로막혀 그럴 일 없을 텐데도, 황량한 바람이 불어 들어오는 듯했다.

-어디니?

물어오는 아버지의 말투가 조심스러웠다.

"잠시 약속이 있어서 나왔어요."

-납골당, 가는 거냐?

다연의 한쪽 눈썹이 움찔했다. 아버지가 어머니의 기일을 기억하는 건 처음 있는 일이었다. 더욱이 그 일을 전화해서 확인하는 것조차도.

"네."

그러나 다연은 아버지에게 어떻게 기억하는지 물어보지 않았다. 그런 걸 묻기엔 이미 어색하고 어려운 사이가 되어 버렸다.

-조심해서 다녀와라. 시간 되면 다형이랑 함께 미국에 놀러 와라. 너희 엄마가 널 많이 보고 싶어 한다.

아버지의 말에 다연은 쓰게 웃었다. 어머니의 기일이라 납골당을 찾아가는 딸에게, '엄마가 널 보고 싶어 하니까 미국으로 오라'고 말하다니.

"버스가 출발해요. 이만 끊을게요."

다연은 대답을 피했다. 아버지가 무어라 이야기를 하기 전 전화를 끊고 주머니 깊은 곳에 밀어 넣었다. 얼마 후 버스가 출발했고 다연은 딱딱한 버스 시트에 억지로 몸을 파묻었다. 기일이라서 그런지 가슴에 묻어 둔 이야기가 자꾸만 고개를 들었다. 다연은 지친 눈을 억지로 꾹 감았다.

✽

　다연에겐 두 명의 어머니가 있었다. 한 분은 그녀를 낳아 준 어머니이고, 한 분은 그녀를 길러 준 어머니였다. 그녀가 어릴 적에 어머니가 세상을 떠난 탓에, 그녀는 생모를 기억하지 못했다. 그래서 다연에게 인지능력이 생겼을 때부터 어머니의 부재는 익숙했다. 그렇다고 해서 그것이 달가운 건 아니었다. 다른 친구들은 어머니와 아버지가 있는 집에서 살았고, 그녀는 그것이 부러웠다.

　그런 다연이가 새어머니를 만난 건 7살 무렵이었다. 아버지가 재혼하면서 지금의 어머니가 집으로 들어왔다. 새 가족을 불편하게 여길 거라는 아버지의 우려와는 달리 다연은 어머니와 3살짜리 남동생의 존재가 반가웠다. 어머니는 상냥했고, 남동생은 귀여웠다. 늘 아버지와 단둘이서 보내던 반쪽짜리 가족이 하나의 완전한 가족으로 탈바꿈한 것 같아 즐겁기까지 했다.

　다연은 새어머니마저 떠날까 봐 최대한 잘 보이려고 노력했고, 어머니도 다정하게 그녀를 대했다. 어머니는 그녀를 손으로 직접 씻겨 주었고, 늘 정성껏 밥을 차려 주었으며, 다른 엄마들처럼 화를 내거나 윽박지르는 일 따윈 없었다. 그녀의 실수에도 언제나 웃으면서 '그러면 안 돼. 예쁜 아가씨는 이러는 거 아니에요. 알겠죠?'라며 늘 어르고 달래 주었다. 다연의 눈에 새어머니는 공주처럼 어여뻤고, 다정했다. 다연은 얼마 가지 않아 일이 바빠 얼굴 보기 힘든 아버지보다 새어머니를 더욱 사랑했다.

　자신의 곁에서 꼼꼼하게 챙겨 주는 어머니의 다정함과 손길에 길들

여겼고, 어머니의 기대에 부응하기 위해 최선을 다했다. 공부도 누구보다 열심히 했고, 부모님의 체면에 먹칠하지 않도록 행동에도 늘 주의를 기울였다.

함께 사랑하고 있다고 생각했다. 자신이 어머니를 사랑하는 만큼, 어머니 또한 자신을 사랑하고 있을 거라고 단 한 번도 믿어 의심한 적 없었다.

그 사랑을 의심하게 된 것이 언제였을까.

자신을 보며 어색하게 웃는 이모들의 얼굴을 인식하게 되었을 때였을까?

'어휴, 너도 정말 고생이다. 어쩌다가 저런 애를 떠맡게 됐어? 쟤만 없었어도 너희끼리 완벽한 가족 아니니? 신도 참으로 너무하시지.'

'얼른 키워서 내보내. 네 자식도 아닌데 뭐하려고 끼고 살려고 그래?'

자신이 잠든 줄 알고 거실에서 떠들던 이모들의 말을 듣게 되었을 때였을까?

다연은 아직도 사랑을 의심하게 된 시점이 어딘지 알지 못했다. 다만 아주 조금씩 불온한 감정이 그녀의 마음속에 똬리를 틀기 시작했다. 그러나 다연은 애써 불온한 제 마음을 분질렀다.

어머니가 다정하고 친절하지만 따뜻하지 않다는 걸, 다형이가 잘못할 땐 소리쳐 혼내면서 자신이 잘못할 땐 그저 빙긋 웃고 만다는 걸, 다형이의 외투는 여며 주어도 자신에겐 손만 흔들어 주는 어머니라는 걸 알면서도 모르는 척했다. 아닐 거라고 믿고 싶었다. 십 년 넘게 함께해 온 가족이었기에, 그 끈을 놓고 싶지 않았다. 그러나 삶은 다연에게 가혹했다.

그녀가 15살이 되던 해였다. 자신보다 4살 어린 다형이 놀이터에 가자고 졸라 댔다. 시험 기간이라서 한창 바빴던 다연은 돌려서 거절했으나 다형은 막무가내였다. 어쩔 수 없이 한 손에는 다형의 손을, 다른 한 손에는 문제집을 갖고 간 다연은 귀찮게 구는 다형에게 숨바꼭질을 제안했다. 신난 다형이가 숨으러 달려가는 동안 다연은 필기가 적힌 공책을 한참이나 들여다보았다.

공부를 하던 다연은 문득 공책 보기가 힘들다는 사실에 고개를 들었다. 사위가 껌껌했다. 생각보다 오랜 시간이 흘러 있었다. 다연은 번뜩 다형이가 떠올랐다. 다연은 다급하게 놀이터를 뒤지며 다형이의 이름을 불렀으나 묵묵부답이었다. 가슴이 철렁 내려앉은 다연은 30분이 넘게 동네를 뒤지다가 어머니에게 전화를 걸었다.

다급하게 달려온 어머니를 보며 울먹거리던 다연이가 '죄송합니다'라고 말하려 할 때였다. 짝, 하는 마찰음과 동시에 다연의 왼쪽 뺨이 점점 부풀어 올랐다. 상황 파악을 못 해 멍하게 있는 다연에게 어머니가 울면서 소리쳤다.

'대체 다형이를 어떻게 한 거야! 다형이한테 무슨 일이 생기면 가만두지 않을 거야!'

그 순간 다연은 처음으로 어머니와 자신의 사이에 끼어 있는 두툼한 유리벽을 보았다. 그것이 아주 오랜 시간 존재해 왔다는 것 또한 알았다. 다만 어리석고 무딘 자신이 알아채지 못했을 뿐이었다.

건물 뒤편에 숨어 있다 잠든 다형이 뒤늦게 울면서 나오자 일은 순식간에 마무리되었다. 다연의 마음이 내려앉기 시작한 것은 그때부터였다.

하지만, 조금씩 울음소리를 내며 깨져 가는 가슴을 안고서도 다연은 버텼다. 그래도 그녀에게 가족이라는 울타리가 필요했고, 그녀는 어머니를 사랑했다. 기꺼이 자신의 어머니가 되어 준 사람이었기에, 잠깐의 실수는 이해하고 넘어가자고……. 다연은 울음과 함께 서러움까지 집어삼켰다. 그 말을 듣기 전까지 다연은 자신이 어떻게든 버틸 수 있다고 믿었다.

'내가 사랑하는 사람의 딸이니까. 그것뿐이야.'

친딸도 아닌 애를 어떻게 키우냐는 이모의 물음에 어머니가 그렇게 답했다. 어머니가 자신에게 친절한 이유는 자신을 사랑해서가 아니라, 아버지를 사랑하기 때문이었다.

그날 아주 늦은 밤, 다연은 불이 꺼진 거실을 가로질러 걸었다. 희미하게 스며 들어오는 가로등 불빛이 벽면에 붙은 가족사진을 비추었다. 다연은 그 앞에 서서 가족사진을 하염없이 바라보았다. 사진사가 다연의 가족을 보며 말했다.

'딸은 아빠도, 엄마도 안 닮았네요.'

그때 어깨에 닿았던 새어머니의 손끝이 떨렸던 것을 다연은 기억하고 있었다.

다연은 천천히 손을 뻗어 자신의 얼굴을 가렸다. 아버지, 어머니, 다형이 세 사람은 누가 봐도 완벽한 가족의 모습이었다. 다연은 천천히 제 얼굴을 가렸던 손을 떼어 냈다.

완벽한 가족의 오점.

누구도 닮지 않고, 누구에게도 환영받지 못하는 그런 오점.

목울대를 아프게 내리누르던 울음이 왈칵 치밀어 올랐다. 소리 없는 울음이 온 마음을 찢어발기며 터져 나왔다. 온 얼굴이 흥건해지다

못해 턱 끝에서 떨어진 눈물이 바닥을 적시고서야 인정할 수밖에 없었다.

자신의 사랑은 외사랑이었다. 자신이 태어나지 않았더라면, 자신이 이곳에 있지 않았더라면 이 세 사람은 지금보다 더욱 행복했을 거다.

재혼했다는 이유로 아버지가 어머니와 자신의 사이에서 눈치 볼 일도, 어머니가 자신에게 이유 없는 희생을 해야 할 일도, 다형이가 티비를 보다가 이복 남매라는 설정만 나오면 돌리는 일도 없었을 테니까.

그때 다연은 아픈 마음으로 받아들일 수밖에 없었다. 자신이 이 집을 떠나야 한다는 사실을.

납골당에 도착한 다연은 한 시간가량을 뚫어져라 위패에 담긴 사진만 바라보았다. 십 년째 보고 있는데도 일 년에 한 번만 봐서 그런지 아직도 낯설었다.

"엄마."

한참 고민하던 다연은 소리를 내어 불러 보았다. 그녀에게는 어머니라는 호칭이 더욱 익숙하지만 엄마라고 불러 보고 싶었다. 다연의 입술 끝이 미미하게 위를 향했다. 불러도 대답이 돌아오지 않은 탓인지 낯설다. 생모라면 뭐라고 대답했을까.

그래, 라고 건조하게 대답했을까. 응, 이라고 다정하게 답했을까. 그게 아니면 한 번쯤 들어 보고 싶었던, '그래, 내 딸.' 이라고 답해 주었을까.

"조금 오래 사시지 그랬어요. 뭐라도 기억에 남아 있어야 상상이 가능한데……."

생모의 사진인데 길을 지나다가 보는 아줌마처럼 낯설었다. 다연이 입술을 꼭 깨물었다. 이날은 이게 힘들다. 감정 제어가 되지 않았다. 묵혀 두었던 기억이 곪아 터져 나오고, 근원을 알 수 없는 그리움과 괴로움이 가슴에서 소용돌이친다. 더불어 일찍 돌아가신 엄마를 향한 원망과 과거의 기억이 아프게 그녀를 찔러 왔다.

억지로 꾸역꾸역 울음을 삼켜 낸 다연이 고개를 푹 숙였다. 눈을 감고서 호흡을 고른 다연은 위패를 보았다.

"내년에 또 오겠습니다. 그때까지 무탈하게 계세요. 너무 기다리지 마시고요."

다시 한 번 고개를 숙이던 다연은 차마 고개를 들지 못했다. 아무리 이야기를 하고, 인사를 건네도, 대답 한 번이 돌아오질 않는다. 이곳에 오면 덜 외로울 줄 알았는데, 여기서도 자신은 외사랑 중이었다.

✳

다연이 버스에서 내렸을 땐 온몸이 녹초가 되어 있었다. 먼 길을 왔다 갔다 하는 것보다 울지 않으려 애쓰는 것이 더 버거웠다. 피로를 견디지 못하고 다연은 택시를 탔다. 아파트 건물을 보자 집에 도착했다는 안도감과 더불어 스멀스멀 아픔이 밀려왔다.

과거의 모든 기억이 덕지덕지 묻어 있는 저 집으로 자신이 왜 들어간 걸까.

뒤늦게 후회를 했지만 이젠 돌이킬 수 없다. 부모님이 귀국하기 전까지 돈을 모아서 독립하는 수밖에 없었다. 엘리베이터를 타고 7층에 내린 다연은 비밀번호를 꾹꾹 누르다가 멈칫했다. 12월 19일. 다형이와 새어머니가 자신의 가족이 된 날이었다. 한때는 파티를 열 것처럼 즐거운 기념일이었으나, 이젠 싫다. 평소엔 슬픈 영화를 봐도 잘 울지 않는데, 지금은 감정이 예민한 상태인지 뭘 봐도 눈물이 나려고 했다. 이럴 땐 어서 씻고 자는 수밖에 없다.

다연은 건성으로 비밀번호를 눌렀다. 삑 하는 소리와 함께 잠금이 해제된 문을 열고 들고 간 다연은 현관에 놓인 신발을 보곤 멈칫했다.

"왔어요?"

다연은 고개를 들어 거실 한가운데 서 있는 서준을 보았다. 그도 막 들어왔는지 목도리를 풀고 있었다. 그는 검은 청바지에 흰색 스웨터를 입고 있었다. 그의 날렵하고 부드러운 몸을 한결 도드라지게 만드는 옷차림이었다. 그러나 다연의 시선은 오늘따라 유난히 부각되는 그의 몸이 아니라 미소 짓고 있는 그의 얼굴을 향하고 있었다.

누군가가 자신을 향해 웃고 있는 게, 이상하게 안심이 되었다. 동시에 타인의 미소에 평온을 얻고자 하는 스스로가 비참했다. 목이 멘 다연은 힘없이 고개를 끄덕이며 시선을 돌렸다.

동시에 서준의 고개가 비스듬히 기울었다. 그의 얼굴에서 웃음기가 증발했다.

"무슨 일 있었어요, 라고 물으면 아니라고 대답하겠죠?"

서준의 말에 다연은 옅게 웃었다. 오늘따라 자신은 정이 많이 고픈 모양이었다. 낯설고 어려운 그의 웃음과 말이 손끝 저리도록 좋은 걸 보면 말이다. 다연은 숨을 고르며 서준을 보았다.

"피곤해서요. 쉴게요."

다연이 복도를 지나 방 문고리를 쥘 때였다. 문 위로 남자의 검은 그림자가 그려지는 것이 보일 즈음, 서준이 다연의 손을 잡아챘다. 순간 방 문고리를 쥔 다연의 손이 움찔했다. 하필이면, 이때.

"돌아봐요."

낮은 목소리로 서준이 말했다.

"피곤하다니까요."

다연은 고집스럽게 문을 응시하며 말했다.

"피곤하면 울어요?"

"……."

"직접 돌아설래요, 아니면 돌려세울까요?"

"그냥 내버려 둬요."

"후자로 하죠."

말과 동시에 서준이 다연을 돌려세웠다. 다연의 뺨엔 미처 닦지 못한 눈물자국이 길게 그려져 있었다. 이렇게 울고 있을 거라고 생각했지만, 실제로 보는 것과는 충격의 강도가 달랐다. 서준은 굳은 얼굴로 다연의 눈을 번갈아 보았다. 다연은 자포자기한 얼굴로 서준에게 삐딱하게 물었다.

"보면 속 시원해요? 이제 어떻게 할 건데요? 안아 주기라도 할래요? 아니면 다독거려 주기라도 할래요? 대체 서준 씨가 뭘 할 수 있길래……."

자신의 곪은 상처를 보여 준 것이 창피해서 따져 묻던 다연의 말이 멈췄다. 서준의 커다란 손이 자신의 뺨을 쓰다듬었다.

"위로하겠죠."

나지막한 서준의 목소리가 정수리로 떨어져 내렸다.

"도저히 그냥 보낼 수가 없으니까."

"……."

"이대로 다연 씨를 보내면 난 아무것도 못할 것 같거든요."

이건 반칙이었다. 자신이 가장 약한 순간에, 자신을 견딜 수 없게 만드는 건, 아무래도 반칙이었다. 다연이 버티려고 입술을 앙다물었다.

"참지 말고 울어요."

"……."

"혼자 이불 속에서 우는 것보단 좀 더 견딜 만할 테니까. 못 본 척해 줄게요."

"아니, 나는……."

방으로 들어가겠다, 라는 말을 하려고 했던 다연의 입술 새로 울음소리가 새어 나왔다. 그걸 시작으로 다연의 입가에서 끝없는 울음이 터져 나왔다.

도저히 견딜 수 없었고, 도무지 뿌리칠 수가 없었다. 자신의 뺨을 쓰다듬는 부드러운 손길도, 자신을 담고 있는 따뜻하고도 슬픈 눈빛도.

이 순간만큼은 그에게서 벗어날 수가 없었다.

✳

서준은 자신의 앞에서 울다 지쳐 비틀대는 다연을 거의 안다시피 들고서 그녀의 방으로 들어왔다. 다연을 침대에 내려놓은 서준이 말없이 방에서 나갔다.

다연은 그 뒷모습을 바라보다가 방문이 닫히는 것까지 확인하곤 눈을 감았다. 뒤늦게 자책이 몰려왔다.

왜 서준이 보는 앞에서 울었을까. 다른 사람 앞에서 절대로 약한 모습을 보여 주지 않는 자신답지 않게 소리를 내어 울기까지 했다. 다연이 난감함에 입술을 깨물 때였다. 방문을 두어 번 노크한 서준이 '들어갈게요.' 라고 말하더니 다연이 대답할 틈도 없이 문을 열고 들어왔다.

"무슨 일이에요?"

다연이 퉁퉁 부은 눈을 손으로 가리며 서준에게 물었다. 그는 젖은 수건을 들고 있었다.

"세수할 힘은 없을 테고, 얼굴이라도 닦아요."

"내가 할게요."

다연이 손을 뻗었으나, 서준은 그 손을 무시한 채 침대에 걸터앉았다. 그러고는 퉁퉁 부은 다연의 얼굴 위로 젖은 수건을 가져다 댔다. 다연이 뒤로 몸을 빼자 그가 긴 팔을 좀 더 뻗었다.

"내가 한다니까요."

"가만히 있어요."

그가 위로 올라오는 다연의 손을 잡아 내렸다.

"그래도……."

"내가 해 주고 싶어서 그런 거예요. 그러니까 미안해할 필요도, 불편하게 느낄 필요도 없어요."

서준의 말에 다연은 포기했는지 몸에 힘을 뺐다. 서준의 손길은 꼼꼼하고 섬세했다. 자신의 엄마조차 해 준 적이 없는, 살면서 감히 받아 보지 못한 따뜻함이었다. 오늘처럼 가슴에 시린 바람이 부는 날,

이런 행동은 자신을 약하게 만들었다.

서준은 다연의 얼굴을 부드럽게 닦아 주며 물끄러미 바라보았다. 다연의 선명한 눈매와 불그스름한 입술을 담은 서준의 눈동자에 애틋함이 맺혔다.

"왜 이렇게 잘해 줘요? 난 잘해 준 게 없는데."

다연이 잠긴 목소리로 물었다. 서준의 시선이 감고 있는 다연의 눈으로 향했다.

"잘해 주고 싶으니까요."

대답하는 서준의 입술 끝에 미미한 미소가 어렸다. 다연은 할 말이 많은 표정이었으나 더는 묻지 않았다.

"다 됐어요."

서준이 수건을 거둬들이며 말했다. 느릿하게 눈을 뜬 다연은 자신과 마주 앉아 있는 서준을 보았다.

"내가 왜 울었는지 궁금하지 않아요?"

서준은 집에 돌아와 자신이 우는 걸 귀신같이 알아채고도, 왜 울었는지 한 번도 묻지 않았다.

"왜 울었냐고 물으면 대답할 생각은 있어요?"

서준이 옅은 미소를 지으며 물었다. 자그마한 창문에서 스며들어오는 오후의 햇살에 그의 갈색 머리카락이 눈부시게 빛났다. 다연은 대답 대신 눈을 갸름하게 뜬 채 그를 바라보았다. 서준은 수건을 돌돌말아 손에 쥐고는 이어 말했다.

"내가 궁금하니까 말해 달라고 하는 건 또 다른 폭력일 수 있으니까요. 사람에겐 말할 수 없이 힘든 순간들이 종종 있잖아요."

"……."

"내가 바라는 건 하나밖에 없어요. 그쪽한테 내가 자그마한 위로 정도가 되었으면 좋겠다라는 거."

서준의 입술 끝이 부드럽게 휘었다. 사위가 벽으로 둘러싸여 있는 실내인데, 어디선가 바람이 불어오는 듯했다. 청량하고 쾌청하여 가슴을 시원하게 만드는 그런 바람.

"피곤할 텐데 쉬어요. 필요한 게 있으면 말하고요."

서준은 다연의 뺨에 붙은 그녀의 머리카락을 떼어 주고는 자리에서 일어났다. 다연은 걸터앉은 채 꼼짝도 하지 않았다.

"필요한 거 없어요."

"그럼 누워요."

서준은 팔짱을 낀 채 그녀를 바라보다 한마디 덧붙였다.

"눕히기 전에."

잠시 멍하게 있던 다연은 서준의 말에 침대에 누웠다.

"잘 자요."

서준은 다연이 편하게 잘 수 있도록 방을 나섰다. 쿵 소리가 나면서 문이 닫혔다. 서준은 그 문에 기대섰다. 다행히 문 너머에서 울음소리가 들려오진 않았다. 안도의 한숨을 조용히 내쉰 서준은 무심히 바닥을 보았다. 바닥에 눈물이 가득이었다. 서준은 자신의 주머니에서 손수건을 꺼내 흥건한 눈물을 닦았다. 떨어질 때 무척이나 뜨거웠을 눈물은 차갑게 식어 있었다. 서준은 축축하게 젖은 손수건을 괴로운 표정으로 바라보았다.

많이도 울었네, 마음 아프게.

서준의 어두운 시선이 다시금 닫힌 방문으로 향했다.

✽

방으로 돌아온 서준은 휴대폰에 찍힌 부재중 전화를 보았다. 매니저, 다형, 유선에게서 걸려 온 전화였다. 그들은 서준이 전화를 받지 않을 걸 알았는지 용건을 문자로 남겨 놓았다. 매니저는 스케줄 변경을 통보했고, 다형은 간단한 저녁 모임이 있는데 나오지 않겠냐는 연락이었다. 유선의 문자는 저녁 식사를 함께했으면 좋겠다는 의사가 담긴 것이었다.

[오늘 저녁은 바빠]

서준은 같은 문자를 다형과 유선에게 동시에 전송한 후 휴대폰을 책상 위에 내려놓았다. 지금은 그 누구도 만나고 싶지 않았다. 정작 자신의 앞에서 운 사람은 낮은 숨소리를 내며 잠들었는데, 남겨진 자신은 손에 힘이 풀려 어떤 것도 할 수 없었다.

방 안에서 길을 잃은 사람처럼 한가운데 맥없이 서 있던 서준은 창문을 열어젖혔다. 그러자 창밖에서 어른거리던 차가운 바람이 훅 불어쳤다. 서준은 자신의 머리카락을 세차게 휘젓는 바람을 한참이나 쐬고서야 눈에 초점을 찾을 수 있었다.

세상은 흐린 빛에 휘감겨 있었고, 바람은 끝없이 세찼다. 꼭 이런 날이었다.

어린 그가 어린 그녀를 만났던 날은.

3.

　다음 날 이른 시각부터 다연은 주은의 연락을 받았다. 스튜디어에서 촬영한 것으로 부족하니 야외에서 추가 사진 촬영을 하고 싶은데 시간이 되느냐는 내용이었다. 매주 일요일마다 휴업을 하기 때문에 다연으로썬 별 상관이 없었다. 서준의 스케줄부터 먼저 챙기라는 다연의 말에 주은은 이미 연락을 해 답변을 받았다고 했다. 오후 2시에 만나기로 약속을 한 후 다연은 간단히 준비를 한 후 부엌으로 들어왔다.

　[누나, 자는 것 같아서 말없이 나가.]

　냉장고에 다형이 남겨 놓은 메모가 붙어 있었다.

　[저는 산책 나가요.]

　전혀 다른 필체로 남겨진 메모를 보았다. 이 필체는 아무래도 서준인 모양이었다. 어제 오후에 신세 진 게 미안해서 서준의 아침이라도 챙겨 주려고 했던 계획이 무너졌다.

　밥이라도 먹으면서 간단히 이야기하려고 했는데…….

갑작스레 3시간이 텅 빈 다연은 팔짱을 낀 채 닫힌 서준의 방을 보았다.

불현듯 자신의 머리를 쓰다듬던 그의 손길이 떠올랐다. 봄볕처럼 따스했고, 가을바람처럼 부드러웠던 그 손길에 무너졌던 자신의 모습 또한 생각났다. 평소 그녀의 성격이라면 지금쯤 민망해야 하건만, 별달리 후회가 되지 않았다. 다른 사람들에게 자신의 허물어진 모습을 이야기하지 않을 거라는 믿음이 있어서인지는 알 수 없었다.

잠시 방문을 쳐다보던 다연은 간단히 아침을 챙겨 먹은 후 카메라를 챙겨 들고 일찍 나섰다. 시간이 어중간하게 남거나, 마음이 텅 빌 때면 출사가 답이었다. 버스 정류소에 선 다연은 어디를 갈까 잠시 고민했다. 그러다 가장 마지막 버스 번호에 눈길이 닿았다.

121번. 한 번도 이용해 보지 않은 버스였다. 정거장을 주르륵 눈으로 훑던 다연의 시선이 중간쯤에 닿았다. 목산동. 그녀의 외할머니가 살았던 동네였다. 그다지 멀지도 않으면서 쉽사리 발이 닿지 않는 곳이었다.

때마침 121번이 도착했고 결정을 내리기도 전, 그녀의 발이 먼저 움직였다. 일요일의 아침 버스는 텅 비어 있었다. 겨울 햇살이 뽀얗게 내려앉는 마지막 자리에 앉아 다연은 창밖을 바라보았다. 버스는 낯선 거리를 달렸다. 이윽고 그녀의 눈에도 익은 동네로 접어들기 시작했다.

버스에서 내린 다연은 숨을 깊게 들이마셨다. 같은 하늘 아래 같은 공기겠지만, 추억이 잔뜩 묻은 공기에는 진한 냄새가 묻어 있었다. 울적했던 기분이 한결 가시는 듯했다. 카메라를 목에 메고서 천천히 동네를 걸었다. 몇 군데의 집이 바뀌긴 했지만 전반적인 거리는 그대로였다. 가로등의 위치도, 그녀가 종종 걸어가던 동네도, 이가 빠진 슈퍼의 간판조차도.

다연의 걸음이 오래된 2층 집 앞에 멈춰 섰다.

"그대로구나."

어머니를 향한 자신의 사랑이 외사랑이라는 것을 깨달은 후, 그해 겨울방학 내내 외할머니 집에서 시간을 보냈다.

생모의 어머니인 외할머니는 아주 오랜만의 손녀 방문에 즐거워했다. 자신의 딸을 아주 많이 닮은 다연에게 무엇이든 다 해 주고 싶어 했다. 외할머니의 끊임없는 사랑을 받으며 다연 또한 그곳에서 마음을 내려놓고 지냈다. 함께 밥을 해 먹었고, 함께 잠을 잤으며, 할머니가 기도하는 시간에 다연은 일기를 썼다. 그리고 그것이 외할머니와 보내는 마지막 시간이었다.

다음 해 여름을 맞이하기도 전에 지병으로 돌아가셨고, 뒤늦게 다연은 외할머니가 자신에게 보낸 편지를 받았다.

[이 할미가 아주 많이 사랑해. 씩씩하게 살아. 다연아.]

메모처럼 짧은 편지였다.

'할머니는 내가 편지를 보내도 답장 안 하잖아요. 섭섭해요.'

할머니가 까막눈이라는 걸 몰랐던 철없던 7살 손녀가 했던 투정이 가슴에 사무쳐서 보낸 마지막 편지라는 말을 동네 사람으로부터 전해 들었다. 그리고 이 편지를 쓰기 위해 얼마나 많은 연습을 했는지까지도.

한참이고 편지를 들여다보던 다연은 그 편지를 품에 안지 못했다. 차마 구겨질까 봐서 받치고 든 채로 아주 오래도록 울었다. 그림처럼 삐쭉삐쭉 그려진 그 말들 속에 자신을 무조건적으로 사랑해 주던 마음이 담겨 있었다. 그 사랑이 그녀를 지금껏 버티게 만들었다.

다연은 그 집을 바라보다가 천천히 눈을 감았다. 검은 눈꺼풀 아래로 할머니의 삐뚤빼뚤한 글씨가 금세 떠올랐다. 답장을 할 수 없는 편지가 얼마나 무거운지 다시금 느껴졌다.

느릿하게 눈을 뜬 다연은 카메라에 2층집의 모습을 담았다. 눈물이 맺혀 뿌옇게 보이는 그 집을 찍고, 또 찍었다.

공기도, 집도, 바람도 모든 것이 그대로인 이 동네에 사랑하는 사람만 없다. 자신이 자라난 만큼 흘러간 세월이 사랑하는 사람들을 닦아 내 버렸다. 가슴에 다시금 겨울이 찾아왔다. 그러나 다연은 입술 끝에 힘을 바짝 주어 웃었다.

"씩씩하게 살아왔어요. 앞으로도 그럴 거고."

1년에 한두 번씩은 이렇게 휘청거려도, 라는 뒷말은 하지 않았다. 다연은 부는 바람에 헝클어진 머리카락을 쓸어 넘기며 길을 따라 천천히 걸었다. 짧은 시간을 보냈지만 이 동네엔 많은 추억이 있었다.

외할머니와의 따뜻하고도 부드러운 추억을 되새기며 길을 따라 걸어가던 다연의 걸음은 어느새 육교까지 닿았다. 다연의 입술이 자그맣게 벌어졌다.

아, 이곳도 있었구나.

카메라를 든 다연은 4차선 도로를 가로지른 육교와 손가락처럼 뻗어 있는 나뭇가지를 담았다. 찰칵, 소리와 함께 사진이 찍혔다. 사진이 제대로 찍혔는지 확인한 후 다연은 육교를 올랐다. 이곳저곳을 보수공사했는지 육교가 얼룩덜룩했다. 다연은 육교의 중간쯤 멈춰 서서 아래를 내려다보았다. 눈앞이 아찔할 만큼 높았고, 아래로 쌩쌩 지나가는 자동차들이 위험하게 느껴졌다. 아주 잠시만 보고 있어도 어지럼증이 나는 이곳을, 14년 전 한 아이는 오래도록 바라보고 있었다. 상념에 잠긴 듯 다연의 눈이 가늘어졌다.

✳

14년 전, 할머니의 집에서 머물 때였다. 서점에 들를 생각으로 건너던 이 육교에서 한 아이를 보았다.

다연은 그 순간의 풍경을 아직도 잊지 못했다. 어슴푸레한 푸른빛이 도는 비 오는 날의 오후, 가로등 불빛이 드문드문 켜져 있는 텅 빈 육교에 서 있던 아이. 가랑비를 맨몸으로 맞고 선 채 육교 아래만 하염없이 바라보던 그 아이의 부스스한 갈색 머리카락, 깡마른 몸, 육교를 잡고 선 겨울 나뭇가지 같은 앙상한 손가락까지도.

그 아이의 자그맣게 굽어 있던 어깨가 쓸쓸해 보였다. 육교 한가운데 늘어져 있던 그림자 또한 무척 지쳐 보였다. 이 넓은 세상에 유일하게 살아남은 마지막 인류처럼 외로워 보이는 그 모습에서 눈을 뗄 수 없었다.

순간 텅 소리가 나며 세상의 모든 소리가 귓가에서 사라지고 오로지 그 아이만 눈에 들어왔다. 자신의 마음을 꺼내어 인간으로 만들어 놓으면 저 모습이 나올 것 같다는 터무니없는 생각에 사로잡혔다.

그 순간 아이가 미미한 움직임을 보였다. 육교 위로 발을 올리기 시작했다. 난간 위에 서려고 하는 아이의 모습을 본 순간 다연의 입이 벌어졌다. 갑자기 정신이 번쩍 들었다.

"아, 아, 안 돼."

비명을 지르고 싶었는데 목이 졸린 것처럼, 목소리가 쥐어짠 것처럼 나왔다. 아이가 육교 난간 위로 걸터앉는 데 성공했다. 아이의 낡고 더러운 신발이 난간의 위로 올라갔다. 보고 있던 다연의 손끝이 덜덜 떨렸다. 어쩔 줄 모르던 다연은 아이가 육교 위에 서려고 하는 것을 보곤 우산을 내팽개치고 달렸다.

"안 돼!"

다연이 아이를 낚아채서 바닥으로 끌어내리다가 반동으로 뒹굴었다. 부딪힌 허리와 엉덩이에서 얼얼한 통증이 느껴졌으나 다연의 시선은 오로지 자신의 품에 안긴 아이만 향했다. 품에 안고 보니 자신보다 훨씬 작은 체구의 아이였다. 동시에 아이의 얼룩덜룩한 얼굴이 보였다. 누군가에게 얻어맞은 것이 확실했다. 아이의 텅 빈 시선이 다연에게 닿았다. 미쳤냐고, 지금 죽을 뻔한 걸 아냐고 윽박지르려던 다연의 말문이 턱 막혔다.

아이의 눈을 바라본 것뿐인데 가슴이 시렸다. 지독한 통증을 버티다가 어느새 통증을 자각할 수 없는 지경에 달한 눈빛이었다. 갑자기 울컥 울음이 터져 나오려고 한 다연은 억지로 울음을 삼키며 아이를 일으켰다. 아이의 부스스한 머리를 탈탈 털어 주고, 옷도 털어 주었다. 더럽고 냄새나는 옷차림에, 신발의 밑창은 너덜너덜했다. 한눈에 봐도 학대를 당한 아이의 모습이었다.

그 모습을 보는데 눈앞이 어질어질했다. 대체 어떤 삶을 살았길래. 그리고 왜 자꾸 이 아이가 자신의 마음을 형상화시킨 것 같은지 모르겠다. 생각이 많아지면서 숨이 차올랐다.

"죽을 생각 하지 마."

다연이 자신도 모르게 말했다. 그러고서 이내 후회했다. 처음 보는 아이다. 아무리 자신 같아서 외면할 수 없었다고 해도, 굳이 할 필요 없는 말이었다.

"왜요?"

아이의 무감정한 목소리에 옷을 털어 주던 다연의 손길이 멈칫했다. 천천히 고개를 든 다연은 다시금 그 눈빛과 마주했다. 감당할 수 있는 통증을 넘어 버려 통점조차 상실한 눈빛. 다연은 저도 모르게 제 왼쪽 가슴께를 꽉 눌렀다. 이러지 않으면 온몸이 얼어서 죽어 버릴 것 같았다.

"왜, 죽으면 안 되는데요?"

무감각한 얼굴로 아이가 대답을 듣고야 말겠다는 듯 다시 한 번 물었다.

"몰라."

다연의 대답에 아이는 무반응했다. 마치 그럴 줄 알았다는 것 같기도 했고, 전혀 상관없다는 것 같기도 했다. 다연은 반쯤 무릎을 굽히고 앉아 아이의 옷을 마저 털어 주었다. 그러고는 외투에서 장갑을 꺼내 부르튼 아이의 손에 끼워 주었다.

"그냥 네가 죽는 게 싫어."

"……"

"네가 죽으면, 내가 미친 듯이 슬플 거 같아."

"……"

"그래서 내가 아주 많이 울 것 같아."

처음 아이의 쓸쓸한 뒷모습을 보는 순간, 그의 외로움에 동감했다. 그것만으로도 다연은 이 아이가 죽도록 내버려 둘 수 없었다. 전에 없던 참견이라는 걸 알면서도 다연은 그 와중에 착한 사마리아인의 법을 떠올렸다. 그래서 그런 거다.

다연은 잠시 아이를 보며 고민했다. 어떻게 해야 할까.

"일단 나랑 같이 내려가자."

또 뛰어내리려고 하면 안 되니까.

아이는 대답하지 않았으나, 다연의 손을 뿌리치진 않았다.

다연은 아이의 손을 잡은 채 육교에서 나뒹구는 우산을 주웠다. 육교에서 함께 내려오는 내내 둘은 아무 말도 하지 않았다. 땅에 발을 딛는 순간 기묘하게도 살았다는 안도감이 들었다.

이제 어떻게 하지.

잠시 고민하던 다연은 곧장 서점 옆에 있는 신발 가게를 보았다. 고개를 돌려 아이의 낡은 신발을 보았다. 너무 낡아서 이 추운 날 신고 다녀도 별 효과가 없어 보였다. 아까부터 신경 쓰였는데…… 다연은 입술을 깨물고서 고민하다가 아이의 손을 잡고 무작정 신발 가게 안으로 들어갔다.

"이 아이 발에 맞는 신발 한 켤레만 주세요."

신발 가게 주인은 초라한 행색의 아이가 못마땅한 듯 얼굴을 구겼으나 다연의 재촉에 못 이겨 신발을 골라 왔다. 검은색, 갈색, 파란색 신발이 아이의 앞에 놓였다.

"어떤 신발을 갖고 싶어?"

"……"

왜요, 라고 물을 때와 달리 아이는 묵묵부답이었다. 이런 곳에 처음 오는 사람처럼 멍하게 신발만 바라보고 있었다. 다연은 무작정 갈색을 집어 들었다.

"이게 예쁜 거 같아. 이거 신어 보자."

아이의 더러운 신발을 벗겨 낸 후 갈색 신발을 신겼다. 역시나 아이의 더러운 신발은 밑창이 나간 지 오래였다. 거의 맨발로 걸어 다 닌 셈이었다. 뒤늦게 신발을 본 주인아줌마가 얼굴을 와락 구겼다. 다 연은 못 본 척하며 아이에게 물었다.

"어때?"

"······돈, 없어요."

겨우 열 살쯤 되어 보이는 아이의 말이 다연의 마음을 아프게 찔러 왔다.

그래서 아무 말 없이 머뭇댔구나.

"그건 걱정 하지 말고. 어때? 발이 아프진 않아? 불편하지 않고? 조금 걸어 볼래?"

아이는 잠시 다연의 얼굴을 바라보다가 시키는 대로 움직였다. '편 해?' 라고 물어보는 다연에게 아이는 말없이 고개를 끄덕였다. 다연은 신발의 가격을 지불하고는 아이를 데리고 나왔다.

두 사람은 버스 정류소에 나란히 앉았다. 아이의 신발을 사 주고 나니 땡전 한 푼도 남지 않아 비를 피할 수 있는 곳이 당장 여기밖에 없었다.

그러나 버스를 타러 온 사람들이 눈살을 찌푸리며 아이를 바라보는 통에 다연은 어쩔 수 없이 놀이터로 자리를 옮길 수밖에 없었다. 놀 이터에 도착하자 아이는 자연스럽게 미끄럼틀 아래로 들어갔다. 이곳 이 낯설지 않은 모양이었다. 잠시 곤욕스런 표정으로 바라보고 있던 다연도 뒤따라 들어갔다. 어차피 비가 와서 앉을 곳도 마땅치 않았다.

미끄럼틀 아래엔 다행히 두 사람이 앉을 정도의 공간이 남아 있었 다. 다연은 우산을 펼쳐 미끄럼틀 아래의 입구를 막았다. 그러자 한결 바람이 덜 들어왔다. 빗방울이 미끄럼틀 위로 떨어지며 퉁퉁 소리를 냈다.

잠시 빗소리를 듣고 있던 다연은 주머니에서 캐러멜을 꺼내 내밀었다.

"먹을래?"

역시나 묵묵부답. 제 얼굴을 빤히 보고 있는 아이에게 캐러멜을 까서 입에 넣어 주었다. 잠시 머뭇거리던 아이는 입을 오물거리는 다연을 따라 입을 움직였다. 혼자 있는 것이 안쓰러워서 여기까지 들어와 캐러멜까지 나눠 주기까지 했는데 그 이후엔 무엇을 해야 할지 몰라 다연은 멍하게 앞만 보았다.

"집은?"

한참 만에 하는 다연의 질문에 아이의 어깨가 움찔거렸다.

이 아이도 집이 싫어서 도망쳐 나온 거구나.

그러나 아이의 꼴은 단순히 집이 싫어서 나온 행색은 아니었다. 너저분한 옷들 틈으로 보이는 몸들이 푸르게 멍들어 있었다.

"혹시 학대를 당하고 있니?"

다연의 질문에 다시 한 번 아이의 어깨가 움찔거렸다. 그것이 긍정을 뜻하는 걸 알았기에 다연은 낮게 침음했다.

"경찰에 신고는 했어? 부모의 학대는 올바른 게 아니야. 경찰에 신고하면 어른들이 너를 아동복지 기관으로……."

"다 알아요."

네가 아는 상식쯤은 나도 다 알고 있다는 듯, 하는 아이의 말에 다연은 입을 다물 수밖에 없었다. 이런 정보를 다 알면서도 수용할 수밖에 없다는 건 이 아이에게 말 못 할 사정이 더 있다는 것이었다. 더불어 그 말 못 할 사정에 생판 남인 자신이 끼어들 수 없다는 것도 알았다. 다연은 고개를 돌려 다시 비가 내리는 동네의 풍경을 바라보았다.

"하긴, 너나 나나."

얼마 후 다연은 쓰게 웃으며 자조했다.

부슬부슬 내리는 빗방울은 스산했다. 부는 바람은 차가웠고, 잎사귀를 모두 떨군 놀이터의 나무들은 을씨년스러웠다. 늘 보는 풍경을 다른 각도에서 목격한다는 건, 다른 세상에 떨어진 것처럼 신비로운 일이었다. 그리고 또 그만큼 외로운 일이었다. 다연의 눈동자가 차분한 빛을 띠었다.

잠시 침묵을 지키던 다연이 입을 열었다.

"죽을 만큼 아프겠지만, 그래도 스스로를 때리진 마. 다른 사람들이 널 때린다고 해서 네게 맞아야 할 이유가 있는 건 아냐."

다연의 목소리가 빗소리에 섞였다. 아이의 시선이 다연을 향했다. 그러나 다연은 여전히 앞을 보며 말을 이었다.

"그리고 죽는 건 더 안 되고. 네 가치를 다른 사람이 재도록 두지 마. 힘들겠지만 스스로를 사랑하도록 해. 이건 너한테 하는 말이자, 나한테 하는 말이기도 해."

"······."

"난 마음을 얻어맞았거든. 당연히 나를 사랑하고 있을 거라고 믿은 사람이, 내가 세상에서 제일 사랑하던 사람이 실은 나를 사랑하지 않더라고. 나를 향한 따스함과 친절함은 불편함에서 비롯된 예의였었어. 내 편이 아무도 없더라. 세상에 혼자 남은 것처럼 막막하고, 답답하고, 화가 나고, 그러다가 눈물 나고······."

다연이 입술을 깨물었다. 잠시 호흡을 고른 다연이 말을 이었다.

"주제넘는다고 생각하면 미안. 단지 그냥 넘어갈 수가 없었어. 넌 나를 좀 닮은 거 같거든."

다연의 시선이 아이를 향했다. 아이의 얼굴이 미미하게 구겨져 있었는데 다연의 말을 납득하지 못하는 표정이었다. 다연은 손을 들어 아이의 엉망이 된 머리를 쓰다듬었다. 아이가 익숙하지 않은지 움찔거렸으나 크게 거부하진 않았다. 다연의 입술 끝이 미미하게 올라갔다.

"내 마음이 사람으로 둔갑할 수 있으면 딱 너일 거야. 너처럼 아파도 아픈지 모르는 이런 얼굴을 하고서, 스스로 하는 책망에 마음이 미치도록 얻어맞고 있겠지. 그러고도 아픈지 모르고, 슬픈지도 모르고…… 그래서 그냥 지나칠 수가 없었어."

미소 짓던 다연의 눈가가 쓸쓸해졌다.

어머니가 자신에게 보였던 친절함은 사랑이 아니라 예의였음을 깨달은 순간, 그녀는 스스로를 때렸다. 10년이 넘는 세월 동안 어머니가 자신을 사랑하지 못한 것은 자신의 탓이 클 거라고. 어떻게 해서든 스스로에게서 이유를 찾으려 애썼다. 그럴수록 마음이 더 다치고, 고통이 깊어지는 것도 모른 채.

길다면 길고 짧다면 짧은 시간이 지나서야 다연은 알았다. 어머니가 자신을 사랑하지 않는 건 자신의 탓이 아니었다. 그것은 어머니의 탓도 아니었고, 그 누구의 탓도 아니었다. 어머니도, 자신도 피해자였을 뿐이다. 그 사실을 깨닫긴 했지만, 그렇다고 해서 다친 마음이 아물진 않았다. 다만 적어도 죽을 것만큼 괴롭진 않았다.

"네가 잘됐으면 좋겠다. 아픔을 씩씩하게 이기고, 누구보다 잘 사는 모습으로 다음에 보고 싶어."

그 모습을 보고 내가 위로받고 싶은 건지도 모르지. 옅게 웃은 다연은 자신의 외투를 벗어 아이에게 입혀 주었다.

"됐어요."

거절하는 아이의 말에도 불구하고 다연은 아이의 몸 위로 옷을 억지로 입혔다.

"입어. 선물이야. 이것도 받고."

다연은 들고 있던 캐라멜까지 선물로 주었다. 줄 수 있는 거라면 다 주고 싶었다. 그래서 이 아이의 고통을 조금이라도 덜어 줄 수 있다면 탈탈 털어서 전부 다 주고 싶었다.

아이는 다연의 억지에 못 이기는 척 외투와 캐라멜을 받아 들었다. 마음을 다쳤다고 해서 추위를 못 느끼는 건 아니었을 거다. 몸을 더욱 둥글게 마는 아이를 다연은 턱을 괴고서 바라보았다.

"더 필요한 건 없어?"

다연의 물음에 아이는 고개를 가로저었다.

"내가 도와줄 건?"

아이는 다시 한 번 고개를 가로저었다. 다연은 잠시 고민하며 눈썹을 구겼다.

"음, 아니면 우리 집 가서 쉴래? 우리 집이 여기서 가깝거든. 2분만 걸으면 돼."

고민 끝에 다연이 물었으나 아이는 고개를 절레절레 흔들었다. 다시금 침묵이 찾아들었다. 줄 것도 다 주었고, 할 것도 없으니 가야 한다는 걸 알면서도 다연은 한참이나 그 자리를 떠나지 못한 채 아이를 바라보았다. 내일이면 집으로 돌아가야 할 테니 이 아이를 다시 볼 순 없을 거다.

다연은 손목시계를 보았다. 생각보다 시간이 많이 늦었다. 아마 걱정 많은 할머니는 발을 동동 구르고 있을 게 틀림없었다.

"가 봐야겠다. 정말로 필요한 건 없어?"

아이는 고개를 절레절레 흔들었다. 다연은 손을 들어 다시 한 번 아이의 머리를 쓰다듬어주었다.

"가 볼게. 다음에, 아주 다음에 죽지 말고 살아서 꼭 다시 보자. 우산은 네가 가져."

다연이 우산을 치우며 미끄럼틀 밖으로 나올 때였다.

"……저기요."

자그마한 아이의 목소리가 다연의 발을 잡았다. 아이가 처음으로 자신에게 말을 걸었다.

"응?"

다연은 미끄럼틀에서 어정쩡하게 몸을 뺀 채 뒤를 돌아보았다. 아이의 옅은 갈색 눈이 반짝 빛났다.

"앞으로 여기 안 와요?"

"응, 내일 아침이면 집으로 돌아가거든."

다연의 말에 금세 아이의 얼굴이 어둡게 변했다. 덩달아 다연은 미안한 마음을 느꼈다. 자신이 마음 편하고자 베푼 친절이 정이 고픈 이 아이에겐 또 다른 아픔이 될 거라는 걸 미처 인식하지 못했다.

"……이름이 뭐예요?"

아이가 대뜸 물었다.

"나이는요?"

"……."

다연이 의아한 듯 쳐다보자 아이가 말을 덧붙였다.

"다음에 알아보려면, 알아야 하잖아요."

"아, 그러네."

다연은 미끄럼틀 안에 다시 쭈그리고 앉아 아이를 보며 빙긋 웃었다.

"내 이름은 주다연이야. 나이는 열다섯."

"주다연……."

아이가 되새기듯 이름을 한 번 더 불렀다.

"응, 다음에 보자."

다연은 아이에게 손을 흔들어 보이고는 빗줄기 사이로 달려 나갔다. 비가 쏟아지는 놀이터를 가로질러 뛰어가던 다연은 자신의 등 뒤에 꽂히는 시선을 느꼈다.

그것이 그 아이와 처음이자 마지막 만남이었다.

그 후로 다연이 몇 번이나 놀이터와 육교를 찾아갔지만 그 아이를 더는 볼 수 없었다.

✳

겨울의 뽀얀 오전 햇살이 상념에 잠긴 다연의 얼굴 위로 내려앉았다. 행인이 어깨를 툭 치고 지나가서야 다연의 눈에 초점이 잡혔다.

그랬더랬다, 라고 끝나는 오래된 이야기. 시간이 많이 흘러 이젠 많은 부분이 흐릿해져 버린 기억.

피식 웃은 다연은 카메라를 들어 육교 아래를 담았다. 아이가 보았을 세상을 렌즈 안에 담고서 한참이나 바라보았다. 강 속을 빠르게 헤엄치는 물고기처럼 자동차들이 거침없이 달려갔다. 한 장, 두 장.

연달아 셔터를 눌러 몇 장의 사진을 찍고도 다연은 그 자리를 떠날 줄 몰랐다.

아마 그 아이의 세상은 자동차가 거침없이 다니는 도로 위보다 위험했을 거다. 그래서 그 아이는 차라리 도로로 떨어지려 했을 거다.

이제 와 생각해 보면 그것은 잘못된 위로였다. 그녀도 어려서 자신보다 더 어린 생명을 위해 현명하게 대처할 방법을 알지 못했다. 그때 무리를 해서라도 그 아이가 좀 더 안전한 환경으로 가는 것을 봤어야 했다.

"내가 나빴네."

한숨을 내쉬자 뽀얀 입김이 파란 하늘로 퍼져 나갔다. 고개를 들어 눈이 시리도록 새파란 하늘을 바라보던 다연은 손목시계로 시선을 옮겼다.

이제 약속 장소로 갈 시간이다. 몸을 돌린 다연은 순간 세차게 불어오는 바람에 눈을 감았다. 칼바람에 베인 것처럼 눈동자가 시렸다. 잠시 눈을 꼭 감고서 숨을 들이마시던 다연이 천천히 눈을 떴다.

조금씩 보이는 세상 가운데 그가 서 있었다. 아주 오래전 자신이 선물했던 외투와 같은 색의 코트를 입은 남자가, 고개를 비스듬히 기울이고서 그녀를 바라보고 있었다. 다연의 입술이 자그맣게 벌어졌다.

네가 여기 왜?

방금 전까지 시끄럽게 귀를 울리던 소리들이 한순간 사라졌다. 모든 신경이 눈으로 쏠리는 듯했다. 그렇지 않고서야 열 발자국 넘게 떨어진 그의 미소가 이토록 자세히 보일 수 없었다.

주머니에 손을 깊게 찔러 넣은 그가 한 발, 한 발 가깝게 다가왔다.

동시에 그의 얼굴을 보기 위해 다연의 목이 조금씩 뒤로 젖혀졌다. 한 발자국 남긴 거리에 그가 멈춰 섰다. 다연의 눈동자가 서준의 얼굴에서 떠나질 않았다.

어째서 이곳에 나타난 거지? 왜 여기에 있어?

다연은 수많은 물음을 담고서 서준을 바라보았다. 혼란스러움에 아무 말도 못 하는 다연을 보며 서준이 옅게 웃었다.

"그때, 꼭 해 주고 싶던 말이 있었어요."

가을바람처럼 부드럽게 귀를 휘감는 목소리에 다연이 숨을 들이마신 채 굳었다. 서준의 얼굴 위로 아련한 웃음이 맺혔다.

"고마워요."

"……."

"이 말을, 이제야 하네요."

다연의 시선이 서준의 입술에 닿았다.

끝이 위를 향한 입매.

분명 낯선데 어디서 본 듯했다.

다연의 시선이 서준의 얼굴에서 떠날 줄 몰랐다. 한참이나 입술을 떼어 냈다가 붙이기를 반복하던 다연이 가까스로 말을 꺼냈다.

"……그 애는 여자였어. 내가 기억하는 그 애는 분명히……."

다연은 얼굴이 퉁퉁 부어 엉망인 아이를 떠올렸다. 얼굴은 엉망이라 알아볼 수 없었지만, 어깨까지 오는 갈색 머리카락과 유난히 가늘고 마른 체구가 떠올랐다. 당시의 체형과 뼈대는 13살의 남자애의 것이라고 보기 힘들었다. 고작 해야 열 살 정도.

"아아. 그래서 날 몰라봤군요? 난 여자라고 말한 적 없는데."

서준의 눈이 가늘어지면서 입술이 길게 늘어났다. 다연은 이마를 짚었다. 혼란스러운 상황에 직면하자 어떤 질문부터 해야 할지 감이 잡히질 않았다.

여긴 어떻게 알고 온 건지, 자신을 처음부터 알아본 건지, 왜 말하지 않은 건지, 언제부터 안 건지 등등.

"일단 여긴 어떻게 온 거야?"

"좋아하는 산책 코스예요."

아침에 냉장고에 붙여 놓은 산책한다는 포스트잇이 떠올랐다.

"하……."

기가 막힌 다연이 잠시 할 말을 잃었다. 그런 다연을 서준이 차분하게 기다려 주었다.

"더 할 말 없어요?"

"그러니까……."

두 번째 질문을 해 보기도 전에 다연의 휴대폰에서 벨소리가 흘러나왔다. 주은이었다. 다연이 휴대폰을 귀에 가져다 댔다.

"어, 주은아."

―어디야? 오고 있어?

"아……. 어. 이제 나가려고."

잠시 주은의 촬영을 잊고 있던 다연이 다급하게 말했다.

―그래, 알았어. 오고 있다니까 됐다. 어서 와.

"응."

다연은 통화가 끝난 것을 확인한 후 휴대폰을 주머니에 넣었다.

"일단 촬영장으로 가자. 가면서 이야기해. 아니, 가면서 이야기해요."

정신이 없어서 다연은 자신도 모르게 반말과 존댓말을 섞어 했다.

서준은 웃으며 고개를 끄덕였다. 다연이 돌아설 때였다.

"손, 잡을래요?"

갑작스레 등 뒤에서 들리는 말에 다연이 다시 반쯤 돌아섰다.

자신이 잘못 들은 건가.

그러나 서준은 하얗고 긴 손가락이 유난히 도드라지는 손을 내밀고 있었다.

"그때처럼."

"······."

"아니면 이번엔 내가 손을 잡아 줄까요?"

서준이 웃으며 고개를 비스듬히 기울였다. 다연의 시선이 서준의 뼈마디가 불거지게 나온 손에 닿았다. 새삼 저 손이 자신의 머리를 쓰다듬었던 때가 떠올랐다. 뜨겁고 커다란 손이라서, 결국 자신을 무너뜨려 버린 손. 그때가 생각나 얼굴이 홧홧해진 다연은 재빨리 돌아섰다.

"아뇨. 어서 내려가죠. 미적거리면 늦을 것 같아요."

다연이 서둘러 내려가는 모습을 바라보던 서준은 손끝을 오므려 주먹을 쥐었다. 아쉽다. 서준은 긴장한 듯 굳은 다연의 등을 바라보며 뒤따라 걸었다.

아주 오래전, 자신을 삶으로 끌어 주던 따뜻한 느낌이 어디선가 느껴지는 듯했다.

✱

육교에서 약속 장소인 다연의 가게까지는 택시로 15분 정도 걸렸다. 그동안 다연은 몇 번이고 무언가 말을 하려고 달싹이다가 입을 다물길 반복했다. 서준은 진즉부터 알아채고 있었으나 다연에게 알은 척 내색하지 않았다.

주은이가 미리 봐 놓은 골목은 깔끔하고 깨끗했다. 인적도 드물어 사진 촬영하기 편했다. 다만 단점은 옷 갈아입을 곳이 마땅찮은 것이 었는데, 이것도 주은이가 미리 인근의 상가에게 양해를 구해 화장실 을 빌리기로 했다는 말을 전했다.

서준은 인근 화장실에서 옷을 갈아입은 후 거울에 비친 제 모습을 보았다. 입술 끝이 아까 전부터 내려가질 않았다.

다연이 그곳에 올 줄 몰랐다. 늘 그 곳을 산책하면서 다연이 나타 나길 소망했지만, 이렇게 불현듯 예고 없이 이루어질 줄 몰랐다. 기분 이 좋으면서 묘했다. 정신없이 설레어하는 스스로가 우스워 픽 웃은 서준은 골목길로 나섰다. 다연은 촬영 준비를 마쳤는지 카메라를 손 에 쥐고 있었다. 손끝이 빨갛다. 동시에 서준의 눈가가 찌푸려졌다.

"장갑 없어요?"

서준이 주은에게 다가가 물었다.

"장갑요? 있긴 한데 컨셉에 안 어울릴 것 같아서요. 손 시려워요?"

서준의 물음에 주은이 난처한 듯 물었다.

"저 말고 사진사님요."

주은의 시선이 곧장 다연의 손으로 향했다.

"어머, 너 손이 왜 이래?"

"괜찮아."

"괜찮기는. 어휴, 장갑 없는데……."

주은이 난처한 듯 혀를 차며 들고 온 가방을 뒤적거렸다. 상황을 지켜보던 서준은 성큼성큼 다연의 앞으로 다가왔다. 왜 이러냐는 듯 쳐다보는 다연에게서 서준은 카메라를 빼앗았다.

"왜 이래요?"

당황한 다연의 물음에도 서준은 대답 대신 카메라를 땅에 내려놓았다. 그러고는 바지 뒷주머니에서 자신의 장갑을 꺼냈다. 다연이 말릴 새도 없이 서준은 다연의 손에 장갑을 끼워 주었다. 가방을 뒤지고 있는 주은의 눈치를 힐끗 보며 손을 빼려고 했으나 요지부동이었다.

"난 누구 때문에 겨울에 꼭 장갑을 챙겨 다니는데……."

"……."

"누구는 이렇게 맨손으로 다니네요."

어느새 다연의 양손에 장갑이 끼워졌다. 서준이 만족스럽다는 듯 미소 지었고, 다연은 숨이 막혀 한 마디도 하지 못했다. 이상하게도 누군가가 가슴 위에서 쿵 하고 뛴 것처럼 떨렸다. 다연은 서준을 더는 쳐다보지 못하고 시선을 비스듬히 비켰다.

"손 안 시려워요."

다연이 머뭇거리며 말했다.

"보는 내 눈이 시려서요. 무조건 끼고 있어요. 안 그러면 촬영 안 할 거예요."

"하여튼…… 고마워요. 잘 쓰고 돌려줄게요."

"그래요. 꼭 반납해요."

서준이 웃으며 한 걸음 물러섰다. 아직도 자신의 가방을 뒤적거리며 '장갑을 둔 것 같기도 하고 아닌 것 같기도 하고, 미치겠네.' 라며 중얼거리는 주은을 향해 서준이 소리쳤다.

"촬영 시작하시죠."

"예. 바쁜 사람 모셔 놓고 계속 기다리게 할 수도 없지."

주은이 자리에서 일어나 쪼르르 다연에게 달려왔다.

"다연아, 미안한데 장갑이 없네. 촬영 빨리 끝내고……."

"장갑 있어."

다연의 말에 주은이 눈을 동그랗게 떴다.

"어디서 났어?"

"서준 씨한테 받았어."

"그래? 다행이다. 서준 씨가 널 좋게 봤나보다. 잘 챙겨 주네."

주은의 말에 다연은 대답 대신 빙긋 웃고 말았다. 그사이 서준은 골목길 한가운데 편안한 자세로 섰다. 서준의 신호를 읽은 다연이 카메라를 들었다. 서준은 자연스럽게 햇살의 방향과 풍향을 가늠해 자세를 취했다.

가볍게 눈을 감는 자세, 옆으로 서 있는 모습, 눈을 내리깐 모습, 주머니에 손을 찔러 넣고서 장난스럽게 웃는 모습.

아주 빠르게 다양한 모습이 뿜어져 나왔다. 서준이 포즈를 취할수록 다연의 셔터 누르는 속도는 점점 빨라졌다. 한 컷도 놓치고 싶지 않았다. 그러다 다연이 흠칫했다. 카메라를 사이에 두고 눈이 마주쳤다. 무표정한 서준의 얼굴 위로 예전의 그 아이 모습이 겹쳤다. 세상과 동떨어진 것 같은 눈빛까지도 닮았다.

정말로 맞구나.

아무렇지 않은 척 촬영을 이어 갔지만 다연은 서준과 눈이 마주칠 때마다 홀로 흠칫했다.

✳

사진 촬영을 마치고서야 다연은 몇 시간 동안 자신이 홀려 있었다는 것을 알았다. 4시간이나 흘러 어느새 저녁 시간을 코앞에 두고 있었다. 짐 정리를 마친 주은이 가방을 어깨에 둘러메곤 두 사람에게 말했다.

"추운 날 고생했어요, 다들. 두 사람에게 저녁을 대접하고 싶은데 어때요? 내가 자주 가는 곳인데, 맛이 깔끔하고 위생적이에요."

때마침 배가 고프기도 했던 다연은 승낙했고 서준도 뒤늦게 고개를 끄덕였다. 식당은 촬영한 골목에서 5분 정도 떨어진 곳으로, 짐이 많은 탓에 택시를 타고 이동했다. 한정식당은 주은이 추천할 만큼 깔끔하고 단정한 분위기를 풍겼다.

"가게가 깔끔하다."

다연이 가게 안을 둘러보며 말했다.

"그렇지? 중요한 사람들을 접대할 때 오는 곳이야. 어서 들어가자."

주은이 뿌듯한 얼굴로 대답했다.

"여기입니다."

종업원의 안내에 따라 방으로 들어간 다연은 짐을 내려놓았다. 뒤따라 들어온 서준은 다연의 맞은편 자리에 앉았다. 식사를 기다리는 동안 대부분 말을 한 것은 주은이었다. 그 말의 대부분이 서준과 다연에게 고마움을 표하는 것이었다. 다연은 별것 아니라며 손을 내저었고, 서준도 자신이 도움이 될 수 있어서 다행이라고 답했다.

"그런데 두 사람은 정말로 단골손님과 가게 주인이 전부예요?"

여태껏 궁금했다는 듯 주은이 두 사람을 번갈아 보며 물었다. 잠시 서준을 흘깃 본 다연이 서둘러 대답했다.

"응, 그게 전부야. 그거 말고 뭔가 더 있을 게 없잖아."

다연의 대답에 주은은 '하긴, 접점이 없긴 하지.'라며 수긍했다. 서준의 시선이 다연을 향했다. 다연은 그 시선을 외면했다.

맛깔스러운 식사가 상 위에 가득 차려졌다. 식사를 하는 동안 잠시 방 안이 고요해졌다. 그사이 다연은 눈을 내리깔고 있는 서준의 얼굴을 바라보았다.

이제 와 새삼 반가웠다. 이따금씩 불쑥 생각나던 그 아이가 이토록 잘 사는 모습으로 자신의 앞에 나타나 줘서. 자신도 이젠 크게 마음을 다치지 않는 방법을 깨달았듯이 눈앞의 남자도 그런 것 같았다. 일단 수많은 의문보단 반가움이 앞섰다.

식사를 마친 후 주은은 후속 작업을 해야겠다며 택시를 타고 사라졌다. 주은이 사라지고서야 어느새 깊은 어둠이 발끝까지 드리워 있다는 것을 알았다. 고개를 돌린 다연은 가로등 불빛이 길게 이어진 거리를 배경으로 서 있는 서준을 보았다.

차갑고 시린 겨울 공기 위로 그날의 분위기가 얹혔다. 시간의 흐름에서 비껴 난 듯한, 세상에 존재하지 않은 날처럼 몽환적이었던 날.

다연이 손에 쥐고 있던 카메라를 들었다. 손이 제멋대로 움직였다. 마개를 벗긴 후 홀린 것처럼 거리를 보고 서 있는 서준의 옆모습을 찍었다. 어두워서 사진이 제대로 찍히지 않을 거라는 걸 알면서도 다연은 멈출 수가 없었다.

한 장, 두 장, 세 장……

그 순간 서준의 고개가 비스듬히 기울었다. 다시금 카메라 렌즈를 사이에 놓고 눈이 마주쳤다.

"우리가 아직까지 가게 주인과 단골손님의 관계인가요?"

서준이 무표정하게 물었다. 주은의 질문에 대한 자신의 답이, 서준은 마음에 들지 않는 듯했다.

"그러면요? 다른 대답이 있을까요?"

과거 이야기를 주은에게 하기엔 애매했다. 서준의 이미지에 타격이 될 수도 있는 이야기여서 더 그랬는지도 모른다.

"적어도 동거인쯤이라곤 이야기하지 그랬어요."

"……"

"그래야 한 뼘이라도 가깝게 들리죠."

서준은 농담처럼 말을 건넸으나 그가 마냥 즐거워하지 않는다는 것이 느껴졌다. 그 농담을 능수능란하게 받아칠 만큼 다연은 내공이 있질 않아 침묵으로 답했다.

몇 발자국 떨어진 거리에서 두 사람은 서로를 마주 보았다. 시린 바람이 불어 다연은 눈을 몇 번이나 깜빡였으나 서준의 시선은 흔들림이 없었다. 먼저 시선을 돌린 것은 서준이었다. 드물게 지나가던 택시가 두 사람 앞에 멈춰 섰다.

"어서 와요."

서준이 손짓을 하고서야 다연이 움직였다. 서준과 뒷좌석에 나란히 앉은 다연은 세찬 물살처럼 빠르게 흘러가는 차창 밖 풍경을 바라보았다. 모든 풍경이 눈 밖으로 튕겨 나갔다. 아니라고 믿고 싶지만 옆사람 때문이라는 생각을 접을 수 없었다.

✱

"어? 두 사람이 어떻게 나란히 들어와?"

거실 소파에 앉아 TV를 보고 있던 다형이가 함께 들어오는 두 사람을 번갈아 보며 물었다.

"어쩌다 보니."

다연은 목도리를 풀며 건성으로 답했다.

"이 앞에서 만났나 보네. 두 사람, 밥 먹고 왔어?"

"응. 너는?"

다연의 대답에 다형이의 얼굴이 찌푸려졌다.

"아, 너무하네. 난 두 사람이랑 함께 먹으려고 기다렸는데."

"아직도 저녁 안 먹었어?"

"사실 방금 일어났어. 낮잠 자려고 누웠는데 이렇게 푹 잘 줄 몰랐지."

다연의 시선이 부스스한 다형의 머리로 향했다. 뒤통수에 까치집은 아마도 그 낮잠의 증거인 모양이었다. 그러고 보니 여기저기 쏘다니는 것을 좋아하는 다형이 주말 저녁인데도 집에 있는 것이 굉장히 오랜만의 일이었다. 그사이에 서준은 거실을 가로질러 방으로 들어갔다. 다연은 그 뒷모습을 아쉬운 표정으로 바라보았다. 묻고 싶은 것이 많았다. 실제로 집에 들어오면 물으려고 했었다. 다형이라는 변수가 생기는 바람에 물거품이 되어 버렸지만.

"밥 챙겨 줄까?"

다연의 물음에 다형이 고개를 가로저었다.

"혼자 먹는 밥이 무슨 맛이야."

다형이 입술을 삐쭉거렸다. 어렸을 때부터 사람을 좋아하던 다형은 혼자서 밥 먹는 것조차 싫어했다. 다형은 집에는 사람 소리가 나고,

사람 냄새가 나야 한다고 늘 주장했었다. 만약 서준이 다형의 이런 성격을 알고 있었다면, 보증금을 이유로 이 집에 들어오는 건 굉장히 쉬웠을 거라는 생각이 들었다.

"그래, 그럼. 난 옷 갈아입고 나올게."

방으로 돌아온 다연이 옷을 갈아입다 말고 시선을 벽에 두었다. 이 벽 두 개 너머에 서준이 있을 거다. 여태껏 불편하다고만 생각했던 사실이 오늘은 기묘하게 다가왔다. 스치듯 만났던 우연이 이렇게 다시 인연이 될 수 있다고 생각하니 새삼 신기했다.

그러다 문득 그는 어떻게 자신을 단번에 알아봤을까 하는 의문이 들었다. 더불어 알면서 왜 여태껏 말해 주지 않았는지도.

잠시 고개를 갸웃거린 다연이 편안한 트레이닝복을 집어 들었다.

때마침 옷을 다 갈아입었을 즈음에 다형이 방문을 두들겼다.

"누나, 들어가도 돼?"

"어. 들어와."

방문을 열고 들어온 다형이 죽을상을 하고 있었다.

"누나, 나 배고파."

"밥 차려 준다니까."

"치킨 시켜 줘. 생각해 보니까 우리 단합회도 안 했잖아. 서준이 형이랑 셋이서 치킨에 맥주 한잔해."

"셋이서?"

"어. 왜? 싫어? 같이 들어오길래 가까워진 줄 알았더니?"

다형이 의외라는 식으로 묻자 다연은 잠시 뺨을 긁적였다. 서준이 처음만큼 불편하지 않다. 그렇다고 편하지도 않았다.

"서준 씨는 뭐래?"

다연은 은근슬쩍 결정권을 서준에게 돌렸다.

"뭐라고 하긴. 좋다고 하지. 누나만 허락하면 돼."

잠시 뒷목을 쓸던 다연이 고민 끝에 답했다.

"그래, 그럼 먹자."

"앗싸. 내가 주문할게. 소주도 두 병 배달해 달라고 해야겠다."

"다형아."

다급하게 부르는 다연의 부름에 다형이 멈춰 섰다.

"응?"

"저기, 서준 씨 말이야."

"응. 형이 왜?"

"정말 게이 맞아?"

다연이 미심쩍다는 듯 물었다.

"맞다니까. 아직도 못 믿어?"

다형이 씩 웃었다.

"진짜지?"

다연의 물음에 다형이 고개를 끄덕였다.

"내가 서준 형을 안 지 꽤 됐어. 전에도 말했다시피 형은 여자를 사귄 적이 없어. 그리고 어떤 남자가 미치지 않고서야 본인을 게이라고 하는데 가만히 있겠어? 사실이니까 가만히 있는 거지. 아! 그리고 누나가 무슨 걱정 하는지 알아. 얼마 전에 서준 형한테 '형의 이상형이 나예요?' 라고 물었거든. 형이 죽어도 아니래. 걱정하지 말래. 그러니까 누나도 쓸데없는 걱정 접어 둬."

다형의 말에 다연은 난감한 표정이 되었다. 그걸 또 당사자 앞에서 직접 물은 다형이나 태연하게 대답한 서준이나 자신의 머리로는 이해가 되지 않는 사람들이었다.

"그럼 난 나가 볼게!"

혼잣말을 중얼거리며 문밖으로 나갔다. 다형이가 거실에서 주문하는 소리가 들렸다.

"간장 치킨 한 마리, 양념 치킨 한 마리, 소주 2병에, 맥주 피처 1병 큰 걸로 주세요. 네. 맛있게 잘 부탁드릴게요."

씩씩한 다형의 목소리를 들으며 다연은 픽 웃었다. 그러다 웃음의 끝이 씁쓸하게 저물었다. 다형이의 본래 성격은 차분하고 조용했다. 언젠가부터 삐끗대는 어머니와 자신 사이에서 눈치를 보던 다형은 자신이라도 분위기를 살려야겠다는 사명감을 가진 사람처럼 활발하게 변했다. 과하게 웃고, 자신에게 과하게 말을 붙이고, 과하게 떠들썩한 아이.

그것이 이젠 다형의 성격이 되었지만 다연은 때때로 그것이 다형의 가면처럼 느껴져서 미안했다. 더욱 미안한 것은 자신을 보듬고자 노력하는 다형의 마음을 알면서도 외면하고 있다는 것이지만.

✳

다연은 기가 막힌 얼굴로 널브러져 있는 다형을 쳐다보았다. 치킨 배달이 왔을 때 다형은 서준과 다연을 향해 호기롭게 소리쳤다.

'오늘 두 사람 다 술 취할 생각하지 마! 오늘 우리의 단합회는 아주 길게 할 예정이니까! 다들 알았지?'

그렇게 말한 지 1시간도 되지 않아 다형은 소파에 반쯤 눕다시피 앉아서 잠들었다. 평소 주량보다 적은 양을 마셨음에도 빈속인 탓에 빨리 취한 모양이었다. 다연은 다형의 다리를 들어 소파에 옮겨 주려 했으나, 맘처럼 되지 않았다. 술에 취한 남자 다리는 코끼리 다리만큼이나 무거웠다.

다연이 낑낑대던 사이 등 뒤에서 팔이 뻗어 왔다.

"내가 할게요."

서준의 말에 다연은 한 걸음 물러섰다. 선이 섬세하면서도 단단한 팔은 다형의 다리를 손쉽게 소파 위로 올려놓았다. 서준은 꼼꼼하게 다형이 편히 누울 수 있도록 자리를 손봐 주었다. 다정한 손놀림이었다. 그 모습을 물끄러미 지켜보던 다연은, 돌아서던 서준과 눈이 마주쳤다. 갈색의 눈동자가 고요하게 빛났다. 그제야 다연은 서준과 자신이 단둘만 거실에 있음을 알았다.

"이불 가져올게요."

자리를 피해 다형의 방으로 달려간 다연은 손바닥으로 이마를 꾹 눌렀다. 서준과 눈이 마주치면 가슴이 울렁거리면서 온몸이 흔들리는 기분이었다. 설렘이라고 하기엔 불순한, 거부감이라고 하기엔 편안한, 살면서 단 한 번도 겪어 본 적 없는 감정이었다.

"후우. 쓸데없는 생각."

서준은 게이다. 자신을 집요하리만큼 똑바로 바라볼 수 있는 이유는, 그가 자신을 이성으로 느끼지 않기 때문이었다. 어린 시절, 한 시점을 공유한 사람으로서 느끼는 동질감 그 정도였다. 그렇게 생각하며 다연은 소란스럽게 들뜬 감정이 착 가라앉혔다.

다형의 이불을 둘둘 말아 거실로 나가자 서준이 오간 데 없었다. 방에 들어간 모양이었다. 잘됐다고 생각하며 다연은 다형의 위로 이불을 덮어 주었다. 난방을 하더라도 거실은 방보다 조금 더 추웠다.

목 끝까지 이불을 꼼꼼하게 감싸 준 다연은 헝클어진 다형의 머리카락을 쓸어 넘겨 주었다. 술이 들어가서 그런지 오늘 밤은 왠지 감상적이었다.

'누나, 난 누나를 한 번도 친누나가 아니라고 생각해 본 적 없어.'

언젠가 철이 든 다형이 다연에게 그렇게 말했다. 그 말이 진심이라는 것을 알면서도 다연은 '나도 그렇게 생각해.'라고 대답해 주지 못했다. 그보다 오래전 '넌 네 누나랑 하나도 안 닮았네.'라는 친구에게 주먹을 날린 다형을 본 순간부터였다.

고요하다고 해서 시간이 멈춘 게 아니듯이, 모른 척한다고 해서 상처가 없던 것이 되지 않는다는 걸 다연은 그때 깨달았다. 자신에게 상처가 있듯, 다형에게도 그 사실은 상처였다. 차라리 재혼가정이었다면 편했을, 이복남매 따위의 이야기.

"다연 씨."

순간 나지막한 목소리가 조용한 공기를 흔들었다. 다연은 잠시 글썽거리던 눈물을 재빠르게 감추고는 돌아보았다. 벽에 기대선 서준이 그녀를 바라보고 있었다.

"불렀어요?"

"마저 해요."

목적어와 주어를 상실한 서준의 말을 이해하기 위해 다연이 미간을 좁혔다.

"네?"

잠시 고민했지만 여전히 답을 알 수가 없어서 다연이 되물었다.

"친목도모."

"……"

"그거 아직 안 끝났잖아요."

다연이 의아한 얼굴로 바라보자, 서준이 친절하게 설명해 주었다.

"다연 씨한테 물어볼 게 많아요. 그러니까 친목도모용 단합회, 마저 하자고요."

"우리 둘이서요?"

서준의 말에 다연은 잠시 멍하게 그를 바라보았다. 서준은 이내 거실 바닥에 앉아 다연의 것이었던 술잔에 소주를 부어 주며 대답했다.

"네. 우리 둘이서요."

친목도모를 위한 술자리답지 않게 5분째 거실이 고요했다. 서로의 술잔이 비면 습관처럼 술을 따라 줄 뿐, 두 사람의 사이에는 대화가 오가지 않았다. 다연은 눈동자를 굴리다가 서준의 얼굴을 바라보았다. 다연이 먼저 말을 꺼냈다.

"어릴 적 얼굴이 하나도 없네요."

"그땐 부어 있었으니까요."

"아아, 하긴."

다연이 수긍했다. 어린 시절에 이 얼굴을 제대로 보았다면 다시 만났을 때 못 알아봤을 리 없다. 서준은 수채화처럼 투명한 듯하면서도 존재감이 뚜렷한 남자였다.

다연은 자신의 앞에 놓인 술잔을 들어 소주를 단번에 비워 냈다. 그러면서 흘깃 서준의 빈 술잔을 보았다.

그는 다연보다 두 배 속도로 술을 마시고 있었으나, 전혀 취한 기색이 없었다. 방금 전 술자리에서 다형이 '형은 주당이야.' 라고 했던 말이 사실인 모양이었다. 다연은 조금 기분 나빴다. 자신은 우는 모습, 헝클어진 모습을 다 보여 주었는데 서준은 한 점의 흐트러짐 없이 완벽한 모습만 보이고 있었다. 그렇다고 이제 와 술을 안 마실 수 없었다. 평소 술을 즐겨하지 않는 그녀였지만, 한 번 시작한 술자리는 끝을 봐야 하는 성격이었다.

연거푸 소주만 들이켠 탓에 취기가 오른 다연은 고개를 비스듬히 기울인 채 서준을 보았다. 눈이 마주쳤음에도, 놀라거나 당황하는 평소와 달리 오늘은 서준의 얼굴을 찬찬히 살폈다. 서준 또한 다연의 얼굴을 찬찬히 살폈다. 깨끗하고 맑은 눈동자가 술기운 때문에 흐릿해졌다. 그것은 평소의 똘망똘망함과 또 다른 느낌을 자아냈다.

"분명 묻고 싶은 말이 많았는데……."

확실히 취했는지 다연이 꼬인 목소리로 물었다.

"물어봐요."

서준이 입꼬리를 말아 올리며 웃었다. 잠시 눈을 반쯤 뜬 채 서준을 바라보던 다연이 따라 웃었다.

분명 문이 닫혀 있는데 바람이 부는 듯했다. 가슴으로, 머릿속으로, 손끝으로. 잠시 눈을 감았다 뜬 다연은 집 안이 과거의 놀이터로 변한 것 같은 기분에 사로잡혔다. 그리고 서준은 어릴 적의 모습, 제 다친 마음을 닮았던 아이로 변해 있었다.

"잘 지냈어?"

다연의 다정한 목소리에 서준의 표정이 일순 느슨해졌다. 생각지 못한 곳을 급습당한 사람의 얼굴이었다. 그러나 이미 과거로 돌아간 듯 다연은 다정한 미소를 짓고 있었다. 서준은 아주 한참 만에 느릿하게 고개를 끄덕이며 웃었다.

"잘 지냈어요. 아주 잘 지내지는 못했지만, 그럭저럭 잘 지냈어요."

서준의 대답이 만족스러운 듯 다연이 좀 더 환하게 웃었다.

"다행이다. 간절히 바랐거든. 부디 네가 덜 아프고, 덜 괴로운 삶을 살기를. 그래서 다음에 만났을 때는 그렇게 아픈 모습이지 않기를."

"……."

"너의 행복을 내 행복만큼이나 빌었던 때가 있었다면 믿어 줄래?"

다연은 여전히 고개를 비스듬히 기울인 채 따스한 눈동자로 서준을 바라보았다. 서준은 그 순간 그 말을 간절하게 믿고 싶었다. 누군가가 자신을 위해 오래도록 빌어 주었다는 그 사실을. 서준의 가슴 위로 수많은 감정이 파도처럼 밀려들었다가 사아아 소리를 내며 한 걸음 물러났다.

"그때 해 주지 못한 말이 있었어."

다연이 고개를 비스듬히 꺾은 채 말을 꺼냈다.

"네 탓이 아니야. 네가 겪는, 그리고 또 겪을 그 수많은 아픔들, 그건 네 탓이 아니야. 그 말을 못 해 준 게 늘 마음에 걸렸어. 정말로 네 탓이 아니야."

누구에게 하는 말인지 모를 정도로 다연은 '네 탓이 아니야.' 라는 말만 반복했다. 아마도 스스로에게, 그리고 자신에게 하는 말일 거라고 서준은 짐작할 뿐이었다. 연거푸 중얼거리던 다연의 고개가 스르륵 옆으로 기울었다. 서준은 재빠르게 손을 뻗어 그녀의 고개를 받아 들었다. 자신의 손에 다 들어오는 자그마한 얼굴을 서준은 물끄러미 바라보았다. 다연은 어느새 잠들어 있었다.

서준은 다연을 한참이나 바라보다가 조심스럽게 그녀를 안아 들었다. 서준은 최대한 자신의 몸이 흔들리지 않게 조심해서 다연의 방으로 향했다. 반쯤 열려 있는 다연의 방으로 들어간 서준은 그녀를 침대에 조심스럽게 눕혔다. 다연이 다형에게 그러했듯, 서준 또한 다연의 몸 위로 이불을 꼼꼼하게 덮어 주었다. 그러고도 발길이 떨어지지 않아 서준은 바닥에 무릎을 꿇고 앉아 잠든 다연의 얼굴을 바라보았다.

자신의 손을 당차게 잡아당기던 소녀는 이제 자신의 품에 폭 안기도록 작다.

다시 가슴에서 파도가 친다. 과거가 밀려오고, 감정이 거품처럼 부풀었다가 흔적도 없이 쓸려 나간다. 다연을 바라보는 서준의 표정이 애틋하게 변했다.

"이렇게까지 만들어 놓는 건, 위험하잖아요."

그는 잠든 다연의 얼굴을 바라보며 어린 시절, 그날로 돌아갔다.

14년 전, 변화는 순식간에 찾아왔다. 당시 13살이던 서준은 평소와 다름없이 손바닥만 한 방에서 쪽잠을 자다가 깨어났다. 눈을 뜨자마자 아버지를 찾아 두리번거리던 서준은 바닥에 놓인 비닐봉지를 보았다. 그 안엔 슈퍼에서 몇 백 원 할인받아 샀을 게 뻔한 유통기한을 3시간쯤 남겨 놓은 빵과 우유 한 팩이 덩그러니 담겨 있었다. 익숙한 일이었다. 다만 익숙하지 않은 것은 빵 봉지 위에 붙어 있는 쪽지였다.

[잘 살아라.]

잠시 상황이 믿기지 않아 서준은 그 쪽지만 하염없이 들여다보았다. 몸을 둥글게 말고 앉은 서준은 여관방 벽면에 붙은 자그마한 거울에 비친 제 모습을 보았다. 얼굴이 온통 엉망이었다. 아버지의 우악스러운 손길이 오간 거친 흔적이었다.

'네 에미랑 똑같이 생긴 더러운 새끼.'

서준이 무엇을 먹는지 하는지 일절 관심 없던 그가 어젯밤 처음으로 서준의 얼굴을 들여다보며 그렇게 말했다. 그러고는 사 온 사발면을 안주 삼아 소주를 홀짝였다.

서준은 아버지의 거친 음성보다도 사발면에 눈을 떼지 못했다. 이틀 동안 먹은 거라곤 빵 한 조각밖에 없었고, 아버지가 먹던 사발면의 냄새는 엄청났다. 주린 배에서 끊임없이 소리가 났고, 위장이 온통 뒤틀리는 느낌이었다. 그 때문에 아버지가 평소보다 더 험악하고 우울한 분위기를 풍기고 있다는 걸 눈치채지 못했다. 누더기를 입고 엉망진창의 몰골인 그는 무릎으로 기어가서 아버지의 앞에 앉았다.

'뭘 봐!' 라고 소리치는 아버지의 말에 두려움에 덜덜 떨면서도 서준은 라면에서 눈을 떼지 못했다. 한 입만 먹으면 잠을 잘 수 있을 것 같았다. 그럼 아버지가 시킨 대로 죽은 듯이 있겠다고 말을 하려는 순간, 아버지의 주먹이 서준의 얼굴에 내리꽂혔다.

'네 애미처럼 욕심만 많은 새끼! 왜 태어나서 귀찮게 굴어! 왜! 너 때문에 내 인생이 이 모양, 이 꼴이 됐어! 너 때문이야! 너랑 그년 때문에!'

끊임없이 저주와 욕설을 퍼부으며 아버지는 제대로 먹고 자라지 못해 여린 몸 위로 무차별적인 폭력을 쏟아 냈다. 본인의 서글픔, 괴로움, 고통, 분노가 뒤섞인 주먹은 몇 분이나 계속되었고, 서준의 얼굴이 엉망진창이 된 걸 보고서야 바닥에 늘어져 앉았다. 아버지는 그후에도 갖은 욕설과 저주를 쏟아 내며 자신의 삶을 원망했다.

바닥에 늘어져 누운 서준은 부들부들 떨었다. 아버지가 그토록 폭력적인 것은 오랜만이라 적응되지 않았다. 여기저기 맞은 곳이 아파서 숨도 제대로 쉴 수 없었다.

거의 기절하다시피 잠들기 직전 아버지의 짐승 같은 울음소리를 들은 것이 마지막이었다. 그리고 눈을 떠 보니 아버지는 메모 하나와 빵과 우유를 남긴 채 사라져 있었다.

아버지는 무엇이 서러웠을까. 또 자신의 어디가 미웠을까. 손바닥만 한 작은 방인데 황량한 사막처럼 느껴졌다. 스산하고 외로웠다. 제몸에 바람 한 점 들어오지 않을 만큼 웅크려도, 추웠다. 그 자세로 잠들었다 바람 소리에 깨어 '아버지?'라고 찾기를 수어 번. 어느새 방으로 어둠이 밀고 들어왔다. 불을 켜도 견딜 수 없는 추위와 외로움이 찾아왔다.

곧바로 여관방을 뛰어나온 서준은 밑창이 다 떨어진 걸레 같은 신발을 꿰어 신고 무작정 돌아다녔다. 갈 곳이 없어 잠시 머뭇거리던 서준은 정처 없이 걸었다. 견딜 수 없는 추위가 엄습했으나 걸음을 멈출 수가 없었다. 이 걸음이 멈추면 모른 척하고 있던 현실이 그를 집어삼킬 것만 같았다. 걷고, 또 걷고, 온 동네를 걷는 동안 마주치는 동네 주민들은 그를 보며 혀를 차거나 손가락질했다.

'저거 봐, 저거. 거지도 아니고.'

'애비는 대체 뭐하는 거야. 쯧.'

'냄새나게 동네에 거지새끼가 돌아다니네.'

평소 행실이 좋지 않아 온 동네 주민과 싸우고 다니던 아버지였고, 그런 그의 자식인 서준을 곱게 봐 주는 사람은 없었다.

더군다나 평소보다 더 엉망진창인 몰골이었다. 서준은 이미 일주일 내내 한 벌의 옷을 입고 있었고, 머리카락은 오래도록 자르지 않아 어깨까지 닿았다. 벌써 오 일째 씻지 못한 얼굴은 땟투성이기까지 했다. 이미 사람들의 따가운 시선엔 이골이 났다.

학교에서도 서준을 제대로 불러 주는 사람이 없었다. 모두들 거지 새끼라며 손가락질하거나 욕을 했다. 그래도 그나마 학교를 다닐 땐 점심이라도 배불리 먹을 수 있어서 좋았다. 그렇게 끼니를 때우고 나면 그나마 살 만했다. 물론 허겁지겁 밥을 먹는 서준의 곁에 다가오는 친구들은 없었다. 그저 등 뒤에서 들리는 욕설과 이따금씩 던지는 실내화를 맞으면서 묵묵히 밥 먹는 것, 그것이 그가 할 수 있는 최선이었다.

정처 없이 걷고 또 걷던 서준은 어느새 자신이 육교까지 올라왔음을 알았다. 오후의 푸르스름한 빛깔이 온 세상 위로 내려앉았다. 주홍빛 가로등 불빛이 점점이 켜진 도로 위를 자동차들이 빛처럼 빠르게 스쳐 지나갔다.

그 풍경을 바라보던 서준의 얼굴이 무표정하게 식었다. 발바닥이 얼어붙도록 걸어 다니면서 피하려고 노력했는데, 결국은 마주하고야 말았다. 자신이 버림받았다는, 죽어도 믿기 싫은 그 사실을.

아버지는 다정한 사람이 아니었다. 그렇다고 함부로 손을 휘두르는 사람도 아니었다. 아버지는 자신의 자식인 서준에게 관심이 없었다.

스물다섯의 고아인 남자가 스무 살의 고아인 여자를 만나 사랑했고, 아이를 낳았으나, 그 여자가 도망치면서 떠맡은 아이는 사랑하지 않았다. 아버지는 자신의 삶조차 책임질 줄 모르는 사람이었다. 서준의 삶이 어떤지에 대해선 더욱 신경 쓰지 않았다. 생각나면 빵을 사다 주었고, 생각나지 않으면 빈손으로 돌아왔다. 그러나 늦은 밤이면 꼭 여관방에 들어와 술을 마시다가 잠에 들곤 했다.

서준은 아버지가 잠든 것을 확인하곤 이불을 덮어 주고 그 옆자리에 누워 잠들었다. 자신에게 다정하지 않아도, 자신의 옆자리에서 잠드는 아버지가 좋았다. 아버지의 숨 쉬는 소리가, 곁에서 느껴지는 온기가, 눈물 나게 좋아서 서준은 이런 삶이라도 괜찮다고 생각했다. 자신이 나이를 먹으면, 아버지가 좀 더 좋은 집에서 평온한 삶을 살 수 있게 해 주겠다고 생각했다.

자신을 싫어하는 사람들로 가득 찬 이 세상에 자신의 곁에 유일하게 남아 있는 아버지가 좋았다. 그런데 아버지는 아닌 모양이었다. 결국 아버지는 '잘 살아라.' 라는 이루기 힘든 말을 남기고 사라졌다.

무엇이 어젯밤 그를 울게 만들었을까. 또, 무엇이 자신에게 손찌검하게 만들었을까. 조용히, 공기처럼 있는 듯 없는 듯 머물다가 잠들었다면 아버지가 떠나지 않았을까. 이럴 줄 알았다면 사발면 한 입만 달라고 구걸하지 않고 잠들 걸 그랬다고 서준은 생각했다.

자신의 탓이었다. 아버지가 잠든 후에 남은 국물을 마셔도 되었다. 이 모든 일이 자신의 탓이었다. 서준의 갈색 눈동자에 깊은 고통이 서렸다.

그 순간 온몸을 두드리는 차가움에 서준은 고개를 들었다. 겨울의 차가움을 한껏 담은 빗방울이 떨어지고 있었다. 갑자기 지독한 한기가 온몸을 깊게 파고들었다. 비를 맞으며 서준은 육교 아래를 바라보았다. 가로등 불빛과 빗자국이 뒤섞인 검은 아스팔트 길이 아가미를 벌렸다. 그에게 내려오라고 말하고 있었다.

어차피 넌 버림을 받아서 그 누구도 찾지 않을 거라고.

서준은 아니라고 부인할 수 없었다. 부는 바람이, 내쉬는 숨이, 오후의 습한 공기가, 어깨를 두드리는 빗방울이 모두 그에게 '넌 버림받았어.' 라고 말하고 있었다.

견딜 수 없는 슬픔이 차올랐다. 맑은 날 잘못 떨어진 빗방울처럼, 자신도 이 세상에 잘못 떨어진 것이다.

서준의 얇은 다리가 육교 위를 향해 움직였다. 힘을 주어 육교를 올라가려 할 때였다. 갑자기 온몸이 부서질 것 같은 충격과 함께 바닥에 누워 있었다. 지독하게 아파서 아프다고 말할 수도 없었다.

얼굴을 찡그리던 서준은 제 몸을 감싼 누군가의 팔을 보았다. 무슨 상황인지 파악하기도 전에, 웬 여자가 당황한 얼굴로 그를 일으켰다. 그러고는 빠른 손놀림으로 손과 머리를 털어 주었다.

서준은 갑자기 나타나 자신의 몸에 손을 대는 여자를 가만히 쳐다보았다. 두툼한 붉은 점퍼에 유난히 하얗고 동그란 얼굴을 가진 여자였다. 쌍꺼풀 없이 맑은 눈은 기분 탓인지 촉촉하게 보였다. 순간 서준은 벌써 자신이 죽은 게 아닌가 생각했다. 그래서 천사를 만난 게 아닐까, 하는 생각을 하고 있는데, 여자가 잔뜩 잠긴 목소리로 말했다.

"죽을 생각 하지 마."

메인 목을 억지로 뚫고 나오는 목소리가 꼭 울음 직전에 내는 소리 같았다. 서준은 실망했다. 자신이 죽지 않았다는 사실에 한 번, 그리고 눈앞에 여자가 사람이라는 사실에 또 한 번.

"왜요?"

평소보다 무심한 목소리로 서준이 여자에게 물었다. 살고 싶지 않다. 자신의 삶을 바라는 사람이 그 누구도 없었다. 자신 또한 자신의 삶이 이어지길 더는 바라지 않았다. 이대로 모든 것을 무위로 돌리고 싶다는 삐딱한 무심함이 온 마음에 부풀어 올랐다. 그런 삐딱한 마음을 말리는 낯선 여자에게 서준은 삐딱한 반항심이 생겼다.

"왜, 죽으면 안 되는데요?"

서준이 다시 한 번 물었다.

"몰라."

여자의 무신경한 대답에 서준 또한 아무 대답 하지 않았다. 그저 동정이었던 건가. 꺼질 만큼 꺼진 가슴이라 실망조차 하지 않았다. 자신조차 살아야 하는 이유를 찾지 못했는데, 처음 보는 사람이 찾아 줄 리 없다. 더욱이 자신을 처음 보고 좋아해 준 사람은 그 누구도 없었다. 사람들은 자신이 아이답지 않다고 싫어했고 더럽다고 싫어했다.

찬 바람을 꼭 닮은 서준의 스산한 눈동자가 허공을 향했다. 그 순간 손이 따뜻해졌다. 눈동자만 움직여 장갑을 덮어쓴 자신의 손을 보았다.

동정. 자신보다 불쌍한 사람에게 선처를 베풀 듯 던져 주는 값싼 동정의 증거물. 서준은 장갑을 보면서 그렇게 생각했다. 장갑을 주고서 자신은 모든 걸 다 했다는 듯이 '죽지 말고 살아.' 혹은 '경찰서에 데려다 줄까?' 같은 말을 하겠지. 모두가 그랬던 것처럼.

서준의 무표정한 얼굴 위로 씁쓸한 비웃음이 어렸다.

"그냥 네가 죽는 게 싫어."

여자의 말을 들은 서준의 몸이 미미하게 멈췄다.

"네가 죽으면, 내가 미친 듯이 슬플 거 같아."

또 한 번 여자의 말이 서준의 몸을 굳게 만들었다.

"그래서 내가 아주 많이 울 것 같아."

서준의 시선이 여자에게 닿았다. 자신 때문에 누군가가 슬플 수 있다는 말이 난생처음이라서 서준은 잠시 멍한 얼굴로 여자를 바라보았다.

"일단 나랑 같이 내려가자."

누구도 잡고 싶어 하지 않은 더러운 자신의 손을 여자는 쉽게 잡았다. 그러고는 육교 아래로 끌고 내려갔다. 서준은 여자를 따라 내려가면서 맞잡은 손을 하염없이 쳐다보았다. 푸른 오후의 빛깔 사이로 맞잡은 손이 빛났다. 장갑을 통해 여자의 온기가 전해졌다. 이런 일은 처음이지만 왜 이러냐고 묻고 싶지 않았다. 말을 하는 순간 지금 벌어진 일들이 순식간에 사라질 것 같았다. 콕 집어 말할 수 없지만 아주 잠시만, 딱 10초만이라도 이렇게 있고 싶다.

여자는 그에게 신발을 사 주었다. 신발에서 더는 물이 들어오지 않는다는 것이, 푹신한 밑창은 처음이라서 서준은 하늘을 걷는 기분이었다. 여자는 사람들이 자신을 바라보는 시선이 불편한지 데리고 동네 놀이터로 향했다. 이곳은 비가 오는 날, 애들이 없는 날이면 서준이 찾아와 혼자 놀다 가곤 했던 곳이다. 자연스럽게 미끄럼틀 아래로 들어간 서준은 우산을 쓴 채 자신을 바라보고 있는 여자를 쳐다보았다.

저 여자는 이제 가겠지.

아쉽긴 하지만 이걸로 충분하다고 생각했다. 천사 같은 여자가 자신을 살려 주었고, 크리스마스의 기적처럼 신발까지 사 주었으며, 손을 잡아 주었다. 여자가 사라지면 눈물이 나도록 섭섭하겠지만 그래도 괜찮다고 생각했다.

'네가 죽으면, 내가 미친 듯이 슬플 거 같아.'

이 말을 듣는 순간 거짓말처럼 죽고 싶다는 생각이 사라졌다. 자신이 죽으면 이 따뜻한 여자가 슬퍼한다고 생각하니 도무지 죽을 생각을 할 수가 없었다. 이 여자를 울리고 싶지 않았다. 그 생각밖에 들지 않았다.

그 순간 여자가 우산을 접고 미끄럼틀 아래로 들어왔다. 자신에게서 냄새가 날지 모른다고 서준이 걱정하는 사이, 여자는 우산으로 미끄럼틀 아래 입구를 막았다. 빗방울들이 퉁퉁 소리를 내며 우산에서 미끄러져 내려갔다. 갑작스럽게 고요가 찾아왔다. 서준은 자신의 바로 옆에 무릎을 모으고 앉은 여자에게 온 신경이 쏠렸다.

잠시 빗소리를 듣고 있던 여자가 주머니에서 캐러멜을 꺼내 서준에게 내밀었다.

"먹을래?"

여자는 빤히 쳐다보고 있는 서준의 입에 캐러멜을 가져다 댔다. 서준은 입을 자그맣게 벌려 캐러멜을 입에 물었다. 처음으로 먹어 보는 캐러멜은 부드럽고 달았다.

"집은?"

여자의 물음에 서준이 움찔했다.

"혹시 학대를 당하고 있니? 경찰에 신고는 했어? 부모의 학대는 올바른 게 아니야. 경찰에 신고하면 어른들이 너를 아동복지 기관으로……."

"다 알아요."

여자가 하는 말을 서준은 다 알고 있었다. 학교에 있는 선생님들은 모두 그에게 학대를 당하고 있느냐고 물었다. 경찰에 신고해 주겠고, 도와주겠다고 말했다. 그 도움이 자신에게서 아버지를 떼어 놓는 것이라는 걸 서준은 알고 있었고, 거절했다. 잘 먹지 못해도, 아버지의 곁에 있고 싶었다. 아버지를 사랑했다. 이 세상 유일하게 자신과

피를 나눈 사람이자, 시간을 공유한 사람이었으니까.

"하긴, 너나 나나."

여자가 쓰게 웃으며 자조했다. 여전히 투명한 비가 내렸고, 조금 세찬 바람이 불었다. 이 세상 모든 사람들이 썰물처럼 빠져나가고 둘만 남은 듯했다. 어깨에 닿는 새파란 바람을 맞으며 서준이 이대로 시간이 멈췄으면 좋겠다고 바랄 때였다.

"죽을 만큼 아프겠지만, 그래도 스스로를 때리진 마. 다른 사람들이 널 때린다고 해서 네게 맞아야 할 이유가 있는 건 아냐."

바람과 함께 여자의 말이 밀려들었다. 서준은 천천히 고개를 돌려 여자를 바라보았다. 여자의 투명한 눈동자는 어둠 속에서도 깨끗하게 빛났다.

"그리고 죽는 건 더 안 되고. 네 가치를 다른 사람이 재도록 두지 마. 힘들겠지만 스스로를 사랑하도록 해. 이건 너한테 하는 말이자, 나한테 하는 말이기도 해."

"……."

"난 마음을 얻어맞았거든. 당연히 나를 사랑하고 있을 거라고 믿은 사람이, 내가 세상에서 제일 사랑하던 사람이 실은 나를 사랑하지 않더라고. 나를 향한 따스함과 친절함은 불편함에서 비롯된 예의였었어. 내 편이 아무도 없더라. 세상에 혼자 남은 것처럼 막막하고, 답답하고, 화가 나고, 그러다가 눈물 나고……."

여자의 목소리가 잠깐 떨리더니 멈췄다.

이 사람도 자신과 똑같이 아프구나.

서준은 그렇게 생각했다. 자신은 아버지를 사랑했으나 아버지는 자신을 사랑하지 않았다. 이 사실이 어떤 크기의 고통인지 굳이 말하지 않아도 아는 사람이 있다는 사실에 서준은 숨이 막혔다. 여자가 옅게 웃었다. 고통을 희미하게 남긴 묘하게 슬픈 미소였다.

"주제넘는다고 생각하면 미안. 단지 그냥 넘어갈 수가 없었어. 넌 나를 좀 닮은 거 같거든."

여자의 시선이 서준을 향했다. 서준은 그 말만큼은 받아들일 수 없었다. 이 여자는 빛이 났다. 자신과 같은 아픔을 품고 있더라도 아픔을 삼켜 내고 이겨 내려는 의지라는 것이 있었다. 닮을 수 없다. 감히 그럴 수 없다고 생각하는 찰나, 서준의 머리에 여자의 손이 닿았다. 여자의 손이 부드럽고 따뜻해서 마냥 기대고 싶어졌다. 이대로 스르륵 녹아 허공으로 사라졌으면 하고 서준은 속으로 바랐다.

"내 마음이 사람으로 둔갑할 수 있으면 딱 너일 거야. 너처럼 아파도 아픈지 모르는 이런 얼굴을 하고서, 스스로 하는 책망에 마음이 미치도록 얻어맞고 있겠지. 그러고도 아픈지 모르고, 슬픈지도 모르고……. 그래서 그냥 지나칠 수가 없었어."

"……."

"네가 잘됐으면 좋겠다. 아픔을 씩씩하게 이기고, 누구보다 잘 사는 모습으로 다음에 보고 싶어."

난생처음 본 여자가 자신의 죽음을 슬퍼해 주고, 자신의 행복을 보고 싶다고 말했다. 가슴이 벅차올랐다. 누군가가 기대하는 자신의 미래. 그런 걸 가져 본 적 없었다. 아버지는 자신의 내일은커녕 오늘조차 궁금해하지 않았다.

그러나 눈앞의 이 여자는 자신을 닮아서 그냥 둘 수 없다고 했다. 오히려 잘됐으면 좋겠다고 빌어 주었다. 아버지는 어머니를 닮은 자신을 증오했었는데.

난생처음 받아 보는 온기의 씨앗이 가슴 위로 내려앉았다. 여자는 외투를 벗어 서준의 어깨에 둘러 주었다.

"됐어요."

서준은 거절했으나 여자는 서준보다 키가 컸고 훨씬 힘이 셌다.

"입어. 선물이야. 이것도 받고."

거절을 받아들이지 않겠다는 듯 여자는 서준에게 캐러멜까지 건네 주었다. 자신이 가진 거라면 뭐든 주고 싶어 하는 여자의 호의를 더 는 거절할 수가 없어서 받아 들었다. 갑자기 등이 따뜻하자 발끝이 무척 시렵게 느껴졌다.

이후 여자는 더 필요한 것이 없는지, 도와줄 건 없는지 꼼꼼히 물 었다. 서준은 여자가 갈 때가 되었음을 알았다. 그래서 눈빛이 애처롭 고 발끝이 머뭇댄다는 것도 알았다. 서준은 오랜 시간 눈칫밥을 먹고 살아 다른 사람의 생각이나 행동을 읽는 것에 능숙해져서 단박에 알 아챘다. 여자가 다시 한 번 서준의 머리를 쓰다듬어 주었다.

"가 볼게. 다음에, 아주 다음에 죽지 말고 살아서 꼭 다시 보자. 우 산은 네가 가져."

여자가 우산을 치우고서 나갔다. 갑작스레 커다란 온기가 쑥 빠지 는 느낌에 서준이 그녀를 불렀다.

"……저기요."

"응?"

여자는 미끄럼틀에서 어정쩡하게 몸을 뺀 채 뒤를 돌아보았다. 잠 시 머뭇거리던 서준이 물었다.

"앞으로 여기 안 와요?"

"응, 내일 아침이면 집으로 돌아가거든."

역시 여자에겐 돌아갈 집이 있었다. 그것이 부러우면서도 한편으로는 다행이라고 생각했다. 서준은 이제 이 여자를 볼 일이 없을 거라는 걸 짐작했다. 이 여자는 자신을 가엾게 여긴 하늘이 보내 준 천사라고 생각하기로 했다. 그래도 흔적이라도 기억해 두고 싶어서 서준은 조금 다급하게 물었다.

"⋯⋯이름이 뭐예요?"

"⋯⋯."

"나이는요?"

"⋯⋯."

"다음에 알아보려면, 알아야 하잖아요."

언젠가 스치듯이 지나쳐도 알아볼 수 있게, 우연히 다른 사람의 입에서 오르내릴 때 바로 알아들을 수 있게 서준은 인연의 끄트머리를 붙잡고 싶었다.

"아, 그러네."

여자는 쭈그리고 앉아 투명한 눈동자를 반짝 빛내며 말했다.

"내 이름은 주다연이야. 나이는 열다섯."

"주다연⋯⋯."

서준은 되새기듯 이름을 한 번 더 불렀다.

"응, 다음에 보자."

여자는 그렇게 말하고는 빗줄기 사이로 달려 나갔다. 점점 멀어지는 여자의 등을 눈 한 번 깜빡이지 않고 바라보았다. 그러다 저만치에서 여자의 그림자조차 볼 수 없게 되었을 때 서준은 눈을 내리깔아 신발을 보았다. 꿈을 꾼 것만 같다. 서준은 고개를 가로저었다. 꿈이 아니었다. 장갑, 외투, 신발, 그 모든 것들이 여자가 존재했음을 말하고 있었다.

서준은 흘릴세라 손에 꽉 쥐고 있던 캐라멜을 하나 꺼내 입에 물었다. 입 안이 모조리 달다. 코끝까지 몰려오는 바닐라 향이 빗소리와 어울렸다.

'난 마음을 얻어맞았거든. 당연히 나를 사랑하고 있을 거라고 믿은 사람이, 내가 세상에서 제일 사랑하던 사람이 실은 나를 사랑하지 않더라고. 나를 향한 따스함과 친절함은 불편함에서 비롯된 예의였었어. 내 편이 아무도 없더라. 세상에 혼자 남은 것처럼 막막하고, 답답하고, 화가 나고, 그러다가 눈물 나고⋯⋯.'

'네가 잘됐으면 좋겠다. 아픔을 씩씩하게 이기고, 누구보다 잘 사는 모습으로 다음에 보고 싶어.'

'죽을 만큼 아프겠지만, 그래도 스스로를 때리진 마. 다른 사람들이 널 때린다고 해서 네게 맞아야 할 이유가 있는 건 아냐.'

가슴 위로 여자가 남긴 말들이 씨앗처럼 내려앉았다. 그 씨앗들을 마른 가슴에 묻던 서준의 눈에서 울컥 눈물이 터졌다. 입안에서 캐라멜이 모조리 녹아 사라질 때까지 서준은 그 자리에서 한참이고 울었다.

이후 서준은 며칠 후 주민의 신고로 몇 가지 절차를 밟은 후 시설에 입소하게 되었다. 거리가 멀리 떨어진 곳이라 놀이터에 찾아갈 수 없었지만 서준의 마음엔 그날의 놀이터 풍경이 생생했다. 다연이 떨어뜨려 놓고 간 말은 서준의 가슴에서 뿌리를 내렸고, 시간이 지날수록 한 뼘씩 자라났다.

몇 해가 지나도록 서준은 매일 다연을 떠올렸다. 지나가다가 우연히라도 보기를, 부디 다연의 모습이 많이 변하지 않았기를 빌었다. 부디 먼발치에서 한 번이라도, 조금 더 욕심을 내어 '고마웠다.' 라고 말할 수 있는 날이 오길 바랐다.

그렇게 아주 오랜 시간이 흐른 후였다. 지인들과의 술자리에서 서준은 다형을 만났다. 아는 모델 동생의 친구였다. 다형은 덩치가 크고 몸이 단단해서 운동선수처럼 보였으나, 사학과에 재학 중이라고 했다.

'안녕하세요, 주다형입니다.'

이름이 주다연과 비슷해서 서준은 다형을 꽤 오래도록 쳐다보았다. 이름 탓인지 다형의 생김새가 다연과 아주 약간 비슷해 보였다. 사람을 좋아하고 서글서글한 성격의 다형은 서준에게 유난히 살갑게 굴었다. 그것이 미워 보이지 않았다. 더욱이 다연과 비슷한 이름과 생김새 탓에 서준은 다형을 조금씩 챙겼다. 함께 술자리를 몇 번 가지고, 이후 따로 두어 번 만났을 때였다. 다형은 심각한 얼굴로 서준을 바라보았다.

'형, 저기 물어볼 말이 있는데요.'

꽤 심각해 보이는 다형의 표정에 비 오는 창가를 무심히 바라보던 서준이 고개를 돌렸다. 서준이 말을 하라는 무언의 허락을 하자 다형이 입을 달싹였다.

'형, 저기……. 저도 우연히 들은 건데요. 기분 나빠 하지 마세요. 저기, 그러니까, 형. 진짜로 게이예요?'

서준은 풍문으로 떠도는 자신의 소문을 알고 있었다. 그 이야기를 다형은 오늘에야 들은 모양이었다. 서준은 무덤덤하게 다형을 바라보았다. 잠시 갈등했다. 사실대로 말할까, 말까.

서준도 처음엔 게이라는 소문이 돌았을 때 아니라고 한두 번 부인했었다. 그러나 소문이란 부인하면 할수록 커지는 법이었다. 오히려

'게이가 아닌데 여자를 안 사귀는 이유는 뭔데?' 라며 집요하게 캐물었다.

서준은 그 모든 것이 귀찮았다. 사람들의 오해를 풀기 위해 여자를 사귀지 않는 이유까지 구구절절 말해야 하는 것도, 그 과정에서 다연의 이야기까지 해야 하는 것도 싫었다. 오히려 게이라는 소문이 돈 후에 여자들의 은근한 관심과 집요한 접근이 사라져서 편하다고 느껴지기 시작했다. 물론 남자들이 은근슬쩍 달라붙긴 했지만 서준의 냉정함에 지레 겁먹고 도망쳤다.

서준은 깍지를 끼고서 상체를 테이블 쪽으로 기울였다. 그러자 다형이 바짝 긴장했다. 서준은 다형에게 옅게 웃어 보였다.

'네가 편할 대로 생각해.'

'그런 애매한 말이 어디 있어요?'

'사람은 어차피 보고 싶은 대로 보니까. 보고 싶은 대로 보라는 거야.'

그가 가난했을 땐 멸시하던 사람들이 그가 성공하자 달려들었다. 서준은 사람들의 이중성과 뒷소리에 물릴 대로 물린 상태였다. 자신의 사람이 될 거라면, 어떤 소문이 돌든 자신의 곁에 있게 될 거라고 서준은 생각했다.

'뭐, 형이 그렇다면 그런 거겠죠. 알겠어요. 일단 형과 나는 우정인 거죠?'

'어.'

'그럼 됐어요. 구구절절 이야기를 들을 필요도 없고요.'

서준이 제대로 대답해 줄 기미가 보이지 않자 다형은 금세 포기했다. 더 집요하게 묻는 게 예의가 아니라는 판단도 함께 내린 듯했다.

서준은 다형의 이런 면이 마음에 들었다. 솔직하게 물어보고, 어느 정도 선에서 대답을 듣고 빠질 줄 아는 적당함.

서준의 시선이 다시금 비 오는 창가로 향했다. 초겨울의 한기를 품은 빗줄기를 보자 새삼 다연이 보고 싶었다. 이젠 기억에서조차 흐릿해져 가고 있었다. 다연을 닮은 다형을 마주하고 있어서인지 다연을 향한 그리움이 한층 더 깊어졌다.

이윽고 다형이 부른 지인들이 가게로 모여들었다. 다섯 명이 주고받는 대화를 서준은 대충 건너 들으며 고개를 끄덕이고 있었다. 5분쯤 더 앉아 있다가 자리를 떠야겠다고 생각할 때였다. 전화를 받으며 나가는 다형의 뒷모습을 보며 누군가가 물었다.

'다형이 어디 가?'

'누나한테 전화 온 거 같던데? 방금 누나 하면서 나가더라.'

'다형이한테 누나가 있어?'

'있잖아. 산업단지에서 '지금 이 순간'이라고 카페 오픈했다는 누나. 다형이랑 이름도 비슷하던데? 이름이…… 다영인가?'

'으이구. 넌 다형이 누나 이름도 모르냐? 주다연이잖아. 예쁘장하게 생긴 그 누나.'

'아, 맞다. 주다연.'

'……방금 뭐라고 했어?'

왁자지껄 쏟아지는 대화를 석고상처럼 가만히 듣고 있던 서준이 한 명의 어깨를 붙잡으며 물었다.

'어? 뭐?'

서준의 다급한 반응을 처음 보는 지인이 얼떨떨한 표정을 지었다.

'다형이 누나 이름이 뭐라고?'

서준이 다시 한 번 물었다.

'주, 주다연. 왜 그래? 무섭게.'

서준의 눈동자가 빠르게 흔들렸다.

설마. 아닐 거다. 아닐 테지만…… 확인해 보고 싶다.

'카페, 어디야?'

'뭐가?'

'주다연이 운영한다는 카페 어디냐고.'

'산업단지 1번지 안에 있는 지금 이 순간이라고…… 야! 어디 가?'

일행은 자리를 박차고 뛰어나가는 서준의 뒷모습을 황망한 얼굴로 쳐다보았다. 서준은 어느 자리에 있어도 본인의 기분과 감정 표현을 컨트롤할 줄 아는 사람이었다. 그런 서준이 이토록 격한 반응을 보이는 건 처음 있는 일이었다.

'쟤, 왜 저래?'

일행은 얼떨떨한 얼굴로 어깨를 으쓱거렸다.

술집에서 빠져나온 서준은 도로에 서서 얼굴을 구겼다. 안쪽에 자리한 술집이라서 그런지 이차선 도로가 휑했다. 한참이나 제자리에 서서 택시를 기다리던 서준은 급한 마음에 큰 도로까지 뛰어나갔다. 한참을 달음박질친 후에야 서준은 큰 도로에서 달려오던 택시를 잡아탈 수 있었다. 산업단지 1번지에 내린 서준은 걸어오던 여자를 가로막았다.

'죄송한데 길 좀 물을게요. 지금 이 순간이라는 카페 어디에 있는지 아세요?'

깜짝 놀란 여자는 서준을 보고는 불그스름한 얼굴로 뒷골목을 가리켰다.

'여기로 쭉 가시면 돼요.'

'감사합니다.'

　서준은 빠른 걸음으로 뒷골목을 향했다. 막 커브를 돌 때였다. 때마침 맞은편 길가에 자리한 지금 이 순간 카페의 간판 불이 꺼졌다. 영업을 마친 가게에 들어갈 수 없어서 서준은 그 자리에 멈춰 서서 기다렸다. 얼마 후 한 여자가 가게의 문을 밀고 나왔다. 가게 문을 잠그는 여자의 뒷모습을 서준은 하염없이 바라보았다.

　그 뒷모습을 보며 서준은 생각했다. 자신이 찾는 주다연이 아닐 수도 있다고. 주다연이라는 이름은 흔하고, 늘 그렇듯이 아닐 확률이 높다고. 알면서도 서준은 확인하고 싶었다. 1%의 가능성도 놓치고 싶지 않았다.

　가게 문이 잠겼는지 마저 확인한 여자가 돌아섰고, 지켜보고 있던 서준의 가슴이 쿵 하고 내려앉았다. 불빛이 사라진 어두운 거리를 점점이 밝힌 가로등 불빛 아래에 서 있는 여자는 분명 다연이었다. 어린 시절의 얼굴과 조금 달랐지만, 기억 속의 그 얼굴과 분명히 닮았다. 그토록 보기를 소망했던 그 여자가, 자신의 눈앞에 있었다.

　잠시 좌우를 살핀 다연이 길을 따라 걷기 시작했다. 길 건너편에 서 있던 서준의 걸음도 다연을 뒤따랐다. 이차선 도로를 사이에 놓고 두 사람이 나란히 걸었다. 다연은 이어폰을 귀에 꽂은 채 앞을 보며 걸었다. 다연이 버스 정류소 앞에 섰고, 서준 또한 그 맞은편 정류소에 섰다.

　조금 차가운 바람이 불었고, 옷깃이 날렸으나, 다연을 향한 서준의 시선은 흔들림이 없었다. 소리를 내거나, 눈을 감으면 다연이 금세 사라질 것 같았다. 얼마 후 정류소에 도착한 버스에 다연이 올라탔다.

뒷좌석에 앉아 다연이 눈을 감는 모습까지 서준은 지켜보았다. 다연을 태운 버스가 멀어졌다. 버스가 점이 될 때까지 서준은 그 자리에서 꼼짝도 할 수 없었다.

"요즘 촬영에 왜 이렇게 집중을 못 해?"

매니저의 타박에 서준은 고개를 들었다. 백미러로 인상을 잔뜩 구기고 있는 매니저가 보였다. 소속사에서도 고위급 간부로 오랜 시간 서준의 매니저를 맡고 있었다.

"하고 있어."

"거짓말하지 마. 내가 널 몇 년째 봐 왔는데."

매니저가 속일 사람을 속이라는 듯 콧방귀를 뀌었다. 서준은 며칠째 이어진 촬영을 포함해 체력 관리를 위한 운동 중에도, 해외 촬영에서도, 하다못해 시상식 자리에서도 딴 세상에 빠져 있는 사람처럼 무심했다. 평소에 늘 무표정을 고수해서 다른 사람들은 알아채지 못했으나 오랜 시간 곁을 지킨 매니저는 그의 변화를 곧바로 알아챘다.

"무슨 일 있어?"

한결 누그러진 목소리로 매니저가 물었으나 서준은 묵묵부답이었다.

"큰일이야?"

매니저가 다시 한 번 물었다.

"큰일은 아닌데 계속 신경 쓰이는 일이 있어서 그래. 다음부터 안 그럴게."

더는 매니저의 말을 무시하고 있을 수가 없어서 서준이 답했다.

"신경 쓰이는 일? 왜? 요즘 스케줄이 너무 바빠서 힘들어? 그래도 좀 참아. 알잖아. 모델은 젊을 때 바짝 벌어야 하는 거. 너처럼 연기자나 다른 방면으로 나갈 계획이 없는 애들은 미리 바짝 벌어 놔야 해. 내가 널 생각해서 이러는 거 알잖아."

"알아."

매니저가 생각하는 고민과 자신의 고민이 전혀 다르다는 걸 알았으나 서준은 귀찮은 마음에 대답했다.

"안다니까 다행이다. 넌 은퇴하고 나면 우리 회사로 꼭 들어와야 한다. 애들 트레이닝도 시켜 주고, 발굴도 해 주고. 니가 그때 추천한 신인이 잘되는 거 보고 사장님이 네 안목에 관심을 두기 시작했어. 물론 지금부터 은퇴 압박을 주는 건 아니고. 하여간에 내가 하고 싶은 말은 열심히 하라는 거야. 알았어?"

뒤이어 매니저가 잔소리와 독려가 섞인 말을 꺼냈으나 서준은 듣지 않았다. 대충 대답한 후 시선을 돌렸다. 눈앞에서 아른거리는 누군가의 모습만으로도 마음이 복잡해서 미래를 생각할 여유가 없었다.

스치듯 한 번만 보면 될 거라고 생각했다. 무사한 모습으로 무난하게 살고 있으면, 그걸 눈으로 확인만 하게 된다면 가슴에서 떠도는 먼지 같은 미련이 깨끗하게 증발하리라 생각했다. 그런데 마음이 생각 같지가 않았다. 버스 정류소에 서서 고개를 들어 하늘을 보던 여자의 그 모습이 자꾸만 눈앞에서 아른거렸다. 어린 시절의 향수인지 집착인지 알 수 없는 감정 때문에 가슴이 따가웠다.

그날 밤, 서준은 일을 마치자마자 카페로 향했다. 서준이 카페의 맞은편 길에 도착하자마자 간판 불이 꺼졌고, 얼마 후 다연이 가게 문을 밀고 나왔다. 오늘은 카페에 들어가 볼 생각이었는데 또 시간을 놓쳤다.

자박자박 걸어가는 다연의 걸음을 따라 서준도 외투에 손을 찔러 넣고서 따라 걸었다. 이어폰을 꽂고 나면 생각이 많아지는지 다연은 시선을 알아채지 못했다. 서준은 다연의 보폭을 따라, 다연의 걸음 모양새를 따라 걸었다. 조용하고 가벼운 걸음걸이였다. 언젠가 자신의 머리를 쓰다듬어 주던 손길과 꼭 닮아 있었다. 서준의 입술에 옅은 미소가 번졌다.

버스 정류소에 마주 섰다. 여자는 벤치에 앉아 자신의 신발코를 보며 발을 가볍게 흔들었다. 그 모습을 따라 서준도 손끝을 가볍게 흔들었다.

뒤이어 버스 정류소에 다가온 버스에 다연이 올라탔다. 맨 뒷자리에 앉아 창밖을 바라보던 다연과 눈이 마주쳤다. 다연은 잠시 그를 바라보다가 시선을 다른 곳으로 옮겼으나, 서준은 다연에게서 눈을 뗄 수가 없었다.

'네가 잘됐으면 좋겠다. 아픔을 씩씩하게 이기고, 누구보다 잘 사는 모습으로 다음에 보고 싶어.'

'죽을 만큼 아프겠지만, 그래도 스스로를 때리진 마. 다른 사람들이 널 때린다고 해서 네게 맞아야 할 이유가 있는 건 아냐.'

문득 바람 소리에 어린 소녀의 목소리가 실려 왔다. 그날 자신의 가슴에 심어진 말들은 뿌리를 내리고, 무성하게 숲을 이루어 자신을 살게 만들었다. 그리고 그 가슴 위로 욕심이 비처럼 떨어져 내렸다. 서준의 눈이 가늘어졌다.

역시 한 번만 보는 걸로 만족할 수가 없을 것 같았다.

스치듯이 자신만 보는 걸론 더 만족할 수가 없다.

소녀였던 여자가 어른이 되어 내는 목소리가, 손길이, 눈빛이 궁금했다.

"형, 미안해요. 오늘까지 돈을 갚았어야 했는데⋯⋯. 어떻게 해요? 형, 이사 가야 하는데 이천만 원 부족한 거 아니에요?"

갑작스레 아파트 앞까지 찾아온 다형은 죽을상을 하고 있었다. 처음부터 오늘까지 돈을 갚겠다는 다형의 말을 믿지 않았던 터라 서준은 개의치 않았다. 당장 이사를 간다고 하더라도 지금 있는 돈으로 충분했다. 그러나 서준은 난처한 표정으로 뺨을 쓸어내렸다.

"그러게. 이사 가야 하는데."

서준의 심각한 얼굴을 보던 다형이 미안함에 어쩔 줄 모르는 표정을 지었다.

"형, 진짜 미안해요. 정말 친한 친구 녀석 집안이 쫄딱 망해서 사정이 어렵다는데 모르는 척할 수가 없었거든요. 제 오지랖이 이번엔 형을 곤란하게 만들었네요. 하아, 돈을 당장 갚는 건 좀 어려울 것 같아서 그러는데, 제가 다른 방법으로 형을 도울 수 있는 건 없을까요?"

"글쎄."

"⋯⋯."

"당장 이사를 가야 하는데, 갈 곳이 없네⋯⋯."

서준이 말끝을 늘이며 곤혹스러운 기색을 비추자 다형은 몸에 가시라도 박힌 것처럼 움찔거렸다. 이후 아무 말 없이 심각한 표정으로 고민하고 있는 서준을 보며 다형이 조심스럽게 입을 열었다.

"형, 그럼 당분간만 저희 집에서 계실래요?"

"너희 집?"

서준의 한쪽 눈썹이 올라갔다.

"네. 저희 집 안방이 비거든요. 아시다시피 부모님도 몇 해간 집에 돌아오실 생각도 없으신 것 같고. 문제가 될 게 있다면 모레쯤 누나가 집으로 이사를 온다는 건데……. 어차피 안방이랑 거리도 멀고 누나는 대부분 카페에서 시간을 보내니까 마주칠 일도 없을 거예요. 게스트 하우스를 이용한다고 생각하시고 제가 돈 갚을 때까지만 계실래요?"

다형의 제안에 서준은 다형이가 알아채지 못할 만큼 옅게 미소를 지었다. 이 제안을 기다렸다. 다형이가 말하지 않는다면 서준이 먼저 말할 생각이었다.

"그래, 그럼 그러자."

"네?"

서준의 승낙에 놀란 건 다형이었다. 서준은 자신의 영역이 분명한 사람이었다. 그 영역을 타인과 공유하는 걸 좋아하지 않는 그의 성격상, 자신의 제안을 거절할 거라 생각했다. 그런데 예상외로 넙죽 받아들였다. 다형은 잠시 당황했다. 이 상황을 자신의 누나에게 어떻게 설명해야 할지 감이 서질 않았다.

분명히 낯선 남자와의 동거를 극한으로 꺼릴 게 분명한데…….

복잡한 머릿속을 고스란히 드러내는 다형의 표정을 보면서도 서준은 제안을 물릴 생각이 없었다.

"조심해서 가."

서준이 문을 열고 집 안으로 들어섰다.

"네, 형. 알겠어요. 그럼 이사는⋯⋯."

차마 자신이 뱉은 말을 번복할 수 없어서 다형이 조심스럽게 물었다.

"내일 갈게."

"내, 내일 당장이요?"

서준의 말에 다형이 눈을 부릅떴다.

"어. 내일까지 짐 빼야 하거든."

"오, 오실 수 있어요?"

"어. 짐은 다 싸 놨어."

자신이 먼저 제안했으니 물릴 수도 없는 처지라 다형은 울며 겨자 먹기로 고개를 끄덕였다.

"네, 알겠어요. 형, 그런데 저희 집 안 둘러보셔도 돼요? 살기 불편하실 수도 있을 텐데."

다형이 마지막으로 물었다.

"지금은 거처를 가릴 상황이 안 되니까."

이천만 원이 부족해서 이사를 못 갈 상황이니 더운밥 찬밥 가릴 상황이 아니다, 라는 서준의 말에 다형은 입을 다물었다. 모두 자신의 탓이었다.

"알겠어요. 저희 집 주소를 문자로 보낼게요. 보시고 내일 오세요."

"어."

서준은 가볍게 손을 들어 보이곤 문 안으로 사라졌다. 문 너머에서 들리는 다형의 한숨 소리를 들으며 서준은 신발을 벗고 집 안으로 들어섰다. 오피스텔의 거실에는 얼마 되지 않는 짐이 쌓여 있었다.

"조금 미안한데……."

서준이 팔짱을 끼고서 중얼거렸다. 베란다로 걸어간 서준은 차가운 바람이 부는 야경을 바라보았다.

다형에게 이천만 원을 빌려 줄 땐 어떤 의도도 없었다. 오히려 다연을 다시 만나게 해 준 고마움을 담아 빌려 주었다. 적어도 다형의 소식을 접하기 전까진 그랬다. 얼마 전 지인의 생일파티에 참석한 서준은 평소 자주 어울리던 모델 동생으로부터 다형의 이야기를 들었다.

'우리 다형이 집에 마지막으로 놀러가 봐요. 아! 형은 다형이네 집에 가 본 적 없죠?'

'마지막?'

'다형이 자취 생활 끝난다잖아요. 이제 자기 누나랑 같이 산다던데요? 카페 한다던 누나 있잖아요.'

다형이가 자신의 누나와 함께 살게 되었다는 소식을 접한 후로 서준은 한동안 말을 잇지 못했다.

'그나저나, 형이 다형이한테 돈 빌려 줬다면서요.'

'어. 그런데?'

서준의 물음에 모델 동생이 찝찝한 표정으로 말했다.

'뭘 믿고 그렇게 큰돈을 빌려 줘요? 아무리 형이 돈을 잘 번다지만 이천만 원은 심하잖아요. 곧 이사도 가야 한다면서…….'

'그렇지.'

'다형이한테 돈을 못 돌려받으면 이사 못 가는 거 아니에요? 그럼 다형이네 집에 들어가 버려요. 들어가서 대자로 누워 있으면 주겠죠. 아니면 같이 살든가. 그 누나라는 사람이 갚기라도 하겠죠.'

모델 일을 하는 동생이 흘리듯이 건네던 그 말이 서준의 가슴에 담겼다. 같이 살든가. 때마침 이사 갈 집도 구하지 못한 데다가 혼자 사는 것도 지겹던 순간이었다.

'그럴까?'

서준이 웃으며 건네는 말에 동생은 농담으로 받아들이며 웃고 말았다.

그 이야기를 주고받은 지 삼 일이 지난 후 서준은 늘 그렇듯 카페를 찾았다가 다연을 보았다. 평소와 같은 시각 문을 잠그던 다연은 평소와 달리 투명한 문에 이마를 기대고는 한참이고 서 있었다.

힘든 일이 있는 건지, 아픈 건지, 지친 건지.

한참이나 그렇게 기대서 있던 다연은 고개를 푹 숙인 채 버스 정류소로 향했다. 다연이 버스를 타고 가는 걸 지켜보던 서준은 뒤따라 택시를 탔다. 다연이 무사하게 집까지 들어가는 모습을 보고서야 서준은 안도했다. 낯선 동네의 빈 골목을 내려오던 서준은 문득 자신의 모습을 알아채곤 조소했다.

이게 무슨 꼴이지.

자리에 멈춰 서서 기가 찬 웃음을 뱉던 서준은 쓴 입가를 가렸다. 다가가고 싶으면서도 다가갈 수가 없었다. 두려웠다. 투명한 눈동자로 '놀이터의 남자? 그게 누군데요?' 라고 물어올까 봐서. 자신의 마음에 주다연이라는 이름을 잔뜩 그려 놓고서 조금도 기억하지 못할까 봐 숨 막히게 두려웠다.

그러나 이보다 더 무거운 진실은 주다연이라는 사람의 삶에 들어서고 싶어 하는 자신의 마음이었다. 애정, 애착, 집착, 미련이 아니었다.

'나 또한 주다연의 기억에 남고 싶어. 주다연을 살게 하는 한 줄의 글이 되고 싶어.'

이 세상에 존재하지 않는 단어의 마음으로 자신은 주다연을 욕심내고 있었다.

바람이 부는 오르막길에 서서 오랜 시간 멈춰 서 있던 서준은, 그날 밤 다형의 집으로 들어가기로 결정 내렸다.

＊

다연은 아주 오랜만에 숙면을 취했다. 상쾌한 아침을 맞이해 길게 기지개를 켜던 다연의 행동이 뚝 멈추었다. 분명 기억의 마지막은 거실이었는데 자신이 일어난 곳은 침대였다. 다연의 술버릇은 취하면 그 자리에서 곧바로 잠들기였으니 이곳까지 걸어올 일도 없었다. 다연의 눈이 바쁘게 돌아갔다.

"뭐지? 어떻게 된 거지?"

잠시 혼란스러움에 눈만 깜빡이던 다연은 뒤늦게 탁상시계를 보곤 자리에서 벌떡 일어났다. 늦었다.

서둘러 욕실로 달려간 다연이 머리를 빠르게 감고서 뛰어나왔다. 한 손으로 젖은 머리를 닦으면서 남은 한 손으로 드라이기를 꺼내던 다연은 발이 꼬여 침대에 쓰러졌다.

"후우."

바쁘게 움직일수록 일은 더디게 진행되는 법이었다. 잠시 숨을 고른 다연이 드라이기의 꼬인 줄을 풀어 콘센트에 꽂았다. 머리를 말리면서 눈으로는 입을 옷을 고민했다. 머리가 대충 말랐다는 것을 확인한 다연은 곧장 장롱 앞에 섰다. 기모가 들어가 있는 스키니 청바지와 두툼한 흰색 스웨터를 꺼내 입은 후 목까지 잠글 수 있는 패딩점

퍼를 챙겨 입었다.

가게 열쇠가 들어 있는 걸 확인한 후에 가방을 둘러멘 다연이 방에서 막 나올 때였다. 하얀 스웨터를 입은 서준이 벽에 기대서 있었다. 그의 깨끗한 이미지가 하얀 스웨터 때문에 더욱 깨끗하게 느껴졌다. 그러나 그런 서준을 보면서 다연은 뜨끔했다. 그럴 리 없겠지만 어젯밤 자신이 실수한 게 있는 게 아닐까 하는 우려였다.

"오늘은 늦게 출근하네요."

말을 건네는 서준의 입술이 옅게 늘어나 있었다. 가을바람처럼 깨끗한 미소였다.

"네."

다연이 당황한 마음을 숨기며 천연덕스럽게 답했다.

"어젯밤에는 말을 놓더니 오늘은 다시 높이네요."

"어, 어제 내가 말을 놨어요?"

다연이 눈에 띄게 당황했다.

"아주 편하게요."

서준의 눈가가 부드럽게 휘어졌다. 더불어 이마를 살짝 덮은 갈색 앞머리가 스르륵 옆으로 밀려나며 하나의 화보가 되었다. 평소라면 카메라에 담고 싶은 인물이라는 생각을 했겠지만, 다연은 기억나지 않는 어젯밤의 일 때문에 머릿속이 하얗게 질렸다.

"혹시 큰 실수라도……."

"큰 실수는 하지 않았어요."

"그럼 작은 실수는……?"

"뭐, 그건 잊으셔도 돼요."

사람 불안하게 말을 하다가 마는 건 대체 뭔데.

다연은 걱정 반, 의심 반이 뒤섞여 하얗게 질린 얼굴로 서준을 쳐다보았다. 무슨 짓을 저질렀냐고 물어보고 싶은데 겁이 났다. 다연이 물을까 말까 머뭇거리던 차였다.

"이거요."

서준이 손에 들고 있던 잔을 다연에게 내밀었다.

"뭔데요?"

"꿀물이에요. 속 쓰릴 것 같아서요."

"아……."

다연은 잠시 말문 막힌 얼굴로 쟁반에 담긴 꿀물을 바라보았다. 술 덕분인지 기분 좋은 꿈 덕분인지 숙면을 하긴 했으나, 어젯밤 마신 술 때문에 속이 쓰리긴 했었다. 그걸 서준은 어떻게 귀신처럼 알아챈 걸까. 그러나 그보다 다연이 꿀물에서 눈을 뗄 수 없었던 건 누군가를 챙겨 준 적은 있어도 누군가가 챙겨 준 것은 아주 오랜만에 있는 일이었기 때문이다.

아랫입술을 꾹 깨물며 다연은 잔을 감싸 쥐었다. 온기가 손바닥을 따뜻하게 데웠다. 마음이 편안해지면서 조급함도 스르륵 녹아 사라졌다.

"고마워요. 서준 씨는요?"

다연이 서준의 눈을 맞추며 물었다.

"전 마셨어요."

"아아."

"부담스러워하지 마요. 내 거 만들면서 두 사람 것도 같이 만든 거니까."

다형이도 마셨다는 소리였다. 어젯밤 다형은 실습이 있다며 아침 일찍 나가야 한다고 언급했다. 꿀물을 홀짝거리며 마시던 다연의

시선이 거실로 향했다. 엉망진창이어야 할 거실 테이블이 깨끗하게
정리되어 있었다.

"혹시 혼자 정리했어요?"

"별거 아니었어요."

"미안해요. 신세만 지네요. 뒷정리도, 꿀물도."

다연의 말에 서준은 별거 아니라는 듯 웃으며 고개를 가로저었다.

"신경 쓰지 말아요."

"잘 마셨어요."

다연이 컵을 쥐고서 부엌으로 걸어가려 할 때였다. 그 앞을 서준이
막아섰다. 서준을 바라보던 다연은 새삼 서준의 키가 무척 크다는 것
을 알았다. 인터넷으로 검색했을 때 프로필상 185라고 했는데 그것보
다 훨씬 큰 것 같았다. 그 생각도 잠시, 다연은 서준과 꽤 가까이에
서 있다는 걸 깨달았다. 한 걸음 물러서려던 다연의 팔을 서준이 잡
아당겼다.

"등 뒤에 벽 있어요."

"아……."

다연이 멋쩍어져 눈을 굴렸다. 이유를 모르겠으나 서준과 눈을 맞
추고 나면 온몸이 저릿했다. 서준이 한 걸음 물러서며 손을 내밀었다.

"나한테 줘요."

"내가 가져다 놓을게요."

"출근해야죠."

서준의 말에 다연의 시선이 거실의 벽걸이 시계로 향했다. 평소보
다 5분 늦었다. 오늘은 아침에 과일과 원두가 들어오는 날이라서 특
히 늦으면 안 되는 날이었다.

"이것 좀 부탁할게요!"

다연은 서준의 손 위에 컵을 내려놓고서 서둘러 문밖으로 뛰어나갔다. 쿵 하고 문이 닫히는 것까지 지켜보던 서준은 다연의 팔을 잡았던 자신의 손을 바라보았다.

왜 잡았을까. 다연이 한 걸음 물러섰다고 해서 벽과의 거리가 뒤통수를 박을 만큼 가깝진 않았다. 단지 싫었을 뿐이다. 다연이 자신에게서 한 걸음 물러서는 게. 이상한 욕심이자, 설명하기 힘든 이상한 기분이었다.

서준의 시선이 다시 한 번 다연이 나간 문을 향했다가 떨어졌다.

＊

유난히 바쁜 하루였다. 오전 중 주문한 재료들이 오기가 무섭게 단골이 전화로 커피 16잔을 주문했다. 한 종류의 커피를 주문한 것도 아니고 아메리카노, 카페라떼 등 가지각색이었다. 지서와 바쁘게 움직이고서야 정해진 시간까지 주문을 맞출 수 있었다.

오전에 해야 할 일들을 정리하자마자 점심시간을 맞이했다. 지서와 다연이 점심 한술을 뜰 수 있었던 건 오후 3시가 되어서였다. 이후에도 손님들이 꾸준히 가게를 찾았고 다연이 한시름 놓은 것은 퇴근 시간에 가까워서였다. 휴대폰을 확인한 다연은 때마침 주은으로부터 걸려 온 전화를 받았다.

"응, 주은아."

－사진 확인했어.

점심을 먹으며 다연은 주은에게 작업했던 사진을 메신저로 전송했다.

본래 어젯밤에 했어야 할 일이었는데 술에 취하는 바람에 늦어졌다.

"보정을 많이 안 해도 될 것 같던데?"

—그러게. 안 그래도 우리 디자인팀 신났다. 보정할 거 없는 데다가, 잘 나왔다고 난리야.

"다행이다. 좋은 모델을 제대로 활용 못 하면 어쩌나 걱정했거든."

다연은 동그란 1인용 의자에 앉아 턱을 괴었다. 습관처럼 창밖으로 고개를 돌렸으나 유리에 가게 내부만 고스란히 비쳐졌다. 따스한 분위기가 감도는 가게 안에 우두커니 앉아 있는 자신의 모습이 꽤 지쳐 보였다. 다연은 부스스한 머리카락을 정리했다.

—걱정도 사서 한다. 네가 능력이 없으면 내가 너한테 부탁했겠어? 그나저나 서준 씨랑은 집에 잘 갔어? 내가 일부러 자리 피해 줬는데.

"무슨 소리야?"

뜬금없다는 듯 대꾸하는 다연의 목소리에 주은이 혀를 끌끌 찼다.

—딱하면 딱이지. 서준 씨가 너한테 관심 있어 보이던데? 네가 사진작가면 모델로 서겠다고 말하고, 너 손 시려울까 봐 자기 장갑도 주던데.

"원래 매너 좋은 사람이야."

—원래 매너 좋은 사람이 내 손 꽝꽝 얼어붙은 건 못 보냐?

"아니야. 네가 생각하는 거. 그 사람은……."

—그 사람은 뭐?

"아니야. 됐어."

—사람 궁금하게 해 놓고 입 다물기는.

주은의 타박이 이어졌으나 다연은 입을 꾹 다물었다. 서준이 게이라는 사실은 엄연히 개인적인 성 취향이었다. 이걸 다른 사람에게 누설할 수는 없는 법이었다.

　-하여튼 작업 잘해 줘서 고마워. 조만간 시간을 내서 놀러 갈게.

　"응, 너도 수고했어. 잘 됐으면 좋겠다."

　-그래, 또 봐.

　주은과의 전화가 끊어진 후 다연은 습관처럼 턱을 괸 채 원목 테이블의 끄트머리를 응시했다. 요 근래 아주 잠시 서준이 게이라는 사실을 잊고 있었다. 그것도 모르고 서준과 가까이 있을 때면 움찔하며 놀랐다. 여태껏 자신이 서준을 남자로서 인식하고 있었다는 사실을 깨닫게 되자 묘하게 가슴이 답답해졌다.

　다연은 목을 감싼 스웨터 자락을 살짝 끌어 내리며 인상을 찌푸렸다. 그가 자신에게 친절한 이유는 과거의 일 때문이었다. 자신에게 보답하고자 하는 서준의 친절을 오해해서는 안 된다. 하마터면 실수할 뻔했다.

　"여기 주문이요."

　고개를 절레절레 흔들던 다연이 카드를 내미는 여자 손님을 보곤 벌떡 일어났다. 넋을 놓고 있느라 손님이 코앞까지 다가온 줄도 모르고 있었다.

　"네, 손님. 어떤 걸로 주문하시겠어요?"

　다연은 탱탱볼처럼 튀어 오르는 서준의 생각을 억지로 접어 귀퉁이에 밀어 놓으려 한참이나 애썼다.

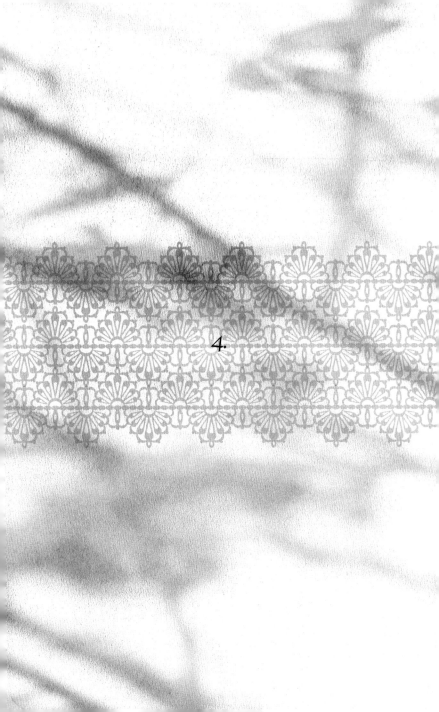

4.

　귀가한 다연은 곧장 방으로 들어가 서랍에 잠자코 잠들어 있던 장갑을 꺼냈다. 서준이 자신에게 건네주었던 장갑인데 어쩌다 보니 여기까지 들어와 있었다. 장갑을 다소곳하게 책상 위에 올려놓은 후, 가방을 열어 뒤적거리던 다연은 두툼한 봉투를 꺼냈다. 출근하는 길에 맡겼다가 퇴근하는 길에 찾은 사진이었다. 홀로 산책을 나갔다가 찍은 사진과 서준의 작업 사진을 다 합치고 보니까 몇 백 장에 달했다. 사진을 한 장씩 넘겨서 확인하던 다연은 한 장의 사진에서 멈칫했다.

　짙은 어둠이 내린 텅 빈 거리 위에 서준이 홀로 서 있었다. 도로 위에 자동차가 없었고, 거리 위에 사람이 없었다. 유일하게 사각 사진 안에 담긴 것은 바람, 어둠, 가로등 불빛이었다. 그 불빛에 흠뻑 젖어 우두커니 서 있는 그의 모습은 가슴이 텅 빈 마네킹처럼 쓸쓸해 보였다. 안아 주고 싶을 만큼 안타까우면서, 적나라한 거울 앞에 마주 선 것처럼 괴로웠다. 시간이 흘러 아무렇지 않은 척하고 있어도 드문드문 살아나는 외로움. 다연도 그러했다.

사진을 바라보던 다연은 얼른 사진을 넘겼다. 사진을 넘길수록 텅 빈 거리에 서 있던 그가 조금씩 고개를 돌렸다. 그리고 마지막 사진에서 서준은 카메라를 보았다.

아름다우면서 외롭고, 고귀하면서 처연하다. 견고한 듯하면서 무너질 듯 유약하기도 했다. 동시성을 갖기 힘든 느낌을 서준은 모두 내포하고 있었다. 그리고 이 느낌이 서준의 아픔에서 기인한다는 것을 다연은 어렴풋이 알고 있었다.

역광이라 얼굴이 제대로 보이지 않는데 눈이 마주친 듯 가슴이 시큰해 왔다. 분명 따뜻한 방 안에 있는데도 허허벌판 겨울의 도로 위에 내버려진 것처럼 사진을 잡은 손끝으로, 사진을 바라보는 눈으로 추위가 몰려왔다.

시간이 멈춘 것처럼 사진만 들여다보던 다연은 휴대폰에서 문자 도착음이 울리고서야 정신을 차렸다.

[누나, 오늘 늦을 것 같으니까 먼저 자. 친구 생일이야.]

다형으로부터 온 문자를 확인한 다연은 한숨을 내쉬며 [응. 알았어.]라고 답문했다. 다연은 자신이 이곳저곳을 다니며 홀로 찍었던 사진을 빼낸 후 서준의 사진만 추렸다. 한 손에 잡기 버거울 만큼 두꺼웠다. 잠시 고민하던 다연은 어둠 속에서 서준과 눈이 마주친 사진 한 장을 빼내어 서랍 안에 넣었다. 이유는 모르겠으나 이 사진만큼은 갖고 싶었다.

다연은 휴대폰을 들어 서준에게 문자를 넣었다.

[혹시 집이에요?]

사진과 장갑을 들기 쉽게 정리한 다연은 답장을 기다렸다. 이윽고 문자가 도착했다.

[네. 어디예요?]

'저도 집'까지 치던 다연은 액정 두드리던 손길을 멈추었다. 한 지붕 아래에 살면서 '저도 집인데 거실에서 볼까요?'라는 물음이 어색하게 느껴졌다. 다연은 잠시 고민하다가 사진과 장갑을 챙겨 든 채 서준의 방으로 향했다.

똑똑.

"서준 씨. 나예요."

문을 두드리며 다연이 자신을 밝혔다. 얼마 후, 서준이 방문을 열고 나왔다. 그는 답장을 기다리고 있었는지 휴대폰을 한 손에 쥐고 있었다. 생각지 못했는지 서준은 조금 놀란 표정을 짓고 있었다. 다연은 자신이 느끼는 어색함을 감추기 위해 웃으면서 서준을 보았다.

"오늘은 집에 있었나 봐요."

"네. 스케줄이 없었거든요. 이제 퇴근했어요?"

"네."

언제 놀랐냐는 듯 서준의 입가에 선선한 웃음이 맺혔다. 서준은 방문에 기대선 채 촉촉하게 젖은 눈으로 다연을 바라보았다.

"평소보다 늦었네요."

"사진관에 들르느라 늦었어요. 줄 게 있어요. 별건 아니고, 여기요."

다연은 손에 들고 있던 것들을 내밀었다. 봉투와 장갑을 받기 위해 서준이 손을 뻗었다. 손끝이 아슬아슬하게 스쳤다. 서준의 시선이 빠르게 다연에게 닿았다. 다연 또한 느꼈는지 어깨가 경직되어 있었다. 서준은 아무렇지 않은 얼굴로 곧장 봉투를 열어 확인했다.

"사진이에요. 작업할 때 찍었던 사진들이에요."

다연이 한마디 덧붙이자 서준은 느릿하게 고개를 끄덕이며 사진을 넘겼다. 빠르게 사진을 넘기며 확인하던 서준의 시선이 마지막 두 장의 사진에서 멈췄다. 어두운 거리에 우두커니 서 있는 서준의 사진이었다. 서준이 고개를 들어 다연을 보았다. 그가 무언으로 '이게 왜 여기 있느냐' 라고 묻는 듯했다.

"미안해요. 몰래 찍었어요."

다연은 순순히 시인했다.

"왜요?"

"네?"

"몰래 찍은 이유가 있었을 거잖아요."

서준이 눈을 아래로 내리뜨며 물었다. 다연은 잠시 말문이 막혔다. 왜 그를 찍었을까. 그땐 무언가에 홀린 것처럼 그를 향해 카메라를 들었다. 찍지 않으면 안 될 것만 같았다. 이 감정을 이야기한다면 서준은 이해할 수 있을까.

"모델이 좋아서요."

다연의 대답에 서준은 옅게 웃으며 다시 한 번 자신의 사진을 들여다보았다. 차츰 서준의 입술 끝에서 미소가 사라졌다.

세상에 홀로 내버려진 듯한 느낌이 드는 사진. 타인에게 내보이고 싶지 않은 옆모습이었는데 다연은 이 순간을 용케 사진에 담아냈다. 자신이 이유 없이 외로운 순간, 습관이 되어 버린 쓸쓸함을 내비칠 때마다 그곳에 다연이 있었다. 그리고 자신의 쓸쓸함을 다연은 공감하고 있는 듯했다. 사진이란 모델의 느낌도 반영되지만, 사진사의 기분이나 감정도 반영되는 것이기에.

"기분 나빠 하지 않았으면 좋겠어요."

서준은 눈만 움직여 다연을 보았다. 다연은 몰래 사진 찍은 것이 마음에 걸렸는지 걱정스러운 표정이었다. 그러나 서준의 시선이 향한 곳은 다연이 움켜쥔 손이었다. 그녀는 어느새 자신과 스쳤던 손끝을 꽉 쥐고 있었다. 덩달아 다연과 스쳤던 손끝이 아릿해지는 것 같아 서준은 주먹을 잠시 쥐었다가 폈다.

"만약 기분이 나쁘다면 사과할게요. 말하지 않고 사진 찍어서요."

다연이 다시 한 번 사과를 건넸다.

"가져가요."

서준은 자신이 몰래 찍힌 사진 두 장을 들어 다연에게 내밀었다. 다연은 입술을 깨물었다. 사진을 돌려주는 걸로 봐선 기분 나쁜 모양이었다.

"미안……."

"기분 안 나빠요."

다연이 사과하지 못하게끔 서준이 말을 잘랐다. 다연이 눈을 동그랗게 뜬 채 바라보았다. 기분 나쁘지 않은데 왜 사진을 다시 돌려주냐는 표정이었다.

"이거 가져가고, 다른 사진으로 가져다줘요."

"다른 사진이요? 어떤 거요? 필요한 사진이 있으면 말해요. 미안하니까 구할 수 있는 사진이면 구해 볼게요."

다연의 당찬 대답에 서준은 픽 웃었다. 손가락 끝으로 관자놀이를 살짝 문지르던 서준이 말했다.

"그래요, 그럼. 사양하지 않고 부탁할게요. 다연 씨 사진으로 부탁해요."

"……뭐라고요?"

"난 내 사진이라면 지겹도록 갖고 있으니까 다연 씨 사진을 달라고요."

"내 사진이 왜 필요해요?"

잠시 말문이 막혀 멍하게 있던 다연이 뒤늦게 물었다. 서준은 방문에 머리를 대고서 옅게 웃었다. 이렇게 물을 줄 알았다.

"억울해서요."

대체 뭐가.

다연은 표정으로 서준에게 물었다.

"다연 씨한테는 내 사진이 수백 장이나 있을 텐데, 나한테는 다연 씨 사진이 한 장도 없는 게요."

"그건……."

"수백 장까진 안 줘도 돼요. 몰래 찍은 이 사진의 숫자만큼만 가져와요."

"아니, 그건……."

"기대할게요. 잘 자요."

서준은 다정하게 웃으면서 다연의 거절을 허락하지 않았다. 더는 대화하지 않겠다는 듯 서준은 웃는 얼굴로 방문을 닫았다. 사진에 대해 이야기를 나누고 싶지 않다는 단호한 뜻이 닫힌 문에서 읽혔다. 잠시 붕어처럼 입만 뻥긋거리던 다연은 멍한 얼굴로 돌아섰다.

"사진? 대체 왜?"

뒤늦게 다연이 허공을 향해 물었다. 그러나 역시나 대답은 돌아오지 않았다.

*

모처럼 늦잠을 자도 좋은 일요일의 아침이었다. 다연은 습관처럼 아침 일찍 눈을 떴다가 그 사실을 깨닫곤 다시 침대에 얼굴을 파묻었다. 어젯밤 있었던 일 때문에 온몸이 뻐근했다. 지서가 퇴근한 직후 카페의 단골손님인 팀장이 팀원들을 모두 데리고 와서 카페를 점령했다.

팀장은 하얗게 질린 다연에게 윙크를 하며 '사장님 매출 쭉쭉 올리라고 우리 팀원들 다 데려왔어요. 맛있게 만들어 줘요. 우선 아메리카노 다섯 잔, 캐러멜 모카 두 잔, 카페라떼 세 잔.' 이라고 말하고는 훌쩍 떠났다. 그때부터 한 시간가량 다연은 정신없이 커피를 만들고 서비스로 머핀을 꺼내느라 바빴다.

커피를 마시며 업무에 관련된 이야기를 나누던 사람들은 8시 30분이 훌쩍 넘어서야 자리를 털고 일어났다. 남은 뒷정리를 하느라 다연은 10시가 넘어서야 퇴근했다.

이런 드문 일을 제외하고는 카페 일은 매일 같은 자리를 걷는 것처럼 변함없고 잔잔했다. 그 고요함이 지루하다기보다는 다연에겐 평온을 주었다. 무엇이든지 변하지 않는 것이 좋다. 머무는 장소도, 공간도, 그리고 사람 마음도.

"으으."

침대 위에서 길게 기지개를 켜던 다연은 천장을 멀뚱히 쳐다보며 눈만 깜빡거렸다. 결국 잠이 다 깼다. 부스스한 꼴로 자리에서 일어난 다연은 머리를 정리해서 한 가닥으로 묶고는 침대에 걸터앉았다.

배는 고픈데, 씻기는 싫다.

일주일에 한 번 쉬는 날이라서 씻지 않은 채 밥을 먹고 싶었다. 실제로 오늘은 다형이와 서준이가 둘 다 없는 날이었다. 그러나 언제 들어올지 모른다.

"하아."

고민을 반복하던 다연은 어쩔 수 없이 욕실에 들어가 간단히 샤워를 했다. 옷을 갈아입은 후 젖은 머리 위에 수건을 덮은 채 욕실에서 나오던 다연은 갑작스레 몰려오는 추위에 발가락을 오므렸다. 시야를 가린 수건을 치우자 거실을 쓸고 있는 서준이 보였다. 아마도 환기 삼아 거실의 베란다 문을 열어 놓은 모양이었다.

며칠 만의 만남이었다. 그는 촬영이 있다며 3박 4일간 집을 비웠었다. 오늘 즈음에 돌아올 거라는 말을 다형으로부터 전해 듣긴 했지만 이렇게 아침 일찍 볼 줄 몰랐다.

인기척을 느꼈는지 서준이 허리를 펴고서 그녀를 바라보았다. 눈처럼 하얀 스웨터에 대비되는 검은 면바지를 입고 있는 그는 아침부터 완벽했다. 막 씻고 나온 사람이 민망하게.

"일어났어요?"

서준이 옅게 웃으며 다연에게 물었다. 다연은 최대한 수건으로 헝클어진 머리를 가린 채 고개를 끄덕였다.

"네. 촬영은 잘했어요?"

"덕분에요."

서준의 눈가가 부드럽게 휘어졌다.

"오늘 청소 당번은 다형인데 왜 서준 씨가 하고 있어요?"

"다형이가 부탁하고 갔어요."

"다형이가 또. 후우, 다형이가 부탁한다고 다 들어주지 마세요. 그러면 다형이 습관만 나빠져요."

다형이가 종종 서준에게 청소나 설거지를 미룬다는 걸 알고 있었다. 굳이 눈으로 보지 않아도 그릇 배열 상태나 거실 상태만 봐도 누가 했는지 티가 났다. 몇 번은 바빠서 그렇겠거니 하고 넘어갔지만 요즘은 빈도수가 잦았다. 다연이가 당번인 날을 제외하고는 대부분 서준이가 집안일을 하고 있는 상태였다.

"앞으로 봐주지 말고 꼭 다형이한테 시키세요."

미안한 얼굴로 다연이 말하자 서준이가 미소 지으며 고개를 끄덕였다.

"그럴게요."

"일단 머리 말리고 나올게요."

다연은 부스스한 머리를 가린 채 방으로 들어왔다. 드라이기를 꺼내 머리를 말리기 전 다연은 다형에게 전화를 걸까 하다가 관두었다. 잔소리도 얼굴을 마주 보고 하는 게 나았다. 잊지 않고 꼭 당부해야겠다는 생각으로 드라이기를 집던 다연이 멈칫했다.

"가만."

다형이는 오늘 밤에도 들어오지 않는다고 말했다. 결국 오늘 밤은 서준과 단둘이 있다는 말이었다.

"하아."

다연이가 화장대를 짚고서 긴 한숨을 내쉬었다. 갑자기 피곤함이 몰려왔다. 다른 사람을 크게 신경 쓰지 않는 성격임에도 불구하고 서준은 달랐다. 가슴에 바늘 하나가 들어가 있는 기분이었다. 그 바늘이 가슴 안을 헤집고 다니는 것처럼 따끔거렸다.

그나마 다행인 것인 이전처럼 어색하지 않다는 것이었다. 그가 놀이터의 그 아이라는 걸 안 후부터 마음의 높은 벽이 꽤 많이 허물어졌다. 그래도 그렇지, 집에서 단둘이 있는 건 아직 어색하다.

"후우."

연달아 한숨을 내쉬던 다연은 일단 화장대에 앉아 머리를 말렸다. 서준은 다형의 지인이고, 아주 잠깐 어린 시절에 만났던 사람이니까 과하게 신경을 쓰지 말자고 거듭 생각하면서.

실내복 중에서도 가장 무난한 옷차림으로 골라 입은 다연은 머리를 한 갈래로 묶고서 나왔다. 서준은 거실을 다 쓸었는지 스팀 청소기로 바닥을 밀고 있었다.

"내가 도와줄 건 없어요?"

다연이 묻자 서준이 고개를 들어 그녀를 보며 물었다.

"혹시 아침밥 먹었어요?"

"아뇨."

"그럼 아침 식사라도 같이 할래요? 배가 고파서요."

서준의 물음에 다연은 고민했다. 서준과 아침 식사는 몇 번 정도 해 보았다. 그러나 그때마다 다형도 함께였다. 잠시 고민하던 다연은 자신이 한 말도 있는 데다 딱히 거절할 이유가 없어서 고개를 끄덕였다.

"그래요. 간단히 김치볶음밥 어때요?"

서준은 좋다는 듯 눈썹을 들어 보이며 고개를 끄덕였다.

"뭐든지 좋아요."

"……."

"같이 밥 먹을 수만 있다면."

서준의 말에 다연은 고개를 돌리다 말고 그를 물끄러미 응시했다.

"그런 말, 오해의 소지가 많은 거 알죠?"

"오해가 아니라 진심이에요."

스팀 청소기의 끝부분에 두 손을 포개고서 그는 미소 지었다. 다연은 어떤 류의 진심이냐고 묻고 싶었다. 그러나 순간 바람이 불어 그의 머리카락이 날리었고, 다연의 눈도 가늘게 떠졌다.

이상했다. 바람, 습도, 공기, 이 모든 것이 겨울임을 증명하고 있는데 서준과 마주하고 있을 때면 꼭 청명한 가을 하늘 아래 서 있는 것 같았다. 깨끗하고 선선한 바람 같은 미소, 낙엽처럼 옅은 갈색 머리카락이 그러했다.

기분이 이상해진 다연은 더는 묻지 못하고 돌아서서 부엌으로 들어가는데, 등 뒤가 따끔했다. 실제로 서준의 시선이 따끔하게 닿은 것인지, 아니면 가슴 안에 잠들어 있던 바늘이 활개를 치고 다닌 건지 구분할 수 없었다.

✳

청소를 마친 서준은 손을 씻은 후 부엌으로 들어섰다. 때마침 고슬고슬한 김치볶음밥이 동그랗게 담긴 그릇 두 개를 든 다연이 식탁 쪽으로 향했다. 자신의 몫으로 내려온 김치볶음밥을 서준은 한참이나 바라보았다.

"왜요? 이상해요? 아니면 양파나 햄을 못 먹어요?"

식탁 앞에 앉은 다연이 숟가락을 들며 걱정스럽게 물었다. 김치만 넣어 볶기에는 부족한 것 같아 양파와 햄을 더했다. 혹시나 그것이 서준의 취향이 아닐까 봐 걱정스러웠다. 서준이 고개를 가로저었다.

"아뇨. 누군가가 나를 위해서 해 주는 밥은 오랜만이라서요."

그렇게 말하며 서준은 숟가락을 들었다. 김치볶음밥을 크게 한 입 떠 넣은 서준은 오래도록 음미하려는 사람처럼 꼭꼭 씹어 먹었다. 그렇게 한 숟갈, 한 숟갈을 떠 넣는 서준을 다연이 가만히 바라보았다. 그 모습 위로 어린 시절 그의 모습이 겹쳤다가 스르륵 사라졌다.

잠시 입술을 달싹거리던 다연은 오래도록 궁금했던 질문을 조심스럽게 꺼냈다.

"그 후로 놀이터에 종종 찾아갔었는데, 어디서 지냈어요?"

"보육 시설에서 살았어요."

"아아."

"그런 눈으로 보지 않아도 돼요. 생각보다 잘 지냈으니까."

서준이 또다시 웃었다.

"그렇다면 다행이에요."

"그럼 이젠 내가 물을게요. 다연 씨는 잘 지냈어요?"

그의 질문에 숟가락을 들던 다연의 손이 허공에서 멈칫했다. 늘 누군가에게 묻기만 했던 잘 지냈냐는 말이 새삼스럽게 그녀에게 돌아왔다.

자신은 잘 지냈던가.

서준과 그렇게 헤어진 후 다연은 어머니와 자신의 사이에 존재하는 견고한 벽을 인정했고, 그것을 자신이 깰 수 없다는 것 또한 인정했다. 그 후로 어땠더라…… 시간이 지날수록 부모님과의 마음의 거리는 멀어져 갔고, 다연은 스무 살이 되던 해 대학을 핑계로 자취 생활에 들어갔다.

이사를 가던 날 짐을 옮겨 주기 위해 딱 한 번 들렀던 어머니는 그 후로 그녀의 집에 발을 들이지 않았다. 더욱이 해외 지사 발령으로 인해 부모님이 미국으로 떠난 후에는 왕래가 더욱 뜸해졌다. 이젠 연락조차 몇 번의 고민을 반복하다가 해야 하는 사이가 되었다.

다연은 숟가락으로 밥을 크게 뜨며 웃었다.

"잘 지냈어요."

모든 것이 좌절스러우리만큼 변했다. 그 변화에서 다연은 스스로 살아남았으니, 잘 지낸 거라고 여기기로 했다. 그렇지 않으면 또 한 번 좌절하게 될 것만 같았다.

"정말로 잘 지냈어요?"

다시 한 번 서준이 물었다. 서준은 유일하게 어린 시절 자신의 상처를 아는 사람이자, 성인이 된 자신이 우는 것을 본 목격자였다. 그래서 그의 눈에 자신은 잘 지낸 것처럼 보이지 않는 모양이었다.

"네."

스산한 시선으로 서준을 바라보던 다연은 옅게 웃으며 그렇게 답했다. 괜찮다고, 그러니 섣부른 걱정 같은 건 하지 말라고.

식사를 하던 중 다연은 침묵이 어색해서 서준에게 물었다.

"여기서 계속 살 거예요?"

서준이 고개를 비스듬히 기울였다. 질문의 의미가 뭐냐고 묻는 듯했다.

"내가 옛날 일을 알아채길 바라는 거였다면서요. 이제 서준 씨를 어디서 만났는지 기억해 냈잖아요."

"목적은 없는데, 정말로 보증금이 부족해요."

"……."

갑자기 할 말이 없어졌다.

"그때까진 계속 실례할게요."

서준은 정중한 미소를 띠며 숟가락을 들었다. 이후 다연도 더는 할 말이 없어서 묵묵히 식사를 시작했다. 김치볶음밥을 떠 넣은 서준은 눈동자만 움직여 입을 우물거리고 있는 다연을 바라보았다.

사실 이사라면 당장 내일이라도 갈 수 있다. 단지 이사 가고 싶지 않을 뿐이다. 서준도 해외에서 촬영하는 동안 내내 생각했다. 다연이 모든 걸 알았으니 자신에게 나가라고 하면 어떻게 할 것인가. 그때도 나가고 싶지 않았다. 자신은 다연을 위해 그 어떤 것도 해 주지 못했고, 다연의 삶에 어떤 이름으로도 남겨지지 못했다. 자신의 목적은 달성한 것이 아니었다.

더욱이 자신을 위해 다연이 김치볶음밥을 해 준 순간 그 마음은 더욱 강렬하고 견고해졌다. 이 마음의 의미가 무엇인지 아직 정확히 알 수 없지만, 서준은 멈추고 싶지 않았다. 어떤 의미로든 다연에게 남겨지고 싶다는 비이상적인 집착. 그는 순순히 자신의 그 마음을 인정했다.

조용하게 이어지던 식사가 끝났다.

"설거지는 내가 할게요."

싱크대로 다가서는 서준을 다연이 막아섰다. 그 때문에 생각지 못하고 마주 선 거리가 좁아졌다. 서준의 뚜렷하지만 강하게 느껴지지 않는 눈매가 묘하게 야릇하게 느껴졌다. 다연은 당황한 걸 들키지 않기 위해 자연스럽게 한 걸음 물러섰다. 동시에 서준의 눈가가 가늘어졌다.

"내가 할게요."

서준이 말했다.

"괜찮아요. 청소를 서준 씨가 했으니까 이 정도는 내가 해야죠."

다연은 서준의 어깨를 밀어 부엌 밖으로 몰아냈다. 서준이 완전히 나간 것을 확인한 다연은 자신의 손바닥을 보았다. 서준의 어깨에 닿았던 손바닥이 이유 없이 화끈거리는 듯했다. 잠시 주먹을 폈다 쥐었다를 반복하던 다연은 생각을 털어 내려는 듯 고개를 가로저었다.

몇 개 없는 그릇을 깨끗이 씻어 건조대에 올려 둔 후 다연은 부엌의 자그마한 창밖을 바라보았다. 창밖의 풍경은 겨울의 향기로 가득했다.

아아, 확실히 겨울이구나.

서준과 있으면 계절이 혼란스럽다. 잠시 풍경을 구경하던 다연이 몸을 틀어 부엌에서 나섰다.

서준은 거실 소파에 앉아 무언가를 읽고 있었다. 글보다 그림이 많은 데다 크기로 봐선 잡지 같았다. 인기척을 느꼈는지 서준이 고개를 틀어 다연 쪽을 보았다. 그러고는 그림처럼 예쁜 미소를 지으며 물었다.

"사진은 언제 줄 거예요?"

"무슨 사진이요?"

다연이 무슨 소리냐는 듯 반문하자, 서준이 그걸 잊었냐는 듯 눈을 가늘게 떴다.

"다연 씨 사진이요."

"……진심이었어요?"

"네."

당연하다는 듯 서준의 눈이 빛났다. 그는 뜻을 접을 생각이 없어 보였다.

"제 사진이 왜 필요해요?"

"갖고 싶으니까요."

그의 말에 다연의 마음이 철렁 내려앉았다. 다연은 다시 한 번 그가 게이임을, 고로 자신과 동성이라는 사실을 끝없이 속으로 세뇌시켰다.

"준비해 둔 게 없는데……."

다연이 난처한 얼굴로 중얼거리는 사이 서준이 자리에서 일어났다.

"어쩔 수 없죠."

서준이 순순히 대답했다. 그때까지만 해도 다연은 그가 포기한 거라고 생각했다. 그러나 서준은 다연을 곧장 끌어당겨 베란다 쪽으로 향했다. 뭐하는 짓이냐고 물을 새도 없었다. 햇볕이 부드럽게 스며드는 자리에 다연을 세워 놓은 후 서준은 그 옆에 나란히 서서 휴대폰을 들이밀었다. 액정에 자신과 서준의 얼굴이 나란히 담겼다. 다연은 자신의 바로 얼굴 옆에 서준의 얼굴이 있다는 사실에 바짝 굳었다.

"지금 뭐……."

찰칵. 찰칵.

연달아 터지는 소리에 다연이 멍한 표정이 되었다.

"아, 눈 감았다."

그사이 사진을 확인하며 서준이 아쉽다는 듯 중얼거렸다.

"지금 뭐하는……?"

"준비한 사진이 없다면서요. 줄 생각도 없어 보이고. 그래서 같이 찍었어요."

"미리 말이라도 해 주지 그랬어요?"

"말하면 도망갈 거잖아요."

"……."

정확해서 반박할 수가 없었다.

잠시 관자놀이를 꾹 누르고 있던 다연은 손을 뻗었다. 휴대폰을 달라는 그 손짓에 서준이 휴대폰을 등 뒤로 감췄다.

"지우게요?"

"일단 보고요."

"곤란한데요."

"눈 감은 사진을 남긴 내가 더 곤란하지 않을까요?"

절대로 물러서지 않겠다는 듯 고집스럽게 손을 뻗는 다연에게 졌다는 듯 서준이 휴대폰을 내밀었다. 휴대폰 속 자신의 사진은 약속했던 대로 딱 두 장이었다. 눈 감은 사진 한 장, 눈 뜨려다가 만 사진 한 장. 혹시나 싶어 사진을 넘기던 다연의 손이 멈칫했다. 언젠가 카페로 함께 찾아왔던 여자의 셀카가 담겨 있었다. 그는 게이라서 그런지 여자랑 친한 모양이었다.

이 여자도 서준의 휴대폰을 만지다가 자신의 사진을 보게 될지 모른다. 이런 모습의 사진을 본다면 무슨 생각을 할까.

"다시 찍어요."

다연의 말에 서준이 의외라는 표정으로 쳐다보았다.

"약속은 약속이고, 이왕이면 예쁜 사진으로 남아 있는 게 좋잖아요. 이번엔 눈 감지 않을게요."

다연의 말에 서준의 입술이 예쁜 호를 그리며 휘어졌다. 서준은 다연의 결정이 흡족했다. 자신도 이왕이면 예쁜 사진으로 갖고 싶었다. 서준이 손으로 자신의 옆자리를 가리켰다.

"여기 서요."

다연은 순순히 서준의 옆자리에 섰다. 서준은 그런 다연을 잠시 따뜻한 눈으로 바라보았다. 평소보다 느린 움직임으로 서준은 손을 뻗어 휴대폰을 멀찍이 두었다. 액정에 두 사람의 얼굴이 가득 찼다. 서준은 허리를 좀 더 굽혀 다연의 얼굴 가까이로 다가갔다. 다연의 얼굴이 미미하게 경직되는 것을 액정으로 확인한 서준은 옅게 웃었다.

"나한테 좀 더 가까이 와요. 고개를 기울인다든지……."

"그냥 찍으면 안 돼요?"

"예쁘게 남고 싶다면서요."

그쪽과 내 거리가 좁아지는 것과 예쁜 사진엔 어떤 상관 관계가 존재하죠?

그렇게 물으려던 다연은 순순히 서준 쪽으로 고개를 기울였다. 빨리 찍고 끝내고 싶었다. 다연은 액정을 향해 빙긋 웃었다. 그런 다연을 바라보며 서준은 혀끝을 조심스럽게 씹었다.

초능력이 있었으면 좋겠다. 이를테면 시간을 멈추는 것.

따사로운 햇살이 내려앉고, 숨소리를 제외하곤 그 어떤 소음도 존재하지 않는 이 순간이 그는 마음에 들었다. 그러나 점점 다연의 표정이 구겨지고 있었다. 사진을 왜 찍지 않냐는 항변이었다. 서준은 어쩔 수 없이 버튼을 눌러 사진을 찍었다.

찰칵.

"한 번 더 찍을게요."

서준의 말에 다연이 빙긋 웃으며 고개를 좀 더 옆으로 기울였다. 이왕 남을 사진이라면 조금 더 다정하게 남아도 괜찮을 것 같다는 생각이 들었다.

서준은 자신의 머리에 무언가가 와서 툭 하고 부딪치는 것을 느꼈다. 아프지 않은 마찰이 무엇인지 서준은 알고 있었다. 이전보다 다연의 숨소리가 한층 가깝게 들렸다. 목소리를 닮아 묘하게 나지막한 숨소리. 맞닿은 왼쪽 머리로 피가 모조리 쏠리는 것 같았다.

다연의 행동엔 특별한 의미가 없다는 걸 안다. 자신 또한 마음의 행방을 정리하지 못한 것을 안다. 아는데, 매 순간, 매초마다 마음이 점점 수습할 수 없을 만큼 난장판이 되어 간다.

"웃어요."

다연이 말하고서야 서준은 자신의 얼굴이 무표정했음을 알았다. 생 긋 웃는 다연을 보곤 서준도 따라 웃었다. 여기서 시간을 멈추고 싶은데 그러지 못하는 게 화가 날 정도로 속상했다. 다연이 쳐다보고 나서야 서준은 마지못해 사진을 찍었다.

"이제 저는 방에 들어가 볼게요."

다연이 총총걸음으로 사라지는 것을 서준은 고요한 눈으로 바라보았다. 다연이 사라진 후 서준은 거실 소파에 앉아 사진을 바라보았다.

직업상 서준은 수많은 여자들과 수십 장, 혹은 수백 장의 사진을 찍었다. 사랑하는 연인의 분위기부터 과감한 화보 촬영까지 수많은 컨셉을 소화했다. 사진에 물릴 만큼 익숙해졌고, 표정 관리만큼은 그 누구보다 자신했는데…….

"엉망이군."

사진 속 자신의 얼굴에 숨길 수 없는 긴장감이 있었다. 다른 사람은 알아보지 못해도 자신은 안다. 특히 두 번째 사진은 심각했다. 다연의 머리가 자신의 머리에 와 닿는 순간 머릿속이 하얗게 변했다. 가슴 안에 들어가 있는 돌덩이가 와르르 쏟아지는 기분이었다.

이 마음은 어디로 흐르는 걸까.

서준은 지그시 눈을 감은 채 깊게 숨을 들이마셨다.

*

"무슨 일이야?"

자리에 앉자마자 서준이 유선에게 물었다. 유선은 커피 잔을 들며 서준을 노려보았다.

"나랑 있는 거 싫어? 급한 성격도 아니면서 왜 이렇게 재촉해?"

유선은 서준의 화보 촬영 장소까지 찾아와서 긴히 할 이야기가 있으니 시간을 빼 달라고 부탁했다. 서준은 촬영장까지 찾아온 유선을 도로 돌려보낼 수가 없어서 그녀를 따라나섰으나 이 상황이 썩 내키지 않았다.

얼마 전, 유선은 만취 상태로 서준에게 전화를 걸어 술주정을 부렸다. 게이도 아니면서 게이인 척하는 나쁜 놈이라고 욕을 하더니 소리를 내어 엉엉 울었다. 이 정도 진상이었다면 서준은 함께 일해 온 시간을 생각해서라도 눈감아 주었을 것이다.

그러나 서준이 무반응하게 나오자 화가 난 유선은 '네가 게이라고 소문을 누가 냈는 줄 알아? 내가 냈어. 아닌 거 알면서 내가 왜 그랬을 것 같아? 어? 내가 왜 그랬을 것 같냐고.' 라는 말로 한 시간가량 서준의 진을 뺐다. 더는 두고 볼 수가 없어 서준은 휴대폰 배터리를 분리시키는 것으로 그날의 일을 마무리했다. 그러니 유선을 달가운 마음으로 만날 수 있을 리 없었다.

유선이 자신을 좋아할 것이다, 라는 추측과 유선이 자신을 좋아한다, 라는 확신에는 큰 차이가 있었다. 추측일 땐 모르는 척할 수 있다.

자주 얼굴을 봐야 할 사람이고, 넓다면 넓지만 좁다면 또 좁은 곳이 모델계였다. 굳이 불편한 관계를 만들 필요 없다는 생각으로 모르는 척했다. 그러나 지금처럼 확신이 들 때는 문제가 있었다. 일단 그 무엇보다도 서준은 유선이 불편해졌다.

"내가 널 잡아먹기라도 해? 표정 좀 풀어. 서준 씨."

그날의 일 때문인지 유선도 한풀 죽은 목소리로 서준에게 말을 건넸다. 유선은 늘씬한 다리를 꼬았다. 묘하게 보일 듯 말 듯 한 옷차림에도 서준의 눈동자는 흔들리는 법 없었다.

"할 말이나 해."

"그날 일은 미안해."

결국 유선이 먼저 사과를 했다. 유선은 자신이 갖고 있는 늘씬한 몸, 이국적으로 생긴 화려한 마스크, 그 모든 것이 어우러져 남자에게 치명적인 매력을 준다는 걸 알고 있었다. 그리고 유일하게 그 모든 매력이 통하지 않는 남자가 서준이라는 것도 알고 있었다. 자신이 아무리 야한 옷을 입고 있어도, 어떤 포즈를 취하고 있어도 무반응했다. 그 때문에 서준이 게이라는 소문을 낸 유선조차도 가끔 그가 진짜 게이가 아닐까 하는 의심이 들 정도였다.

자신의 유혹적인 자세가 먹히지 않는다는 걸 다시 한 번 확인한 유선이 긴 다리를 단정하게 모은 채 반성하는 아이의 자세로 말을 꺼냈다.

"뭐가."

서준이 묻자 유선이 눈만 들어 그를 보았다. 등받이에 등을 대고서 비스듬히 앉아 있는 그의 모습에서 불편한 기색이 역력했다.

"술에 취해서 진상 부린 거. 그런 거 싫어하는 거 알아. 이번엔 내가 실수했어. 진심으로 반성하고 있어. 그래서 여기까지 찾아왔잖아."

"사과할 거면 됐어. 받은 셈 칠 테니까 일어나."

"서준 씨."

자리에서 일어나려는 서준을 유선이 급하게 불렀다. 서준이 쳐다보자 유선이 다급하게 말을 이었다.

"그거 말하려고 여기까지 온 거 아냐. 계약 때문에 부른 거야."

유선의 말에 서준이 다시 자리를 고쳐 앉았다. 어떤 제안을 하더라도 마음이 움직이지 않겠지만, 서준은 인내심을 발휘했다. 유선은 서준의 냉기 도는 얼굴을 바라보며 입술을 움직였다.

"이번에 서준 씨 계약 끝나잖아. 아직 재계약은 안 했다고 했고……. 지금 있는 기획사도 좋지만 우리 회사로 옮기라는 제안을 하려고 여기까지 온 거야. 서준 씨가 모델만 할 거면 지금 있는 회사도 괜찮아. 그렇지만 다방면으로 뻗어 나갈 거면 우리 회사로 와. 다양한 분야의 매니지먼트 경험이 있어서 진출하기에 한결 수월할 거야."

서준이 물끄러미 쳐다보자 용기를 얻은 유선은 좀 더 자신만만한 얼굴로 말을 이었다.

"내가 우리 회사에 서준 씨를 추천했어. 서준 씨의 명성과 내 이름을 봐서라도 서준 씨에겐 섭섭한 제안은 아닐 거야. 진지하게 한번 고려해 봐. 서준 씨가 괜찮다면 내일쯤 사장님이 전화하실 거야."

서준이 무언가를 이야기하려고 입술을 달싹거릴 때였다. 테이블에 놓아둔 서준의 휴대폰이 윙 소리를 내며 한자리에서 빙빙 돌았다. 두 사람의 시선이 곧장 휴대폰으로 향했다.

두 사람의 표정이 변한 것은 그 전화가 부재중 전화로 넘어갔을 때였다. 부재중 전화 아이콘이 생기면서 액정의 배경화면이 떠올랐다.

서준이 손을 뻗기도 전에 테이블에서 휴대폰이 사라졌다.

"이거, 누구야?"

서준의 휴대폰 액정을 들여다보며 유선이 표정을 와락 구겼다. 서준은 평소에 찍는 게 사진이라며 셀카는 절대로 찍지 않았다. 그런 서준이 웬 여자와 나란히 서서, 그것도 한 번도 본 적 없는 편안한 웃음을 지은 채 사진을 찍었다. 더군다나 그 배경이 집이었다.

눈앞에서 휴대폰이 사라졌다.

"뭐하는 짓이야."

휴대폰을 빼앗아 간 서준의 목소리에 서늘한 냉기가 흘렀다.

"누구냐고."

평소라면 서준이 화났다는 것을 감지하고 조심할 유선이지만, 지금은 그 어떤 것도 눈에 들어오지 않았다. 서준이 난생처음 보는 여자와 아주 다정하게 셀카를 찍었다. 그것도 집에서. 그것만으로도 유선은 견딜 수 없이 화가 났다.

그러나 그중 가장 화가 나는 것은 서준이 그 사진을 너무도 자연스럽게 배경화면으로 해 놓았다는 것이었다. 귀찮아서 아이콘 하나 변경하지 않는 신서준이, 자신이 몰래 셀카를 찍어 두어도 1년째 알아채지 못하는 그 신서준이, 무려 휴대폰을 켤 때마다 그 여자의 얼굴을 보겠다고 바탕화면을 변경한 거다.

"누구냐고!"

유선이 악쓰듯 물었다.

"내가 그것까지 이야기해 줘야 해?"

"서준 씨!"

"내 사람들까지 소개하고 설명해 줘야 할 사이야? 너와 내가?"

내 사람들. 너와 나.

내 사람들 안에 너는 없다.

이보다 분명하게 선 긋는 말이 있을까.

서준의 눈빛이 단호하게 빛났다.

"하, 지금……."

유선이 기가 차다는 듯 허탈한 한숨을 내쉬었다. 방금 전까지 꼿꼿하게 세워져 있던 유선의 허리가 휘어지며 어깨가 축 내려앉았다. 서준은 유선을 냉정하게 쳐다보며 말했다.

"방금 한 제안은 거절이야."

"……."

"그리고 너도 거절이야."

낮고 깊은 목소리에 유선이 숨을 들이마시다 말고 멈췄다.

"지금, 무슨……."

유선의 입술이 비틀렸다. 무슨 소리를 하려는 거냐, 도저히 알아들을 수가 없다는 말로 빠져나가려던 유선은 서준의 얼굴을 마주하곤 입을 닫아야 했다. 서준의 냉담한 눈이 그녀가 빠져나갈 수 없게끔 꽉 붙잡고 있었다. 유선은 발뺌하려는 걸 포기한 대신 눈을 뾰쪽하게 떴다.

"휴대폰 좀 봤다고 그러는 거야? 물어볼 수 있잖아. 서준 씨가 이렇게까지 할 만한 여자가 누군지 난 물어보는 것도 안 돼? 우리가 아무리 일적으로 엮였다지만 이걸로 날 쳐 내는 건 너무한 거 아냐?"

말을 할수록 화가 나는지 유선이 주먹을 꽉 쥐고서 소리쳤다. 그러나 마주 앉은 서준에겐 그녀의 외침은 어떠한 파동도 일으키지 못했다.

"휴대폰만 봤다고 이럴까? 내가?"

"……."

"그럼 넌 내 휴대폰만 보는 걸로 만족할 수 있어? 이 여자가 나한테 어떤 여자인지 듣고서 진심으로 아무렇지 않을 수 있어?"

"……."

"지금 있는 그 자리에서, 더 가까운 자리를 욕심내지 않고 있을 수 있냐는 말이야."

"……."

"내가 줄 수 있는 것과, 네가 원하는 게 달라. 그래서 내가 널 거절하는 거야."

조금의 흔들림 없이 똑같은 톤과 어조로 뱉어 내는 서준의 말에 유선의 눈가가 파르르 떨렸다. 줄 수 있는 것과 원하는 것이 다르다는 말이 가슴 어귀를 꽉 눌렀다. 차마 서준을 바라보지 못하고 시선을 떨군 유선을 보며 서준이 자리에서 일어났다.

"먼저 간다."

서준이 바람을 일으키며 돌아섰다. 그 바람이 숨 막히게 시려워서 유선은 어깨를 움츠렸다.

서준은 노련했다. 자신의 마음을 알면서도 모르는 척했고, 적당한 선을 유지하며 관계를 이어 갈 줄 알았다. 그런 그가 이토록 노골적으로 거부의 뜻을 밝혔다는 건 더는 관계를 이어 갈 마음이 없다는 말이었다. 어쩌면 영원히 자신을 보지 않을지도 모른다. 사람에게 정을 주지 않는 신서준이라면 가능한 일이다.

무위의 관계로 돌아간 거다.

"으윽."

갑작스레 고통이 몰려와 유선이 입술을 와락 깨물었다.

서준을 잊어 보려고 이 남자, 저 남자 안 만나 본 건 아니었다. 재벌 쪽의 남자가 결혼하자며 무릎까지 꿇었고, 자신이 원한 남자는 모두 넘어왔다. 그러나 그 누구도 서준을 이기지 못했다. 야외 촬영 당시 옷이 찢어지면서 자신의 몸이 모조리 노출될 뻔할 때 자신을 안아서 가려 주던 서준을, 그 품과 그 향기를 이길 수 있는 남자가 없었다. 3개월 만에 남자를 갈아 치우던 자신이 그때부터 몇 해간 마음에 품어 온 남자였다.

그랬는데, 모든 것이 끝났다.

상실감과 허망함, 분노가 가슴을 들썩거리게 만들었다. 그 순간 여자의 모습이 떠올랐다. 어디선가 본 적이 있던 얼굴이었다. 그리고 그 얼굴을 어디서 보았는지 유선은 어렵지 않게 떠올릴 수 있었다.

✱

"언니."

지서가 울상을 한 채 다연을 보며 고개를 가로저었다. 다연은 지서가 들고 있는 쟁반으로 시선을 옮겼다. 쟁반 위에 놓인 머그컵은 벌써 두 번째 거절당하는 중이었다. 이 머그컵을 거절한 여자를 다연은 물끄러미 바라보았다.

여자는 테이블이 작아서 견딜 수 없다는 듯 긴 다리를 꼰 채 비스듬히 앉아 있었다. 무엇이 불만인지 카페에 와서 아메리카노 한 잔을 시킨 후 쓰다는 둥, 달다는 둥, 너무 뜨겁다는 둥의 이유로 머그잔을 돌려보내는 중이었다.

"어쩌죠?"

지서가 난감한 얼굴로 뺨을 긁적였다.

"내가 갈게."

"언니가요?"

지서가 괜찮겠냐는 표정으로 다연을 바라보았다. 다연은 대답 대신 싱긋 웃은 후 계산대에서 삼천오백 원을 꺼냈다. 무슨 짓을 하려고 그러느냐는 듯 지서가 쳐다보았으나, 다연은 대답하지 않고 곧장 유선이 앉아 있는 테이블로 향했다. 다연은 테이블 위에 지폐와 동전을 올려 두었다.

"이게 뭐예요?"

유선이 지폐를 힐끗 보더니 날카로운 목소리로 물었다.

"지불하신 아메리카노 값입니다. 저희 가게에서는 손님이 원하는 온도와 맛을 가진 아메리카노를 제공할 수 없을 것 같으니 받아 가시죠."

"손님을 거부하는 거예요?"

유선이 한쪽 눈썹을 들어 올리며 노골적으로 짜증 난 표정을 지었다. 그러더니 다시 지폐를 다연에게 내밀었다.

"나는 여기서 꼭 아메리카노를, 내 입맛에 맞게 먹어야겠으니 가져와요. 이런 것도 하나 못 하면서 가게를 운영하면 곤란하죠. 안 그래요?"

유선은 꼰 다리를 까딱거리며 삐딱하게 웃었다. 노골적으로 비아냥거리는 유선의 말에 다연은 깊게 숨을 들이마셨다가 내쉬었다. 명백한 시비였다. 다연은 일단 카페를 둘러보았다. 다행히 한산한 시간이라 카페 안이 텅 비어 있었다. 다연은 커피를 가지러 가는 대신 유선의 맞은편 자리에 앉았다.

"앉으라고 말한 적 없을 텐데?"

유선이 날카로운 기운을 풍겼다.

"저도 제 가게에서 진상짓 하라고 한 적 없습니다만?"

다연이가 느긋한 얼굴로 맞받아쳤다. 그러자 유선의 얼굴이 미묘하게 구겨졌다. 다연은 지선을 통해 유선이 얼마나 대단한 여자 모델인지 들었다. 그런 여자가 굳이 이 작은 카페에 찾아와 이런 진상짓을 하는 데에는 한 가지 이유밖에 없었다.

"서준 씨 때문에 여길 찾아오신 거죠?"

다연의 직접적인 물음에 유선의 얼굴이 구겨졌다. 그러나 자존심이 상했는지 곧바로 대답하지 않았다. 다연은 덤덤한 얼굴로 유선을 바라보았다.

"무슨 오해를 하고서 이러는 건지 모르겠지만, 이런 유치한 짓은 그만두시죠. 카페에서 일한 이래 별의별 손님을 다 상대해서 이런 진상짓쯤은 우스우니까요."

"그래?"

유선이 말을 툭 놓았다. 다연의 얼굴이 조금 찌푸려졌다. 픽 웃던 유선이 말끝을 늘이더니 손끝으로 테이블 위에 놓인 돈을 확 밀었다. 동전이 쨍 하는 소리를 내며 바닥에 떨어졌고, 지폐가 나풀거리며 멀리까지 날아갔다.

"이 정도면 우습지 않은 건가? 아니면 이 테이블이라도 엎어야 상대할 만한 진상 손님이겠어?"

유선의 비아냥거리는 소리에 다연은 쓰게 웃었다. 다연은 눈앞의 여자가 많은 사람들의 사랑과 애정을 받으며 지낸다는 것을 알아챘다. 이 정도 악을 쓰고, 떼를 쓰면 상대방이 알아서 기가 죽어 설설 기거나 혹은 비위를 맞추기 위해 노력하는 것을 많이 봐 왔을 거다. 그러나 다연은 이 정도 떼를 쓰고 악다구니를 쓴다고 해서 받아 줄 생각이 없었다.

다연은 느긋하게 의자 등받이에 등을 대고서 유선을 바라보았다.

"안 그래도 이 테이블 바꿔야 하는데 그렇게 하시겠어요? 손해배상 청구해서 카페를 새롭게 탈바꿈하는 것도 괜찮겠네요. 저는 여러모로 괜찮은데 그쪽이야말로 괜찮겠어요? 전 처음 보는데 모델이라면서요. 그것도 꽤 유명한."

다연의 말에 유선이 입술을 씹었다. 명백히 자신을 무시하는 어조였다. 네가 꽤나 유명하다고는 하던데 내가 알 정도는 아니다, 라는 무시. 유선이 눈을 치켜뜨며 맹렬한 기세를 뿜어냈으나 다연은 눈 하나 깜빡하지 않았다.

다연의 유일한 단점이자 장점은 마음을 준 상대에게 지나치게 약하다는 것이었다. 바꿔 말하자면 마음을 주지 않은 상대에겐 절대로 마음을 다치지 않았다. 어떤 유명한 사람이 자신의 앞에서 목에 핏대를 세워도 다연은 주눅 들지 않았다. 딱 지금처럼.

다연은 고요한 얼굴로 말을 이었다.

"꽤나 유명한 모델이 영세한 카페 주인을 압박한 걸로 부족해서 카페에서 난동을 부렸다면 사람들이 좋아할 거예요. 사람들은 늘 가십거리에 목이 마른 상태니까요."

"너, 뭐야?"

"그건 제가 묻고 싶네요. 대체 무엇 때문에 이 난리를 피우는 거냔 말입니다. 아니, 누군지 궁금하지 않아요. 무슨 오해를 하고, 무슨 생각으로 여기까지 온 건지 모르겠지만 지금 당장 나가면 없던 일로 해 줄게요."

"아니, 안 나가. 서준 씨랑 무슨 사이야? 설마 동거하니?"

다연은 유선이 말을 마치자마자 곧장 지서를 보았다. 아주 다행스 럽게도 지서는 창고에 갔는지 자리를 비운 상태였다. 다연은 가슴을 쓸어내리며 입조심할 줄 모르는 유선을 보았다. 다연은 대충 대화를 매듭짓고 유선을 보낼 생각이었다. 그러나 유선은 조금도 그럴 생각 이 없어 보였고, 다연도 이젠 대충 끝낼 생각이 없었다. 상대가 이미 칼을 뽑아 치켜들었는데 가만히 있을 필요 없었다.

"서준 씨를 좋아하나 봐요."

핵심을 찔린 듯 유선의 눈썹이 움찔했다.

"그런데 지금은 서준 씨랑 사이가 안 좋은 걸 테고요."

무표정한 얼굴로 다시금 핵심을 찌르는 말에 유선의 얼굴이 찌푸려 졌다.

"너, 지금 무슨 소리를……."

"그러니 서준 씨한테 묻지 못했겠죠. 아니, 어쩌면 물었는데 서준 씨가 대답을 해 주지 않으니까 화난 채로 여기까지 왔겠죠. 이런 방 식, 고루하고 유치해요. 상대에게 원하는 대답을 듣지 못하니까 엄한 사람을 귀찮게 구는 거요. 무슨 질문을 하러 온 건지도 뻔해 보이니 까 대답할게요. 서준 씨가 우리 집에 사는 건 맞지만, 그건 제 동생과 서준 씨의 친분 탓이지 나와는 무관해요."

"지금 그 말을 믿으라고? 그런데 서준 씨가 휴대폰 배경화면에 네 사진을 걸어 놨다고? 서준 씨가 그럴 사람이 아니야. 그저 동거인인 여자랑 사진을 함께 찍고, 배경화면에 걸어 두는 그런 짓은 하지 않는다고."

"……."

다연은 말문이 막혔다. 유선의 대답은 다연으로서도 생각지 못한 말이었다.

잠시 아무 말도 못 하는 다연을 보며 유선의 붉은 입술이 비틀렸다. 표정을 보아하니 눈앞의 여자도 모르는 일이었나 보다. 서준이 스스로 아무도 모르게 배경화면으로 해 두었던 거라고 생각하자 유선의 손에 바짝 힘이 실렸다.

"일단 그건 나도 확인해 보지 못한 일이라 뭐라고 말을 못 하겠네요. 하여튼 나와 서준 씨는 동거인 이상도 이하도 아니니까……."

그 말을 하는데 갑작스럽게 오래전 육교에서의 일이 떠올랐다. 새삼 다연은 스스로에게 물었다. 단지 동거인 이상도 이하도 아닌 관계가 맞던가. 분명 자신에겐 짙은 색으로 남은 사진임에 분명하지만 이것이 관계의 명칭을 바꾸진 않는다. 그들은 동거인이다. 잠시 말끝을 늘이던 다연이 다시금 말을 이었다.

"오해하지 말고 가셨으면 해요. 서준 씨와 내가 엮이지 못할 어떤 분명한 이유도 존재하고요."

"그게 뭔데?"

"설명할 이유, 없잖아요. 그리고 마지막으로 말하지만 이런 비겁한 짓은 이게 끝이었으면 좋겠네요."

"비겁한 짓?"

"서준 씨한테 대답을 듣지 못하니까 나한테 와서 화풀이하는 비겁한 짓이요. 당신이 대답을 듣고 싶은 사람한테 가서 묻고, 화를 내요. 그 정도 용기도 없다면 알려고 하지 말고요."

무표정한 얼굴로 딱 부러지게 말하는 다연을 보며 유선이 입술을 씹었다. 조용하고 고분고분하게 생겨서 쉬울 거라는 예상과 달리 다연은 단단했다. 오히려 내려친 자신의 손이 아플 정도로. 그러나 가장 기분 나쁜 것은 이 여자에게서 서준과 같은 분위기가 난다는 것이었다.

고요하고 조용하면서도, 다른 사람에게 흔들리지 않는 자신의 중심이 있는 것. 유선은 서준의 그런 분위기를 사랑했고, 끊임없이 자신에게 흔들려 주길 바랐다. 더는 견딜 수 없는 기분에 휩싸인 유선은 자리에서 벌떡 일어났다. 잠시 다연을 쏘아보다가 곧장 문을 밀고 나갔다.

다연은 테이블에 남아 유선이 멀어지는 모습을 창문 너머로 바라보았다. 문을 열리고 닫히는 동안 불어 들어온 바람이 차가워서 몸이 시렸다.

액정화면에 걸린 자신의 사진…….

다연은 유선이 하고 간 말이 생각났다. 저 여자가 잘못 본 걸 거라고 생각하면서도, 유선의 설명이 무척 정확했다는 점이 마음에 걸렸다.

왜 자신의 사진을 액정에 걸어 둔 걸까. 대체 왜?

"언니, 괜찮아요?"

창고에서 돌아온 지서가 문을 물끄러미 바라보고 있는 다연에게 다가가 물었다.

"응."

다연은 무덤덤하게 대답했다. 그러나 지서의 시선은 다연에게서 떨어지지 않았다. 다연은 계속해서 문을 멍하게 바라보고 있었다. 사실

문도 제대로 보고 있지 않았다. 초점이 흐려진 시선이 그녀가 상념에 잠겨 있음을 말해 주고 있었다. 지서는 다연의 넋 나간 얼굴을 처음 보았기에 걱정스러운 얼굴로 한참이나 종종거렸다.

✳

"저기."

카페에 들러 다연을 찾기 위해 주변을 두리번거리던 서준의 시선이 아래를 향했다. 자신에게 카드를 내밀고 있는 여자는 다연이 일하는 카페의 종업원이었다. 언젠가 유선과 대화를 나누던 중 '게이'라는 말을 듣고서 막대걸레까지 놓쳤던 그 종업원.

그 후로 자신이 카페를 찾을 때마다 움찔움찔 놀라던 여자가 자신을 불렀다. 말하라는 듯 쳐다보자 여자가 머뭇거리다가 입을 열었다.

"제가 주제넘은 건지는 모르겠는데요. 친구분…… 앞으로 저희 가게에 안 오셨으면 좋겠어요."

지서의 말에 서준의 눈이 가늘어졌다.

"친구라면……"

"일전에 같이 오셨던 여자 모델이요. 유선이라고."

유선이라는 말에 서준의 표정이 미묘하게 굳었다.

"무슨 일이라도 생겼나요?"

"오늘 오셔서 저희 사장님한테 이유도 없이 화내고 가셨는데……."

하루 종일 넋이 나가 있던 다연이 내내 신경 쓰였던 지서가 막 설명을 하려던 차였다. 양치질을 마친 다연이 가게로 들어오는 통에 지서는 입을 딱 다물었다. 다연은 마주 서 있는 지서와 서준을 번갈아

보았다.

"지서야, 퇴근해도 돼."

"네. 가 보겠습니다."

지서는 기다렸다는 듯이 꾸벅 인사를 하더니 서준을 힐끗 보고는 가방을 챙겨 가게 밖으로 나섰다. 다연은 포스 앞에 서서 주문 내역을 보았다. 계산 완료와 함께 아이스 아메리카노가 찍혀 있었다.

"아메리카노 주문했네요. 잠시만요."

"나한테 할 말 없어요?"

돌아서던 다연이 멈칫하며 고개를 들었다. 서준이 무표정한 얼굴로 응시하고 있었다.

"글쎄요. 특별히 없어요."

다연이 어깨를 으쓱거렸다.

"유선이 왔다 갔다면서요."

이래도 할 말 없냐는 듯 서준이 말했다.

"아아. 네."

별거 아니라는 듯 다연이 대꾸했다.

"뭐라고 하던가요."

다연은 신경 쓰지 말라고 대답하려다가, 딱딱하게 굳어 있는 서준의 얼굴을 보곤 생각을 바꿨다. 좋든 싫든 서준도 연관되어 있는 일이니 그가 알아야 할 필요가 있었다.

"오해하고 있더라고요. 서준 씨랑 내 사이를. 뭐, 남녀 사이에 생길 만한 그런 오해였어요."

"……."

"그럴 수 없다는 걸 모르는 것 같았어요. 제가 깊게 관여할 수 없어서 할 말 있으면 서준 씨한테 가서 직접 하라고 돌려보냈어요. 아!
그리고…… 음."

　무언가 생각난 듯 말문을 연 다연은 자신이 해도 될 말인지 아닌지
를 잠시 고민했다.

　"말해요."

　서준이 한 번 부추기자 고민 끝에 다연이 고개를 들었다. 다연의
투명한 눈동자가 반짝 빛났다.

　"유선 씨가 서준 씨를 많이 좋아하는 것 같았어요. 이건 알고 있어
야 할 것 같아서요."

　"알아요."

　묘하게 서준의 목소리가 싸늘하게 들렸다. 다연은 기분 탓이라 치
부하곤 싱긋 웃었다.

　"다행이네요."

　"다행?"

　"서준 씨가 알고 있으면 대처하기 쉬울 테니까요. 앉아 있어요. 아
이스 아메리카노를 가져다줄 테니까요."

　"그게 할 말의 전부예요?"

　돌아오는 서준의 목소리가 서늘하다 못해 차갑게까지 들렸다. 다연
은 비스듬히 고개를 돌려 서준을 보았다. 그의 표정은 목소리만큼이
나 차가웠다. 그의 하얀 피부가 더욱 냉랭하게 느껴졌다. 다연은 그가
어디서 화가 난 건지 알 수 없어서 멍한 얼굴로 그를 보았다. 그러자
서준이 말을 이었다.

　"유선이가 나를 좋아하는 게 아무렇지도 않아요?"

　다연은 침묵으로 대답했다. 동시에 서준의 매끈하던 미간이 구겨졌

211

다. 유선이 이곳을 찾아 다연과 독대했다는 말을 들었을 때 서준은 화가 남과 동시에 자신이 일말의 기대를 했음을 알았다.

다른 여자가 자신을 좋아한다는 말에 다연이 어떤 반응을 보일까 하는 생각. 아주 조금은 흔들려 주길, 조금은 놀라길 바랐다. 그러나 다연은 차분하기 그지없는 태도로 '유선 씨가 서준 씨를 많이 좋아하는 것 같아요.' 라는 말로 유선의 마음을 대변했다. 전혀 신경 쓰이지 않는다는, 흔들리기는커녕 대수롭지 않다는 태도였다.

자신은 다연 때문에 하루에 수십 번 흔들리고, 수십 번 들떴다가 수십 번 가라앉았다. 이 수많은 감정의 중심에 선 여자의 차분함은 그를 견딜 수 없게 만들었다. 가슴 밑바닥이 뜨거워졌다. 서준은 다연에게 한 걸음 바짝 다가섰다. 잠시 빠르게 눈을 깜빡이던 다연이 더 듬더듬 말을 꺼냈다.

"그야……. 서준 씨와 여자는 엮일 일이 없으니까……. 그러니까 제 말은……."

"게이니까, 그건가요?"

서준의 차분한 목소리에 다연의 입이 비로소 딱 붙었다.

"다형이한테 들었겠죠."

"……그건 제가 걱정하니까 다형이가 마음 편히 가지라는 뜻에서 한 말이에요. 다형이가 어디 가서 그런 이야기를 쉽게 하지 않는 아이라는 건 알잖아요."

이 와중에 다연은 다형을 대신해 변명했다. 다연은 수많은 사람들을 대변하면서도 정작 자신의 입장은 조금도 생각하려고 하지 않았다.

"그건 상관없어요."

서준이 다연의 말을 잘랐다. 다연이 의아한 얼굴로 그를 보았다. 그럼 대체 그 무서운 표정을 하고 있는 이유가 뭔데, 라고 다연이 표정으로 물었다. 서준은 코트 주머니에 손을 넣은 채 다연을 물끄러미 응시했다.

"이제부터 마음 편히 가지지 말아요."

"네?"

"나를 볼 때, 나를 대할 때 지금보다 더 긴장하고 신경 써야 할 거예요."

"……."

"난 게이가 아니니까요."

"……."

"태어나서 단 한 번도 그런 적 없었으니까."

"……."

말을 할수록 희게 질려 가는 다연의 얼굴을 서준이 똑바로 응시했다. 자신 때문에 놀라고 긴장하는 다연을 보는 순간 서준은 느꼈다.

가슴에 못된 꽃이 핀다. 그 꽃이 바람에 비로소 흔들렸다. 가슴에 피어난 꽃을, 그 꽃을 흔드는 바람을, 바람에 퍼져 마음을 꽉 채우는 이 향기를 더는 모른 척할 수가 없다. 서준은 온 마음을 울리는 바람 소리 같은 목소리로 속삭였다.

"그 증거로, 내가 다연 씨를 좋아하니까요."

✱

밤 9시가 되어서야 모든 일과를 마친 다형이가 집으로 돌아왔다.

지친 몸으로 현관문을 열고 습관적으로 '다녀왔습니다.' 라는 인사를 하며 부엌으로 들어섰다. 다연이가 설거지를 하고 있었다. 자신의 인사를 못 들었나 싶어 다형이가 다시 한 번 인사했다.

"누나, 나 왔어."

"……."

"누나?"

다형이 의아한 듯 다연을 부르며 다가갔다. 다형이 다연의 어깨를 툭 치며 다시 한 번 불렀다.

"누나."

다연이 깜짝 놀라 그릇을 떨어뜨렸다. 그러더니 멍한 얼굴로 다형을 쳐다보았다. 다연이 극도로 놀라자 되레 놀란 다형이 심각한 얼굴로 물었다.

"왜 그래? 무슨 일 있어?"

"아니, 아냐. 다형아, 준우는 언제 돈 갚는대? 갚을 수 있대?"

"그게……."

"힘들겠지?"

다연의 말에 다형이 말없이 고개를 끄덕였다. 다연도 준우가 돈을 갚을 사정이 아니라는 걸 알고 있었다. 그나마 다행인 것은 차용증을 받아 놔서 언젠가는 받을 수 있으리라는 확신이었다. 역시 독립을 해야 하나. 이런저런 고민을 하며 다연은 남은 그릇 하나를 씻어 건조대에 올려놓은 후 고무장갑을 벗었다.

"무슨 일 있어? 누나?"

다연의 안색이 좋지 않은 것을 확인한 다형이 가방을 벗으며 물었다. 다연은 잠시 고민하다가 입을 열었다.

"다형아."

서준 씨가 게이가 아니래, 라는 말을 하려고 할 때였다. 부엌으로 그림자가 지더니 키가 유난히 큰 남자가 들어섰다.

"어, 형!"

다형이 반가운 목소리로 그를 불렀고, 다연은 반자동적으로 입을 다물었다. 이틀 전 서준에게 게이가 아니라는 충격적인 소식과 더 충격적인 고백을 받은 후 처음 마주했다. 서준은 목에 두르고 있던 목도리를 풀면서 자신의 눈을 피하는 다연을 보았다.

"어. 오랜만이네."

서준은 대답하는 내내 다연의 얼굴을 보았다. 다형은 짐을 챙기느라 미처 그런 서준을 보지 못했다.

"그러게. 한집에 살면서 얼굴 보기가 힘드네. 가방이 꽤 크네? 어디 갔다 왔어?"

"지방."

"힘들었겠네. 밥 먹었어?"

"아니."

"같이 밥 먹자. 누나도 먹을래?"

"아니. 난 밥 먹었어."

다연이 거절하자 다형이 그럴 줄 알았다는 듯 어깨를 으쓱거렸다.

"그래? 일단 씻고 올게."

다형은 잡을 새도 없이 손을 흔들며 자신의 방으로 건너갔다. 다연은 난감한 얼굴로 다형이 사라진 곳만 쳐다보다가 힐끗 서준을 보았다. 그는 고백한 사람답지 않게 담담하고 고요한 얼굴을 하고 있었다. 고백받은 자신만 좌불안석인 것이 억울해서 다연이 내심 아무렇지 않은 얼굴로 그를 막 지나칠 때였다.

"이틀 만이네요."

모르는 척할 거라고 생각한 그가, 목도리를 돌돌 말며 말을 건네왔다. 그는 눈을 내리깔고 있었다.

"그러게요."

다연도 아무렇지 않은 얼굴로 대답했다. 서준이 천천히 고개를 들었다. 부엌 창문으로 다연의 뒷모습이 어렴풋이 보였다. 자그맣고 여리나, 누구보다 강한 자신의 꽃. 서준은 다연의 모습을 새기려는 듯 느리게 눈을 감았다가 뜨며 시선을 옆으로 돌렸다.

"할 말 없으면 가 볼게요."

다연이 한 발 내디딜 때였다.

"보고 싶었어요."

"……."

"딱 하루 못 봤는데. 그랬어요."

"……."

"내가 하고 싶은 말은 이것뿐이에요."

사위가 고요한 가운데 그의 고백이 풀풀 날려 가슴으로 불어 들어왔다. 다연은 저도 모르게 제 가슴 위를 손으로 덮었다. 서준은 목도리와 짐을 챙겨 자신의 방으로 건너갔다. 쿵, 하고 그의 방문이 닫히는 것을 본 다연은 마른침을 삼켰다.

다시 만난다면 그의 고백을 거절할 생각이었다. 이사를 가든지, 이사를 가겠다고 단호하게 덧붙이며. 그러나 그 무엇도 하지 못했다. 보고 싶었노라 말하는 그의 목소리는 가을바람처럼 선선하고 흔들림 없었다. 어쩐지 애달픈 구석도 있는 그런 목소리였다. 그래서 거절할 수가 없었다.

다연은 손으로 왼쪽 가슴께를 꽉 눌렀다. 이러지 않으면 가슴이 부서질 것만 같았다.

✻

"언니."

지서의 부름에 다연이 고개를 들었다.

"응?"

"요즘 무슨 일 있어요?"

"아니. 없는데?"

다연이 왜 그런 질문을 하냐는 듯 쳐다보자 지서가 눈을 갸름하게 뜬 채 입술을 모았다. 다연의 말을 모두 믿기 힘들다는 표정이었다. 지서의 시선을 못 견딘 다연이 '왜 그래?'라고 묻자 지서가 대답했다.

"언니, 요즘 정신이 없어 보여요. 매일 넋 나간 얼굴로 창밖이나 보고 있고……."

좀처럼 실수하는 법이 없는 꼼꼼한 성격의 다연이 오늘은 주문을 잘못 받았다. Tall사이즈의 음료를 Large로 내놓는가 하면, 거스름돈도 실수로 천 원이나 더 건네주었다. 손님이 거스름돈을 더 받았다며 돌려주지 않았다면 몰랐을 일이었다.

"내가?"

"네. 그것도 딱 일주일 전부터요."

지서의 말에 다연은 자신의 뺨을 쓸어내렸다. 일주일 전이라면 서준의 고백을 받은 다음 날이었다. 그가 게이가 아니라는 사실도 충격적인데, 그가 좋아하는 것이 자신이라는 사실이 꽤나 충격적이었다. 거절해야 하는데, 그가 뱉은 '보고 싶었다'라는 말에 다연은 한 마디도 할 수 없었다. 그런 자신이 더 충격적이었다. 그러나 이런 사사로운 이야기를 모두 지서에게 할 수 없어서 대충 둘러댔다.

"계절이 바뀌려니 피곤한가 봐."

"그런가 봐요. 영양제라도 챙겨 먹어요."

"그럴게. 신경 쓰이게 해서 미안해."

"에이, 우리 사이에 그런 말 하면 섭섭하죠."

애교 많은 지서가 별소리를 다한다는 듯 손을 휘저으며 말했다. 지서를 보며 다연이 빙긋 웃었다. 휴대폰이 지잉 하고 긴 진동 소리를 내며 테이블 위를 뱅뱅 돌았다. 주은이었다. 다연이 진동 오는 휴대폰을 들어 보이자 지서는 알겠다는 듯 고개를 끄덕였다. 다연은 창고문 가까이에 서서 휴대폰을 귀에 가져다 댔다.

"응."

─다연아, 혹시 전화 한 통 못 받았어?

주은의 목소리에서 다급함이 느껴졌다. 통화가 꽤 길어질 것 같은 예감에 다연이 창고 안으로 들어갔다. 다연은 조그마한 창문을 열었다. 겨울의 차가운 바람이 불어 들어오자 한결 숨 쉬기 편안했다. 다연은 팔을 받친 자세로 서서 창밖을 보며 물었다.

"무슨 전화?"

─소은이한테 전화가 왔는데, 글쎄. 태성 선배가 네 연락처를 묻고 다닌대.

"……뭐?"

믿기지 않는다는 듯 다연의 목소리가 한 박자 늦게 흘러나왔다.

－방금 나한테도 전화 왔어. 네 번호 아냐고. 태성 선배한테 연락해 볼래? 아니면 네 번호를 태성 선배한테 알려 줄까?

"아니. 절대로 알려 주지 마. 나한테도 알려 주지 말고."

－그래도 궁금하지 않아? 너희 오래 사귀기도 했고……. 무슨 이유에서 갑자기 찾는 건지 궁금하기도 하고.

"아니. 궁금하지 않아. 그러니까 그 사람 이야기를 나한테 전하지도, 그 사람한테 내 이야기를 전하지도 마."

다연이 단호하게 선을 그었다.

－그래, 알았어. 일단 너도 알고 있어야 할 것 같아서 전했어.

"고마워."

－아냐. 나중에 또 전화하자. 나도 정신없던 중에 너한테 전화한 거라서.

"그래, 알겠어. 나중에 연락해."

다연은 전화 통화가 끝난 후에도 쉽게 움직일 수 없었다. 파란 하늘을 바라보며 잠시 눈을 느리게 감았다 뜨기를 반복했다.

2년이라는 시간 동안 연애를 했다. 길면 길고, 짧다면 짧았던 고요하고도 잔잔했던 사랑. 그 사랑의 끝은 모든 사랑이 그러하듯이 '헤어지자.' 라는 통보로 끝났고, 감정은 시간에 따라 점점 소멸되어 갔다. 그리고 이제는 '그런 연애를 했었다' 라는 희미한 흔적만 남은 이때에 그 사람이 다시 자신을 찾으려 하고 있었다. 이제 와 자신을 찾는 이유보다 만나고 싶지 않다는 마음이 더 컸다.

다연은 불어오는 바람을 고스란히 쐬며 머리카락을 쓸어 넘겼다. 정신을 차려야 한다. 스스로를 다잡으며 창고 문을 밀고 나왔다.

포스 앞에 유난히 키가 큰 남자가 모직 코트를 입고 서 있었다. 그의 주위로 햇살이 눈부시게 번졌고, 그로 인해 그의 머리카락이 황금색으로 빛났다. 고요한 자신의 카페를 화려한 분위기로 탈바꿈시키는 남자의 등장에 다연은 낮은 한숨을 내쉬었다. 겨우 추슬러 놓은 마음이 다시금 엉망이 되려 했다.

계산을 마친 서준은 몸을 틀면서 다연을 보았다. 마치 그곳에 서 있는 것을 처음부터 알고 있었던 얼굴이다.

"오랜만이에요. 사흘 만이던가."

서준은 날짜까지 콕 집어 거론했다.

"그러게요."

다연은 아무렇지 않은 듯 대답했으나 어색한 입꼬리까진 숨기지 못했다. 서준은 다연을 지나쳐 포스와 가까운 테이블에 자리를 잡고 앉았다. 다연은 포스로 다가가 주문 내역을 확인했다.

"아메리카노랑 샌드위치요."

눈치 빠른 지서가 주문내역을 먼저 읽어 주었다.

"샌드위치?"

"네, 오래 있을 건가 봐요."

다연은 사흘간 최대한 늦은 시각에 집에 돌아갔다. 일부러 마감한 후에 빈 카페에 남아 책을 읽으면서 시간을 때웠고, 조금 덜 추운 날에는 카메라를 들고 밤거리를 다니며 사진을 찍었다. 출근할 땐 새벽같이 일어나서 나왔다. 자신이 왜 서준을 피해야 하는지도 모른 채무작정 피했다. 지금은 어떤 일도 마주하고 싶지 않았고, 더욱 서준을 보고 싶지 않았다. 그런데 서준이 카페에 찾아올 줄이야.

"언니, 있죠."

지서가 은근슬쩍 다연의 눈치를 살피며 말문을 열었다. 다연은 냉장고에서 샌드위치 재료를 꺼내며 지서를 쳐다보았다.

"서준 씨랑 친해요?"

"글쎄. 친하다고는 할 수 없을 것 같은데. 왜?"

다연은 최대한 덤덤한 얼굴로 답했다.

"우리 카페에 자주 오는 것 같아서요."

"근처에 일이 있나 보지."

"그것도 그거지만……. 서준 씨가 아까부터 언니만 보고 있어요."

지서가 작은 목소리로 속삭이는 소리에 다연이 고개를 홱 돌렸다. 허리를 곧게 펴고 앉은 서준은 고개를 비스듬히 기울인 채 다연을 보고 있었다.

"어서 오세요."

지서가 카페 문을 밀고 들어오는 손님을 향해 인사하며 포스로 걸어갔다. 다연은 시선을 냉장고 안으로 돌렸다. 등 뒤가 따갑다. 냉장고에서 미리 손질해 놓은 재료를 꺼내 순식간에 샌드위치 하나를 완성했다. 샌드위치와 아메리카노를 쟁반에 담아 서준에게 다가갔다. 다연이 직접 가져다줄 줄 몰랐다는 듯 서준은 조금 놀란 표정을 짓더니 이내 입꼬리를 끌어 올려 웃었다. 다연은 그의 테이블 위에 쟁반을 가져다 놓았다.

"할 말 있어요?"

다연이 묻자, 서준이 무슨 뜻이냐는 듯 고개를 기울였다.

"아까부터 나를 쳐다보고 있길래요."

다연의 말에 서준이 옅은 미소를 지었다. 서준은 잔을 집어 들며 생각에 잠긴 눈동자를 아래로 살짝 내리깔았다.

"할 말은 없고, 보고는 싶고, 어떻게 할까 하다가 온 거예요. 그러니까 신경 쓰지 마요."

"서준 씨."

다연은 말을 하려고 입을 열었다가 가게에 한 무리의 손님이 들어오는 것을 보곤 입을 다물었다.

"가 봐요. 일을 방해할 생각은 없으니까요."

"오늘 집에 있을 거죠?"

"네."

"오늘 밤에, 거실에서 봐요. 할 이야기 있어요."

다연의 딱딱한 목소리에 서준은 잠시 멈칫했으나 알겠다는 듯 웃으며 고개를 끄덕였다. 다연이 돌아서서 가는 모습을 보며 서준은 눈을 가늘게 떴다.

저 뒷모습이 싫다. 함께 살게 되면서 다연의 뒷모습은 수도 없이 보았음에도 아직 적응되지 않았다. 다연이 자신을 등질 때면 홀로 미끄럼틀 아래에 버려진 느낌이 들었다. 비가 쏟아지고, 낮게 깔려 있던 흙냄새가 솟구치면서 왈칵 외로움이 몰려드는 느낌. 그날 다연의 눈빛, 손길, 표정, 목소리가 견딜 수 없이 따뜻했다. 그래서 그는 자신의 삶이 춥다는 것을 알았다.

이후로 오랜 시간, 그리고 지금껏 다연은 자신에게 유일한 온기였다.

✳

서준은 네 시간가량 카페에 머물렀다. 그를 찾는 것처럼 여러 번 전화가 울렸으나, 서준은 배터리를 분리시킨 후 테이블에 엎드려 다연을 물끄러미 바라보았다. 서준의 노골적인 시선을 지켜보던 지서가 몇 번이나 다연의 옆구리를 쿡 찌르며 '정말 두 사람 아무 사이도 아니에요?'라고 물었다. 그러다가 무언가 생각난 듯 '아, 저 남자 게이라고 했지.'라고 혼잣말을 하며 사라졌다. 그 이후로 지서는 더 이상 다연에게 무슨 사이냐고 묻지 않았다. 다만 퇴근 직전에 '무슨 일인지 모르겠지만 잘 해결하길 바라요, 언니.'라는 알 수 없는 말을 남기고 사라졌다. 아마도 자신과 서준이 사사로운 다툼을 했다고 생각하는 모양이었다.

이후 저녁 시간이 되어 손님이 몰려들자 서준이 자리에서 일어났다. 더는 테이블을 점령하고 있을 수 없다는 걸 느낀 듯했다.

서준이 사라진 후 다연은 한숨을 내쉬며 의자에 걸터앉았다. 서준이 있을 땐 긴장해서 자신이 무슨 일을 했는지 기억조차 나지 않았다. 다연은 고개를 들어 천장 끄트머리를 보았다. 먼지 내려앉는 소리가 들릴 만큼 고요했다. 평소 이럴 때면 날카로운 외로움을 마주하곤 하지만 오늘은 그저 먹먹하기만 했다. 밑바닥까지 빨려 들어가려는 기분을 억지로 추스르며 다연이 고개를 들었다.

8시가 되기 30분 전이었다. 다연은 텅 비어 있는 가게를 조금씩 정리했다. 밀린 설거지를 하고, 바닥을 쓸고, 가장 구석진 자리의 조명을 껐다. 창고의 창문이 잠겼는지 확인한 후 앞치마를 벗을 때였다. 스윽 하고 문이 밀리는 소리와 함께 밤바람이 몰아쳤다.

"죄송합니다. 영업……."

영업이 마감되었습니다, 라는 말을 다연은 다 하지 못했다. 남색 코트에 면바지, 검은 뿔테 안경을 낀 남자가 겨울바람을 잔뜩 묻힌 채 서 있었다.

"다연아."

자신이 잘못 본 게 아니라는 걸 증명이라도 하듯, 그 남자가 다연의 이름을 불렀다. 다연은 오늘 주은의 연락을 받을 때 언젠가 그를 다시 마주하게 되겠구나, 라고 짐작했다. 세상은 넓은 듯하면서 좁고, 더욱이 같은 대학을 다녔던 두 사람이기에 자신을 찾는 게 어렵지 않을 테니까. 그렇지만 이토록 빠른 시일에 얼굴을 마주하게 될 거라고 생각지 못했다.

"날 찾는다는 말 들었어."

다연은 벗은 앞치마를 돌돌 말며 태성에게 말했다.

"나도 들었어. 내가 널 찾는 걸 원치 않는다는 말."

"주은이한테 들었겠구나."

"어."

"그걸 알면서 찾아온 이유가 뭐야?"

다연이 무표정한 얼굴로 물었다. 다연이 이토록 단호한 태도를 취할 줄 몰랐다는 듯 태성의 표정이 굳었다. 다연은 다정한 성격이었다. 살갑게 말을 건네진 않아도 상대방이 충분히 안정감을 느낄 수 있도록 배려해 주고, 챙겨 주는 스타일이었다. 그런 다연이 냉정한 얼굴을 하는 게 낯설었다. 긴장한 사람처럼 손바닥을 쥐었다 폈다 하던 태성이 말을 꺼냈다.

"일주일 전에 마트에서 스치듯이 널 봤어."

"그런데?"

다연이 그게 뭐 어쨌냐는 듯 싸늘하게 되물었다.

"그땐 경황이 없어서 널 놓쳤는데, 그 후로 계속 생각이 나더라. 나도 이제 와서 이러면 안 된다는 걸 아는데 한 번만 더 얼굴을 보고 싶었어."

다연은 꼿꼿하게 서서 태성의 얼굴을 바라보았다. 그는 여전했다. 큰 키며, 댄디한 스타일의 옷차림과, 다정다감한 목소리. 같은 말도 그가 하면 부드럽고 편안했다. 다연도 그런 그의 목소리에 아주 조금 의지했다. 그때까지만 해도 다연은 알지 못했다. 부드럽고 편안한 목소리가 잔인한 말을 할 때 더욱 잔인하게 들린다는 것을.

"얼굴 봤으니까 됐지? 가게 문 닫아야 해. 가 봐."

"다연아······."

"미안한데 그런 목소리로 부르지 마."

다연이 딱딱한 목소리로 대답했다.

"다연아, 잠시 이야기할 시간이라도 줘. 이렇게 서서 얼굴만 보고 갈 만한 사이가 아니었잖아."

"그래, 아니었지. 그리고 지금은 얼굴조차 마주할 필요가 없는 사이가 되었고."

다연의 말에 태성이가 입술을 깨물었다. 그는 스스로의 감정을 통제하기 힘든 듯 눈을 감았다 뜨기를 반복하며 한숨을 내쉬었다. 다연은 눈을 내리깔아 자신의 손을 보았다. 테이블 위에 놓인 자신의 손이 가늘게 떨리고 있었다. 억지로 힘주어 주먹을 만들자 떨림이 잦아들었다.

다연은 가게 열쇠를 챙겨 태성을 향해 걸어갔다. 그의 앞에 열쇠를 보이며 말했다.

"문 닫을 건데, 거기 계속 있을래?"

"잠시만. 다연아, 잠시만 이야기 좀 하자."

태성이가 다연의 팔목을 감싸 쥐었고, 동시에 다연의 얼굴이 와락 구겨졌다. 태성의 손길이 닿은 곳부터 소름이 끼쳤다.

"놔."

목이라도 졸린 사람처럼 다연의 목소리가 가늘어졌다.

"다연아."

"소리칠까? 아니면 신고할까?"

"다연아!"

"놓으라고 했어!"

다연이 태성의 손길을 피하기 위해 있는 힘껏 팔을 휘저었으나, 꼼짝도 하지 않았다. 다연이 더욱 세게 팔을 휘저었다.

"그날 일은 미안했어! 내가 너한테 그러는 게 아니었는데……."

"그날 일은 입에 담지 마! 미안하다는 말로 해결될 일 아니니까! 그리고 정말로 미안하다면 이렇게 날 찾아오지 말았어야지! 왜 그날 일을 생각나게 만들어!"

"그래서 미안하다고 용서를 빌러 왔잖아. 그 말 말고도 너한테 하고 싶은 말이 많아!"

"놔!"

공포, 압박감, 괴로움이 단단하게 뭉쳐져 다연의 가슴을 마구 때렸다. 다연이 발작적으로 태성의 손길을 피하기 위해 팔을 휘저을 때였다.

뺨 위로 서늘한 겨울바람이 몰려든다는 느낌과 함께 오른쪽 팔이 허전해졌다. 눈을 꽉 감고 있던 다연은 천천히 눈을 떴다. 눈앞에 벽이 생겼다. 검은색의 단단하고 큰 벽. 이 등이 누구의 것인지 확인하지 않아도 향기만으로 알 수 있었다. 서준. 다연은 그 이름을 떠올리며 안도했다. 무작정 서준의 등에 기대고 싶은 충동을 느끼며 다연이 호흡을 골랐다.

"뭡니까, 당신."

다연과 자신의 사이를 가로막은 서준을 향해 태성은 불쾌한 듯 진지하게 물었다.

"뭘까요, 이 시간에 이 여자를 데리러 온 남자가."

서준의 반문에 태성의 눈썹이 한곳으로 모였다.

"다연이는 만나는 사람이 없는 걸로 알고 있는데요."

태성은 분명 다연의 연락처를 알아보면서 결혼 여부와 교제까지도 함께 확인했다. 다연의 절친한 친구인 주은조차도 그런 사람이 없다고 했다.

"뒷조사라도 했나 봐요."

정곡을 찌르는 서준의 말에 태성의 얼굴이 구겨졌다.

"뒷조사는 아니었습니다. 다만 동기들에게 물어봤을 뿐이죠."

"그걸 뒷조사라고 하죠. 나가실래요? 나가게끔 만들어 드릴까요?"

"이건 저랑 다연이의 일이니 빠지시죠, 그쪽은. 다연아, 대화 좀 하자."

"여자가 원하지 않는데, 대화가 되겠어요?"

"그게 그쪽이랑 무슨 상관이에요?"

태성이 버럭 소리쳤다.

"상관이 있으니까 개입하겠죠. 마지막으로 물을게요. 나가실래요? 나가게끔 만들어 드릴까요?"

서준이 태성을 내려다보며 서늘한 목소리로 물었다. 태성은 얼굴을 구기며 서준을 노려보다가 다연을 보려고 고개를 기울였다. 그러자 서준이 몸을 틀어 다연을 완전히 가렸다. 태성이가 노려보자, 서준은 무표정하게 그를 내려다보았다. 불쾌하고 불편하지만 어쩔 도리가 없어진 태성은 발길을 돌려 가게 밖으로 나갔다. 그가 가게 밖으로 완전히 사라진 것을 확인한 서준이 천천히 돌아섰다.

문틈으로 들어온 바람이 뒤늦게 두 사람을 스쳐 갔다. 텅 빈 가게 중심에서 다연은 고개를 푹 숙이고 있었다. 서준은 손을 뻗어 다연의 뺨을 감쌌다. 고개를 들어 얼굴을 확인하려던 서준은 더 이상 손에 힘을 주지 못했다. 이미 손에 묻은 다연의 눈물만으로도 염산이 닿은 것처럼 살이 따갑고 아파서, 그녀의 얼굴을 볼 자신이 없었다.

"괜찮아요."

말과 다르게 다연의 목소리는 공포로 얼룩져 있었다. 설명할 수 없는 어떤 일이 있었던 게 틀림없었다. 서준은 마른침을 삼키며 파르르 떨리는 눈을 감았다. 대신 손을 다연의 등 뒤로 뻗어 그녀를 감싸 안았다.

"내가 뭘 해 줄까요?"

물어오는 서준의 목소리에 깊은 슬픔이 고여 있었다.

"그 남자, 죽여 줄까요?"

다연은 서준의 말이 당황스러운 듯했지만 고개를 가로저었다. 장난으로라도 고개를 끄덕이면 그는 정말 살인이라도 할 것처럼 진지한 목소리를 내고 있었다.

"내가 뭘 해야…… 무력하게 보이지 않을까요?"

서준이 다시금 다연에게 물었다. 서준은 이 무력감을 떨쳐 낼 수만 있다면 무엇이라도 다 할 수 있을 것 같았다. 아니, 오래전부터 그러했다. 다연을 위해서라면 무엇이든 할 수 있다, 라고 누누이 생각해 왔다. 세상 모든 사람이 동정하는 순간, 유일하게 자신의 외로움에 공감하고 삶을 살아갈 수 있도록 해 준 여자. 이 여자를 위해선 모든 것을 잃어도 좋았다.

"그냥…… 잠시만. 이러고 있어."

가까스로 뱉는 다연의 대답에 서준이 눈을 내리깔았다. 말없이 다연을 안은 채 숨도 크게 쉬지 않았다.

"으흡."

자신의 품 안에 안긴 다연이 놀란 슬픔을 토해 냈다.

슬픔을 눌러 밟다가 이 여자의 마음이 깨지지 않기를.

서준은 간절함을 담아 다연의 등을 힘주어 눌렀다.

✱

서준은 집으로 돌아오는 택시 안에서 다연에게 한 마디도 하지 않았다. 다연도 말할 힘이 없어서 창밖만 바라보았다. 택시에서 내렸을 때 진눈깨비 같은 눈이 내리고 있었다. 요즘 들어 부쩍 눈이 자주 내렸다.

다연은 무심히 걷다가 자신의 머리 위로 눈이 떨어지지 않는다는 것을 느꼈고 고개를 들었을 때 서준의 커다란 손이 있었다. 세상에 내리는 눈을 모두 막아 줄 순 없겠지만, 적어도 얼굴에 눈이 떨어지지 않게끔 노력하고 있다는 것이 그의 손에서 느껴졌었다.

서준은 늘 이랬다. 어떤 것도 묻지 않았고, 등 뒤에서 자신이 할 수 있는 일을 해 주었다. 다연은 천천히 돌아서서 서준과 마주 섰다. 그러고는 머리 위에 놓인 서준의 손을 끌어당겨 아래로 내렸다. 서준의 손은 차갑게 얼어 있었다.

"날씨 추워요. 그리고…… 고마워요."

다연의 인사에 서준은 옅게 미소 지었다.

"일단 인사는 들어가서 해요. 여긴 추우니까."

서준은 다연을 다시 돌려세우고는 아파트 건물 안으로 데려갔다. 도어록 잠금을 해제하자 삐릭 소리가 났다. 문을 밀고 들어가자 불 꺼진 거실이 보였다. 다형이는 오지 않은 모양이었다. 그게 아니라면 잠에 들었던지.

다연은 목도리를 풀며 실내의 전등을 켰다. 서준은 거실로 걸어가 불을 켰다. 다연은 그런 서준의 뒷모습을 가만히 바라보았다.

먼지 내려앉는 소리가 들릴 만큼 주변은 고요했다. 다만 마음이 시끄러운 소리를 내며 끝없이 흔들렸다. 혼자 있고 싶지 않다. 불이 꺼진 방에 들어가 혼자 마음을 추스르는 일 같은 건, 하고 싶지 않다. 이런 마음을 알아챈 것일까. 다연의 코앞으로 서준이 다가왔다. 서준은 다연의 손을 잡고는 소파로 끌어당겼다. 다연을 소파에 앉힌 후 그는 부엌에 들어가 머그컵을 가지고 나왔다.

"마셔요."

다연은 달달한 유자향이 풍기는 잔을 받아 들었다.

"고마워요."

서준은 대답 대신 다연이 유자차를 마시는 것을 바라보만 보고 있었다.

"2년간 교제한 사람이에요, 방금 그 남자."

다연은 시선을 아래로 내리깐 채 무표정한 얼굴로 말을 하고 있었는데, 목소리는 조금 떨렸다. 서준은 아무 말 없이 다연의 말을 들었다.

"졸업을 앞둔 시점에 만나서 연애를 시작했고, 2년간 교제를 했어요. 그러다가 헤어지자는 말을 들었어요. 그렇게 헤어졌고요. 흔하디

흔한, 아주 평범한 이야기예요."

고해성사처럼 차분하게 다연의 말이 이어졌으나, 서준은 믿지 않았다. 평범한 이야기였다면 다연이 발작적으로 그 남자의 스킨십을 거부할 리 없었다. 단지 다연은 스스로 평범한 연애를 했다고 믿고 싶어 하는 듯했다.

다연은 고개를 들어 서준을 보았다.

"궁금해할까 봐요."

다연이 웃었으나, 텅 빈 웃음이었다. 아무 말 않고 쳐다보기만 하는 서준을 향해 다연은 말을 이었다.

"이런 평범한 연애를 한 번 하고서야 깨달았어요. 연애라는 게 얼마나 불필요하고 소모적인 것인지. 그래서 나는 연애 같은 거 더는 할 생각 없어요. 서준 씨가 했던 고백에 대한 내 대답이에요. 오늘 정말로 고마웠어요. 다시는 이런 모습 보이지 않도록 할게요."

다연은 서준을 보며 미소 지었다. 태성을 오늘 보고서야 서준에게 흔들렸던 자신의 마음을 멈출 수 있었다. 연애가 자신에게 어떤 의미였던 것인지, 태성과 헤어진 후 얼마나 힘들었는지 모조리 떠올랐다.

"쉬어요."

다연은 우는 모습을 보인 걸 만회하겠다는 듯 웃으며 일어설 때였다.

"좋아해요."

창문이 모두 닫힌 거실에서 바람이 불어오는 듯했다. 형체도 없이 가슴으로 스며드는 바람. 어쩌면 서준의 목소리가 바람을 무척 닮아서 그렇게 느꼈는지도 모른다고 생각했다. 다연은 초점 잃은 눈으로 앞을 응시했으나, 신경은 모두 등 뒤로 쏠렸다.

서준은 자신을 등지고 선 다연의 뒷모습을 바라보았다. 다연의 뒷모습을 바라보는 것은 예전이나 지금이나 싫은 일이었다. 그러나 지금은 차라리 다연의 뒷모습을 보고 있어서 다행이었다. 서준은 천천히 눈으로 다연의 뒷모습을 따라 그리며 말했다.

"이 집에 처음 들어왔을 때 그쪽이 웃는 걸 봤으면 좋겠다고 생각했어요. 그냥 미소 짓는 거 말고. 온 마음을 다해서 웃는 모습."

"……."

"지금도 여전히 그쪽이 웃는 걸 봤으면 좋겠어요. 조건이 있다면 나 때문에 웃고, 나한테 웃어 주는 거지만."

서준의 눈빛이 깊어졌다. 언젠가 자신이 이런 욕심을 부리고 있다는 것을 깨달은 후, 마음이 멈출 수 없는 걸음을 시작했다는 것을 알았다. 인정할 수밖에 없었다. 아주 오래전, 다연이 자신에게 그러했듯이 자신 또한 다연에게 잊혀지지 않을 문장이 되고 싶었던 그 마음이 아주 많이 깊어졌다는 것.

"대답 듣자고 한 고백 아니에요."

"……."

"내가 그쪽을 좋아한다는 거, 기억해 달라고 한 고백이에요."

"나는……."

"거절하고 싶으면 해요. 나는 또 고백할 거니까."

"……."

다연이 서준을 바라보았다. 서준은 무표정하게 서 있었으나 슬픈 빛까지는 감추지 않았다. 다연은 차라리 서준이 고집을 피우는 것이거나 오기를 부리는 것이었으면 좋겠다고 생각했다. 그러나 그는 진심을 다해 슬퍼하고 있었고, 또 진심을 다해 자신에게 고백한 것이었다.

"쉬어요. 내가 필요하면 언제든지 말하고요."

먹먹한 마음에 아무 말도 잇지 못하는 다연을 두고서 서준이 먼저 돌아섰다. 서준이 방으로 들어간 후에야 다연의 고개가 천천히 움직였다. 굳게 닫힌 서준의 방문을 바라보며 다연은 낮은 한숨을 내쉬었다.

거절할 수 있었다. 아니, 거절해야만 했다. 줄 수 없는 마음이라면 희망의 싹을 자르는 것이 맞다. 그런데도 할 수 없었다. 다연은 스스로에게 다시금 물었다.

왜?

그러나 다연은 한참 동안 대답할 수 없었다.

✳

하늘이 온통 흐렸다. 이런 날씨를 볼 때마다 가슴에 먹구름이 낀 것처럼 무거웠다.

"다연아."

창을 통해 잿빛 세상을 바라보던 다연은 자신을 부르는 목소리에 고개를 돌렸다. 태성이가 절박한 표정으로 자신을 보고 있었다. 이틀 만에 마주했다. 언젠가 태성이가 찾아올 거라고 짐작하고 있었기에 다연은 이전처럼 손을 떨거나 불안한 모습을 보이지 않았다.

"말해."

다연은 테이블 아래로 손을 내리며 말했다. 태성은 입술을 씹었다. 한참 만에 그가 말을 시작했다.

"……미안하다, 그때."

태성의 사과에 다연의 눈빛이 흐려졌다. 떠올리기 싫은 기억이 그의 사과로 떠올랐다. 다른 사람들이 알고 있는 것처럼 태성의 변심으로 헤어졌던 거라면 다연도 지금의 그를 이해할 수 있었을 것이다. 사랑은 유한하고, 마음은 언제나 끝이 있기에.

그러나 태성은 술에 잔뜩 취해 다연에게 헤어지자고 말했고, 다연의 알겠다는 말에 갑자기 화를 내었으며, 귀갓길에 인적 드문 골목에서 다연을 벽에 몰아붙인 후 기습적으로 키스했다. 셔츠가 반쯤 찢어지던 찰나 동네 순찰을 돌던 경찰 덕분에 다연은 가까스로 도망칠 수 있었다. 다연은 그 후로 연락처를 바꾸고, 자취방도 옮겼다. 때마침 직장을 관두었던 터라 태성에게서 쉽게 벗어날 수 있었다.

태성도 자신의 잘못을 알고 있었는지 그 후로 다연을 찾으려고 하지 않았다. 그때 다연은 다시금 큰 상처를 받았다. 애인이 헤어지자고 말한 날 성추행을 하려고 한 비극적인 상황이 아니라, 사랑한 순간을 쓰레기로 만든 그의 태도 때문이었다. 2년간의 추억 중 단 한 조각도 회생시킬 수 없게 되었다. 어렵게 시작한 연애였고, 조심해서 키워 온 사랑이었는데.

그런데 이제야 나타난 태성이가 잘못을 빌고 있었다. 다연은 냉기가 흐르는 얼굴로 태성을 바라보았다.

"사과하려고 여기까지 온 거야? 그래. 용서할 수 없지만, 하는 척할게. 그래야 태성 씨 마음이 편하다면 그렇게 할게. 이제 됐지? 가 봐."

"다연아."

"미안하다는 말 하려고 온 거 아니잖아. 정말로 미안하면 나를 찾아올 수조차 없었겠지. 할 말 있어서 여기로 온 거잖아. 빙빙 돌리지 말고 말해."

다연이 차가운 눈으로 태성을 응시한 채 말했다. 그러자 태성이가 입술을 깨물었다. 그는 얼굴을 구긴 채 고개를 푹 숙이며 짜내듯 말했다.

　"……정말로 미안하다. 그렇지만 나를 이해해 줄 순 없었어? 어떻게 그렇게 갑자기 사라지니? 내가 사과할 수도 없게 연락처도 변경하고, 주소도 바꾸고, 직장에서도 사라지고."

　태성의 말에 다연의 눈이 가늘어지며 입술에 삐딱한 웃음이 걸렸다.

　"신고 안 한 게 다행이라는 생각은 안 들어?"

　"내 입장에서 한 번이라도 생각해 볼 수 있었잖아."

　"성폭행하려는 남자를 이해하려는 여자가 세상에 몇이나 있을까."

　"성폭행이라니!"

　"그럼 싫다고 소리 지르는 여자한테 강제로 키스하고, 셔츠를 찢는 걸 뭐라고 해야 해? 내가 그날 청바지를 입고 있지 않았더라면 어떻게 되었을까. 그걸 생각하면 끔찍해."

　길거리였다. 가로등 불빛조차 희미한 그런 길에서 다연은 셔츠가 찢어졌다. 첫 경험도 없는 그녀에게 그날의 일은 무척 충격적이었고, 그 후로 남자와의 스킨십이라면 거부감이 일어 연애할 꿈도 꾸지 않았다.

　다연의 냉랭한 목소리에 태성의 얼굴이 굳었다. 반박할 수 없는 얼굴이었다. 태성은 주먹을 불끈 쥐더니 괴로운 얼굴로 다연에게 말했다.

　"내가 그때 너한테 왜 헤어지자고 했는데."

　"날 사랑하지 않았으니까."

　다연이 쌀쌀맞은 목소리로 답했다.

　"아니, 널 사랑하니까. 니가 날 사랑하지 않는다는 걸 알았을 뿐이고."

　"사랑했어."

　"아니, 넌 날 사랑한 게 아니야. 널 시험해 보고 있었던 거야. 니가 누군가를 사랑할 수 있는지, 누군가와 연애라는 게 가능한 건지, 누군가와 함께 살 수 있는지."

"……."

"너는 단 한 순간도 나한테 진심인 적 없었어. 언제든 헤어져도 괜찮을 만큼의 거리를 두고 있었어. 그래서 넌 헤어지자는 내 말에 너무도 쉽게 '응.' 이라고 대답할 수 있었던 거야. 아주 쉽게 짐을 정리해서 떠날 수 있었던 거고."

태성의 말에 다연은 잠시 말문이 막혔다. 아니라고 해야 하는데, 그 말을 할 수가 없었다. 태성과 헤어져서 힘들긴 했지만, 죽도록 괴롭진 않았으니까.

"……그 말을 굳이 이제 와서 하는 이유가 뭐야?"

다연의 목소리가 낮게 깔렸다.

"그냥. 그냥 이 말을 꼭 해야 할 것 같았어."

"이별의 이유를 끝까지 내 탓으로 돌리려고 하는구나."

"이별을 하기까지 너와 나의 탓이 있었다는 걸 말하려는 것뿐이야."

"알았어. 그만 가 봐."

"너는 나한테 더 할 말…… 없어?"

태성이 마지막 기회를 잡으려는 사람처럼 절박하게 물었다. 다연은 태성의 얼굴을 보고서야 그가 차마 하지 못한 말을 알아챘다. 그는 똑똑한 사람이고, 똑똑한 만큼 이기적인 면을 갖고 있었다. 가장 중요한 순간에 그는 자신이 하고자 하는 말을 상대방이 하게끔 만드는 힘이 있었다.

"어. 없어."

그러나 다연은 태성이가 바라는 말을 하지 않았다. 태성과는 오래전 마침표를 찍은 사이다. 이제 와서 다시 만날 수 있는 관계가 아니었다.

"그러니까 그만 가."

다연의 차가운 말에 태성의 얼굴이 구겨졌다.

"그때 그 남자랑, 만나는 거니?"

태성의 물음에 다연의 시선이 처음으로 흔들렸다. 다연이 동요할 뿐 대답하지 않자 태성이가 굳은 얼굴로 자리에서 일어났다. 다연은 태성이 가게 문을 밀고 나가는 것을 보았다. 흐린 세상 속으로 사라지는 태성을 보며 다연은 이마를 짚었다. 지독하게 피곤하다. 잠시 쉬던 다연이 시선을 내리깔았다. 그곳에 태성의 휴대폰이 놓여 있었다.

"하아."

다연은 휴대폰을 챙겨 가게 문 쪽으로 걸어갔다.

＊

가게 문을 밀고 나온 태성은 문 옆에 비스듬히 기대서 있는 남자를 보았다. 눈처럼 새하얀 목폴라에 푸른 빛깔의 코트를 입은 서준이 먼 곳을 바라보고 있었다. 자신과 다연의 대화가 끝나길 기다리고 있는 듯했다.

태성은 서준의 옆에 서서 담배를 꺼냈다.

"담배 피웁니까?"

"아뇨."

서준은 여전히 앞을 응시하며 답했다. 서준이 가게로 들어가려고 할 때였다.

"이야기 좀 하죠."

태성의 말에 서준이 눈동자를 움직여 그를 보았다. 태성이가 입에 문 담배의 끄트머리에 불을 붙였다. 붉은 불꽃과 함께 탁한 담배 연기가 퍼졌다.

"모델 서준 씨 맞죠? 어디서 분명히 본 적 있다 싶었는데…… 어제 기억나더군요."

서준은 대답하지 않았다. 태성은 담배 연기를 깊게 빨아 마시더니 재킷에서 명함을 꺼냈다.

"저는 이런 사람입니다."

서준은 태성이가 내민 명함을 받아 들었다.

[T 스포츠 연예부 기자 이태성]

"다연이랑 교제 중이십니까?"

태성이 묘한 웃음을 지으며 물었다. 서준은 태성을 보았다. 굳이 본인이 기자임을 밝히면서 이런 질문을 한다는 것은 취재가 아니라 압박이었다. 서준의 입술이 묘하게 늘어났다.

"아니요."

"아하."

태성의 얼굴에 묘한 즐거움이 번졌다. 그 속엔 역시 너도 스캔들 날까 봐 벌벌 기는구나, 라는 조롱이 담겨 있었다. 그런 태성을 서준은 똑바로 바라보며 말을 꺼냈다.

"제가 짝사랑하는 중입니다."

서준은 그렇게 말하며 손에 쥐어진 명함을 보란 듯이 구겼다. 그러고는 손바닥을 뒤집어 명함을 바닥으로 떨어뜨렸다. 단번에 태성의 얼굴이 굳었다.

"제가 할 말은 이게 전부인 것 같군요."

서준이 태성을 향해 빙긋 웃은 후 지나가려고 할 때였다.

"나랑 다연이 2년간 연애한 사이입니다."

태성의 말에 서준이 고개를 비스듬히 기울였다. 다 알고 있다는 듯 덤덤한 표정을 하고 있는 서준을 보며 태성은 기분이 상했다. 네가 어떤 말을 해도 내 기분을 거스를 수 없다는 서준의 표정 위로 다연의 냉랭한 얼굴이 겹쳤다. 두 사람이 연애를 하지 않더라도 분명 무언가가 있는 게 분명했다. 다연이가 서준에게 의지하고 있는 것이 확연하게 느껴졌으니까.

2년간 연애할 때도 다연은 자신에게 의지하지 않았다. 그것이 태성은 늘 불만이었다. 최선을 다해도 주다연의 100%를 가질 수 없는 느낌. 그런데 자신이 가지지 못했던 마지막 몇 프로를 이 남자는 가졌다. 속이 뒤집히는 기분을 억지로 숨기며 태성은 웃는 얼굴로 날카로운 말을 꺼냈다.

"남자와 여자가 2년간 연애했다는 게 어떤 걸 의미하는지 잘 알지 않습니까? 요즘 같은 세상에 2년이면…… 볼 거, 못 볼 거 다 봤다는 겁니다."

태성의 말에 서준은 느릿하게 눈을 감았다가 떴다. 태성은 서준이 동요하고 있다는 사실에 씩 웃었다. 이렇게까지 거짓말을 할 생각은 없었지만, 자신의 기분을 먼저 상하게 한 것은 서준이었다. 남자에게 자신의 여자의 과거는 치명적이다. 아마 기분이 꽤 상했을 거라고 생각할 때였다.

그 순간 바람이 불어 서준의 옅은 갈색 머리카락이 흩어졌다. 바람이 그칠 즈음, 서준은 코트에 손을 넣으며 무덤덤한 얼굴로 말했다.

"나를 화나게 하고 싶으면 다른 걸 찾아와."

서준은 여전히 동요 없는 무표정을 하고 있었다. 태성의 구겨지는 눈을 똑바로 바라보며 서준이 한마디 덧붙였다.

"죽을 때까지 함께할 나한테 2년쯤은 우스운 일이니까."

서준이 태성을 지나쳐 카페 문을 밀고 들어갔다. 홀로 남은 태성은 주먹을 불끈 쥔 채 닫힌 가게 문을 보았다. 그곳에 서준과 다연이 마주 서 있었다. 다연의 얼굴은 보이지 않았으나, 다연을 바라보는 서준은 웃고 있었다.

태성은 바람에 밀려 바닥에 나뒹굴고 있는 자신의 명함을 보며 어금니를 깨물었다.

✳

카페 안으로 들어서던 서준은 문 가까이에 서 있던 다연을 발견했다. 다연의 손에는 낯선 휴대폰이 쥐어져 있었다.

"누구 거예요?"

"방금 나간 남자 거요."

이름을 입에 담기 싫어서 다연이 돌려 답했다. 그게 누군지 서준은 금방 알아챘다.

"내가 돌려주고 올게요."

서준은 다연이 뭐라고 말할 새도 없이 휴대폰을 빼 갔다. 다시 카페 문을 밀고 나가는 서준의 뒷모습을 다연은 말문 막힌 얼굴로 바라보았다.

서준이 했던 말이 귓가에 뱅뱅 돌았다. 들으려고 들은 게 아니었다. 태성에게 휴대폰을 돌려주기 위해 문을 열 때 하필이면 '남자와 여자가 2년간 연애했다는 게 어떤 걸 의미하는지 잘 알지 않습니까? 요즘 같은 세상에 2년이면…… 볼 거, 못 볼 거 다 봤다는 겁니다.' 라는 말을 들어 버렸다. 어이가 없고 기가 막혀서 꼼짝도 할 수 없었다. 다연은 태성과 관계를 가진 적 없었다.

태성에게 쓴소리를 하기 위해 문을 밀고 나가려 할 때, 서준의 말을 들었다.

'죽을 때까지 함께할 나한테는 2년쯤은 우스운 일이니까.'

네가 한 말을 믿지 않지만, 설령 그것이 사실이라고 해도 개의치 않겠다는 말투였다. 서준의 말이 가슴에서 뱅뱅 돌았다.

죽을 때까지 함께할…….

서준은 자신을 그런 마음으로 생각했던 걸까. 갑자기 끝없이 이어진 수평선을 본 기분이었다. 서준과 끝도 없는 만남이라……. 왜일까. 거부감이 들지 않는 이유는.

"돌아갔나 봐요. 없네요."

서준의 말에 다연의 상념이 깨어졌다. 다연은 손을 뻗었다. 그러자 서준은 휴대폰을 자신의 재킷 주머니에 넣으며 말했다.

"휴대폰은, 내가 돌려줄게요."

"아니에요."

"또 만나기 싫을 거 아니에요."

"……."

서준의 말에 다연은 어떤 반박도 할 수 없었다. 잠시 어색함에 눈을 굴리던 다연이 서준에게 물었다.

"이렇게 일찍 무슨 일이에요?"

"커피가 마시고 싶어서요."

아파트 단지 앞에 프랜차이즈 커피전문점이 두 군데나 된다. 굳이 버스를 타고 이곳까지 오지 않아도 커피는 얼마든지 먹을 수 있었다. 다연은 그 사실을 알지 않냐는 눈으로 서준을 보았으나, 그는 빙긋 웃으며 카드를 내밀었다.

"아이스 아메리카노 한 잔이요."

포기다. 서준을 막을 수가 없다.

"서명해 주세요."

"머그잔에 주세요."

다연이 눈만 들어 올려 쳐다보자, 서준은 고개를 기울이며 말했다.

"오래 있다가 갈 거거든요."

다연은 작게 인상을 썼다. 곧 지서가 출근한다. 아침 일찍부터 테이블 하나를 차지하고 앉아 있는 서준을 보면 '두 사람, 진짜 무슨 사이예요?' 라고 꼬치꼬치 캐물을 게 분명했다. 벌써부터 골이 울렸다.

"오늘 촬영 없어요?"

다연이 카드를 내밀며 물었다.

"요즘은 스케줄 많이 안 잡아요."

"왜요?"

"돈을 덜 벌려고요."

대체 무슨 소리냐는 듯 쳐다보는 다연에게 서준은 카드를 받으며 말했다.

"그래야 지금 있는 집에서 오래오래 살죠."

서준의 말에 다연은 자포자기했다.

5.

눈을 뜨자마자 목이 찢어질 것 같은 통증에 다연이 엎드려 누웠다. 도로 눈을 감고서 협탁 위를 더듬거려 휴대폰을 쥐었다. 반쯤 뜬 눈으로 지서에게 전화를 걸었다. 한참 후에 휴대폰 너머로 '언니!' 라고 부르는 쾌활한 목소리가 들렸다.

"어. 지서야."

목소리가 쩍쩍 갈라졌다. 다연은 한 손으로 자신의 목을 감싸며 얼굴을 찌푸렸다.

−언니 목소리가 왜 그래요?

"감기에 걸렸나 봐."

−어제 기침하더니!

"그러게. 그래서 말인데…… 오늘은 가게 오픈 못 할 것 같아."

−그 정도예요?

"응, 미안."

−죽 사 들고 갈까요?

"아니."

-알았어요. 푹 쉬고 몸 나으면 연락 주세요.

"응."

전화를 끊은 후 휴대폰을 아무렇게나 던져 놓은 다연은 베개에 얼굴을 파묻었다. 겨울의 아침 햇살이 뺨 위로 쏟아졌다. 겨울은 햇살조차 차갑게 느껴진다. 다연은 이불을 끌어당겨 뺨을 가렸다. 그리고 막 잠에 들 때였다.

"누나!"

방문을 쿵쿵 두들기는 소리에 다연이 눈을 반쯤 떴다.

"들어와."

"누나, 출근 안 해?"

방문을 빼꼼 열고 들어온 다형이 물었다. 이 시간이면 다연이 '다녀올게.' 라고 말한 후 문을 밀고 나가야 하는 데 잠잠한 것이 이상했다.

"누나, 아파?"

겨우 눈만 깜빡거리고 있는 다연을 발견한 다형이 놀란 얼굴로 물었다.

"괜찮아."

"안 괜찮아 보이는 얼굴인데?"

"어디 가려던 거 아니야? 가 봐."

다형은 외투를 입고 그 위에 가방까지 메고 있었다.

"가긴 해야 하는데……."

다형이 난처한 얼굴로 다연을 바라보았다.

"진짜 괜찮아. 요 근래 찬 바람을 많이 쐬고 다녔더니 감기에 걸린 것뿐이야."

"그러게 요즘 누나 밤에 늦게 귀가한다 싶었어."

침대에 걸터앉은 다형이 손으로 다연의 이마를 짚으며 타박했다. 다연은 아무 말 없이 눈을 감았다.

다연은 영업을 마친 후에 카메라를 들고서 밤거리를 서성거렸다. 새하얀 눈이 쌓인 담벼락을, 오래된 골목에 쌓은 눈을, 가로등 불빛을 머금고서 떨어지는 눈들을 카메라에 담으며 복잡한 마음을 달랬다.

"누나, 진짜 괜찮아?"

다형의 물음에 다연은 목이 아파서 대답 대신 고개를 끄덕였다.

"오는 길에 죽 사 올까?"

걱정스런 얼굴로 묻는 다형에게 다연은 고개를 끄덕였다.

"그래, 알았어."

다형은 다연의 이불을 목 끝까지 끌어 올려 준 후 방문을 닫고 나갔다. 다형이가 사라지자 갑자기 방 안이 고요해졌다.

하늘에서 뚝 떨어진 것처럼 어머니가 집에 나타난 후, 며칠도 안 되어 다연은 감기 몸살을 크게 앓았다. 아플 땐 혼자 있는 것이 익숙한 어린 다연에게 어머니가 다가왔다. 괜찮니, 라고 물으며 이마를 짚어 주었다. 펄펄 끓는 자신의 이마에 닿는 어머니의 손은 차가우면서도 따뜻했다. 그 짧은 찰나에 다연은 자신에게 어머니가 생겼다는 것을 온 마음으로 깨달았다. 열이 올라 흐릿한 시야로 보이는 어머니는 천사였다. 그때부터 사랑했다. 그래, 사랑했다.

다연은 이불 안에 몸을 둥글게 말았다. 갑자기 시린 바람이 이불을 비집고 들어와 온몸을 날카롭게 찔러 왔다. 아플 땐 약해진다. 이럴 때 추억은 더욱 차갑고 날카롭다. 무릎에 이마가 닿을 만큼 온 힘을 다해 몸을 말고서 온몸을 덮친 추위가 물러가길 바랄 때였다.

달칵. 조용히 문이 밀리는 소리가 들렸다. 문을 밀고 들어온 사람은 침대에 걸터앉았다. 다연은 다형이라고 생각했다.

"난 괜찮아."

정말로, 라는 말을 덧붙이려고 할 때였다. 이불 틈으로 삐쭉 나온 이마에 손이 닿았다. 다형의 손보다 훨씬 큰 손이었다.

"열이 많이 나네요."

예상치 못한 사람의 목소리에 다연이 이불을 걷어 내곤 눈을 떴다. 침대에 걸터앉은 서준이 자신을 조용히 내려 보고 있었다. 왜 여기 있냐는 다연의 시선에 서준이 입을 열었다.

"다형이가 말해 주고 갔어요. 다연 씨가 아픈 것 같으니 간단히 아침 좀 부탁한다고."

다연은 괜한 짓을 한 다형을 생각하며 낮은 한숨을 내쉬었다.

"아침 먹어요. 약 먹게."

서준이 다연의 이불을 조금 걷어 냈다.

"그냥 자게 내버려 둬요."

다연은 아픈 목을 감싸 쥔 채 말했다. 서준은 대답 대신 다연의 어깨를 잡아 몸을 일으켰다. 다연의 반항에도 불구하고 서준은 미리 챙겨 온 마른 수건을 다연의 목에 감아 주었다. 그러고는 어깨에 두툼한 외투를 걸쳤다. 다연이 벗어나려고 몸을 틀자 서준이 힘주어 외투를 잡았다. 꼼짝도 할 수 없었다.

"오늘은 기대하지 않을게요."

서준의 눈빛이 또렷하게 빛났다.

"무슨……."

무슨 소리냐고 묻고 싶었다. 서준의 갈색 눈동자가 진지하게 빛났다.

"오늘은 어리광을 부리고, 안겨도 돼요. 아파서 그런 거라고 생각하고 허튼 기대 하지 않을 테니까."

"……."

"그게 부담스럽다면 오늘은 잊을게요. 그러니까…… 혼자 있지 말아요."

"……."

"이 방에 아픈 당신을 혼자 두면, 내가 아프니까."

거절해야 한다. 알면서도 다연은 외투를 힘주어 잡은 서준을 차마 뿌리치지 못했다. 다연은 서준의 손을 보았다. 어린 시절 어머니가 이마를 짚어 주었던 것처럼, 그의 손은 따뜻하면서도 차가웠다. 그래서 그의 손을 뿌리치지 못했다.

다연은 그의 손에 시선을 둔 채 말했다.

"아프니까."

이것만큼 이기적이고도 못된 변명이 어디 있을까.

그러나 다연은 아프니까 이해해 달라고 말했다. 그 뜻을 알아들은 서준의 입술 끝이 부드럽게 휘어졌다.

"그러니까."

그는 그렇게만 말했다. 서준은 미리 챙겨 온 쟁반을 다연의 무릎 위에 올려 두었다. 밥을 물에 불려 삼키기 좋게 만들었다. 그 곁엔 싱거울까 봐 종지그릇에 간장까지 담아 왔다. 아플 땐 끙끙 앓다가 저녁쯤 되어서야 겨우 밥을 먹곤 했었는데.

목이 칼칼해 밥을 삼키기 힘들었으나 억지로 한 그릇 모두 비웠다.

누군가가 자신을 해 준 음식을 거절할 수 없었다.

식사를 마친 후 다연은 감기 몸살 약을 먹은 후 침대 헤드에 기댔다. 따뜻한 밥과 물 덕분에 목의 칼칼함이 한결 가셨다. 다연은 소화를 시킬 겸 창밖을 바라보았다. 잿빛 하늘을 배경으로 진눈깨비가 날렸다.

"날…… 왜 좋아해요?"

다연이 창밖에 시선을 둔 채 물었다.

"그쪽이 주다연이니까."

서준은 침대에 걸터앉은 채 답했다.

"난 좋은 사람이 아닌데."

"나한테는 좋은 사람이에요."

"거기다가 상처투성이이고……."

다연이 말끝을 흐렸다. 아픈 탓인지 생각하는 대로 입 밖으로 나왔다.

"그 상처를 안아 주고 싶어서."

서준의 덤덤한 대답에 다연은 고개를 돌려 자신을 보고 있는 서준을 응시했다. 사람은 아프면 솔직해진다. 그리고 다연은 방금 깨달았다. 식사를 하는 내내 자신을 바라봐 주는 서준의 눈빛과, 자신의 손을 감싸 쥔 서준의 손 때문에 숨을 제대로 쉬지 못했다는 것을.

자신이 서준에게 흔들리고 있었다. 이대로 가다간 그를 영영 뿌리치지 못할 것 같았다. 어떤 말도 하지 못한 채 입술을 연달아 달싹거리던 다연이 짧은 한숨과 함께 말을 꺼냈다.

"넌 어린 시절의 나를 좋아하는 거야."

다연이 처음으로 말을 놓고서 어린 소년에게 말하듯 말했다.

"네 상처를 공감해 준 사람이 처음이라서."

"……."

"난 네가 상상 속에서 키워 온 주다연이 아니야."

그러니까 환상에서 깨어나라고, 다연이 속삭이듯 말했다.

서준이 손을 뻗어 다연의 손을 감싸 쥐었다. 빼려고 하자 서준이 힘주어 그녀의 손을 잡고는 손가락 사이로 자신의 손가락을 밀어 넣었다. 부드럽게 두 손이 맞물리며 깍지를 꼈다. 다연이 그 손을 바라보고 있을 때였다.

"아니."

짧지만 강한 부정이었다. 서준이 반말하는 건 처음이었기에 다연의 놀란 시선이 서준을 향했다. 그는 여전히 깍지 낀 손을 바라보고 있었다. 그는 깍지 낀 손을 끌어당겨 자신의 심장 쪽에 가져다 댔다.

쿵, 쿵, 쿵. 마치 100m 달리기를 전력질주 하고 난 것처럼 서준의 심장이 빠르게 뛰었다. 다연의 눈빛이 흔들렸다. 서준은 그 눈빛을 고요하게 바라보며 입술을 열었다.

"난 지금도 미친 듯이 떨리거든."

쿵, 쿵. 여전히 뛰어 대는 그의 심장박동이 손등으로 느껴졌다.

"주다연, 이름만 불러도 이래."

"……."

"고백을 받아 주지 않는 건 괜찮아. 기다리면 되니까. 그렇지만 의심은 하지 마."

"……."

"난 진심으로 그쪽을 좋아하는 거니까."

서준이 한쪽 손으로 침대를 짚은 채 상체를 기울였다. 그가 가까워졌다. 뺨에 닿았던 차갑고도 따스한 겨울 햇살처럼, 그의 입술이 자신의 입술 위로 내려앉았다. 아랫입술을 살짝 머금었다가 떨어진 서준은, 얼어붙은 다연을 바라보았다.

"이건 벌."

"······."

"어차피 그쪽은 아파서 오늘을 잊을 테니까."

"······."

"이젠 자요. 30분 후에 내가 다시 돌아오기 전까지 안 자고 있으면 알죠?"

다연은 침대에서 일어나는 그를 보았다. 유연하고도 부드러운 선을 가진 그의 몸이 보였다. 그는 쟁반을 챙겨 방문을 밀고 나갔다. 쿵. 문이 닫힌 후 다연은 손으로 자신의 입술을 가렸다. 입술이 이상하리만큼 뜨겁게 타오르고 있었다. 다연은 이불을 목 끝까지 끌어 올린 채 누웠다. 아프기 때문일까, 그게 아니면 그의 심장박동이 옮은 것일까.

쿵. 쿵. 심장이 시끄럽게 뛰어 댔다.

＊

정확히 30분 후, 서준은 다연의 방문을 밀고 들어갔다. 다연은 모로 누워 온몸을 둥글게 만 채 잠들어 있었다. 침대에 걸터앉은 서준은 이불을 살짝 올려 다연의 턱 끝까지 덮어 준 후 흐트러진 다연의 머리카락을 쓸어 넘겨 주었다.

다연은 힘든 꿈을 꾸는지 얼굴을 구긴 채 잠들어 있었다. 손을 뻗어 다연의 미간을 펴 준 서준은 다연의 곁에 누웠다. 1인용 침대로 좁고 불편했으나 떠나고 싶지 않았다. 다연을 마주 보고 누운 서준은 눈을 느리게 감았다 떴다.

'넌 어린 시절의 나를 좋아하는 거야.'

서준은 고개를 숙였다. 느리고도 조심스런 움직임으로 다연의 입술에 자신의 입술을 포갰다. 서준이 눈을 감았다. 다연의 숨소리, 다연의 움직임이 가까이서 느껴졌다. 심장이 요동치고 온 마음이 뻐근해졌다. 손끝은 견딜 수 없이 짜릿해져서 주먹을 쥘 수밖에 없었다.

다연의 뜨거운 입술을 오래도록 느낀 서준은 천천히 눈을 떴다. 서준의 촉촉한 눈동자가 빛을 머금어 빛났다.

감기가 옮았으면 좋겠다. 차라리 내가 아프게.

가능하다면 당신 마음에 착착 포개어진 상처도 모두 가져오고 싶다.

이 마음이 단순한 동경이나 과거의 애착일 리가 없다. 그러기엔 너무도 거대하고, 먹먹하고, 애틋하다.

서준은 고개를 숙여 다시 한 번 다연의 입술에 자신의 입술을 가져다 댔다.

✳

보통 한 번 앓으면 사흘 정도 지속되던 감기가 하루 만에 씻은 듯이 나았다. 문제는 그다음 날부터 서준이 집에서 보이지 않았다. 서준이 자신을 피한다는 느낌을 받은 지 이틀이 되던 날, 식사하던 중 다형으로부터 그 이유를 들었다.

"서준 형, 감기 걸렸던데?"

"뭐?"

"목감기 왔나 봐. 기침도 하고. 몸살 기운도 있는 것 같고. 오늘 새벽에 봤는데 골골대더라고. 난 서준 형이 그렇게 아픈 거 처음 봤어. 누나한테 옮은 건가? 그러고 보니 누나는 나았네? 진짜 서준 형이 누나 감기 옮은 거야?"

아침 식사를 하며 건성으로 건넨 다형의 말에 다연은 숟가락을 들다 말고 그대로 굳었다.

"왜?"

그런 다연이 이상했는지 다형이 물었다.

"아니, 아냐. 아무것도."

식사를 하는 둥 마는 둥 한 후 다연은 곧장 서준에게 전화를 걸었지만 받지 않았다. '감기에 걸렸다면서요?' 라는 다연의 문자에도 답이 오지 않았다.

그때부터 다연의 머릿속은 복잡해졌다. 목감기에 몸살 기운이라면 자신의 감기였다. 그때 입 맞춘 게 문제였을까. 자신의 탓은 아니지만, 꼭 자신의 잘못처럼 느껴졌다.

손가락 사이로 일이 빠져나가 평소보다 카페 오픈 준비에 두 배의 시간이 걸렸다. 겨우 카페 오픈 준비를 마친 후 복잡한 마음으로 바닥을 내려다보고 있을 때였다.

"언니."

지서가 가게 문을 밀고 허겁지겁 들어왔다.

"응, 왔어? 늦은 것도 아닌데 왜 이렇게 뛰어와?"

다연이 포스 위를 마른 걸레로 닦으며 인사했다.

"언니, 제가 지각해서 뛰는 게 아니라요. 인터넷 기사 봤어요?"

"아니."

"언니, 서준 씨랑 친하죠? 이거 봐요."

지서가 숨을 몰아쉬며 휴대폰을 다연에게 내밀었다. 엉겁결에 휴대폰을 받아 든 다연은 액정에 띄워진 기사를 보곤 얼굴을 딱딱하게 굳혔다.

"……이게 뭐야?"

"지금 이런 기사가 쫙 깔렸어요. 실시간 검색에 서준, 서준 가정사, 서준 게이설 뜨고 난리도 아니에요. 여태까지 조용하다가 갑자기 왜 이래요?"

지서가 쏟아 내는 질문에 다연은 한 마디도 대답하지 못했다. 경황이 없는 건 다연도 마찬가지였다. 다연은 빠르게 기사를 훑어 내렸다.

[톱모델 신서준, 비극적인 가정사 밝혀져.

대한민국 톱모델로 알려진 신서준의 불우한 가정사가 네티즌 사이에 화제다. 그의 아버지인 신철우는 노숙자로 길 위에서 생을 마감한 것으로 알려졌다……. 현재 신서준은 연락 두절 상태이며…….]

다연의 시선이 '신철우는 노숙자로 길 위에서 생을 마감한 것으로 알려졌다.'라는 부분에서 한참이고 떨어질 줄 몰랐다. 어렵사리 눈을 돌린 다연이 다음 기사를 보았다.

[서준, 게이설.

대한민국 톱모델인 신서준의 비극적인 가정사에 이어 게이설이 제기되었다. 신서준의 최측근에 의하면 여자와 교제를 한 번도 한 적이 없으며…….]

[서준 기획사, 묵묵부답.]

기사를 읽던 다연은 허망한 눈으로 고개를 들었다. 끄트머리가 터진 주머니에서 모래가 쏟아지듯이 다연의 마음이 스르륵 흘러 나갔다. 머릿속이 멍하고 모든 것이 거짓말처럼 느껴졌다.

"이게 무슨 일이래요? 여태껏 잠잠하다가 왜 갑자기 이게 나와요? 언니는 알아요? 언니! 언니! 내 말 안 들려요?"

지서가 호들갑을 떨었다.

"들려."

다연이 멍하게 답했다.

"뭐라고 대답 좀 해 줘요. 언니는 알고 있었어요? 기사 읽어 보니까 너무 불쌍하던데요. 신서준 씨 아버지 노숙자로 전전하다가 겨울에 길 위에서 동사했대요."

"……"

"언니도 진짜 몰랐구나."

지서의 중얼거리는 말을 들으며 다연은 마른침을 삼켰다. 다연의 휴대폰이 긴 진동 소리를 내며 한자리에서 빙빙 돌았다. 다연은 액정 위의 이름을 확인한 후 휴대폰을 귀에 가져다 댔다.

"어. 다형아."

─누나, 기사 봤어?

다형은 잔뜩 흥분한 상태였다.

"응."

─형이랑 연락돼? 아무리 전화해도 연락을 안 받아.

"매니저는 알 거 아냐."

─매니저 형이 나한테 전화했어. 연락 두절 상태래. 누나네 카페에도 없지?

목이 꽉 메었다. 숨을 고른 후 다연이 답했다.

"……응."

–연락 오거나, 혹시 찾게 되면 연락 줘. 서준 형이랑 이야기를 해야 기획사도 반박 보도를 내든, 뭘 한다니까. 알았지?

"그래, 알았어."

통화를 마친 후, 다연은 멍하게 앞을 바라보았다. 어디로 간 걸까. 그가 있을 만한 곳을 떠올리려고 해도 떠오르지 않는다. 서준에 대해 아는 것이 없었다. 공기처럼 그가 늘 자신의 곁에 있어 주었을 뿐. 그래서 늘 자신의 곁에 머물러 있으리라고 오만한 착각을 했다.

"언니."

지서가 어깨를 툭 치고서야 다연이 깜짝 놀라 고개를 들었다.

"어? 왜?"

"손님이요."

지서가 앞을 힐끗 가리키며 작게 말했다. 고개를 돌린 다연은 인상을 찌푸린 채 서 있는 단골손님을 보았다.

"아, 죄송합니다. 주문하시겠어요?"

"오늘 많이 피곤하신가 봐요."

단골손님의 말에 다연은 미안한 얼굴로 웃었다.

"죄송합니다."

"아메리카노로 주세요."

단골손님이 커피를 갖고 나간 후, 다연은 멍하게 앞을 바라보다가 갑자기 다급하게 앞치마를 벗었다. 이렇게 앉아 있을 순 없었다. 서준을 봐야겠다는 생각밖에 들지 않았다.

"지서야, 나 잠시 나갔다 올게. 가게 좀 봐 줘."

앞치마를 아무렇게나 올려놓은 다연이 돌아섰다.

"언니!"

지서가 소리쳐 불렀으나, 다연은 이미 가게 문 밖으로 뛰어나가고 있었다. 지서는 다연이 사라진 곳을 보다 고개를 들어 하늘을 보았다. 회색빛 하늘이 한결 더 우중충했다.

"곧 비 올 텐데, 우산이라도 갖고 가지."

지서가 걱정스런 얼굴로 다연이 사라진 곳만 바라보았다.

✳

곧장 길가로 뛰어나간 다연은 때마침 오던 택시를 탔다. 목적지를 묻는 택시 기사에게 다연은 목산동이라고 답했다. 다연이 가장 먼저 달려간 곳은 목산동의 육교였다. 회색빛으로 휘감긴 낡은 육교는 텅 비어 있었다. 차갑고 건조한 바람이 그녀의 뺨을 치고 달아났다. 허탈함에 다연은 무릎을 잡은 채 숨을 몰아쉬었다.

"신서준, 신서준."

주문을 외듯 다연은 그의 이름을 불렀다. 땀이 솟았던 자리에 찬바람이 닿자 한기가 몰려왔다. 다연은 외투를 여민 채 육교를 내려왔다. 목적지 없이 무작정 걷던 다연이 무언가가 생각난 듯 걸음을 멈추고서 반대편을 보았다.

설마.

걸음을 돌린 다연이 골목길로 향했다. 넓은 골목을 지나 지름길인 좁은 골목까지 걸어가던 다연의 콧등으로 빗방울이 톡 떨어졌다. 손등으로 대충 닦아 내는데 그 자리에 다시 비가 떨어졌다. 고개를 들자 작은 빗방울이 떨어지기 시작했다. 다연은 이마에 손 처마를 만들고서 부랴부랴 걸음을 옮겼다. 골목 끄트머리에서 몸을 돌려세운 다연은, 회색 빛깔에 휘감긴 낡고 오래된 놀이터를 보았다.

스산하게 내리는 빗줄기에 갇힌 놀이터에 적적한 그림자를 가진 남자가 우두커니 서 있었다. 가랑비처럼 부슬부슬 내리는 비를 고스란히 맞고 선 그는 고개를 숙여 자그마한 미끄럼틀의 아래를 바라보고 있었다.

홀린 것처럼, 다연의 다리가 멋대로 움직였다. 자박자박 움직이는 걸음 따라 마음이 일렁거렸다. 모래에 발이 푹푹 빠졌다. 신발이 엉망진창이 될 즈음, 다연은 서준의 등 뒤에 섰다. 분명 시야를 꽉 채울만큼 넓은 등인데 한없이 좁아 보였다. 오랜 시간 비를 맞아 축축하게 젖은 어깨와, 빗방울이 끝없이 떨어지는 창백한 손가락. 손끝에서 빗방울이 수도 없이 떨어지는 것을 맥없이 바라보았다.

다연은 서준에게 아버지 이야기를 단 한 번도 들은 적 없었다. 그래서 아버지라는 존재가 그에게 어떤 의미인지 알 수 없었다. 다만 그가 느끼는 상처는 알 것 같았다. 부모의 사랑을 갈망했다. 부모가 사랑을 줄 수 없게 되었다. 이 단순한 말의 틈마다 고여 있는 아픔을 다연은 잘 알고 있었다.

이 세상 모든 것들이 사라지고 혼자 남은 기분. 웃어도, 울어도, 그 누구도 공감해 주지 않는 외톨이가 된 느낌.

"서준 씨."

다연의 입술 새로 뿌연 입김이 흩어졌다. 그는 온몸이 얼어 버린 듯 꼼짝도 하지 않았다.

"서준아."

다시 한 번 불렀을 때, 서준이 돌아섰다. 서준은 금방이라도 빗줄기에 녹아 버릴 것처럼 무너지는 얼굴을 하고 있었다. 세상에 내쳐진 듯한 텅 빈 눈동자로, 그렇게 그녀를 바라보고 있었다. 그 표정이 다연의 가슴을 아주 세차게 때렸다. 온 마음이 무너져 내릴 것 같다. 다연은 입술을 깨물고서 그의 앞에 섰다.

"왜 이러고 있어? 비도 오는데."

다연의 물음에 서준이 눈을 가늘게 떴다. 자신이 제대로 본 것이 맞는지 의심하던 눈빛이 일순 팍 꺼졌다.

"그냥요."

"……."

"……기사, 봤죠?"

서준의 목소리가 잔뜩 잠겨 있었다. 그의 갈색 눈동자가 눅눅한 빛을 띠고 있었다.

"……응."

다연은 조금 늦게 대답했다. 서준은 그렇구나, 라고 작게 말하며 시선을 내리깔았다. 다연은 어떤 위로를 해야 할지, 어떤 말을 해야 할지 몰라 서준만 가만히 바라보았다. 가슴이 사포에 긁힌 것처럼 따갑고 아프다.

"괜찮아요."

다시 고개를 든 서준이 무표정한 얼굴로 말했다.

"오래전 일이니까."

그러나 말과 달리 서준의 온몸은 괜찮지 않다고 말하고 있었다. 창백한 얼굴색, 무너지고 있는 눈동자, 하얗게 질린 입술까지도. 다연이 입술을 잘근 깨문 후 물었다.

"그런데 여기엔 왜 온 건데?"

"숨고 싶은데 숨을 곳이 여기밖에 없어서요."

"……."

"이젠 숨지도 못하네요. 너무 커 버려서."

한숨을 내쉬는 서준의 입술 끝에서 빗방울이 툭 떨어졌다. 서준은 미끄럼틀로 시선을 돌렸다.

아침 일찍 기사가 쏟아졌다. 게이설도, 다른 것도 다 괜찮았다. 다만 힘겹게 잊고 있었던 모습들이 떠올랐다. 온통 푸른색이 되어 버린 피부와, 굳어 버린 몸. 바짝 말라 버린 몸과 감고 있는 아버지의 눈.

'……눈 떠. 눈 뜨라고! 나를 찾아왔어야지. 내가 못 찾으니까! 당신이 나를 찾아왔어야지! 이렇게 될 때까지 대체!' 라며 목이 터져라 울부짖었던 자신의 모습까지도.

묻어 둔 수많은 것들이 되살아나서 가슴을 뜯고 또 뜯었다. 그 상처로부터 도망가려고 나섰는데 갈 곳이 없었다. 정처를 잃은 발길이 떠돌다가 닿은 곳이 놀이터였다. 자신이 유일하게 숨고 싶은 곳이었다. 이곳에 웅크리고 빗소리를 들으며 가만히 쉬고 싶었다. 그러나 이젠 숨을 수 없었다. 유일하게 마음에 품고 있던 위안처를 빼앗겼다. 그래서 그는 갈 곳을 잃은 채 비를 맞고 서 있었다.

가루가 된 마음이 풀풀 날린다. 바람에 날린 빗방울이 눈꺼풀을 세차게 두드렸다. 반사적으로 서준이 눈을 감을 때였다.

몸이 축축해졌다. 살을 에는 추위가 처음으로 몰려왔고, 그 이후로 온기가 몰려왔다. 서준은 느릿하게 눈을 떠서 자신을 끌어안고 있는 자그마한 몸을 보았다.

"나한테 숨어."

시끄러운 빗소리를 뚫고 자그마한 목소리가 귀에 닿았다.

"내가 숨겨 줄게."

자신을 놓칠세라 꽉 껴안은 손이 보인다. 서준은 그 손에서 한참이나 눈을 떼지 못했다. 자신이 제대로 보는 게 맞을까. 자신이 지금 제대로 느끼는 게 맞을까. 정말 주다연이 자신을 끌어안은 걸까. 잠시 현실을 믿지 못하던 서준이 비로소 자신이 제대로 느끼고 있음을 알았다.

사회에 나와 수많은 것을 가져도 이 세상에 자신의 것이 단 하나도 없는 것처럼 느껴졌다. 언제나 끈이 떨어진 연처럼 하늘 위를 떠돌아다녔고, 언젠가는 땅으로 추락할 거라 생각했다. 그전에 이 여자에게 '무엇'으로라도 남고 싶었다. 그런데 이 여자가 다시 자신을 위로한다.

떨어지지 마.

자신을 붙든 하얗게 질린 손이 그렇게 말한다.

내가 또 잡아 줄게.

본인의 상처에 무감하면서 타인의 상처에 공감하는 사람.

그 손을 바라보던 서준의 눈썹이 차츰 구겨졌다. 입술 끝에 힘이 실렸고, 목울대부터 명치가 끝없이 아파 오기 시작했다.

또, 당신이구나. 자신이 아플 때 거짓말처럼 나타나는 사람.

툭. 툭. 뜨거운 비가 내렸다. 아버지의 죽음 이후로 단 한 번도 울지 못했던 서준의 눈에서 오래도록 비가 내렸다.

✳

기자들이 동네를 오가는 것이 보였으나, 집까지 알아내진 못했는지 다행히 아파트 단지 앞은 한산했다. 감기 몸살에 차가운 비까지 맨몸으로 맞고 있던 탓에 서준의 몸은 뜨거웠다. 다연은 자신에게 반쯤 몸을 기대고 선 서준을 걱정스럽게 바라보았다. 빗속에서보다 지금의 얼굴이 더욱 창백하다.

　"병원 갈까?"

　다연이 걱정스럽게 묻자 서준이 작게 고개를 가로저었다. 서준은 억지로 몸을 일으켜 자신의 방문을 밀고 들어갔다.

　"먼저 샤워할게요."

　서준의 목소리가 잔뜩 갈라져 있었다. 휘청거리면서도 서준은 자신이 갈아입을 옷을 챙겨 따로 마련된 욕실로 들어갔다. 쿵, 하고 욕실 문이 닫힌 후에야 다연도 건너편 욕실로 건너가 재빨리 씻고 나왔다. 그리고 서준이 쓰러질지도 모른다는 생각에 얼른 서준의 방으로 향했다.

　얼마 후 욕실 문을 밀고 나온 서준의 얼굴색은 이전보다 괜찮았다.

　"괜찮아? 이 손 잡아."

　다연은 서준에게 손을 뻗었다. 서준은 그 손을 바라보기만 하다가 얼굴을 문틈에 비스듬히 기댔다. 동시에 니트가 살짝 벌어지면서 그의 긴 빗장뼈가 하얗게 도드라졌다. 그는 열기에 취한 나른한 눈빛으로 다연을 바라보며 말했다.

　"잡으면 안 나요."

　"……"

　"이게 무슨 뜻인지 알죠?"

　"……"

"그래도 괜찮아요?"

서준이 눈동자를 들어 올리며 물었다. 다연의 손끝이 가늘게 움찔거렸다. 그 말이 어떤 뜻인지 알고 있다. 서로의 삶에 서로의 위치를 만들어 놓는 것. 그의 고백을 받아들이는 것.

안으로 살짝 말리는 다연의 손끝을 보며 서준의 눈동자가 흐려졌다. 다연은 한없이 가여워지는 그의 이런 얼굴이 싫었다. 아니, 마음 아팠다.

돌이켜 보면 처음부터였다. 처음 자신의 마음을 형상화시켜 놓은 듯한 어린아이를 보았을 때부터 다연은 마음이 이토록 아팠다. 그때 자신도 모르게 짐작했었다. 이 아이에게 자신은 한없이 약해지겠구나. 이후 그 아이가 커서 나타났을 때, 말도 안 되는 것들로 밀어붙였을 때도 다연은 자신의 성격답지 않게 거절하지 못했다. 그리고 지금 미치도록 야한 어른의 모습을 한 그를 보며 다연은 생각했다. 거절하지 않겠다고. 지독하게 고독했던 자신에게 하나의 빛이 되어 주었던 남자이기에.

다연이 손끝에 힘을 주어 펼쳤다.

"응, 괜찮아."

"……."

"너라면 괜찮아."

괜찮을 것 같아, 라는 불확실함보다 서준이라면 괜찮다, 라는 확신이 들었다. 서준이라면 마음을 보여 줄 수 있을 것 같았다. 다연의 확언과 반듯하게 펴진 손끝을 보며 서준의 눈매가 부드럽게 휘어졌다.

너라면 괜찮아, 그 말이 공기에 녹아 가슴으로 스며든다. 발을 붙이고 살아도 하늘 위를 부유하는 느낌으로 살았던 자신에게 유일하게 무게가 되어 주는 사람. 서준이 팔을 다연에게로 뻗었다.

"후회하지 마요."

그는 그렇게 말하며 다연의 손을 자신의 손으로 감쌌다. 자그마한 손이라 금세 자신의 손에 가려 보이지 않았다. 서준은 자연스럽게 다연의 손가락 사이에 자신의 손가락을 밀어 넣었다. 손가락이 야한 움직임으로 얽혔다. 다연은 낯선 감정에 움찔하긴 했으나 피하지 않았다.

서준은 침대로 걸어가 걸터앉았다. 그러고는 다연을 바라보았다.

"잠들 때까지만 옆에 있어 줘요."

"……."

"오늘만."

"그래."

애틋한 서준의 눈동자를 보며 다연은 거절할 수 없었다. 서준을 향한 자신의 마음을 인정하고 나니, 서준이 좋아하는 거라면 다 해 주고 싶었다. 이런 낯선 감정은 처음이지만, 나쁘지 않았다. 다연은 서준의 하얗게 질린 얼굴을 보며 말했다.

"일단 약부터 먹자."

"자고 싶어요."

그는 자는 것 외엔 그 어떤 것도 하고 싶어 하지 않았다.

"그래, 그럼 그러자."

서준의 침대 위로 하얗고 폭신한 이불이 깔려 있었다. 다연이 자리를 잡고 눕기도 전에, 먼저 누운 서준이 긴 팔로 그녀를 끌어안았다. 아픈 게 맞나 싶을 만큼 강한 힘이었다.

"아프다며."

다연이 서준에게 안긴 채 물었다.

"아파요. 온 세상이 꿈속처럼 보일 만큼."

"꿈 아냐."

그러니 안심하라는 투로 다연이 말하자 서준이 옅게 웃었다.

"이게 꿈이라면, 깨고 나서 난 죽을 만큼 힘들 거예요."

서준의 말에 다연은 아무 대답도 할 수 없었다. 그저 그의 등을 조심스럽게 어루만지는 것밖에는.

방 안이 고요해졌다. 창문 너머로 비바람이 허공을 헤매는 소리가 들렸다. 그 속에서 자그맣게 쿵쿵 뛰는 심장 소리가 들렸다. 평온함을 느끼며 다연이 느릿하게 눈을 감았다.

"날 찾아내 줘서 고마워요."

숨소리가 뒤섞인 목소리가 조용히 퍼졌다. 다연은 다시 눈을 떴다. 보이는 건 서준의 가슴인데 그가 어떤 표정을 짓고 있는지 알 것 같다.

"다른 사람이 아니라 당신이라서."

다연은 온 마음을 다해 고백하는 서준을 꽉 안아 주었다. 나 또한 그렇다, 라고 말해 주고 싶었으나 울음에 짓눌린 목울대가 아파서 입도 뻥긋할 수 없었다. 그래서 다연은 아주 오래도록, 그가 잠들기 전까지 꽉 안아 주었다.

✱

다연이 눈을 떴을 때 창가엔 진득한 어둠이 발려 있었다. 그제야 다연은 자신이 가게를 비워 놓고 나왔음을 알았다. 다급하게 몸을 일으킨 다연이 휴대폰을 찾아 방문을 막 열려고 할 때였다.

똑똑.

서준의 방문을 누군가가 두드렸다.

"형."

문고리를 막 감싸 쥔 다연은 다형의 목소리를 알아듣곤 숨을 들이마신 채 굳었다.

"형, 자? 잠시만 들어갈게."

다형이 말을 함과 동시에 등 뒤에서 저벅저벅 발소리가 들렸다. 이윽고 작게 열리던 문이 도로 닫혔다. 문 한가운데를 밀고 있는 서준의 손을 보며 다연은 소리 없이 한숨을 내뱉었다.

"어?"

도로 닫힌 문이 이상했는지 다형이 의아하다는 듯 소리를 냈다.

"옷 갈아입는 중이야."

서준이 잠긴 목소리로 말했다. 탁하고 건조한 그 목소리가 평소보다 야하게 들렸다.

"아아."

"무슨 일인데?"

"형, 오늘 괜찮아요? 다행히 기자가 집을 에워싼 흔적은 없던데."

"어. 괜찮아."

서준은 대답하면서 다연의 허리를 감쌌다. 다연의 심장이 쿵쾅대며 뛰었다. 문 하나를 사이에 놓고 다형과 마주 보고 있었다. 이런 상황인데 뒤에서 껴안다니. 다연이 몸을 비틀었다. 그러나 서준의 손이 더욱 강하게 다연을 끌어안았다.

서준은 다연과 조금도 떨어지고 싶지 않았다. 다연은 몸을 돌려세워 서준과 마주 보았다. 뿌옇게 흐려진 옅은 갈색의 눈동자가 숨 막히게 야했다. 머릿속이 텅 비면서 숨이 멎으려는 걸 억지로 잠재우며 다연이 입을 열었다.

'놔줘.'

다연이 입술만 뻥긋댔다. 서준은 대답 대신 고개를 숙여 다연의 입술에 제 입술을 겹쳤다.

"읏."

놀란 다연의 입술 새로 소리가 새어 나갔다.

"형? 무슨 소리예요?"

다연이 놀라는 소리에 다형이 의아한 듯 물었다.

"아무 소리도 아니야."

서준은 다형에게 대답하면서 다연을 내려다보았다. 놀란 탓에 다연의 뺨이 붉었다. 서준은 그 뺨에 자신의 입술을 가져다 댔다. 입술이 온통 따뜻했다. 다연에게 닿을 때마다 자신이 살아 있음을 여실히 느낄 수가 있어서 떼어 놓을 수가 없었다.

"그렇구나. 매니저 형한테는 연락했어요? 형 찾고 난리던데요?"

"연락할 거야."

"여태까지 어디 있었어요?"

"여기저기."

서준은 건성으로 답하며 다연의 오른쪽 뺨에 입을 맞췄다. 못됐다. 입술만 벙긋거리며 다연이 말했다. 그런 다연에게 서준이 다시 한 번 입을 맞췄다. 잠시 움찔하던 다연은 서준의 끝없는 키스에 포기했는지 더는 서준의 입술을 밀어내지 않았다.

"아! 맞다. 형. 우리 누나, 못 봤어요?"

다형의 질문에 다연의 몸이 눈에 띄게 굳었다. 서준은 그런 다연을 내려다보며 옅게 웃었다. 다연은 대답을 잘 하라는 표정으로 서준을 쳐다보고 있었다.

이 눈빛 좋다. 절박한 듯, 자신에게 집중하고 있는 눈.

서준의 입술이 길게 늘어났다.

"봤어."

동시에 다연의 얼굴이 굳었다.

"봤어요?"

"집에 같이 들어왔어."

"예?"

다형의 의아한 물음과 동시에 다연의 얼굴이 미묘하게 구겨졌다. 다연의 눈빛이 급박하게 흔들리는 것을 보며 서준은 좀 더 짙게 웃었다.

"우연히 집 앞에서 만났거든. 일이 있나 봐. 급하게 다시 나갔어."

"그래요? 휴대폰도 안 받던데……."

"놓고 갔나 보지."

"그래요? 카페에 가 봐야 하나."

다형이 중얼거리는 말을 들으며 다연은 조마조마한 표정을 지었다. 더 내버려 뒀다가는 다연의 얼굴이 폭발할지도 모르겠다. 서준은 다연을 달래듯이 반쯤 껴안고서 그녀의 등을 다독였다.

"다형아, 부탁 하나만 하자."

"네."

"약 좀 사다 줘."

"어디 아파요?"

"체한 데다가 감기 몸살에 걸렸거든. 오면서 반창고도 사 오면 좋을 것 같고."

"많이 다쳤어요?"

다형이 다시 문을 열어젖힐 것처럼 들썩거렸다. 서준은 자연스럽게 문고리를 잠갔다. 그 탓에 다연의 몸과 서준의 몸이 더욱 밀착했다.

"아니. 많이 다친 건 아니고, 그게 필요해서."

그걸 사러 가야 네 누나가 숨을 쉴 것 같거든.

서준은 자신의 품에 조용히 안겨 있는 다연을 보며 미소 지었다.

"그래요?"

"어. 빨리 다녀와 줘. 부탁할게."

"네, 알겠어요."

다형이 쿵쿵 소리를 내며 멀어졌다. 서준이 한 걸음 물러서자 다연은 참았던 숨을 쏟아 냈다. 막 씻고 나온 민낯에 잠자고 나온 기색이 역력한 꼴로 서준의 방에서 나오는 걸 다형이 봤다면 오해할 게 불 보듯 뻔했다.

"괜찮아요?"

서준이 허리를 굽혀 다연의 얼굴을 들여다보며 물었다.

"아니. 무서워서 죽을 뻔했어."

"미안해요."

서준이 순순히 사과를 했다. 그러나 말투엔 웃음기가 가득했다. 짓궂은 그의 장난에 살짝 심통이 났지만, 일단 다연은 그의 건강이 더 염려되었다.

"넌 어때? 감기 기운은 괜찮아?"

"괜찮아요."

뒤이어 몸을 일으킨 서준이 고개를 까딱거렸다. 다연은 서준의 얼굴을 쳐다보았다. 여느 때처럼 서준의 얼굴은 평온해 보였다. 감기 몸살을 앓은 적이 없는 얼굴이었다.

"다 나은 거야?"

"그런 것 같아요."

"빨리 낫는구나. 다행이다."

서준이 웃으며 고개를 끄덕였다. 그는 한결 기분이 좋아 보였고, 다연은 그것이 흡족했다.

다시 방 안이 고요해졌다. 침대에 걸터앉은 서준은 갈증을 해소시키려는 사람처럼 눈도 깜빡이지 않고 다연을 바라보았다. 다연은 제 얼굴을 어색하게 문지르며 물었다.

"왜 그렇게 쳐다봐?"

"편안하고, 좋아서요."

서준의 대답에 다연은 현실감각이 갑자기 돌아오는 걸 느꼈다. 뒷걸음질 칠 수 없는 분명한 선을 넘은 기분이었다. 서준의 방에서 서준을 껴안고 잠들었다. 그리고 방금 다형이 모르게 키스를 나누었다. 다연은 당혹스러운 표정을 감추며 몸을 돌려세웠다. 그러고는 어색한 목소리로 빠르게 말한 후 문을 열었다.

"난 나가 볼게. 지서한테 전화도 해 봐야 하고, 다형이 오기 전에 가 봐야지. 십 분 뒤에 나와. 저녁밥 같이 먹자."

"네."

대답하는 서준의 목소리에 웃음기가 묻어났다. 다연은 서준의 방에서 나온 후 참았던 숨을 몰아쉬었다. 자신의 방으로 건너가며 다연은 뜨거운 제 입술을 감쌌다. 아직 손도 제대로 잡지 못했는데 입맞춤만 수도 없이 한 듯했다.

연애.

다연은 그 단어를 소리 내지 않고 발음해 봤다.

서준과의 연애.

역시 낯설고 어색하다. 그럼에도 박하사탕이라도 입에 문 것처럼 온 마음이 찌르르해지며 청량해진다.

다연은 붉어진 아랫입술을 살짝 깨물었다.

✳

태성은 기사를 작정하던 중 사무실 전화로 한 통의 연락을 받았다.

—서준입니다. 그쪽 휴대폰이 저한테 있습니다. 제가 있는 곳으로 오시죠.

태성은 자동차로 30분을 운전한 끝에 약속 장소인 카페에 도착했다. 투명 문을 밀고 들어간 태성은 텅 비다시피 한 카페의 가장 안쪽 자리에 앉아 있는 서준을 발견했다. 언론으로부터 발가벗겨진 사람답지 않게 서준의 얼굴은 고요했다. 오히려 이전보다 조금 더 평온해 보였다. 주먹을 불끈 쥔 태성이가 일부러 거칠게 서준의 맞은편 자리에 앉았다.

"그 휴대폰으로 몇 번이나 전화했는데 꺼두더니 이제야 찾아 주겠다는 이유가 뭡니까?"

태성이가 공격적으로 물었다. 서준이 느릿하게 고개를 돌려 태성을 마주 보았다.

"내가 그쪽에게 볼일이 생겼으니까요. 굳이 납득할 수 있는 이유를 대자면 휴대폰 배터리가 다 되어서 이제야 휴대폰을 켜 보기도 했고요."

서준의 무심한 대답에 태성의 미간이 좁혀졌다.

"지금 그걸 말이라고 합니까? 진즉에 돌려줬어야죠."

"내가 그쪽을 위해서 왜 그래야 합니까?"

서준이 웃으며 묻는 말에 태성은 아무 말을 할 수 없었다. 이전부터 느낀 거지만 서준과 마주 앉으면 알 수 없는 패배감을 느꼈다. 2년간 사랑했으나 끝내 갖지 못했던 다연이라는 여자 때문인 건지, 대한민국 톱모델이라는 타이틀 때문인 건지 구분할 수 없으나, 기분이 나빴다. 태성은 그 감정을 노골적으로 드러냈다. 서준은 주머니에서 휴대폰을 꺼내 태성에게 내밀었다. 태성이가 빠르게 낚아채 가려는 걸 서준이 살짝 들어 피했다.

"뭐하는 겁니까?"

태성이가 얼굴을 구기며 물었다.

"그 질문은 내가 하고 싶네요. 휴대폰을 돌려주러 온 사람한테 보일 태도입니까?"

"이제 와서 돌려주면서 생색은."

"그래요?"

픽 웃은 서준은 태성의 앞으로 휴대폰을 탁 소리 나게 던졌다.

"이봐요!"

"이제 와서 돌려주는데 정중할 필요가 있을까요?"

서준의 대답에 태성의 얼굴이 구겨졌다. 기분 나쁘다는 얼굴로 휴대폰을 챙기는 태성을 보며 서준이 여유롭게 고개를 기울였다.

'날 많이 따라다녔어. 좋아한다고. 이 정도 되는 사람이면 사랑할 수 있지 않을까 해서 연애했어. 물론 끝까지 사랑하지는 못했지만. 사귀는 동안 서로 바빠서 별로 보지도 못했어. 2년쯤 되니까 그 남자가 헤어지자고 했고, 난 그렇게 하자고 했어. 그렇게 헤어졌으면 좋았을 텐데…….'

다연은 그 뒤에 안 좋은 일이 있었음을 암시했다. 다연의 설명을 듣지 않아도 서준의 눈에 태성은 좋은 사람이 아니었다. 그는 이기적이고 욕심이 많은 사람이었다. 약한 것처럼 보이지만 때때로 강한 의지를 발휘하는 다연은 이런 남자에게 휘둘리지 않았을 거다. 남자가 해 달라는 대로 무조건 해 주지 않았을 테고, 다연은 끝내 마음의 문을 열지 않았을 거다. 그걸 욕심 많은 이 남자는 못 견뎌 했을 거다.

"기사, 잘 봤습니다."

서준의 목소리는 덤덤했다. 휴대폰을 챙기던 태성의 손끝이 움찔했다. 서준은 회사를 통해 자신의 가정사와 게이설을 단독 보도한 기자의 이름을 입수했다. 이태성. 그 이름을 본 순간 분노보다 자신의 짐작이 맞았다는 생각이 들었다. 그 후로 서준은 어떻게 할지 고민했다.

태성은 비죽이 웃으며 서준을 보았다.

"그러게요. 가정사가 참 불우하더군요. 어쩜 그런 가정사를 갖고 있었는지……. 사람은 가정교육이 중요한데 말입니다. 다연이는 이 사실을 알고 있었나요? 다연이가 정이 많은 애라서, 안타까워했겠네요. 동정이랑 사랑이랑 구분 못 했을 수도 있고. 뭐, 그건 이제 내 알 바 아니죠. 그래서 그걸 따지러 온 겁니까?"

태성의 비아냥에도 서준의 얼굴은 흔들리지 않았다. 고등학생 시절부터 모델계 밑바닥에서 정상에 오르기까지 수많은 비난과 비아냥을 들었다. 태성의 이런 비아냥쯤은 상처도 되지 않았다. 서준은 깍지를 낀 손을 테이블에 올리며 온화한 미소를 지었다.

"이번에도 틀렸습니다."

태성이가 무슨 말이냐는 듯 서준을 쳐다보았다.

"날 화나게 하려는 방법이 틀렸다는 겁니다."

"내가 그쪽을 화나게 하려고 이 말을 했다고 생각합니까? 어쩌죠? 전 그럴 생각이 없었는데."

태성이가 거만하게 등받이에 등을 대고 앉았다. 서준은 픽 웃었다.

"그럼 인격 형성이 덜된 거라고 생각하죠."

태성의 미간이 확 좁아졌다.

"이봐요. 그쪽이야말로 나를 화나게 만들 생각인가 본데, 난 기자예요. 기자를 잘못 건드리면 어떻게 되는지 이번 일을 겪으면서 깨달은 바가 없나 봐요?"

"기삿거리가 이제 더는 없을 텐데요."

"기삿거리는 만들면 되죠. 사람 일이라는 게 아 다르고 어 다른 거라서 어떤 타이틀을 붙이느냐에 따라 상황이 달라지죠. 유명한 모델이면 그 정도는 알 텐데 말이죠."

태성이 이죽거렸다. 그러니 함부로 자신을 건드리지 말라는 협박조였다. 잠시 태성을 보던 서준의 눈가가 휘었다. 명백한 비웃음이었다. 태성이 얼굴이 구겨지는 걸 보며 서준은 긴 손가락을 교차해 깍지를 꼈다.

"그쪽은 아직까지 모르나 보네요. 그 기사가 나한테 어떤 영향도 미치지 못했다는 걸. 여전히 사람들은 날 찾고, 난 그쪽에게 웃어 줄 만큼 여유롭습니다. 이런 내가 그쪽을 만나자고 한 건 이 사실을 죽을 때까지 그 여자에게 발설하지 말라는 겁니다."

그 여자가 다연을 칭한다는 걸 태성은 단박에 알아챘다.

"그걸 왜 그쪽이 나서서 말하는 겁니까?"

"나한테 미안해하는 그 사람 모습을 보고 싶지 않습니다. 끝난 연애를 더 후회하게 만들고 싶지도 않고."

후회, 라는 말에 태성의 얼굴이 와락 구겨졌다.

"그건 내가 결정합니다."

태성의 목소리가 낮게 깔렸다.

"그 결정에 도움이 되었으면 하네요."

서준은 그럴 줄 알았다는 듯 옆에 놓인 서류봉투를 툭 던졌다. 정중한 말투에 반하는 행동이었다. 태성은 서준과 서류봉투를 번갈아보았다.

"뭡니까."

"말 그대로 그 결정에 도움이 되는 겁니다."

태성은 서류봉투를 열어 보고는 딱딱하게 굳었다. 게이설에 관한 명예훼손 고소장과 몇 장의 사진들이었다.

"난 괜찮은데 회사는 괜찮지 않은가 보더군요. 신문사를 상대로, 그쪽을 상대로 고소에 들어갈 겁니다. 취하할 생각은 없으니 끝까지가 보도록 하죠. 그리고 그 사진에 대해서는 설명 안 해도 알겠죠."

사진을 쥔 태성의 손에 바짝 힘이 실렸다. 사진 속의 남녀는 모텔로 향하고 있었다. 남자는 자신이었고, 여자는 연예인 지망생이었다. 다섯 장의 사진엔 모두 다른 여자들이 찍혀 있었다. 신생 기획사 사장이 잘 부탁한다며 데뷔 직전의 여자 가수를 보냈다. 거절했지만 그날은 술에 잔뜩 취해 있었고, 다연 때문에 마음이 복잡해서 넘어선 안 될 선을 넘었다. 그게 한 번이 되고 두 번이 되었다. 이러면 안 된다는 걸 알면서도 멈출 수가 없었다. 날짜까지 정확하게 찍혀 있는 사진을 보며 태성의 얼굴이 하얗게 질렸다.

"내가 왜 이제야 당신을 찾아왔는지 알겠지?"

서준의 표정은 고요했다. 태성은 똑똑하다 못해 영악한 남자다. 이 남자에게 가장 효과적인 방법은 똑같은 방법으로 입을 다물게 하는 것밖에 없었다. 기획사의 인맥을 동원해 며칠간 태성의 뒤를 조사했다. 그 끝에 연예인 지망생과의 부적절한 관계를 맺은 태성의 사진을 가질 수 있었다.

"사생활 침해한 거야, 당신."

어금니를 깨문 태성의 입술 새로 서늘한 목소리가 흘러나왔다.

"그쪽이 먼저 내 사생활을 침해했잖아."

"이걸로 나를 협박이라도 하겠다는 거야?"

"똑똑한 줄 알았는데 아닌가 봐. 그게 아니라면 내 목소리가 다정해서 몰랐거나. 난 이미 협박 중이었어."

"……."

"난 이것 이상도 할 수 있어. 어디, 끝까지 가 볼까?"

"……."

"이 일이 터지면 그쪽이 모르는 세상 사람들이 그쪽의 이름을, 얼굴을, 사생활을 모두 알고서 수군거릴 거야. 그쪽의 실수와 스캔들로 그쪽과 연루된 모든 사람들이 고개를 들지 못하고 다니게 될 거야. 당신의 부모도 물론 포함이겠지. 당신이 과연 그걸 버틸 수 있을까?"

"……."

"그쪽이 뿌리고 다녔던 악성 보도의 당사자들이 어떻게 되었는지는, 누구보다 잘 알 텐데?"

정치인과 스캔들과 휩싸였던 여자 연예인은 자살을 시도했다. 동성 연애 중이라는 사실이 밝혀진 남자 연예인은 해외로 이민을 갔다. 스캔들 하나로 삶이 모두 붕괴되었다. 그 현장을 보면서도 단 한 번도 자신에게 일어날 일이라고 생각지 못했다. 태성의 손이 가늘게 떨렸다.

그에 반해 서준의 목소리와 표정은 시종일관 흔들림 없이 고요했다. 그것이 태성을 화나게 만들면서도 겁나게 만들었다. 고요한 이미지를 가졌기에 유약한 모델인 줄만 알았다. 그저 타고난 외모와 몸매의 혜택으로 운 좋게 모델계에서 이름 꽤나 알린 정도로 알았던 남자의 실상은 꽤 무서웠다. 고요하고 차분하기 때문에 감정의 깊이를 알 수가 없다. 갑자기 거대한 파도를 일으켜 자신을 집어삼킬 수도 있다는 생각에 섬뜩해졌다.

서준은 허리를 곧게 세우며 고개를 모로 기울였다. 조금씩 서준의 얼굴에서 표정이 사라졌다. 냉혹한 무표정이 드러난 순간, 서준이 입술을 벌렸다.

"그 여자한테 더는 접근하지 마."

갈색의 눈동자가 차갑게 빛났다.

"나는 주다연과 관련된 일이라면 뭐든 해. 이게 무슨 뜻인지 알 거라고 생각해. 그쪽에 관련된 자료는 이것 말고도 많아. 당신 말대로 아 다르고 어 다른 법이니까 잘 생각하고 움직여."

서준이 말을 마친 후 차갑게 태성을 응시했다. 서준의 눈길을 받아내던 태성의 시선이 아래로 떨어졌다. 더는 버틸 수가 없었다. 고개를 떨구고 있는 태성을 차갑게 쳐다보던 서준이 자리에서 일어났다.

카페 문을 밀고 나간 서준은 길게 부는 바람을 깊게 들이마셨다.

찬 바람에 가슴이 시렸다. 이 정도 했으면 알아들었을 거다. 설령 못 알아들었다고 하더라도 알아듣게끔 하면 된다.

하나는 정리했고, 또 하나가 남았다. 서준은 휴대폰을 꺼내 전화를 걸었다. 한참 만에 상대방이 전화를 받았으나, 숨죽인 채 아무 말 하지 않았다. 서준은 거리를 걸었다.

"너인 걸 알아."

서준의 짤막한 말 한마디에 상대방이 흐흡 하며 헛숨을 삼켰다.

-서준 씨.

유선은 잔뜩 긴장한 목소리로 말했다. 서준은 텅 비어 있는 거리를 걸었다. 오후의 따스한 햇살이 곳곳에 내려앉아 있음에도 을씨년스럽고 외로운 풍경이다.

서준이 가장 먼저 한 일은 아버지의 죽음을 누가 신문사에 유포했는지를 조사하는 것이었다. 서준의 아버지 죽음은 당시 관할 구역의 경찰관, 매니저, 기획사 사장밖에 모르는 일이었다. 당시 경찰관은 서준이 모델이라는 걸 알아보지 못했다. 기획사의 사장과 매니저 또한 말할 사람이 아니었다. 그러던 중 매니저가 불현듯 생각난 듯 말했다.

'유선 씨도 알고 있어요. 업체 미팅할 때 옆에 있었거든요. 그때 얼추 건너 들었다면 가능해요.'

아니길 바랐다. 그러나 공교롭게도 유선이었다. 유선은 술에 취해 본인의 자동차에서 동료 모델과 진한 스킨십을 하다가, 하필이면 이태성에게 발각됐다. 유선은 자신의 스캔들을 대신할 기삿거리로 서준의 가정사를 넘겼다.

유선이 떨리는 호흡 끝에 별안간 소리쳤다.

-날 이렇게 만든 게 서준 씨잖아. 다시는 날 안 본다는 말만 하지

않았어도 내가 이렇게 되지 않았잖아! 어떻게 나를 안 본다고 말해? 어떻게 지금껏 연락 한 통 안 하다가…… 이제야 하니? 그 기사 나니까 아팠어? 괴로웠어? 아파도 나만큼 아팠겠니?

유선의 목소리가 잔뜩 억눌려 있었다. 서준은 눈을 잠시 감았다 떴다. 예전이라면 유선의 이런 칭얼거림을 끔찍하게만 느꼈을 거다. 그러나 이젠 이 마음이 어떤 건지 조금은 알 것 같아서 미안했다.

사람이 사람을 사랑하는 마음, 그 크고 엄청난 통증.

-서준 씨는 잔인해. 너무 잔인해서…….

"미안해."

서준의 사과에 유선은 말문이 막혔다. 사과를 해야 할 건 자신인데 되레 사과를 받아서 당황한 눈치였다. 서준은 눈썹을 문지르며 말을 이었다.

"이해할 테니까 이제 이걸로 끝내자."

휴대폰 너머가 조용했다. 서준은 먼 곳을 응시했다.

"그러니까 나한테 미안해하지도 말고, 원망하지도 말고, 걱정하지도 마."

-내가 서준 씨를 원망하면서 걱정하고 있었다는 걸, 알긴 아니?

유선의 목소리가 울음으로 번졌다. 비록 유선이 이런 짓을 하긴 했지만, 자신을 걱정한다는 걸 알고 있다. 사랑한다는 말은 온 마음으로 당신을 걱정하고 있다는 말이기도 하니까.

"알아. 이제 걱정하지 말라고 전화한 거야. 이제 난 행복하니까. 그리고 지금보다 좀 더 강해질 거니까."

서준의 목소리가 침착했다.

-그 여자 때문이니?

"어."

진심이 담긴 대답에 유선의 가슴은 와르르 무너져 내렸다.

–거짓말도 안 하는구나.

"할 이유가 없으니까."

온기를 느끼고서야 자신의 삶이 추웠다는 걸 깨달은 것처럼, 다연의 사랑을 받은 후에야 강해지고 싶다는 생각을 했다. 자신의 손 아래에서 다연이 힘들지 않도록 버팀목이 되어 주고 싶었다.

잠시 흐느끼던 유선은 울음을 꾹 참으며 말했다.

–이제 서준 씨한테 연락하지 않을 거야.

"어."

–서준 씨 같은 사람, 죽을 때까지 못 만날 것 같아서 화나는데……. 이제 복수 같은 치졸한 짓 안 할 거야. 아주 싹 잊어 줄게.

"어."

–그래도…… 행복해.

시간 차를 두고 유선이 말했다.

"그래."

그 말을 끝으로 통화가 끊어졌다. 한 인연이 완전한 마침표를 찍었다. 아쉽진 않았다. 그렇다고 마음이 편한 것까진 아니었다. 걸음을 멈춘 서준은 고개를 돌렸다.

그곳에 자그마한 카페가 있었고, 창 너머로 움직이고 있는 다연의 모습이 보였다. 흘러내린 머리카락을 귀 뒤로 넘긴 후 무언가를 정리하고 있는 다연의 모습을 그곳에 서서 바라보았다.

세상 사람들이 아버지의 동사 사실을 알고 자신을 동정하는 건 무섭지 않았다. 그저 아팠을 뿐이다. 꼭 한 번 만나고 싶었던 사람의 죽음이 생생하게 떠올라서. 그때 자신은 어디론가 도망치고 싶었고 찾은 곳이 고작 미끄럼틀이었다. 그러나 미끄럼틀에 숨지 못할 만큼 자신이 커 버렸다는 사실과, 진정 위로받을 곳이 단 한 군데도 없다는 사실이 더욱 실감나 고통스러워하고 있었다. 그 순간 자신을 덮어 오던 자그마한 몸과 온기가 있었다.

또 그 여자는 자신을 살게 만들었다.

삶의 이유가 된 여자를 바라보는 갈색 눈동자에 온기가 차올랐다.

봄바람이 불었다. 세상이 눈부셨다. 아름다운 오후였다.

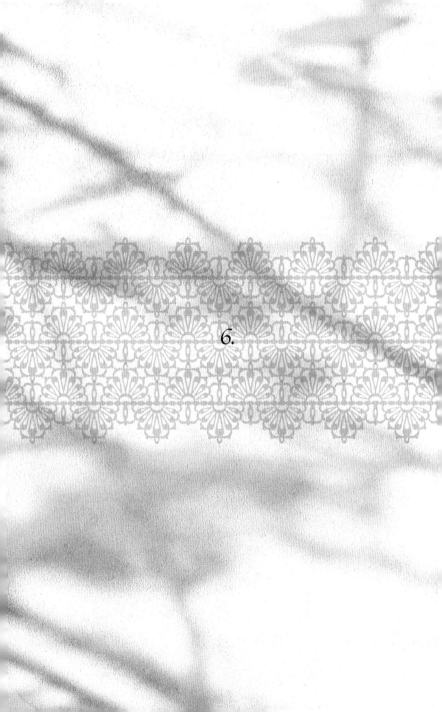

6.

　서준의 가정사와 스캔들은 며칠 후 잠잠해졌다. 각종 매체에서 서준의 덤덤한 모습을 보도한 것이 마지막이었다.

　굳이 불편한 것을 꼽자면 서준이 길을 다닐 때면 그를 못 알아보던 어르신들은 '그 불쌍한 남자. 쯧쯧.' 이라고 혀를 차는 것과, 서준을 좋아하던 여성팬들이 '모성애를 불러일으킨다.' 는 것과 '게이가 아니다.' 라는 사실에 한층 더 열렬해졌다는 것 정도였다.

　실제로 서준은 딱 하루 놀이터에서 눈물을 보인 후로 다음 날부터 덤덤한 모습을 유지했다. 식사도 꼬박꼬박 챙겨 먹었고, 운동도 규칙적으로 했으며, 고강도의 스케줄도 무리 없이 해내고 있었다. 오늘도 광고 촬영 때문에 1박 2일을 꼬박 새우고서 집에 돌아왔다. 다연은 그런 서준이 대단하면서도 걱정스러웠다.

　서준이 방문을 열고 나왔다.

　"밥 먹어."

　부엌의 식탁 앞에 선 다연은 말을 하면서 고민했다. 존댓말을 해야 할지, 반말을 해야 할지 아직까지 갈피가 잡히지 않았다. 얼결에 말을 놓고 있긴 하지만 이래도 되는지 의심스러웠다.

샤워를 했는지 서준의 젖은 머리카락에서 채 닦지 않은 물방울이 톡 떨어졌다. 서준은 자신의 발등에 물방울이 떨어졌으나 알아채지 못한 채 식탁에 놓인 밥만 뚫어져라 보았다.

"식사가 안 내켜?"

다연은 식탁 의자를 꽉 잡으며 물었다. 서준을 향한 감정을 인정하고 나자 그의 표정, 그의 행동에 온 감각이 예민해졌다. 그만큼 긴장했다. 태성과 연애를 할 때엔 친구처럼 편안했고, 다정한 선배처럼 친근했을 뿐 이런 긴장감은 동반하지 않았다.

서준의 눈매가 천천히 휘었다.

"행복하다."

물기가 촉촉이 배어 있는 입술로 그가 말하는 순간, 다연은 주먹을 꽉 쥐었다. 이러지 않으면 심장이 터질 것만 같았다.

"별거 아닌데."

다연이 손톱으로 손바닥을 긁으며 말했다.

"별거 맞아요."

서준이 다연의 말에 대답하며 식탁을 바라보았다. 서준은 방금 자신이 밥에 약하다는 것을 깨달았다. 아버지와 단 한 번도 마주 앉아 밥을 먹은 적 없었다. 그것이 한이 된 탓인지 서준은 자신을 위한 밥상, 특히 다연이 차려 준 밥상을 볼 때마다 가슴에 쎄한 통증과 함께 물큰한 감정이 치솟았다.

"나를 위한 식사니까."

"……."

"같이 먹어요."

서준은 수건으로 머리의 물기를 마저 닦은 후 의자에 앉았다.

"얼른요."

서준이 맞은편을 가리켰다. 다연은 서준의 재촉에 못 이겨 책상에 앉았다. 김치찌개, 계란말이, 김, 시금치나물이 고작인 허술한 밥상에도 서준은 한참이나 눈을 떼지 못했다.

"이럴 줄 알았으면 좀 더 정성껏 차릴 걸 그랬네."

다연이 멋쩍은 얼굴로 뺨을 긁적였다.

"충분해요."

서준의 눈동자에 깃든 행복을 보며 다연도 벅찼다. 자신에겐 늘 누렸던 일상이 누군가에겐 행복이 될 수 있다는 사실이 묘했다. 숟가락을 들며 다연이 서준에게 물었다.

"좋아하는 음식 있어? 아니면 같이 먹고 싶은 음식이라거나."

"해 줄래요?"

"가능하다면."

다연의 말에 서준은 눈을 잠시 가늘게 떴다. 고민하는 듯 잠시 눈을 내리깔던 서준이 한참 만에 말했다.

"컵라면."

"컵라면?"

고작 그거냐는 듯 다연이 반문했다.

"컵라면 하나를 나눠 먹고 싶어요."

아버지 생각을 하면 제일 먼저 컵라면이 떠올랐다. 그때 당신에게 컵라면을 구걸하지 않았다면, 당신은 내게 질리지 않았을까. 그 이후로 서준은 컵라면을 먹지 못했다. 어쩌다 촬영 때문에 컵라면이 나올 때면 체중 감량을 핑계로 먹지 않았다. 먹지 못했다는 것이 더 정확했다.

그러나 이젠 다연과 하나의 컵라면을 나눠 먹는 거라면 할 수 있을 것 같았다. 폐가 사라진 것처럼 숨을 쉬지 못했던 자신에게, 다연은 기꺼이 숨이 되어 주었다.

"왜 하필 컵라면이야?"

다연이 물었다.

"생각이 나서요. 맛있을 것 같기도 하고."

이젠 컵라면의 맛이 어땠는지조차 가물가물했다.

"그래. 그럼 오늘 저녁은 그렇게 먹자."

다연이 싱긋 웃었다.

"두 사람 친해졌네?"

막 잠에서 깬 듯 머리를 긁적이며 나오던 다형이 둘을 번갈아 보며 물었다.

"아, 어. 일어났어? 어제 늦게 들어오던데?"

다연이 두루뭉술 대답을 피하며 물었다.

"어. 누나. 같이 알바하는 사람들끼리 한잔했어. 피곤해 죽겠네. 오늘은 오전팀인데."

다형이 피곤한 듯 머리를 설레설레 흔들었다.

"아침 밥 먹을래?"

"아니. 씻고 나가 봐야 해. 하암. 씻고 올게."

다형이 손을 휘휘 내저은 후 방으로 들어갔다. 다연은 가슴을 쓸어내리며 닫힌 다형의 방문을 보았다. 서준은 그런 다연에게 무언가 말하려다 말고 숟가락을 들었다.

*

　다형이는 다연과 서준의 식사가 끝나기도 전에 출근했다. 생각보다 빨리 서준과 단둘이 남았으나, 이전처럼 어색하지 않았다.

　식사를 마친 후, 다연이 거실 소파에 앉아 책을 읽고 있을 때였다. 서준이 종이 한 장을 내밀었다. 뭐야, 라는 표정으로 다연이 쳐다보자 받아 봐요, 라는 듯 서준이 종이를 한 번 더 내밀었다. 종이엔 '계약서'라고 적혀 있었다.

　"이게 뭐야."

　"계약서요."

　서준은 다연의 옆자리에 앉으며 답했다.

　"그러니까 이걸 왜 나한테 보여 주냐고."

　그러면서 다연은 계약서를 흘깃 보았다. 서준은 살짝 다연 쪽으로 고개를 기울여 계약서를 보며 말했다.

　"지금 있는 기획사랑 재계약을 할까 해요. 이건 미리 건네받은 계약서고요. 몇몇 조항에 대해서 협의를 거쳐야 할 것 같은데, 어떻게 생각해요?"

　갑작스런 서준의 계약서에 다연은 난감한 얼굴로 대답했다.

　"글쎄. 이런 쪽엔 문외한이라서."

　"그럼 대충 훑어보고 어떤지 생각이라도 말해 줘요."

　다연은 서준이 건넨 계약서를 천천히 훑어보았다. 역시 모르겠다. 부동산 매매 계약서와 사업신고까진 해 봤어도 이런 쪽은 처음이었다. 자신의 섣부른 조언이 서준에게 치명적인 타격이 될까 봐 다연은 입을 다문 채 진지한 얼굴로 계약서를 읽었다.

서준은 고개를 기울여 다연의 옆얼굴을 보았다. 표정이 여간 심각한 게 아니었다. 자신은 이렇게까지 집중하라고 준 게 아니었다. 이런 다연의 반응이 난감한데, 한편으로는 자신을 위해 애써 주고 있는 모습이 사랑스러웠다.

스르륵 흘러내린 머리카락이 다연의 옆얼굴을 가렸다. 서준은 손을 들어 그녀의 머리카락을 귀 뒤로 넘겨 주었다. 그런데도 다연은 꼼짝 없이 계약서만 보았다. 피식, 서준이 웃었다.

"심각하게 생각하지 말아요. 그냥 의논하고 싶었을 뿐이니까."

다연이 고개를 들어 서준을 보았다. 베란다를 넘어 들어온 아침 햇살에 서준의 얼굴이 하얗게 빛났다. 창백한 듯하면서 따스한 빛깔이었다.

"의논은 변호사랑 하는 게 낫지 않을까?"

다연이 다시 계약서를 서준에게 내밀며 물었다.

"하겠지만, 가장 먼저 다연 씨랑 하고 싶었어요."

법 쪽 지식이 전무한 자신에게 왜? 다연이 그런 표정으로 서준을 보았다. 서준은 다시 한 번 다연의 머리카락을 쓸어 넘겨 주며 답했다.

"이제 나한테 가장 가까운 사람이니까."

"……."

"내 생활, 내 일, 내가 느끼는 감정을 공유해야 하는 사람이잖아요."

당신이 내 삶에 걸어 들어올 수 있도록 문을 활짝 열고 있을게요.

서준은 그런 얼굴을 하고 있었다. 그리고 진심을 다해 이 상황을 행복해하는 것이 느껴졌다. 다연은 잠시 멍한 얼굴로 서준을 바라보다가 계약서로 시선을 돌렸다. 그런 의미인지 몰랐다. 갑자기 계약서가 무겁게 느껴졌다. 연애를 한다는 것은 서로의 삶에 교집합이 생기는 것을 허락하는 것이다.

"생각해 본 적 없다는 표정이네요."

"아냐. 갑작스러워서."

서준은 흐음, 이라며 알 수 없는 소리를 냈다. 다연은 슬쩍 서준을 쳐다보았다. 화났나? 기분이 상할 수도 있다. 다연은 계약서로 시선을 돌리며 말했다.

"싫은 건 아니야. 그냥 놀랐을 뿐이지. 계약서, 열심히 보고 있어."

다연이 다시 뚫어져라 계약서를 보았고, 잠시 기다리던 서준이 불쑥 물었다.

"오타 찾아요?"

"아냐. 그건 아니고."

"계약서 말고 나에 대해서 궁금한 건 없어요?"

다연이 고개를 돌리자 눈동자가 반짝 빛났다. 눈부시네. 턱을 괸 서준은 눈을 가늘게 뜨며 생각했다.

"궁금한 거 많아."

다연은 한참 만에 답했다. 서준은 편하게 말하라는 듯 흘러내린 다연의 머리카락을 쓸어 넘겼다.

"촬영할 때 어떤 모습일지 궁금해."

주은의 쇼핑몰 때 잠시 보았던 모델 신서준은 무척 매력적이었다. 화려한 세트장과 조명 아래에서 서준이 어떤 모습으로 빛나는지 궁금했다. 서준의 눈이 가늘어졌다.

"다음 주 일요일에 뭐해요?"

"별거 없어."

"그럼 촬영장 같이 가요."

"응? 그래도 돼?"

다연이 조금 놀란 듯 서준에게 물었다.

"네."

다연이 자신의 삶을 공유하기 위해 걸어온다는 데 마다할 리 없었다. 그보다 더한 것이라도 서준은 보여 줄 준비가 되어 있었다. 물론 매니저가 안다면 극구 반대할 게 뻔하지만 서준은 재계약이 아직 합의되지 않았다는 사실을 그에게 상기시킬 것이다. 매니저는 배신감에 부르르 떨겠지만 결국 서준의 말을 들어줄 것이다. 자신처럼 성실한 모델을 찾기 힘들다는 것을 그는 잘 알고 있었고, 자신은 여전히 유명한 모델이었다. 이번 화제로 인해 오히려 찾는 곳이 더욱 많아졌다. 서준은 계약서에 '어떤 촬영이든 갑이 원할 시 다연의 동행을 허락한다.' 라는 문항도 추가할까, 라는 생각을 했다.

"짐이 되면 안 되는데."

그렇게 말하면서도 다연은 기분 좋은 듯 들뜬 표정이었다. 서준은 걱정 말라는 듯 다연의 머리카락을 쓸어 넘겨 주었다.

"이제 뭐할 거예요?"

서준이 물었다.

"난 책 읽으려고, 오랜만에. 너는 오늘 일찍 들어와서 피곤할 건데 쉬어. 밤에 또 나가 봐야 한다며."

"그래야겠어요."

"그래, 어서 들어가."

다연의 말에 서준은 고개를 가로저었다. 그러더니 소파의 등받이에 몸을 파묻었다.

"여기서 잘게요."

불편하더라도 다연과 조금이라도 가까운 곳에서 잠들고 싶었다. 서준은 눈을 감았다.

나른한 오전이다. 아침 햇살이 길게 치고 들어왔고, 베란다 창으로 불어오는 바람엔 봄 냄새가 가득했다. 그 향기 끝에 다연의 향기가 묻어 있었다. 서준의 입꼬리가 옅게 올라갔다. 온 세상이 다연의 향기로 가득 차 버렸으면 좋겠다. 그가 그렇게 생각할 때였다. 뺨에 자그마한 손이 닿았다. 그 손이 천천히 힘을 주어 자신 쪽으로 당겼다. 서준이 눈을 떴다. 세상이 비스듬하게 보였다.

"누워서 자."

다연이 자신의 다리를 가리켰다. 평이한 말투와 달리 다연은 긴장한 얼굴이었다. 다연의 성격상 치열하게 고민한 끝에 내린 답일 거다. 서준은 거절하지 않았다. 서준은 픽 웃으며 다연의 허벅지를 베고 누웠다.

"잘 자."

다연이 말했다. 그러나 서준은 여전히 눈을 뜨고 있었다. 생각보다 거리가 가까워서 다연이 움찔했다.

"눈 감고 어서 자."

다연이 책으로 자신의 얼굴을 가렸다. 책 사이로 긴 손가락이 들어왔다. 그 손은 책을 탁 소리 나게 덮었다.

"뭐하는 거야?"

다연이 볼멘소리를 냈다. 그러나 서준은 개의치 않고서 다연을 바라보았다. 자신을 보고 있는 다연의 눈동자가 좋다. 깨끗하고, 경건하며, 반듯하다. 어떤 상처에도 굴복하지 않을 것 같은 느낌. 이 느낌을 사랑하지만, 가끔은 이 눈빛을 엉망진창으로 만들고 싶다. 어긋난 욕심이라는 걸 알면서 멈출 수가 없다.

다연의 뒷목을 끌어당겼다. 앞으로 상체를 숙인 다연의 입술에 서준은 자신의 입술을 가져다 댔다. 부드럽고 말랑한 입술 사이로 서준의 숨결이 조금씩 파고들었다. 당황한 듯 딱딱하게 굳어 있던 다연도 천천히 입술을 열었다.

키스. 농밀하고 은밀한 두 사람만이 아는 움직임.

서준은 여기서 시간을 멈추고 싶었다.

*

"누나."

가게를 마감하고 퇴근하던 다연이 고개를 들었다. 다형은 후드를 눌러쓴 채 씩 웃고 있었다. 다형이 가게를 찾아오는 일은 손에 꼽을 정도라 다연은 반가움보다 의아함이 앞섰다. 가게 문을 잠근 후 한 번 더 확인하면서 다연이 물었다.

"여긴 무슨 일이야?"

"이 주변에 약속이 있었거든. 누나랑 같이 집에 가려고. 이리 줘."

다형이 눈 깜짝할 새에 다연의 가방을 가져갔다.

"무슨 일 있는 거야?"

다연이 다형의 곁에 서서 물었다.

"아니. 무슨 일이 있는 건 아니고. 아니지. 이걸 무슨 일이라고 할 수도 있겠다. 일단 사과부터 할게. 누나, 서준 형이 말이야. 그게⋯⋯ 게이가 아니래."

다연은 뜨끔했다. 다형이 서준을 입에 담을 때마다 이렇게 놀랐다.

"이미 아니라고 기사 났잖아."

다연이 애써 무표정을 유지한 채 답했다.

"게이가 맞아도 아니라고 해야 하잖아. 난 그런 종류의 반박 기사인 줄 알았는데, 정말로 게이가 아니더라고. 나도 오늘 오후에 알았어."

"오늘 오후에?"

"어. 아는 형이 그러더라고. 서준 형이 아무래도 연애를 하는 것 같대. 휴대폰을 손에서 놓지를 못하더래. 액정 화면도 웬 여자 사진으로 해 놨다고 그러고."

다연은 서준의 휴대폰 바탕화면이 자신의 사진으로 되어 있는 것을 알고 있었다. 얼마 전 서준의 휴대폰에 박힌 자신의 사진을 보았다. 부끄럽고 난처해서 바꾸라고 말했으나, 서준은 말을 못 알아먹는 사람처럼 고개를 기울인 채 아무 말 하지 않았다. 싫다는 뜻이었다. 다연은 어떻게 하면 바탕화면 사진을 바꿀 거냐고 물었으나, 서준은 끝내 '바꿀 생각이 없어요.' 라며 단칼에 거절했다. 그 후로 다형이 서준의 휴대폰을 볼까 봐 조마조마했다.

다연은 문득 다형이 자신의 연애를, 그것도 서준과의 연애를 어떻게 받아들일지 걱정스러웠다. 적어도 한집에 살지 않았다면 괜찮을 텐데.

다연의 불편한 표정을 보지 못한 다형이 말을 이어 나갔다.

"혹시 연애하냐고 물었더니 순순히 '그렇다.' 라고 답하더래. 어떻게 나까지 감쪽같이 속이지? 난 정말로 서준 형이 게이인 줄 알고 영화나 드라마에 게이 코드 나오면 엄청 조심했거든. 억울해."

다형이 아랫입술을 삐쭉거렸다.

"그럴 만한 사정이 있었겠지."

"그렇겠지? 오늘 집에 가서 어떤 여자인지 물어볼까? 연예인일지도 몰라! 김수진일지도 모르잖아."

"김수진? 내가 아는 그 김수진?"

"어. 누나가 쓰는 화장품 모델. 김수진 이상형이 서준 형이잖아. 방송에 나올 때마다 언급해서 유명해. 두 사람이 사귀는 걸지도 몰라. 그럼 대박이겠다. 집에 데려오라고 해야지."

다연의 입이 작게 벌어졌다. 김수진은 자그마한 얼굴에 8등신의 완벽한 몸매를 가진 여배우로 요즘 남녀노소 불문하고 사랑받는 가장 핫한 배우였다. 그 여배우의 이상형이 서준일 줄이야. 놀라는 가운데 유선이 떠올랐다. 유선도 서준을 좋아했다. 다연도 살면서 섭섭지 않게 고백을 받으며 살았으나, 이건 급이 달랐다. 여배우와 모델의 공개 애정을 받는 남자라니.

희게 질리는 다연의 얼굴을 알아채지 못한 다형은 이미 김수진을 만날 듯 방방 뛰었다.

"김수진, 우리 집에 오면 요리를 해 줘야 하나? 그냥 시켜 먹어도 되겠지? 여배우는 외식음식 안 먹으려나?"

"다형아."

"어?"

"서준 씨가 말하기 전까지 가만히 있는 게 낫지 않을까?"

다연이 조심스럽게 꺼낸 말에 다형의 얼굴이 이별 선고라도 받은 남자처럼 굳었다.

"왜?"

"지금까지 말하지 않은 데에는 이유가 있는 거 아닐까?"

김수진이 아니라 자신이라는 사실을 차마 말할 수가 없었다. 다형이 크게 실망할 것 같았다.

"그런가?"

다행히 다형은 뺨을 긁적이며 수긍하는 얼굴을 보였다.

"응. 때가 되면 말해 줄 거야."

나도 그럴게.

다연은 차마 하지 못하는 말을 속으로 덧붙였다.

"그래, 그럼. 누나 말이 맞는 것 같다. 근데 서준 형이 게이가 아니라는데 같이 사는 데 불편하지 않아?"

집으로 가는 길 내내 서준을 만날 생각으로 발끝이 가벼웠던 다연이 움찔했다.

"아, 어. 이미 적응도 되었고, 좋은 사람 같아서."

"그렇구나. 다행이다. 이해해 줘서 고마워."

다형은 싱그럽게 웃으며 바지 주머니에 손을 푹 찔러 넣었다. 다연은 가슴을 쓸어내렸다.

밤바람도 제법 누그러졌다. 이제 곧 완연한 봄이 올 듯했다. 나뭇가지마다 잎을 틔울 준비를 하고 있었다. 세상이 한 차례 옷을 갈아입고 나면 연둣빛의 잎사귀들이 소리를 내며 흔들릴 거다. 어서 그때가 왔으면 했다.

"누나, 있잖아."

들뜬 걸음으로 향하던 다연이 고개를 돌렸다. 다형은 고민에 빠진 얼굴을 하고 있었다.

"무슨 일인데."

"혹시, 최근에 엄마랑 통화해 본 적 있어?"

묻기까지 오랜 시간이 걸린 듯 다형의 얼굴은 작게 일그러져 있었다.

"아니. 집으로 이사 올 때 말곤 없어."

다행히 다연은 아무렇지 않은 듯 답했다.

"그렇구나."

그럴 줄 알면서 물어본 질문이었기에 다형은 덤덤하게 답했다. 어머니와 다연은 언젠가부터 말 섞는 것조차 서먹해했다. 다연은 천천히 뒷걸음질을 치듯이 어머니로부터 멀어졌고, 어머니는 그런 다연을 알면서도 이유를 묻지 않았다. 차츰차츰 자연스럽게 멀어지는 어머니와 다연의 관계를 알면서도 다형은 무기력하게 바라볼 수밖에 없었다. 여자들의 미묘한 감정적인 관계가 어린 다형에겐 어려웠다. 그때를 다형은 후회했다. 자신이 무기력하게 있는 게 아니라, 조금 더 노력했다면 이런 상황까지 오진 않았을 텐데.

"왜?"

다연이 갑자기 왜 묻냐는 듯 물었다.

"연락이 안 되어서."

다형이 발끝으로 돌멩이를 걷어차며 대답했다.

"바쁘신가 보지."

"그렇겠지?"

"그럴 거야. 아버지한테 연락해 보는 건 어때?"

"뭐, 시간 되면 그렇게 할게. 시차가 다르니까 전화할 때마다 신경

쓸 게 많아. 이쯤 하면 되겠다 싶어서 전화하면 아빠는 바쁘다고 그러고. 엄마도 그렇고, 아빠도 그렇고 우리가 다 컸다고 너무 방치하네."

다형이 투덜거리면서도 싱긋 웃었다. 다연도 따라 웃었다.

버스 정류소는 텅 비어 있었다. 10분 후에 도착한다는 버스 알림을 보며 다연은 앞을 보았다. 잠시 바람이 멎었다.

"누나."

그 때문에 다형의 목소리가 또렷하게 들렸다. 다연이 대답 대신 다형을 보았다.

"부모님이 귀국하면 같이 살자. 네 명이서."

진지한 다형의 말에 다연이 입을 꾹 다물었다. 침묵으로 거절하는 다연을 보며 다형이 허리를 굽혔다. 눈높이가 같아졌다.

"확실한 건 아니지만, 귀국할 생각이 있으신가 봐. 이전에 잠깐 이야기 나왔어. 그러니까 지금처럼 같이 살자. 누나, 응? 옛날처럼 같이 살고 싶어."

다형의 눈동자가 촉촉하게 젖었다. 다형에게서 옅은 술 냄새가 났다. 다형이 용기 낸 근원이 이거였구나. 입을 꽉 다무는 다연을 보며 다형이 괴로운 표정으로 말을 꺼냈다.

"예전엔 다른 집이랑 비교도 할 수 없을 만큼 행복했잖아. 모두가 모두를 사랑하는데, 왜 갑자기 이렇게 된 건지 모르겠어. 부모님도 서로 사랑하시고, 나도 부모님이랑 누나가 좋아. 누나도 그렇잖아. 아냐? 누나는 나랑 부모님 사랑하지 않아?"

"다형아, 다음에 이야기하자."

다연의 목소리가 딱딱해졌다. 다형의 미간이 구겨졌다.

"누나, 나도 용기 내서 꺼낸 말이야. 매번 피하지만 말고 이야기를 해. 오해가 있으면 이야기로 풀어. 왜 매번 입을 다물어? 누나는 나랑 부모님 사랑하는 거 아니었어? 그래서 피하는 거야? 아니면……."

다형이 잠시 호흡을 골랐다.

"나랑 엄마가 가족처럼 느껴지지 않아? 그래서…… 집 나간 후에 매번 친어머니가 있는 납골당 간 거야?"

"……."

"그런 거구나."

억누른 다형의 목소리가 서걱, 다연의 가슴을 베고 지나갔다. 이제 모든 것을 알겠다는 듯 체념한 목소리였다. 어떤 말을 해야 할지 몰라서 입을 다물고 있는데, 상대방이 수긍한다. 도대체 무엇을 수긍하는 걸까. 자신조차 확실히 알지 못하는 마음인데 다형은 무엇을 알겠다고 하는 걸까. 갑자기 몰려온 칼바람에 눈이 시려 와 다연은 눈을 감았다가 떴다.

"실망이네."

그 순간 다형이 중얼거렸고, 그 말이 다연의 가슴을 푹 찔렀다. 다연이 눈동자만 움직여 다형을 보았다.

"그 질문, 어머니한테 똑같이 해 봐. 나를 가족으로 느끼냐고."

다연이 무뚝뚝하게 물었다.

"어머니라고 하지 좀 마. 엄마잖아! 어릴 때 누나도 엄마라고 불렀어!"

다형이 흥분해 크게 말했다.

"방금 한 그 질문도 어머니한테 해 봐. 내가 어머니라고 부르는 게 좋을지, 엄마라고 부르는 게 좋을지."

"와, 지금 누나랑 엄마의 사이가 틀어진 걸 엄마 탓으로 돌리는 거야? 엄마는 누나한테 최선을 다했어! 어느 여자 딸인지도 모르는 누나를 지극정성으로……!"

다형이 아차 하는 얼굴로 입을 틀어막았다. 고요함을 유지하던 다연의 표정에 파동이 일었다. 다연의 입술이 천천히 비틀어졌다.

"그게, 내가 틀어진 이유야."

다연이 차가운 목소리로 말을 이었다.

"상대가 말하지 않아도 들리는 게 있어. 난 네가, 그리고 네 어머니가 속으로 말하던 걸 오래전부터 들어왔어."

"아니야. 누나, 그게 아니라……."

"어쨌든 그런 생각을 했다는 거잖아. 그게 너도 깨닫지 못한 네 진심이야."

다연의 눈빛이 어둡게 빛났다.

"이래도 나한테 가족이니까 사랑하라고 강요할래?"

다연의 물음에 다형은 어떤 대답도 하지 못했다. 물아래에 깊게 묻어둔 진실이 드러났다. 사랑한다, 가족이다, 라는 말로 덕지덕지 가려놓아도 결국은 드러나고야 말 진심. 그 진심을 오래전에 깨닫고 있었던 다연은 다형을 차갑게 응시했다.

간판에 불을 띄운 버스가 부아앙 소리를 내며 달려왔다.

"지금 오는 버스는 내가 타고 갈게. 넌 다음 버스 타고 와."

충격으로 얼어붙은 다형을 차갑게 지나친 다연은 버스에 올라탔다. 맨 뒷자리에 앉은 다연은 창밖을 보지 않았으나, 시야에 다형이 잡혔다. 다형은 자신이 뱉은 말에, 자신조차 인지하지 못했던 자신의 진심에 놀란 듯 굳어 있었다. 다연은 앞을 보며 생각했다.

되도록 빨리 이사를 가야겠다고.

✳

다연은 밤을 거의 새우다시피 했다. 잠에 들어도 선잠이었고, 힘겹게 잠에 들라 치면 엄청난 양의 꿈을 꾸었다. 그 때문에 물먹은 솜처럼 온몸이 축 늘어졌다.

일요일이었으면 좋겠다. 쉴 수 있게.

다연은 그 생각을 하며 출근하기 위해 현관에서 신발을 신다가 현관문이 열리는 소리에 고개를 들었다. 하루 새에 꺼칠한 얼굴을 한 다형이 들어서다 멈칫했다.

다형이 눈을 굴리는 걸 보며 다연은 허리를 곧게 세웠다. 다연의 얼굴엔 표정이 없었다. 다형은 섬뜩한 불안함을 느끼며 머뭇거렸다.

"출근하는 길인가 보네."

다형이 어색하게 말을 붙였다.

"응."

다연이 대답하며 다형의 앞에 섰다.

"조금만 비켜 줄래?"

다연의 말에 다형이 아, 소리를 내더니 옆으로 물러섰다. 다연이 가방을 고쳐 메며 다형을 지나쳤다.

"누나."

다형이 다급하게 다연을 불렀다. 다연은 돌아서는 대신 고개만 비스듬히 돌려 말하라는 제스처를 취했다. 다형은 마른침을 삼키며 삐쭉삐쭉 수염이 솟은 제 턱을 쓸었다. 막상 다연을 부르긴 했으나 할 말이 없었다. 어떤 말을 해야 어젯밤의 실수를 만회할 수 있을까.

"할 말 없으면 가 봐도 될까?"

다연의 목소리가 서늘했다. 다연의 뒷모습은 '독립할게요.' 라고 가족들에게 통보하던 그때처럼 차가웠다. 그때 다형은 무엇이 다연의 마음을 닫게 만든 것인지 몰랐다. 그래서 가족의 와해를 슬퍼함과 동시에 다연을 원망하기도 했다.

다형은 마른침을 삼키며 불안한 얼굴로 다연을 보았다.

"누나."

다형은 어젯밤 자신이 '어느 여자의 딸인지도' 라는 말을 뱉고서야 자신이 그런 생각을 한 적 있었음을 알았다.

가족이고, 사랑하는 누나지만 결국은 우리 엄마가 희생하고 참으며 키운 여자.

자신조차 깨닫지 못한 말을 다연은 오래전부터 듣고 있었음을 다형은 깨달았다. 더불어 자신의 어머니 또한 다연에게 그런 실수를 했으리라 어렵지 않게 짐작했다. 그러고서야 다연이 폭탄 같은 그 말을 듣지 않기 위해 몸을 사리고 살았다는 걸 알았다. 가족, 이라는 그 단어를 지키기 위한 다연의 선택이었다.

"……미안해."

"뭐가."

다연이 돌아섰다. 다형은 어쩔 줄 모르는 얼굴로 눈을 굴렸다.

"누나한테 내가 실수를 했어. 누나가 왜 스무 살에 독립을 선택했는지…… 이젠 알겠어. 오래전부터 나도 모르게 난 누나한테 실수를 하고 있었다는 걸."

"스무 살?"

다연이 무슨 소리냐는 듯 반문했다.

"누나가 스무 살에 독립했으니까……."

다형의 말에 다연의 입술이 삐딱하게 휘었다.

"그래. 스무 살에 그런 말을 했지. 그 나이가 되어서야 독립할 수 있었으니까. 그 통보를 하기까지 난 몇 년이나 고민했었고."

다연의 조용한 말에 다형의 얼굴이 충격으로 굳었다. 다연은 차분한 눈길로 다형을 응시했다.

"사과할 필요 없어."

"누나."

"아니, 사과하지 마. 받아 줄 수 없어. 이건 사과하고 용서하는 걸로 해결될 문제가 아니니까. 난 출근할게."

다연이 때마침 올라온 엘리베이터에 몸을 실었다. 엘리베이터 문이 닫힐 때까지 다연은 다형을 보지 않기 위해 눈을 내리깔았다. 다연을 실은 엘리베이터가 아래로 내려가는 것을 보며 다형은 깊은 한숨을 내쉬었다. 집으로 들어서던 다형은 현관 입구에 기대서 있는 서준을 보았다.

"형, 일어나 있었구나."

"무슨 일이야? 두 사람 다 목소리가 안 좋던데."

서준이 물었다. 다형은 집으로 들어서며 지친 얼굴로 한숨을 내쉬었다. 거실 소파에 쓰러지듯 앉아 눈을 감은 다형이 괴로운 듯 말했다.

"내가 누나한테 실수를 했거든. 해서는 안 될 말을 했어."

"무슨 말인지 물어도 될까?"

서준의 차분한 음성에 다형은 잠시 고민했으나 반쯤 포기한 듯 입술을 열었다.

"……어느 여자 딸인지도 모르는 누나를 지극정성으로, 우리 엄마가 키웠다고. 그러니까 그런 식으로 말하지 말라는 말을 해 버렸어."

서준은 다연과 다형의 엄마가 다르다는 것을 알고 있었다.

언젠가 술에 취해 다형이 횡설수설하며 '누나한테 참 섭섭하다. 우리 누나는 내가 사랑한다는 걸 알아주지 않는다. 왜 모든 가족을 싫어하는지 모르겠다.' 라는 말을 하며 그 사실을 말해 주었다.

어젯밤 귀가한 다연의 얼굴은 유난히 창백했다. 저녁 먹었냐는 말에 다연은 '쉬고 싶다.' 라고 답한 후 방에서 꼼짝도 하지 않았다. 마음을 다쳤었구나. 서준은 주먹을 안으로 말아 쥐었다. 손톱이 손바닥을 파고들 때까지 힘을 주면서도 서준의 표정은 달라지지 않았다.

"누나가 나한테 실망했겠지?"

다형이 손바닥으로 얼굴을 문지르다 말고 서준에게 물었다.

"아니."

서준이 대답했다. 다형이 쳐다보았다. 서준은 서늘한 눈으로 말을 이었다.

"다쳤을 거야."

"……."

"아주 오래전부터 지금까지."

자신만 가족으로부터 겉돈다는 느낌을 받을 때부터 지금껏 줄곧 다쳤을 거다.

"후우."

다형이 괴로운 듯 한숨을 쏟아 냈다.

서준이 돌아섰다. 부엌으로 돌아온 서준은 이미 식어 버린 아침상을 보았다. 서준은 바지 주머니에서 휴대폰을 꺼내 매니저에게 문자를 보냈다. 오늘 스케줄 조정할 수 없냐는 물음에, 매니저는 절대로 불가하니 나오라는 답장을 보냈다. 서준은 갑갑함에 물 잔에 든 물을 단숨에 비웠다.

오늘은 밤늦게까지 촬영이 있는 날이었다. 다연을 보러 갈 수도, 퇴근하는 길에 데리러 갈 수도 없었다. 그렇다고 무성의하게 전화로 말할 수도 없었다. 다형에게 모두 들었다며 어설프게 위로하는 것이 다연을 더 아프게 할 테니까.

"후우."

서준이 깊은 한숨을 내쉬었다.

＊

늦은 시각, 다연은 몸이 피곤함에도 잠을 이룰 수 없었다. 아무 생각도 하고 싶지 않아 하루 종일 카페 안에서 뛰어다닌 것이 허사가 되었다. 다연은 손을 뻗어 휴대폰 시계를 확인했다. 침대에서 뒤척인 지 2시간이 넘어가고 있었다.

"후우."

한숨을 내쉬며 다연은 몸을 일으켰다. 부엌으로 걸어가 귀가하는 길에 사 온 맥주를 냉장고에서 꺼냈다. 베란다 문을 밀자 건조하고 차가운 공기가 온몸을 덮쳐 왔다. 몸을 웅크린 채 베란다 가까이에 선 다연은 캔 맥주를 뜯었다.

탁, 소리와 함께 파도처럼 하얀 거품이 부풀어 올랐다. 거품을 빨아 먹은 다연이 고개를 들었다. 밤하늘이 맑아 별과 달이 깨끗하게 보였다.

집에 돌아와 보니 다형은 없었다. 다연은 그런 다형을 찾지 않았다.

'와, 지금 누나랑 엄마의 사이가 틀어진 걸 엄마 탓으로 돌리는 거야? 엄마는 누나한테 최선을 다했어! 어느 여자 딸인지도 모르는 누나를 지극정성으로!'

다형의 말을 되새기던 다연이 쓸쓸하게 웃었다.

다형은 다연을 가족처럼 대하려고 애썼다. 그것은 되레 다연에게 가족이 아니라는 사실을 더욱 상기시켜 주었다. 여느 집 남매처럼 다투지 않고 다정하기만 한 남매. 서로에게 상처가 될까 봐 몸을 사리고 조심할 수밖에 없는 사이. 이복 남매, 혹은 입양된 이야기가 TV 드라마로 나오면 침도 제대로 못 삼키고 굳어만 있던 다형이. 이런저런 생각을 하던 다연이 눈을 내리깔았다.

"어느 여자 딸이라⋯⋯. 그러게. 난 진짜 어느 여자 딸이지."

다연은 스스로에게 물으며 납골당 속 사진을 떠올렸다. 자신과 조금도 닮지 않은 평범한 얼굴. 보고 또 봐도 낯설기만 하던 그 얼굴.

다연의 손끝이 맥주 캔을 문질렀다. 달을 품고 있던 다연의 눈동자가 눈꺼풀 아래로 사라졌다. 해묵은 감정이 무겁게 아래로 내려앉는다. 온 힘을 다해 그 감정을 일으켜 보려 하지만 끝없이 추락한다. 그 감정이 가슴 밑바닥에 닿으려는 순간, 어깨에서 온기가 느껴졌다.

다연은 천천히 눈을 떠 옆을 보았다. 밝은 달빛 아래에 서준의 하얀 얼굴이 도드라졌다. 또렷한 눈매와 오뚝한 콧날, 다문 입술을 보는 순간 온 가슴이 먹먹해졌다.

"서준아."

그 이름을 한 번 부르는데 가슴 밑바닥이 들썩거렸다. 다연은 자신의 약한 감정을 들킬까 봐 일부러 웃으며 말을 건넸다.

"이제 퇴근해서 오는 거야?"

"네. 춥지 않아요?"

서준이 물었다.

"안 추워."

"추워야 하는데. 그래야 내 옷을 줄 수 있으니까요."

서준은 그렇게 말하며 입고 있는 자신의 외투를 가리켰다. 다연이 소리 없이 웃자 서준은 따라 웃으며 그녀의 어깨에 옷을 둘러 주었다.

서준은 다연의 옆자리에 서서 창문 너머를 바라보았다.

퇴근해서 거실을 가로질러 가다가 무심코 고개를 들었다. 그러다 달빛에 흠뻑 젖어 있는 다연의 뒷모습을 보았다. 다연은 자신의 체구에 두 배 이상은 긴 그림자를 거실에 드리운 채 서 있었다. 자신이 베란다 근처로 다가갈 때까지 다연은 알아채지 못했다. 다연은 넋이 나간 얼굴로 달을 보고 있었는데, 그 모습이 애틋해서 모르는 척할 수 없었다.

"피곤할 텐데 가서 자."

다연이 맥주를 한 모금 삼킨 후 물었다. 서준이 고개를 끄덕였다.

"잠이 안 와요. 누가 외로운 얼굴을 하고 있어서."

자신의 심란함을 서준이 알아챘다. 다연은 잠시 아무 말도 할 수 없었다. 맥주 캔을 창틀에 올린 다연은 고개를 돌려 서준을 바라보았다. 언젠가 아버지를 언급하며 서준은 다연에게 말했다.

'사랑했어요. 유일한 사람이었으니까요.'

그때 말하던 그의 얼굴에 쓸쓸함이 붙었다. 그 쓸쓸함을 다연은 공감하고 있었다. 그 때문에 서준을 놓지 못했는지도 모른다. 이 사람까지 잃으면 영영 자신은 혼자 남아야 할 것 같았다.

다연의 시선이 뺨에 와 닿자 서준은 고개를 돌렸다. 뽀얀 달빛과 취기에 젖어 다연의 눈동자가 촉촉했다.

"서준아."

눈빛만큼이나 다연의 목소리 또한 젖어 있었다.

"말해요."

"나를 좋아해?"

다연이 물었다. 다연을 눈에 담은 서준의 눈동자가 한층 깊은 빛을 발했다. 다연의 눈동자, 착 가라앉은 목소리, 살짝 끌어 올리는 입꼬리가 서준의 가슴을 두드렸다.

서준은 고개를 가볍게 끄덕였다.

"좋아해요."

"얼마만큼? 하늘만큼, 땅만큼? 아니면 세상에서 제일?"

다연이 고개를 비스듬히 기울인 채 물었다. 서준은 잠시 입을 다문 채 바라보자, 다연이 말을 이었다.

"누군가가 나를 좋아하고 있다는 걸 확인받고 싶어서 그래. 누군가가 나를 티끌 하나 없는 진심으로, 좋아한다는 말을 들으면 마음이 조금은 덜 아플 것 같거든."

중얼거리듯 다연의 말끝이 흐려졌다. 다연은 쓸쓸한 시선을 창밖으로 던졌다.

다형의 말이 시간 차를 두고 계속해서 가슴을 치고 달아났다. 다형이가 그런 마음을 갖고 있을 거라고 예상했다. 사람은 때때로 말이 아니라 눈빛과 행동으로 그 뜻을 전하곤 했고, 다형은 종종 그런 뜻을 전했으니까. 다만 실제로 듣게 되니 충격의 강도가 달랐다. 충격 정도가 아니라 온 마음이 저리도록 아팠다. 알면서도 다형만큼은 자신을 그렇게 생각하지 않길 바랐는지도 모른다.

"좋아해요."

서준의 목소리가 바람처럼 불어 귓가에 조용해 내려앉았다.

"다행이다."

다연은 그의 고백에 안심했다.

"세상에서……."

서준의 말이 이어졌다. 다연은 서준을 바라보았다. 그의 왼쪽 얼굴이 달빛에 젖어 처연하게 빛났다. 홀린 것처럼 서준을 바라보며 다연은 뒷말을 상상했다.

제일, 혹은 가장 많이. 그가 그렇게 말할 거라 생각할 때였다.

"……유일하게."

창밖에 세차게 불던 바람조차 멎었다. 숨소리가 모두 들릴 만큼 고요한 세상 속에서 서준이 다시 한 번 말했다.

"세상에서 유일하게 내가 사랑하는 사람이에요. 지금도, 앞으로도."

서준은 말을 마친 후에도 다연을 올곧은 시선으로 바라보았다. 자신에게 다연은 살아갈 희망을 심어 준 사람이자, 자신이 이 땅에 발을 붙이고서 살 수 있게 한 사람이었다. 고마움과 애틋함이 뒤범벅된 땅에서 사랑이 자라났다. 이 사랑이 얼마나 깊은지, 어떤 모습인지 설명할 수 없어서 그는 말했다.

이 세상에서 자신이 사랑하는 유일한 사람이라고.

다연의 눈꺼풀이 파르르 떨렸다. 손을 들어 눈가를 가렸다.

"전혀 예상치 못한 말이네. 고마워. 정말 고마워."

그 말을 하는 순간 눈동자에서 눈물이 툭 떨어졌다. 자신의 눈물에 놀란 듯 다연이 멈칫했다.

"아, 왜 이러지?"

다연은 횡설수설하며 눈가를 손등으로 마저 가렸다. 서준은 한 걸음 성큼 다가가 그녀를 끌어안았다. 자신의 어깨에 이마를 가져다 댄 채 조용히 호흡하는 다연의 머리에 서준은 입술을 가져다 댔다.

"죽을 때까지 옆에 있을게요. 그러니까 불안해하지도, 외로워하지도 말아요."

세상에서 유일하게 사랑한다는 고백에 가슴이 벅차야 하는데 마음이 아팠다. 누군가의 진심 어린 고백을 받고서야 다연은 자신이 지나치게 외로워서 통증조차 느끼지 못하고 있었다는 걸 알았다. 그 외로움과 고통을 서준은 알아보았다.

외롭다, 아프다. 그 감정을 인지하자 둑이 터진 것처럼 끝없이 감정이 밀려들었다. 다연은 서준의 소맷자락을 꽉 움켜쥐었다.

놓지 마. 깨닫게 했으니까 날 놓지 마.

자신의 외로움에 유일하게 응답한 남자에게 다연은 마음으로 그렇게 소리쳤다.

✱

[누나, 3박 4일 실습 다녀올게.]

냉장고에 포스트잇이 붙어 있었다. 다형의 글씨였다. 개강을 했다지만 일요일인 오늘 실습을 갈 리 없었다. 아마도 주말에 함께 집에 있을 엄두가 안 났던 모양이었다. 다연은 포스트잇을 구겨 쓰레기통에 버렸다.

"준비 다 됐어요?"

방문을 열고 나온 서준이 물었다. 그는 브이넥 티셔츠에 푸른빛의 카디건과 면바지를 입은 깔끔한 차림이었다. 다연은 그런 서준을 멍하게 응시했다. 모델이라서 그런지 어떤 옷을 입어도 깔끔하게 소화해 냈다. 특히 넓게 뻗은 어깨와 툭 튀어나온 빗장뼈에 유난히 시선이 갔다.

"노골적으로 보네요."

서준이 고개를 비스듬히 기울이며 물었다.

"내가 언제?"

다연이 움찔하며 반문했다.

"방금요."

"아니야. 잘못 본 거야."

다연이 손을 휘휘 내저었다. 서준은 픽 웃었다. 자신의 말에, 자신의 행동에 반응하는 다연이 사랑스럽다. 자신에게 사랑한다고 고백하지 않아서 가끔 불안하긴 하지만.

"가요."

"정말 촬영장에 가도 되는 거야?"

"괜찮아요."

서준이 걱정 말라는 듯 말했다. 아파트 단지로 내려가자 두 사람을 발견한 매니저가 자동차에서 내렸다. 매니저인 강혁은 서준의 옆에서 나란히 서서 걸어오는 여자를 보았다. 기획사와 가까운 곳에 집을 구해 주겠다는 회사의 청을 뿌리치고 서준은 이 집에서 머물렀다. 그 이유가 다연이라는 여자 때문이라는 걸 매니저는 알고 있었다.

여자를 바라보는 강혁의 눈이 날카로웠다. 예쁘장하긴 했지만 유선과 김수진을 뿌리칠 만큼의 놀라운 외모는 아니었다. 비율도 평범했다. 그럼에도 눈이 가는 이유는 여자의 깨끗한 분위기 때문이었다.

"형."

서준이 강혁을 불렀다.

"안녕하세요."

서준의 부름에 뒤이어 다연이 고개를 숙여 인사를 건넸다. 강혁이 따라 고개를 숙였다.

"네, 안녕하세요. 남은 인사는 일단 차에 타서 나누죠. 차를 어서 **빼야** 해서요."

"타요."

서준이 자동차 문을 열었다. 다연이 먼저 탄 후, 서준이 뒤따라 착석했다.

"출발합니다."

강혁은 차를 몰고 가면서 뒤를 흘깃 보았다. 두 사람은 굳이 넓은 자리를 내버려 두고 가까이 붙어 앉아 있었다. 촬영할 때를 제외하곤 다른 사람들이 자신의 몸을 터치하는 걸 싫어하는 서준의 모습만 봐 온 강혁에겐 의외였다.

촬영장에는 거대한 장비를 비롯해 수많은 스태프들이 바쁘게 움직이고 있었다. 다연은 그 광경을 넋 놓고 바라보았다. 정신없이 보이지만 사람들은 누군가의 지시에 따라 일사불란하게 움직이고 있었다.

"무슨 생각 해요?"

서준이 다연에게 물었다.

"개미굴 같다는 생각."

다연의 뜬금없는 대답에 서준의 입술이 길게 늘어났다. 멀찍이 서 있던 강혁이 탈의실로 오라는 듯 손짓을 했다.

"여기서 잠시만 기다려 줘요."

서준의 말에 다연은 고개를 끄덕였다. 어렵거나 어색하게 느낄 거라는 예상과 달리 다연은 신기하다는 표정을 감출 줄 몰랐다. 다연의 반짝거리는 표정을 보고 있자니 서준은 발길이 쉬이 떨어지지 않았다.

"신서준!"

매니저가 크게 부르고 나서야 서준은 억지로 걸음을 옮겼다. 탈의실로 들어간 서준은 자연스럽게 의상부터 확인했다. 깨끗한 흰 티셔츠에 페인트 자국이 덕지덕지 묻은 검은 바지였다.

오늘은 패션 화보 촬영이 있는 날로, 옷을 자주 갈아입어야 하는 날이었다. 스태프들이 갈아입을 순서에 맞춰 옷을 행거에 걸어 두었다.

"진심이야?"

카디건을 벗는데 강혁이 불쑥 물었다.

"뭐가."

다연과 함께 촬영장에 왔다는 이유만으로 살짝 들뜬 서준이 웃음기를 머금고서 물었다.

"저 여자, 말이야. 아무리 사람들의 관심이 한풀 꺾였다지만 아직 위험해. 겨우 게이설 꺼트려 놨는데 스캔들 터트릴 거야?"

강혁이 인상을 쓴 채 물었다. 삼 일 전 서준이 '다연을 데리고 촬영장에 가고 싶어, 형.' 이라는 말을 했을 때 강혁은 황당해서 입을 다물지 못했다. 얼마 후 안 된다고 길길이 날뛰자, 서준은 '계약서, 아직 나한테 있어.' 라는 말로 그의 뒤통수를 쳤다. 아직도 그 황당함이 가시질 않은 강혁은 눈을 뾰쪽하게 뜬 채 서준을 노려보았다.

"배은망덕한 놈. 데뷔시켜서 성공까지 시켜 놨더니 이제 나를 계약서로 협박하는 아주 나쁜 놈."

강혁의 음산한 목소리로 중얼거렸다.

"내가 촬영하는 모습이 보고 싶대."

서준이 티셔츠를 벗으며 덤덤히 답했다. 눈을 내리깐 서준의 얼굴 위로 조명의 하얀 빛이 번졌다. 평소라면 '내가 발굴해 낸 보석 같은 녀석' 이라며 감탄하겠지만, 강혁은 삐뚤어질 대로 삐뚤어져 있었다. 오늘따라 유난히 더 빛을 발하는 서준을 보며 강혁이 얼굴을 찌푸렸다.

"촬영하는 모습이 보고 싶다고 덜컥 데려오면 어떻게 해? 늦게 배운 도둑질에 날 새는 줄 모른다고, 늦게 시작한 연애에 단단히 콩깍지가 씌었구만? 그러다가 스캔들 터지면 네 손해야."

으름장을 놓던 강혁은 서준이 아무 말도 하지 않자, 상체를 앞으로 기울이며 설득조로 말했다.

"네 인기는 연예인 급이라고. 모델들이 쉽게 얻을 수 있는 인기가 아니야. 그 인기를 유지하려면 어쩔 수 없이 감수해야 할 부분이 있어. 이를테면 네가 나온 잡지를 모조리 사 주는 팬들을 위해서, 네가 입은 옷을 기꺼이 구매하는 팬들을 위해서 솔로인 척하는 거지. 연애를 하지 말라는 것도 아니고 솔로인 척하라는 건데, 그게 뭐가 어려워?"

"어려워."

"그게 대체 왜?"

"내가 사랑하는 사람이야."

서준의 말에 강혁의 입이 딱 다물렸다. 어느새 흰 티셔츠를 입은 서준은 무표정한 얼굴로 강혁을 응시했다.

"유일하게, 사랑하는 사람이야. 그래서 숨길 수가 없어. 원하는 건 다 해 주고 싶어."

다시 한 번 서준이 말했다. 더는 그 여자에 대해 왈가왈부 떠들지 말라는 의사가 확실한 어조였다.

서준에게 사랑이 어떤 의미인지 강혁은 알고 있었다. 서준이 고등학생 시절일 때부터 지금껏 가족보다 더 자주 만난 사이였다. 감정을 드러내지 않는 서준이라고 하더라도 십 년이 넘는 기간 동안 자신을 다 감추지는 못했다. 서준에게는 외로움과 쓸쓸함이 존재했다. 그 외로움은 수많은 팬의 사랑으로도, 한 여자의 사랑으로도 채우지 못했다. 영원히 결핍 상태로 살다가 사라질 것처럼 굴던 서준이, 아버지의 죽음을 확인한 후 마음의 빗장을 더욱 단단히 걸어 잠근 그 신서준이 사랑을 이야기했다는 것이 강혁은 믿기지 않았다.

"바지 갈아입을 건데 거기 있을 거야?"

서준이 건조하게 물었다.

"아니. 나갈 거야."

강혁이 멍하게 대답하며 탈의실을 빠져나왔다. 강혁은 세트장 구석에 얌전히 서 있는 다연을 보았다. 그녀는 서준이 데려다 놓은 곳에서 꼼짝도 하지 않았다.

'유일하게, 사랑하는 사람이야.'

서준의 목소리를 되뇌던 강혁이 뒤늦게 얼굴을 찌푸렸다.

"그렇게까지 말하면 말릴 수가 없잖아. 에잇!"

강혁은 고개를 휙 돌리며 연거푸 한숨을 내쉬었다.

세트장은 생각보다 거대했다. 흰색으로 둘러싸인 세트장의 조명은 서준이 서 있는 한곳에 모두 쏠려 있었다. 그 외의 구역은 불을 꺼 놔서 어두컴컴했다. 스태프들도 움직일 땐 휴대폰 불빛에 의지해 조심조심 앞을 보며 걸었다. 일부러 스태프들과 거리를 두고 선 다연은 앞을 보았다. 물이 다 빠진 청바지 주머니에 손을 넣고 그가 눈을 감고서 웃고 있었다. 자연스럽게 초여름의 맑고 청량한 하늘이 떠오를 만큼 산뜻한 표정이었다.

서준은 자신이 입고 있는 옷을 잘 소화해 냈다. 표정으로, 손짓으로, 고개의 각도로 자유자재로 분위기를 만들어 냈고, 사진기사는 흡족한 듯 '좋았어.'를 연거푸 소리쳤다.

모두가 숨죽인 촬영이 일단락되었다. 서준은 짬을 내어 다연에게 가려 했으나, 스태프들의 재촉에 어쩔 수 없이 발길을 돌렸다.

"촬영은 볼만해요?"

강혁이 다연에게 물병을 내밀며 물었다.

"재미있어요. 신기하고요."

다연이 물병을 받아 들며 말했다.

"가장 신기한 게 뭐예요?"

"서준이요."

기다렸다는 듯 다연이 답했다. 처음 보는 세트장도, 촬영 분위기도, 낯선 스태프도 모두 신기하지만 시간이 지나면서 지루해졌다. 다만 유일하게 지겹지 않은 것은 서준이었다. 조명 아래에 서서 조명의 빛보다 더 빛이 났다. 단순히 외모에서 흘러나오는 빛이 아니라 그가 갖고 있는 자체적인 분위기였다.

"그렇죠? 나도 서준이를 딱 본 순간 알아봤어요. 저놈은 될 놈이구나. 아주 멋진 놈이구나. 그래서 키웠는데 생각보다 더 잘되어서 저도 기분이 좋아요."

"제가 서준이의 일에 방해가 되나요?"

"아뇨. 촬영장에 얌전히 계시는 건데 방해가 될 게 있나요."

"서준이의 커리어에 방해가 되냐는 물음이에요. 사실 스태프들이 수군거리는 말을 들었거든요. 사람들이 절 두고 여자친구냐 아니냐를 놓고 고민 많이 하더라고요."

다연의 질문에 강혁은 당황했다. 둘러 묻는 법이 없는 건 이 커플의 특성인가. 무슨 커플이 이래. 강혁은 당황한 표정을 서둘러 숨겼다.

"아…… 그게, 솔직히 말하자면, 네. 그렇죠. 아무래도."

강혁의 대답에 다연은 입술에 힘을 주었다.

"다만 처음엔 그렇게 생각했어요."

강혁이 뒤이어 말하자 다연이 눈동자만 움직여 그를 보았다.

"그런데 지금은 다연 씨가 서준이의 곁에 있어 주는 게 좋겠다로 생각이 바뀌었어요. 살면서 서준이가 저렇게 열심히 촬영에 임하는 건 처음 봐요. 본래 성실한 녀석이긴 하지만, 오늘따라 필사적이네요. 아마 누군가한테 잘 보이고 싶나 봐요."

"그래요?"

"사생활 관리도 모델에게 필요한 부분이긴 하지만 제일 중요한 건 조명 아래에서 얼마나 가치를 발휘하는가죠. 종종 놀러 오세요. 저도 서준이가 저렇게 필사적으로 촬영하는 모습 보니까 재미있네요."

큰 눈을 동그랗게 뜨는 다연을 보며 강혁이 빙긋 웃었다.

"적어도 소속 모델의 이미지 관리를 위해서 헤어져라, 따위의 올드한 방법을 취하지 않을 거란 말입니다. 그런 건 드라마에서나 있는 일이죠. 다만 조심할 필요는 있다가 제 생각인데, 서준이가 그 말을 들어 줄 것 같지가 않네요."

강혁은 사랑하는 사람이라고 말할 때의 서준을 떠올렸다. 아버지의 죽음 이후 힘을 잃어 가던 서준이었다. 되면 되고, 말면 말자는 식으로 어영부영 넘어가던 그가 삶에 애착을 가지기 시작했다. 그것이 다연 때문이라는 걸 어렵지 않게 유추할 수 있었다. 고로 서준에게 다연을 뺏으면 그는 무너진다. 이미 자신의 삶 주축을 다연으로 바꾸어 버린 서준이다. 다연을 위해서라면 서준은 무엇이든 할 거다.

강혁은 그런 서준이 불쌍하고, 애틋했다. 씁쓸하게 웃던 강혁이 다연에게 말했다.

"다연 씨를 만난 후 서준이가 많이 강해졌어요. 앞으로 서준이가 더 강해질 수 있도록 다연 씨가 옆에 오래오래 있어 줬으면 좋겠습니다."

강혁의 말에 숨겨진 뜻을 알아챈 다연은 목이 메었다. 처음 서준을 보았을 때 그는 아름답고 야했지만 손에 쥐면 푸스스 소리를 내며 흩어질 것처럼 여리기도 했다. 지금 그에게서 찾을 수 없는 이미지였다. 서준은 이제 그 누구보다 빛이 나고 있었다. 서준은 자신을 위해 강해지고 있었다.

"무슨 이야기 중이야?"

옷을 갈아입고 나온 서준이 다연의 어깨를 감싸며 물었다. 탈의실에서 나오자마자 서준은 다연부터 찾았다. 다연은 강혁과 함께 있었는데, 마주 서서 웃고 있었다. 그럴 수 있다는 걸 알면서 기분이 상했다. 그래서 충동적으로 다연의 어깨를 감쌌다.

"그 손 놔라. 사람들이 널 주시한다."

"알아."

그래서 한 거야.

서준은 표정으로 그렇게 말하고 있었다. 강혁은 씁쓸한 얼굴로 서준을 보았다. 세상 그 무엇에도 애착 없던 녀석이라 그런지, 다연을 향한 애착도가 어마어마했다. 수치로 환산조차 불가능할 정도로.

"촬영 준비 끝났다. 사람들이 너 기다려."

강혁이 중얼거리듯 말했다.

"알아."

"내가 너라면 촬영을 빨리 마치고 데이트를 하러 갈 거야."

"나도 그 생각 중이야."

서준은 아쉽다는 듯 다연의 어깨에서 팔을 풀었다.

"기다려 줘요. 금방 끝낼게요."

서준의 말에 다연은 고개를 끄덕였다. 브이넥의 검은 티셔츠에 선글라스, 체크무늬 바지를 입은 서준이 자세를 잡고 섰다. 강혁은 서준의 원활한 촬영을 위해 물을 핑계로 다연에게서 멀어졌다.

이윽고 찰칵, 찰칵 소리가 터져 나왔다. 서준의 시선이 종종 다연을 향했다. 다연은 조심스럽게 자신의 어깨를 감쌌다. 자신의 어깨를 모두 감싸던 굵은 팔과 단단한 가슴이 떠올랐다. 발끝이 간지럽다.

또 한 번 서준과 눈이 마주쳤다. 그는 고개를 비스듬히 기울인 채 나른하게 웃었다. 세트장의 모든 장비와 수많은 스태프들이 시야에서 사라지고 오로지 서준만 보였다.

쿵, 쿵. 심장이 펄떡댄다. 당장이라도 입 밖으로 튀어나올 것처럼.

캄캄한 밤이 되어서야 촬영이 끝났다. 다연과 서준은 귀갓길 중간에 내렸다. 걷고 싶다는 다연의 혼잣말을 서준이 듣고 나서였다.

"오늘 엄청 춥다던데."

마지못해 길가에 차를 세운 매니저가 걱정스런 얼굴로 답했다.

"괜찮아. 걷고 싶어."

서준은 걱정 말라는 듯 웃었다. 그 모습이 진심으로 행복해 보여서 매니저는 더 이상 말리지 못했다. 다연이 아마 지구 끝까지 걷자고 하면 그러자고 할 게 뻔했다. 매니저가 혀를 끌끌 찼다. 서준은 차 문을 닫았다.

계절상 나뭇가지마다 푸른 싹이 돋아 오르는 봄이지만 오늘은 꽃샘주의보가 내릴 만큼 추웠다. 숨을 깊게 들이마시며 차가운 바람을 쐬던 다연은 문득 서준이 걱정스러웠다. 집에 들어가기 싫고, 답답한 마음에 걷자고 했지만 이렇게 추울 줄은 몰랐다.

"피곤한데 나 때문에 무리하는 거 아냐?"

다연이 슬쩍 서준을 보았다.

"나도 걷고 싶었어요."

걱정 말라는 듯 서준이 웃어 보였다.

"고마워."

애틋한 목소리를 내는 다연을 보며 서준은 말없이 웃었다. 둘은 육차선 도로를 가로지르는 육교에 올랐다. 육교 위는 거리보다 더 추웠다. 늦은 시간이라 오가는 사람이 없어서 더욱 을씨년스럽게 느껴졌다.

"이 시간에 여길 걷는 사람은 우리밖에 없을 거야."

다연이 혼잣말처럼 말을 건네며 웃었다.

"그러게요."

"서준아."

다연의 부름에 서준이 고개를 돌렸다.

"매니저 형한테는 말 놓던데……. 이제 나한테도 말 놓으면 안 돼?"

잠시 머뭇거리던 다연이 말했다. 다른 사람에겐 편하게 말하면서 자신에게만 유난히 어렵게 말하는 서준에게 조금 섭섭하던 차였다. 서준이 자신을 누구보다 사랑한다는 걸 알면서도 조금 불안해졌다.

"그냥, 그렇다고."

다연이 고개를 돌렸다. 서준은 그런 다연을 놓치지 않고 오랫동안 바라보았다. 이런 말을 먼저 꺼내는 것이 어색했는지 다연의 입술이 삐쭉거렸다. 자신은 인지하지 못했는데 그랬을 수도 있겠다는 생각이 들었다.

다연은 서준의 시선을 피해 입가에 차오른 한숨을 훅 내쉬었다. 그러다 눈꺼풀에 차가운 이물감이 느껴져 고개를 들었다. 검은 하늘에 하얀 점이 보였다.

"와, 눈이다."

3월, 세상이 봄옷을 입는 와중에 눈꽃이 내린다.

"이제 못 보나 싶었는데……."

다연이 하늘을 보며 작게 중얼거렸다. 먹물을 빨아들인 듯 검은 하늘에서 하얀 눈이 떨어지는 풍경이 기적처럼 아름답다. 육교의 난간 가까이에 선 다연은 하염없이 하늘을 보았다. 뺨, 코, 이마, 눈썹 위로 눈꽃이 떨어져 소리 없이 녹아내렸다.

예쁘다.

다연이 소리 없이 흩날리는 눈을 보며 생각할 때였다. 추위에 꽉 쥔 주먹 위로 온기가 퍼졌다. 멍하게 앞을 보던 다연의 눈동자가 가늘게 떨렸다. 남자와 처음 손잡는 것도 아닌데 심장이 바닥으로 곤두박질쳤다. 서준의 엄지손가락이 다연의 손등을 쓸었다.

"예쁘다."

자신의 속마음을 읽은 듯 서준이 말했다. 다연의 눈동자가 느릿하게 서준을 향했다. 서준은 평온한 웃음을 지으며 다연을 보고 있었다.

"예뻐, 주다연."

서준의 입술 새로 뽀얀 입김과 함께 달콤한 목소리가 새어 나왔다. 서준이 다연의 양손을 마주 잡았다. 서준이 한 걸음 성큼 다가서자, 자연스럽게 다연의 목이 뒤로 젖혀졌다.

시야로 검은 하늘과 흰 눈송이가 보였다. 그 시야의 절반을, 이윽고 전부를 서준이 가렸다. 차가운 눈꽃이 닿았던 입술에 서준의 뜨거운 입술이 닿았다.

하늘에서 떨어진 키스, 참 낭만적이다.

다연이 눈을 스르륵 감았다.

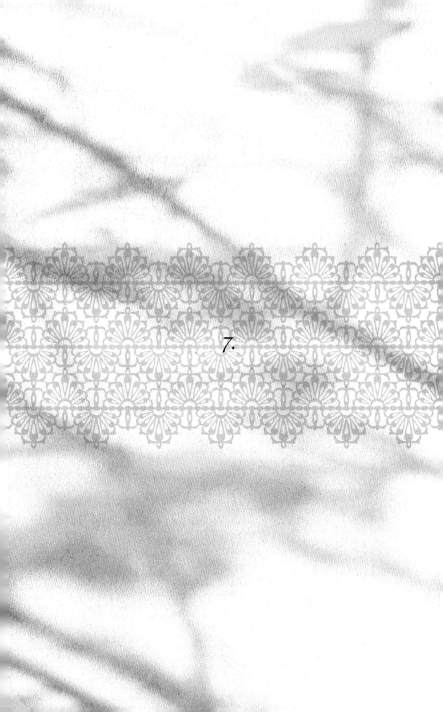

7.

다연이 출근 준비를 마치고 방에서 나왔다. 부엌에서 치이익 소리와 함께 고소한 냄새가 났다. 다연은 소파에 가방을 올려 둔 후 부엌으로 걸어갔다. 서준은 가스레인지 앞에 서서 프라이팬을 들썩이고 있었다.

"뭐하는 거야?"

"야채볶음밥."

서준이 여전히 야채볶음밥에 시선을 둔 채 말했다.

"얻어먹을 수 있는 거야?"

식탁을 짚고 선 다연이 빙긋 웃으며 물었다. 몸을 반쯤 튼 서준이 그런 다연을 보며 싱긋 웃었다.

"앉아 있어. 반찬부터 수저까지 모두 세팅해 줄 테니까."

서준이가 말했다.

"아냐. 반찬이랑 수저는 내가 챙길게."

"그냥 있어. 내가 하고 싶으니까."

서준의 목소리가 하도 단호해서 다연은 냉장고를 잡은 손을 떼어 냈다. 다연은 서준이 원하는 대로 얌전히 식탁에 앉아 요리하는 그의 뒷모습을 보았다.

깨끗한 아침 햇살이 스미는 부엌에서 요리하는 남자의 모습은 매력적이었다. 딱 이렇게만 살 수 있다면 좋겠다. 그러다 문득 다연은 자신이 서준과의 미래를 꿈꾸고 있음을 알았다. 이건 위험한 일인데. 다연이 혼자 생각할 때였다.

"다녀올게."

등 뒤에서 다형의 목소리가 들렸다. 다연은 고개를 돌렸다. 일주일 만에 처음으로 마주한 얼굴이었다. 다형은 살이 조금 빠진 듯했다. 눈도 못 마주친 채 고개를 비스듬히 돌리고 있는 다형을 보자 마음이 불편해졌다.

"밥 먹고 가."

다연이 식탁을 가리켰다.

"아냐."

다연의 말에도 다형은 손을 내젓고는 부랴부랴 걸음을 옮겨 사라졌다. 이어 쿵, 하고 문이 닫혔다. 다연은 눈을 내리깔았다. 다형과의 관계가 어렵게 변했다. 다연이 작게 한숨을 내쉴 때였다.

"식탁 위에 내 휴대폰이 있어. 매니저한테 문자가 왔을 거야. 확인해 줘."

다연을 흘깃 보고 있던 서준이 말했다. 서준의 말에 다연이 서준의 휴대폰을 들었다. 그러고 보니 서준의 휴대폰을 만지는 것은 처음이었다. 액정을 밀자 화면이 바뀌면서 매니저의 문자가 떠올랐다.

"오후 2시 다슨 S/S 컬렉션 행사 참석이래."

"갤러리 들어가 볼래?"

"응."

다연은 문자를 끄다가 멈칫했다. 배경화면이 자신과 찍은 사진으로 되어 있었다. 그때 유선이 말한 게 이거였나 보다. 다연이 사진을 확대하며 말했다.

"우리 사진이네. 사진 다시 찍어야겠다. 호빵처럼 나왔어."

"그럴까."

"응. 갤러리에 들어왔어. 여긴 왜?"

"거기 일주일 치 스케줄을 미리 찍어 뒀어. 미정이긴 하지만 스케줄 궁금하면 보라고."

"아아."

다연은 서준의 스케줄을 보았다. 오늘만 한가할 뿐 대부분 바쁜 일정이었다. 서준은 자신이 무엇을 하는지, 어디에 있는지 착실히 보고했다. 처음에 다연은 서준을 이해하지 못했으나, 얼마 전이 되어서야 그 이유를 알았다.

여관 월세방에 홀로 남아 언제 올지 모르는 아버지를 기다리며, 공포를 이기기 위해 아버지가 어디선가 무언가를 하고 있을 상상을 끝없이, 아주 끝없이 했다고 했다. 그러다 끝내 아버지를 보지 못했던 서준. 그것이 트라우마로 남은 서준은 다연에게 자신이 무엇을, 어디에서, 왜 하고 있는지까지 상세하게 보고했다. 다연은 자신의 일정이 단조로워서 보고할 것이 없다는 게 미안할 정도였다.

"카톡으로 보낼게."

"어."

다연이 자신의 휴대폰으로 서준의 스케줄을 전송했다. 마음처럼 되지 않아 몇 번이고 도전 끝에 막 전송했을 때였다.

똑똑, 식탁 유리를 서준이 두들기는 소리에 다연이 고개를 들었다.

"식사해요."

서준이 다연의 앞에 맛깔스러운 볶음밥이 담긴 그릇을 내려놓았다. 이어 냉장고에서 깍두기와 김치, 열무김치, 국물김치를 꺼내 상에 차려 놓았다. 김치류를 좋아하는 다형 때문에 사 놓은 반찬거리였는데 며칠째 손도 대지 않았는지 양이 그대로였다. 그 사실이 마음에 걸렸으나 다연은 내색하지 않고 빙긋 웃었다. 서준에게 걱정을 끼치고 싶지 않았다. 걱정을 끼친다고 해서 달라질 문제가 아니었기에.

"맛있게 잘 먹을게."

다연이 야채볶음밥을 한 입 크게 떠 넣었다. 생각보다 맛있어서 다연의 눈이 크게 벌어졌다.

"맛있다."

턱을 괴고서 그 모습을 지켜보던 서준은 싱긋 웃었다. '누군가' 를 위해서 '무언가' 를 해 줄 수 있다는 것이 얼마나 행복한 일인지 새삼 느껴졌다.

"넌 안 먹어?"

다연이 우물거리며 물었다.

"먹는 거만 봐도 배불러."

서준의 말에 다연은 쑥스러운 듯 웃었다.

"맛있다."

"또 해 줄게. 원할 때면 언제든지."

평소라면 흘려들었을 말이지만 오늘따라 그러지 못했다.

"내가 아주 나이가 들어서도?"

그래서 속마음을 꺼내 묻고야 말았다. 아주 먼 훗날을 약속할 수 있냐고. 설령 이루어지지 않더라도 오늘은 그 약속을 해 줄 수 있냐고.

서준은 턱을 괸 채 다연을 빤히 쳐다보았다. 무표정한 얼굴로 흘러가듯 물었으나, 그 질문을 한 후로 다연은 숟가락을 제대로 들지 못하고 있었다. 자신의 대답을 절실히 기다리고 있는 것이 손끝에서, 흘리는 시선에서 모두 느껴졌다.

서준은 다연의 불안을 알고 있었다. 누군가와 헤어졌다, 누군가로부터 버림받았다, 나의 사랑은 끝나지 않았는데 상대방의 사랑이 끝났다. 이 모든 일을 경험한 사람은 영원한 사랑을 믿지 않으면서, 영원한 사랑을 갈구한다. 서준은 다연의 마음을 이해함과 동시에, 자신에게 '내가 나이 든 후에도 곁에 있어 주겠냐'라는 질문에 감동하고야 말았다. 다연과의 미래는 자신만 꿈꾸는 것 같아서 가끔 마음이 먹먹해지곤 했다.

다연의 손을 잡고, 키스를 하고, 품에 껴안아도 분분히 사라지는 것은 아닐까. 당장 내일이면 이 꿈이 깨져 버리는 것은 아닐까 조바심에 다연을 놓지 못할 때도 있었다. 그런데 다연 또한 자신과 같은 마음이라는 걸 알았다.

"요즘 나한테 꿈이 생겼어."

서준의 말에 다연이 눈동자만 들었다. 서준은 여전히 상체를 앞으로 숙인 채 턱을 괴고 있었다. 식탁 위에 놓은 아일랜드 조명의 불빛이 서준의 눈동자에 고스란히 담겨 있었다.

"주다연보다 딱 하루만 더 살았으면 좋겠다."

"……."

"그때까지 내가 주다연에게 매일매일 사랑한다고 말해 줄 수 있었으면 좋겠다."

낮고 깊은 목소리가 귀가 아닌 가슴으로 들린다. 아주 나이가 들어서가 아니라 죽을 때까지 함께하겠다는 서준의 고백에 목이 아플 만큼 가슴이 울컥거렸다.

자신의 외로움은 서준을 부르기 위함이었던가.

"그래. 꼭 그래 줘."

울컥거림을 겨우 잠재운 다연이 빙긋 웃으며 말했다. 서준의 고개가 비스듬히 기울었다.

"오늘 데리러 갈게. 퇴근 시간에 맞춰서."

"응, 기다릴게."

다연의 대답에 서준은 가볍게 웃었다.

✻

"언니."

밀린 설거지를 하던 지서가 일부러 목소리를 깔고서 다연을 불렀다.

"응, 말해."

설거지를 마친 식기류를 깨끗한 걸레로 닦으며 다연이 대답하자, 지서가 다연의 곁에 몸을 바짝 붙였다.

"모델 신서준, 게이 아니래요."

"알아."

다연이 단조롭게 답했다. 그럼에도 지서는 여전히 목소리를 쫙 깔고서 말을 이었다.

"얼마 전에는 촬영장에 여자친구까지 데리고 왔대요. 거기다가 어제 실린 인터뷰 기사에 의하면 좋아하는 여자가 있다고 공개했다던데. 이거에 대해서 어떻게 생각하세요?"

"글쎄. 근데 신서준에 대해 뒷조사하고 다녀?"

"제 친구 중에 신서준을 열렬히 좋아하는 애가 하나 있거든요."

"그렇구나."

"'그렇구나'가 아니에요. 촬영장까지 데리고 나타날 만큼 좋아하는 여자가 있는 신서준이 왜 이틀에 한 번꼴로 우리 가게를 찾을까요?"

지서의 말에 다연이 입을 다물었다. 지서가 흘깃 다연의 어깨 너머를 보았다. 찾는 곳이 많아 무척 바쁘다던 신서준은 오늘도 가게에 나타났다. 그런 신서준을 다연은 무척 자연스럽게 반겼다. '어서 와.'라며 반말까지 했다. 빙긋 웃은 서준은 매상을 올려 주기로 작정한 건지 커피 두 잔, 가장 비싼 조각 케이크를 시켜 놓고 1시간째 독서 중이었다. 누가 봐도 누군가를 기다리는 모습이었다.

무언가 짚이는 게 있다는 표정으로 지서가 말을 이었다.

"우리 가게가 양질의 원두로 커피를 내리긴 하지만 3시간 내내 커피를 마실 만큼 대단한 맛은 아니잖아요? 아메리카노가 대단해 봤자 별거 없고요."

"……"

"솔직히 말해요. 예전에 유선이 와서 난리법석 피우고 갈 때부터 뭔가 기미가 있었어요. 언니랑 신서준 씨 뭐 있죠? 신서준 씨가 언니 좋아한대요? 따라다녀요?"

지서가 눈을 가늘게 뜨고서 탐정이라도 된 듯 다연에게 캐물었다. 다연은 깨끗하게 닦은 컵을 선반 위에 뒤집어 올리며 덤덤하게 대답했다.

"응."

"……진짜요?"

자신이 묻고도 놀란 듯 지서가 눈을 동그랗게 떴다.

"응. 그리고 나도 서준이 좋아해."

"……."

"연애하고 있어, 우리."

다연의 자연스러운 인정에, 지서의 입이 자그맣게 벌어졌다.

"대체 언제부터……?"

"몇 달 됐어."

"허."

지서가 기가 막힌 얼굴로 다연을 보았다. 길 가다가 뒤통수를 맞아도 이것보단 덜 놀라겠다는 얼굴이었다. 지서는 잠시 다연이 장난을 치나 생각했다. 그러나 다연은 이런 걸로 장난칠 사람이 아니었다.

카페를 운영하는 동안 다연은 주변 회사를 다니는 남자 직원들로부터 호감 표현을 더러 받았다. 그때마다 다연은 정중하지만 아주 단호하게 거절했다. 그런 다연을 보며 어쩌면 평생 솔로로 살다가 생을 마감할 수도 있겠다는 생각이 들기까지 했다. 그런데 다연이 서준을 좋아한다고 말했다.

"이제야 말해서 미안해."

"미안할 일은 아닌데 놀랍긴 하네요. 언니도 신서준쯤 되는 남자한테는 넘어가네요. 언니를 만나는 신서준이 대단한 건지, 신서준을 만나는 언니가 대단한 건지 분간이 안 가네요."

지서는 그렇게 대답한 후 고개를 절레절레 흔들며 설거지 통으로 시선을 돌렸다. 다연은 지서에게 부가 설명을 더 할까 하다가 입을 다물었다. 설명할 것도 없다. 서준은 자신을 오래도록 사랑해 왔고, 자신 또한 서준을 사랑하게 되었다는 것이 이 사건의 전부였다.

다연은 포스 위를 젖은 수건으로 닦으며 독서를 하고 있는 서준의 모습을 힐끔 보았다. 사랑을 하게 된 후로 세상이 한 꺼풀 막을 벗어 던진 것처럼 깨끗하게 보인다. 불어오는 바람도 달고, 하늘은 쾌청하며, 얼굴에 와 닿는 햇살은 부드럽다. 세상이 아름다워 보였다. 누군가를 사랑한다는 건 이토록 놀라운 일이었나 보다.

그때, 휴대폰 벨소리가 울렸다.

"언니, 휴대폰이요."

지서가 다연에게 휴대폰을 내밀었다.

"어, 고마워."

다연이 휴대폰을 막 받아 들었을 때 전화는 끊겼다.

[부재중 전화 아버지 1통]

액정을 보고 가장 먼저 든 생각은 의아함이었다. 아버지는 자신에게 먼저 전화하는 법이 없었다. 이전부터 아버지는 다연에게 데면데면했다. 업무가 많았고, 별달리 자식에게 애정이나 애착이 많은 사람이 아니었다. 그러다 지금처럼 어색해지기 시작한 것은 우연히 다연이 안방을 찾았다가 아버지가 어머니에게 준 선물을 발견하면서였다.

년도와 날짜가 박힌 팔찌의 아래엔 첫 만남을 기념하며, 라는 글귀가 새겨져 있었다. 기념일은 친모의 제사 한 달 후였다. 아버지가 어머니를 절절하게 사랑하지 않은 걸 알고 있었다. 그렇지만 친모가 죽은 지 한 달 만에 새어머니를 만나 사랑에 빠졌다는 건, 정말이지 블랙코미디 같은 일이었다. 때마침 안방으로 들어오는 아버지에게 다연은 내가 본 거에 대해 어떻게 생각하냐는 표정으로 쳐다보았다. 그때 아버지는 선물과 다연의 얼굴을 번갈아 보더니 왜 멋대로 안방에 들어오냐며 윽박질렀다.

다연의 손에 들린 선물을 빼앗은 아버지가 안방을 나갔다. 쿵, 그날 안방 문이 닫혔다. 동시에 같은 소리를 내며 다연의 마음도 닫혔다. 이후 다연은 알게 되었다. 아버지가 자신의 생모가 죽은 후, 새어머니의 위로를 받다가 사랑에 빠졌고 1년이 조금 넘어 다형이가 태어났음을. 다만 아버지는 다연의 외갓집 눈치를 보느라 새어머니와 곧바로 결혼하지 못한 것이었다.

"전화 안 해요? 아버님이라던데?"

지서가 흘러가듯 물었다. 잠시 상념에 잠겨 있던 다연이 고개를 가로저었다.

"나중에."

다연은 앞치마 주머니에 휴대폰을 넣었다. 흘러내린 머리카락을 쓸어 넘겼다. 아버지는 변명과 사과 대신 회피하는 방법을 택했다. 전부인이 죽은 후 한 달 만에 같은 사무실의 여직원과 사랑에 빠진 것이 잘못은 아니지만, 그렇다고 그냥 넘길 만한 일도 아니었다는 걸 아버지도, 다연도 알고 있었다. 그 후로 아버지는 다연의 눈조차 제대로 마주치지 못했다. 그런 아버지가 대뜸 전화를 한 것이 의아했으나, 전화해서 묻지 않았다.

"지서야, 그만하고 퇴근해. 나머지는 내가 할게."

시간을 확인한 다연이 지서의 등을 두드렸다.

"어차피 다 했어요. 손만 씻고요."

지서가 손을 헹구는 동안 다연은 뒷정리를 도왔다.

"저기, 언니."

"응?"

지서가 쭈뼛거렸다.

"신서준 씨랑…… 사진 한 장만 찍으면 안 돼요? 사실 저도 팬이거든요."

말하는 지서의 뺨이 볼그스름했다.

"가서 말해봐."

"언니가 말해 주면 안 돼요? 부끄러워서 말을 못 하겠어요."

지서가 어깨를 좌우로 흔들며 어쩔 줄 몰라 했다. 지서의 이런 모습은 처음이라 다연은 픽 웃었다. 여태껏 어떻게 참은 건지 궁금했다. 다연은 목을 길게 빼고 '서준아' 하고 불렀다. 책을 읽던 서준이 고개를 들었다. 다연이 오라는 손짓을 하자 서준은 책을 테이블 위에 올려 둔 후 걸어왔다. 다리가 길어 몇 발 움직이지 않았는데 금세 포스 앞까지 왔다.

"서준아, 지서가 네 팬이래. 사진 한 장만 찍어 주면 안 돼?"

서준이 흘낏 쳐다보자 지서의 얼굴이 벌겋게 달아올랐다. 지서는 서준이 게이라는 소문을 들을 때만 해도 좋아하지 않았다. 한 번 보고, 두 번 보고, 주변의 친구들이 신서준이라는 사람에 열광하기 시작하면서 지서는 뒤늦게 서준의 매력에 빠졌다. 그런 그가 게이가 아니라는 소식까지 접하자 가슴이 터질 듯했다. 물론 이 남자가 자신의 것이 될 확률은 전혀 없다는 걸 알기에 소녀팬 같은 마음으로 좋아했다.

서준이 지서의 곁에 섰다. 다연에게 휴대폰을 건네주는 지서의 손이 벌벌 떨렸다.

"어깨 좀 감싸 줘. 다정하게."

다연이 말하자 잠시 멈칫한 서준이 지서의 어깨를 감쌌다.

"이렇게요?"

자신의 어깨를 끌어당기는 서준의 손길에 지서가 흡 하고 숨을 들이마신 채 꼼짝도 하지 못했다.

"응."

다연은 만족스러운 듯 웃으며 연거푸 사진을 세 장 찍었다. 다 됐다, 라며 사진을 흐뭇하게 바라본 다연이 지서에게 휴대폰을 건네주었다.

"고맙습니다. 수고하세요."

휴대폰을 받자마자 지서가 부끄러운 듯 뺨을 감싸고는 인사를 꾸벅하곤 달아났다. 다연은 멀어지는 지서를 눈으로 좇으며 귀엽다는 듯 웃었다.

서준이 다연의 턱 끝을 잡아 자신 쪽으로 돌렸다. 다연이 왜 그러냐는 듯 큰 눈을 순진하게 깜빡였다. 서준이 포스에 팔을 대고서 허리를 숙여 눈높이를 맞췄다.

"나, 방금 다른 여자 어깨를 감싸 안았어."

"응. 지서 어깨를."

"기분 나쁘거나 그런 거 없어?"

"……."

"질투 안 하냐고."

서준이 살짝 인상을 쓰며 눈을 내리깔았다.

아아. 그게 불만이었구나.

다연은 픽 웃으며 포스 옆에 끼워 둔 잡지를 꺼냈다. 귀퉁이를 접어 둔 잡지를 반으로 펼쳐 서준의 앞에 내밀었다.

청바지 하나만 입고 상의를 탈의한 서준을, 똑같은 청바지만 입은 여자가 껴안고 있었다. 사진엔 서준의 등과, 그의 등을 감싼 여자의 손만 보였으나 충분히 섹슈얼한 느낌의 흑백 화보였다.

화보를 본 서준은 할 말을 잃었다.

"살면서 이런 걸 계속 볼 텐데 어깨동무 가지고 질투할 순 없잖아."

"언제 봤어? 이건 안 보여 주려고 했던 건데."

서준이 잡지를 덮으며 다연의 턱에서 손을 떼어 냈다. 다연이 잡지를 포스 옆으로 치웠다.

"인터넷 검색하면 그것보다 심한 사진도 더러 나오던데. 골반뼈 나오는 사진도 있고."

처음 서준의 섹슈얼 화보를 보았을 때 잠시 말을 잇지 못했다. 자신이 아는 선선하고도 여유로운 서준이 아니라, 강렬한 느낌의 야하고도 낯선 남자가 서 있었다. 가끔 서준의 눈빛이 야하거나 묘하다 느낄 때가 있긴 했지만 이토록 지독하게 퇴폐적인 느낌은 처음이었다. 서준에게 말하지 못했지만 다연은 몇 장의 섹슈얼 화보와 마음에 드는 화보 몇 장을 출력해 서랍장에 곱게 넣어 두었다.

"찾아봤어?"

"응. 가끔 찾아봐."

다연이 인정하자 서준이 기분 좋은 듯 선선한 미소를 지었다. 서로가 사랑하고 있음을 알면서도 사랑받고 있음을 확인받고 싶다. 어리고도 철없는 마음이라는 걸 알면서 멈출 수가 없다.

"그 촬영할 때 여자 스태프들은 다 나가는 거야?"

"아니. 그럴 리가."

"흐음."

다연이 의미심장한 소리를 냈다. 서준은 다연의 팔을 잡았다. 얼결에 끌려간 다연이 왜 이러냐는 듯 서준을 보았다.

"질투 좀 더 해 봐."

"마감 준비해야 해."

서준은 잡은 팔을 놓지 않았다. 다연은 서준과의 눈싸움 끝에 졌다는 듯 한숨을 내쉬었다.

"더 질투할 건 없고, 하나 알려 주자면…… 하루에 한 번씩 네 이름 검색해 봐."

"왜?"

서준이 아예 턱을 괴고서 물었다. 대답을 들을 때까지 떠나지 않을 기세였다. 잠시 쭈뼛거리던 다연이 입을 열었다. 말하지 않으면 서준이 비키지 않을 테니까. 아니, 그보다도 자신이 후회할 것 같았다. 사랑하는 순간에는 사랑한다는 말을 아끼고 싶지 않다.

"내가 못 본 사진이 있을까 봐. 시중에 나와 있는 네 사진은 전부다 보고 싶거든. 나도 몰랐는데 나한테 소유욕이 있나 봐."

이전의 연애에선 한 번도 느껴 본 적 없는 낯선 감정이었다.

어색한 듯 말을 이어 가는 다연의 모습을 서준이 사랑스럽다는 눈으로 바라보았다. 서준이 다연의 머리카락을 쓸어 넘겨 주었다. 부드럽게 느릿한 손길에 다연은 마음이 편안해졌다.

"소유욕은 나만 할까."

서준의 말에 다연은 반박하지 못했다. 서준의 소유욕은 엄청났다. 서준은 자신이 다연에게 소속되고 싶어 하는 만큼, 다연 또한 자신에게 소속되어 주길 바랐다. 다연은 그런 서준을 이해했고, 오히려 그런 서준의 모습이 다연의 결핍을 충족시켜 주었다.

'세상에 나만을 사랑하고, 나만을 바라봐 줄 사람.'

배신도, 후회도 생각할 수 없는 그런 절대적인 관계를 다연은 만족스러워했다. 오히려 그런 서준 때문에 다연은 안정된 생활을 유지해 나갈 수 있었다.

서준의 눈이 부드럽게 휘었다.

"그래도 내 인생의 베스트 컷은 내 휴대폰에 있어."

"……."

"주다연이랑 같이 찍은 사진."

속삭이듯 건네는 서준의 목소리에 다연이 흡족한 듯 미소를 지었다. 서준은 다연의 뺨을 쓸어내렸다. 부드럽고 따뜻하다.

"거기 가 있어. 마감 일찍 할게."

"그래."

서준은 아쉬운 듯 상체를 일으켰다. 자리로 돌아간 서준은 휴대폰에 잠금 설정해 놓은 갤러리로 들어갔다. 다연이 모르게 다연의 사진이 즐비하게 깔아 두었다.

약 한 달 전, 휴대폰을 바꾼 지 얼마 되지 않았을 때 다형은 서준과 다연을 피사체 삼아 몰래 사진을 찍다가 서준에게 들켰다. 서준은 다형으로부터 자신의 사진은 받아 올 수 있었지만, 다연의 사진을 받아 올 방법이 모호했다.

결국 서준은 다형에게 내기를 제안했다. 종목은 100m 달리기였다. 다형은 서준을 얕보고 내기를 수락했고 4초 차이로 패배했다. 뭘 바라냐는 다형의 물음에 서준은 '네 휴대폰 30초 사용권.'이라고 짤막하게 답했다. 다형은 미심쩍은 얼굴로 휴대폰을 내밀었고, 서준은 30초 만에 다형의 휴대폰에 있는 다연의 사진을 모두 자신의 휴대폰에 전송시켰다. 그리고 카톡 대화방을 나감으로써 증거를 인멸시켰다. 다형은 뭘 한 거냐며 길길이 날뛰었지만 서준은 끝내 답하지 않았다.

서준은 기분 좋은 얼굴로 차근차근 사진을 한 장씩 넘겼다.

다연이 안다면 질색할 일이기에 아직까지 말도 꺼내지 못했다. 다연이라면 사진을 지울지도 모를 일이었다.

서준은 액정을 바라보았다. 거실 소파에 앉아 뉴스를 심각한 얼굴로 보고 있는 다연의 옆모습이 찍힌 사진을 보며 서준이 못 견디겠다는 듯 미소 지었다.

✳

"왔구나."

서준과 함께 귀가한 다연은 거실 소파에서 일어나는 남자를 보곤 걸음을 멈췄다.

못 볼 걸 본 사람처럼 입도 달싹 못 하는 다연을 보며 남자는 낮게 침음했다. 자신을 귀신 보듯 하는 딸의 얼굴이 달가울 리 없었다. 그러다 다연의 등 뒤에 서 있는 서준을 발견했다. 두 사람이 왜 같이 들어오는지 의아했으나, 묻지 않았다. 중요한 것은 그게 아니었다. 그는 서준의 앞에 섰다.

"자네구만. 다형이가 말한 그 형이라는 사람이. 나는 다형이랑 다연이 애비 되는 사람일세."

"안녕하십니까."

서준이 허리를 굽혀 인사를 건넸다.

"우리 다형이가 신세를 많이 졌다지? 그 어린애한테 그렇게 큰돈을 빌려 주다니. 이런 말 하긴 뭣하지만 다형이만큼이나 자네도 대책이 없구만."

"언제 오셨어요?"

서준을 타박하는 아버지의 말이 듣기 싫어서 다연이 중간에 말을 잘랐다.

"오늘 오후에. 전화했더니 안 받더구나."

딱 한 번, 그것도 30초가 채 되지 않아 끊어진 전화였다.

"바빴어요."

그늘진 얼굴로 다연이 딱딱하게 답했다. 다연의 시선이 소파 끄트머리에 앉아 있는 다형에게 닿았다. 다형은 얼이 나간 얼굴을 하고서 바닥만 보고 있었다.

"자네, 미안한데 잠시만 집을 비워 줄 수 있겠는가?"

아버지의 시선이 서준에게 닿았다.

"네, 알겠습니다."

"대화가 끝나면 다형이한테 전화하라고 하겠네."

"네. 천천히 대화 나누세요."

서준은 고개 숙여 인사하고는 왔던 길로 나갔다. 다연은 서준을 따라 나가고 싶었다. 집 안의 공기가 지나치게 무거웠다. 다형의 희게 질린 낯빛도, 아버지와 마주 봐야 하는 이 상황도 싫어서 다연이 도망치려고 할 때였다.

"다연이, 넌 여기 앉고."

아버지가 자신에게서 조금 떨어진 옆자리를 권했다. 그러나 다연에겐 그마저도 너무 가깝게 느껴졌다. 도망칠 수 없어진 다연은 반대편 소파에 앉았다. 아버지는 다연이 앉은 후에도 한참이나 말을 잇지 못했다.

"……말도 안 돼."

목을 조르는 침묵을 깬 건 다형의 중얼거림이었다. 다연이 다형을 쳐다보았다.

"우리 엄마가 무슨 죄라고 그래? 어떻게 이런 일이 생겨? 우리 엄마처럼 착한 사람이 어디 있다고? 안 그래? 누나? 누나도 그렇게 생각하잖아. 누나랑 엄마랑 사이가 안 좋아지긴 했지만 누나도 엄마를 좋아했잖아! 우리 엄마가 정성껏 누나 키웠잖아!"

갑작스럽게 발작을 일으키며 소리를 내지르는 다형을 보며 다연이 뒤로 물러났다. 다형이 극도로 불안한 증세를 보이며 소리 지르는 건 처음 있는 일이었다. 불길한 무언가가 발끝부터 스멀스멀 타고 올라왔다.

"다형아."

다형을 진정시키려는 듯 아버지가 나직이 그를 불렀다. 그러나 한번 솟구친 다형의 분노를 잠재울 수 없었다.

"왜! 왜! 왜 우리 엄마가 암이야! 왜!"

다형이 발작적으로 소리를 쳤다. 핏발 선 다형의 눈에 서서히 눈물이 고였다. 말할 기회를 잃은 아버지는 멈칫하다가 깊은 한숨을 내쉬었다.

주먹을 꽉 쥐고 있던 다연의 손에 힘이 탁 풀렸다. 목 졸린 사람처럼 다연의 얼굴이 희게 질렸다. 무슨 말이냐고 되묻는 다연의 얼굴을 본 아버지는 아무 대답 못 한 채 지친 얼굴을 푹 숙였다. 그는 마지막으로 보았던 1년 전보다 지치고 마른 모습으로 웅얼거리듯 말했다.

"네 엄마가 말기암이란다……. 다연아."

끝까지 아니길 바랐던 다연에게 마지막 선고가 떨어졌다.

'미국으로 가자.'

아무 말도 잇지 못하는 다연에게 아버지가 말했다. 암이 온 장기에 전이된 어머니는 극심한 통증으로 인해 비행기도 탈 수 없는 지경이라고. 그래서 다형과 자신을 데리러 온 것이라며 되도록 간단한 짐만 꾸려서 가자고 말했다. 그동안 다형은 현실을 부정하고 싶은 듯 있는 대로 고함을 지르며 소파를 연신 내려쳤고, 다연은 귀신처럼 스르륵 자리에서 일어났다.

'생각할 시간을 주세요.'

다연의 말에 아버지는 갑갑하고 애처로운 시선으로 쳐다보았고, 다형은 '누나!'라며 윽박질렀다. 다연은 아버지와 다형을 텅 빈 눈으로 응시하며 왜, 라고 차갑게 대꾸했다. 다형은 '어떻게 그래! 생각할 시간이라니! 우리 엄마가 누나한테 어떻게 했는데! 어떻게 누나가 이렇게 나올 수 있어?'라며 소리쳤고, 다연은 대답하지 않고 방으로 들어갔다. 거실에서 다형이 소리 지르는 소리가 끝없이 들렸다.

그때부터 4시간이 흐른 지금껏 다연은 씻지도, 먹지도 못한 채 침대에 걸터앉아 멍하게 바닥만 보았다. 시간이 엉망진창으로 흘러가는 것 같다. 어느 순간 숨이 턱 막힌 다연은 자리에서 일어나 외투를 찾다가 거울을 보고야 자신이 입고 있다는 것을 알았다. 다연은 책상 위에 아무렇게 던져 놓은 열쇠를 챙겨 집 밖으로 나왔다.

봄답지 않게 밤바람이 차갑다. 다연은 깊게 숨을 들이마시며 느릿하게 걸었다. 무작정 나오긴 했는데 갈 만한 곳이 없다. 목적지를 잃은 다연은 외투에 손을 깊숙이 찔러 넣은 후 발이 닿는 대로 걸었다.

자신의 불우한 가정사가 만천하에 까발려진 후 서준의 심정이 이랬을까. 마음이 무너져 희망이 압사당했다. 자신에겐 희망을 구출할 힘조차 없다. 그저 무너진 마음만 멍하게 보고 있을 수밖에 없다. 누구도 없는 곳으로 가고 싶다. 혼자 쉬고 싶다. 열렬한 갈망에 시달리며 걸었으나 다연이 향한 곳은 육교였다. 답답할 때 생각나는 곳이 이곳밖에 없었다. 다연은 시선을 아래로 내리깔았다.

검은 도로는 주홍빛 가로등 불빛에 물들어 있었다. 그 위를 자동차가 드문드문 지나갔다. 습한 바람이 불었다. 머리카락이 분분히 날렸다. 고개를 든 다연은 눈을 가늘게 뜬 채 먼 곳을 응시했다. 어머니와 암. 한 번도 생각해 보지 못한 조합이었다. 그래서일까, 어떤 마음도 들지 않는다.

이제 와서 암이라니.

떠날 때가 되어서야 자신을 부르다니.

툭. 콧등에 자그마한 빗방울이 떨어졌다. 이어 툭 하고 정수리에 빗방울이 닿았다. 어깨에, 이마에, 조금씩 많은 범위에 비가 내렸으나 다연은 발이 바닥에 붙은 사람처럼 꼼짝도 할 수 없었다. 차라리 비를 진탕 맞고 쓰러져서 아무 생각도 하지 않았으면 좋겠다, 라는 생각이 들 때 더 이상 비가 닿지 않았다. 다연이 고개를 돌렸다. 장우산을 든 서준이 서 있었다. 그는 말없이 다연을 바라보고 있었다.

"……어떻게 왔어?"

다연이 담담히 물었다.

"따라왔어."

여태껏 따라오는 줄도 몰랐다. 다연은 육교 쪽으로 시선을 옮겼다.

"답답해서 나왔어. 걱정하지 마."

"알아."

서준은 그렇게 말하며 다연의 옆자리에 섰다. 그러고는 다연이 바라보는 것을 응시하며 말을 꺼냈다.

"어릴 때 육교 위에 서 있으면 허공에 떠 있는 느낌이 들었어. 갑자기 툭 떨어져서 죽을 수도 있겠다, 라는 그런 느낌."

"……."

다연도 그 생각을 했었다. 잠시 침묵이 흘렀고, 바람이 멎을 즈음 서준의 낮은 목소리가 귓가에 닿았다.

"다녀와."

서준의 말에 다연의 호흡이 잠시 멎었다. 목적어가 빠진 말이었으나 단번에 알아들었다.

"어딜?"

그러나 다연은 못 알아들은 척 물었다.

"미국."

서준의 말에 숨이 턱 막혔다. 다형을 통해 들은 모양이었다. 직접 이야기한 게 아니라도 연거푸 소리치는 다형의 목소리를 못 들었을 리 없다.

"안 가."

다연이 고개를 가로저었다. 서준의 시선이 뺨에 닿았다. 다연은 먼 곳을 바라보았다.

"카페를 계속 비워 둘 수 없어. 지서가 혼자 맡아서 할 수 있는 것도 아니고."

다연이 변명하듯 말을 이었다.

"내가 할게. 카페 아르바이트 이 년간 했어."

"그런 문제가 아니야."

"……."

"어머니가 날 보고 싶어 하지 않을 거야."

……날 사랑하지 않으니까.

책임감으로 숙제를 하듯 꾸역꾸역 키운 자식이 보고 싶지 않을 거다. 어머니가 끔찍이 사랑하는 아버지의 딸. 그런 아이를 죽기 전까지 보고 싶을 리 없다.

실제로 어머니는 미국으로 간 후 자신에게 전화하는 걸 어려워했다. 다연 또한 이제 그녀가 멀게만 느껴졌다. 미국과 한국의 거리만큼이나.

"그 이야기도 직접 가서 들어."

"아니. 안 가."

다연이 고집스럽게 고개를 흔들었다. 서준이 다연을 돌려세워 마주 보게 했다. 다연은 고개를 드는 대신 서준의 점퍼에 시선을 고정했다. 서준이 어떤 설득을 해도 넘어가지 않을 생각이었다. 다연이 먼저 빠르게 말을 꺼냈다.

"이건 내 일이야. 내가 알아서 할게. 안 가도 후회 안 할 거야. 그러니까 나한테……."

"묻고 싶은 말이 있었어."

서준이 다연의 말을 잘랐다.

"아버지한테."

다연이 고개를 들었다. 서준의 얼굴이 하얗게 굳어 있었다. 말을 꺼내는 것조차 버거워 보이는 얼굴이었다. 말하지 않아도 돼. 다연은 손을 뻗어 그의 입을 막으려 했으나, 서준이 다연의 손목을 잡았다.

"들어. 난 꼭 해야겠으니까."

그리고는 서준은 억지로 다연의 팔을 끌어 내린 후 다연을 똑바로 보았다. 말을 꺼내는 것이 힘겨운지 서준의 입술이 가늘게 떨렸다.

"아버지한테 묻고 싶었어. 나를 한 번이라도 사랑한 적 있었냐고. 왜 나를 찾아오지 않았냐고. 그 말을 가슴에 품은 채 살았어. 그런데 아버지는 아무 말도 못 하는 채로 나한테 돌아왔어. 누워서 꼼짝도 못 하는 아버지한테 말을 걸어 봤어. 대답이 없었고, 난 또 말을 걸어 봤어. 수십 번 넘게 말을 걸어도 아무 대답도 못 들었어. 그때 알았어."

"······."

"묻고 싶은 말보다······ 내가 하고 싶은 말이 있었다는 걸."

"······."

"당신이 나한테 어떤 행동을 했든, 결국엔 나를 버리고 도망쳤든 어쨌든, 그래도 나는······ 당신을 사랑한다고. 유일한 가족이었으니까. 그래서 당신이 주었던 아픔을 기꺼이 용서했다고."

"······."

"내가 이 이야기를 왜 하는 줄 알아?"

"······."

"지금 가지 않으면 이게 당신의 미래일 테니까."

"······."

"죽고 싶은 이 고통을 결국은 당신도 느끼게 될 테니까. 난 그게 무서워."

영원한 대화의 단절. 그 두껍고도 막막한 벽 앞에서 땅을 치며 발악했던 자신. 그때의 고통을 눈앞의 이 여자가 느끼지 않았으면 했다.

허리를 굽힌 서준이 손바닥으로 다연의 뺨을 천천히 쓸어내렸다.

"당신도 알고 있잖아."

"……."

"당신이 당신 어머니를 사랑하고 있다는 걸."

울음을 삭인 서준의 목소리가 탁하게 흩어졌다. 사랑하지 않는다면 이별을 회피할 이유가 없다. 눈앞의 이 여자는 이별이 죽도록 무서운 거다. 자신이 그랬던 것처럼.

툭. 우산을 쓰고 있음에도 비가 내렸다. 다연의 뜨거운 눈물이 서준의 손가락을 타고 흘러내렸다.

"……무서워."

잔뜩 잠긴 목소리로 다연이 말했다. 동시에 툭, 하고 눈물이 또 떨어져 내렸다. 서준은 손끝이 타들어 가는 것처럼 아팠다.

"알아."

서준이 다연의 눈을 응시하며 답했다. 그 공포를 누구보다 잘 안다고.

"영원히 잃어버려야 한다는 게…… 무서워."

"알아."

서준이 낮은 목소리로 속삭였다.

"그러니까 다녀와. 정말로 잃어버리기 전에."

다연이 입술을 깨물었다. 서준은 뺨을 타고 흐르는 다연의 눈물에 입을 맞췄다. 한 방울, 두 방울. 그 눈물이 서준의 입술을 따갑게 적셨다.

"기다릴게."

서준이 자그맣게 속삭였다.

"한 달이든 일 년이든, 당신이 올 때까지."

"……."

"나는 늘 당신을 기다렸으니까."

서준이 다연의 입술에 대고 맹세를 하듯 속삭였다. 다연은 대답 대신 눈을 질끈 감았다. 억지로 회피하고 있던 아픔과 정면 대응한 순간 왈칵 울음이 밀려들었다.

툭, 툭, 툭.

우산 아래에서 끝없이 비가 쏟아졌다. 서준은 길을 잃은 아이처럼 서럽게 우는 다연의 눈물을 엄지손가락을 닦아 주었다.

지금의 눈물은 시작일 거다. 이별을 시작하고, 이별을 끝낼 때까지 이 눈물은 자주 다연의 뺨을 적실 거다. 그 수많은 눈물이 쌓이고 쌓여 이별의 마침표를 완성하게 될 거다.

너덜너덜해진 마음으로 돌아올 다연의 마음이 서준은 벌써부터 걱정스러웠다. 서준은 다연을 끌어안고서 눈을 감았다. 세상을 두드리는 빗소리보다 작게 울먹거리는 목소리가 더 크게 들렸다.

가능하다면 자신의 마음을 다연에게 빌려 주고 싶었다. 엉망진창으로 찢겨져도 좋으니까 차라리 자신이 아프게.

현관 앞에 캐리어 두 개와 큰 가방 두 개가 놓여 있었다. 다연, 다형의 것이었다.

"형, 집을 잘 부탁할게요."

다형은 캐리어 위에 가방을 올리며 말했다. 서준은 걱정 말라는 듯 가볍게 고개를 끄덕였다. 현관문을 나선 다형은 신발을 신는 다연을 쳐다보았다.

"난 조금 있다가 나갈게. 잠시 할 말이 있어서."

다연이 돌아보며 말하자 다형은 알겠다는 대답과 함께 현관문을 닫고 나갔다. 딩동, 하고 엘리베이터 도착음이 들렸다. 다연은 다형이 엘리베이터를 타고 내려가기를 기다렸다. 엘리베이터 문이 닫히는 소리를 듣고서야 다연은 고개를 들어 서준을 보았다. 긴 팔을 교차 지어 팔짱을 끼고 있는 그가, 오늘따라 유난히 멋져 보였다.

이 남자를 두고 가도 될까, 다연이 무심히 생각할 때였다.

"데려다 줄게."

다시 한 번 서준이 권했다.

"아니. 편하게 여기서 배웅해 줘."

다연이 살짝 미소를 지으며 고개를 가로저었다.

서준의 품에 안겨 운 다연은 다음 날 아버지와 다형에게 미국에 가겠다는 뜻을 밝혔다. 이미 서류 절차를 밟아 놓고 기다리던 아버지는 다연의 마음이 바뀔세라 그날 곧장 티켓팅을 마쳤다. 다연의 미국행 소식에 서준은 응원하듯 웃으며 고개를 끄덕였다.

다연은 서준을 그윽하게 바라보았다.

"카페를 잘 부탁해. 지서가 웬만한 건 알 테지만 덤벙거려서 네가 많이 챙겨 줘야 할 거야."

"알았어."

"그리고…… 고마워."

서준이 있었기에 미국행을 택할 수 있었다. 나약하고 초라한 자신에게 용기를 불어넣어 주는 서준이 다연은 무척 고마웠다.

"잘 만나고, 잘 헤어지고, 잘 나아서 돌아올게."

"……그래."

"그리고 걱정되어도 찾아오지 마. 널 보면 더 많이 힘들 것 같아."

다연은 말을 하며 서준을 바라보았다. 힘든 순간 서준을 보면 그에게 의지하고 매달리려 할 자신을 알고 있었다. 그런 자신을 보면서 두 배로 힘들어할 서준 또한 잘 알고 있었다. 다연은 웃으며 말을 이었다.

"혼자서 잘 이겨 낼 테니까. 이건 나 혼자 정리해야 할 일이잖아. 누구보다 강해진 모습으로 다시 나타날게. 그러니까……."

"……."

"기다려 줘."

서준은 대답 대신 손을 뻗어 다연의 뺨을 쓸었다. 다연이 고개를 기울여 서준의 손바닥에 파고들었다. 서로가 서로를 사랑하고 있음을 확인한 후, 누구보다 절실하게 서로에게 매달렸다. 서로에게 유일한 존재였다. 그 후로 하루라도 헤어져 본 적 없었다. 그래서 지금의 이별이 낯설고, 어렵게만 느껴졌다.

"기다릴게. 얼마가 되었든."

서준의 속삭이는 목소리에 다연은 미소를 지었다.

"고마워."

서준은 웃었다. 다연은 느릿하게 서준의 손에서 고개를 떼어 냈다. 서준은 아쉬운 손끝을 거두어들였다. 다연의 등을 떠민 선택을 후회하지 않지만, 서준은 괴로웠다. 타지에서 이별과 홀로 싸울 다연을 생각하면 가슴이 타들어 가고, 하루라도 다연을 못 볼 생각을 하니 숨이 막혔다.

그러나 서준은 내색 않고 웃었다. 다연이 한 걸음 물러섰다. 현관

고리를 풀고, 그 문을 밀고 나가는 다연의 모습을 서준은 눈 한 번 깜빡이지 않고 바라보았다.

"다녀올게."

다연은 웃으며 손을 흔들었다. 그 웃음이 무색하게 다연의 눈동자가 촉촉하게 젖어 있었으나, 서준은 못 본 척 마주 웃었다. 손바닥을 펼쳐 가볍게 흔들었다. 다연의 시선이 손톱자국으로 엉망이 된 서준의 손바닥에 닿았다.

쿵. 문이 닫혔다.

홀로 남겨진 서준은 손을 펼친 그 자세 그대로 굳었다. 그곳에서 엘리베이터가 도착하는 소리, 문이 닫히는 소리, 그리고 완전한 침묵이 휘감을 때까지 한 발자국도 움직일 수 없었다.

"잘 다녀와."

목이 메어 하지 못한 말을 현관 센서등이 꺼진 후에야, 서준은 할 수 있었다.

다연이 미국을 간 다음 날, 다연으로부터 문자를 받았다.

[잘 도착했어. 잘 해결하고 돌아갈게.]

서준은 한참이나 그 문자를 보았다.

[그래. 기다릴게]라고 답장을 했다.

다음 날부터 서준은 바빴다. 처음 카페 열쇠를 들고 서준이 카페에 나타난 날 출근한 지서는 깜짝 놀라 뒷걸음질 치며 '그 말이 진짜였어요?' 라고 소리쳤다. 그 말이 뭐냐고 묻자, 지서는 '언니가 당분간 카

페를 서준 씨한테 맡긴다고……. 잠시 어딜 갔다 와야 한다고…….'
라며 말을 채 끝마치지 못했다. 서준은 대답 대신 미소만 지었다.

서준은 지서에게 카페에 관한 간단한 것들을 배운 후 가장 먼저 저녁 아르바이트생을 구했다. 서준의 지인이자 다형의 친구로, 믿을 만한 학생이었다. 자신의 스케줄 변동이 크니 일단은 규칙적으로 일할 만한 아르바이트생을 배치시킨 후, 서준은 틈이 날 때마다 카페를 찾았다. 그것이 알음알음 소문이 났고, 어느새 다연의 카페는 '모델 신서준이 운영하는 카페'로 화제가 되었다. 저렴한 가격에 아늑한 분위기, 신서준이라는 유명세까지 등에 업자 카페는 두 배로 바빠졌다. 서준은 어쩔 수 없이 오전 아르바이트생 한 명, 오후 아르바이트생 한 명을 더 채용했다.

스케줄이 없는 날 서준은 여느 때와 다름없이 카페를 운영했다.

"저기, 사진 좀 찍어 주시면 안 돼요?"

서준이 운영하는 곳이라는 소리를 듣고 찾아온 여성팬이 조심스럽게 서준에게 말을 건넸다. 서준이 대답하려는 찰나 지서가 서준의 앞을 가로막았다.

"죄송합니다. 한 분, 두 분 찍어 드리다 보니까 팬미팅 현장처럼 되어서 카페 운영에 차질이 있습니다. 보시면 아시겠지만 카페 내부 곳곳에 '신서준 사진 촬영 금지'라고 공지사항이 적혀 있습니다. 부디 부탁드릴게요."

여성팬은 지서를 노려보며 볼멘소리를 냈지만, 지서는 끝까지 생글생글 웃으며 '사진 촬영은 안 됩니다.'라고 못 박았다. 지서의 고집에 밀린 여성팬이 투덜거리며 자리로 돌아갔다. 여성팬이 사라진 후 지서는 눈을 뾰족하게 뜨고서 서준을 노려보았다.

"출근하지 마세요."

"왜?"

서준이 샷을 내리며 담담히 물었다.

"카페 일만 해도 바쁜데 제가 자리에 없는 사장님 애인까지 관리해야겠어요?"

처음에 서준이 나타났을 땐 설레었다. 그것도 하루 이틀이었다. 어차피 남의 떡인 남자였다. 오히려 서준이 나타나면서 쉴 틈 없이 바빠져서 피곤하기만 했다.

"하라고 한 적 없어. 어차피 내가 거절하려고 했어."

서준이 지서를 흘깃 쳐다보며 말하자 지서의 표정이 한결 누그러졌다. 머리끝까지 화가 났다가도 서준과 눈이 마주치면 화가 스르륵 녹아내렸다. 잘생긴 남자한테는 오래 화를 낼 수가 없다. 지서는 괜히 멋쩍어서 헛기침을 했다.

"그래도 이미지가 나빠지면 안 되니까 제가 계속 못된 역할 할게요. 서준 씨 이미지 나빠지면 다연 언니가 얼마나 마음 아프겠어요. 다른 건 몰라도 우리 언니 마음 아프면 안 돼요. 물론 나한테 제대로 설명도 안 하고 훌쩍 미국 여행 간 건 좀 밉지만요. 나중에 다연 언니 돌아오면 참작해서 시급 올려 달라고 대신 말 좀 해 주세요."

지서는 그렇게 말한 후 일부러 발을 쿵쿵 굴리며 자리로 돌아갔다. 서준은 지서를 흘깃 보며 픽 웃었다.

'꼬맹이 같아서 귀여워. 가끔 여동생 같아.' 라고 했던 다연의 말을 조금은 이해할 수 있었다. 지서는 다연을 온 마음으로 좋아하고 있었다. 그런 지서를 다연이 얼마나 아꼈을지 눈에 훤했다.

바쁜 일을 대충 마친 서준은 팔짱을 낀 채 잡지대에 놓인 잡지를 의아한 듯 주르륵 보았다. 카페에 놓은 잡지가 통일성이 없다. 여성잡지, 시사 잡지, 패션 잡지. 손님들을 위해 다양한 잡지를 구비해 놓았다고 보기엔 발행월도 엉망진창이었다. 시사 잡지는 세 달 전, 패션 잡지는 두 달 전, 여성 잡지는 무려 넉 달 전 것이었다. 꼼꼼하고 섬세한 다연의 성격을 돌이켜 보건대 실수가 아니었다.

손에 잡히는 대로 아무 잡지나 집어 든 서준은 스르륵 잡지를 넘겼다. 페이지 중간마다 걸렸다. 그때마다 자신의 화보나 인터뷰가 나왔다. 자세히 보니 잡지 귀퉁이가 접혀 있었다. 서준은 다른 잡지를 집어 들었다. 넘기자 이번에도 마찬가지로 자신의 화보에 걸렸다. 서준은 잡지들을 보며 곰곰이 고민했다.

그러고 보니 자신이 인터뷰를 했거나, 자신의 화보가 대량으로 들어가 있는 잡지들이었다. 서준의 입술이 길게 늘어났다.

잡지를 스르륵 넘기던 서준은 자신의 인터뷰 자료에 그어진 밑줄을 보았다. 좋아하는 음식에 별달리 할 말이 없어서 김치나 달걀 요리를 좋아한다고 대충 답했다. 그래서 몇 달간 냉장고에 김치와 달걀 요리가 늘 있었던 건가.

서준의 손끝이 다연이 집중해서 그었을 그 밑줄을 따라 애틋하게 움직였다. 다연이 없는 자리에서 다연이 차마 표현하지 못한 사랑을 느낀다.

더 자랄 수 없을 만큼 커진 주다연을 향한 마음이 오늘도 한 뼘 더 자라난다.

보고 싶다, 주다연.

울컥하는 마음을 서준은 꾹 눌러 참았다.

*

정신이 힘들 땐 정신없이 일하는 게 답이라며 매니저가 고강도의 스케줄을 잡았다. 해외 스케줄은 제외시켰다. 비행기를 타면 자신도 모르게 미국으로 가 버릴 것 같았다. 서준은 국내 스케줄에 한해서 무리라는 걸 알면서도 묵묵히 수행했다. 스케줄을 모두 마친 후 서준은 늦게라도 카페를 찾았고, 뒷정리는 꼭 자신의 손으로 했다.

다연이 씻었을 잔, 다연이 지나쳤을 길, 다연이 했을 행동을 곱씹으며 하는 동안 서준은 픽 웃기도 했고, 가끔 먹먹해서 한참을 움직이지 못하기도 했다. 시간이 흐르면 차분히 기다릴 수 있을 거라는 예상과 달리 조금씩 더 초조해졌다.

그럴 리 없겠지만 거대한 슬픔에 짓눌려 다연이 자신을 잊어버릴까 봐. 혹은 다른 세상의 삶에 길들여져 자신을 떠나 버릴까 봐.

가게 문을 닫고 집으로 향하는 길에 서준은 휴대폰을 꺼내 다연의 번호를 바라보았다. 액정에 엄지손가락이 닿을 듯 말 듯 하다가 떨어졌다. 자신의 전화가 부담이 될 수도 있다. 혹은 가까스로 잠들었을 다연이 깨어날 수도 있고. 주먹을 쥔 서준은 휴대폰을 주머니 안에 밀어 넣었다.

귀가하던 길에 갑작스레 비가 내렸다. 우산을 살 곳도 없었다. 집에 도착했을 때 서준의 몸은 축축하게 젖어 있었다. 서준은 현관과 가까운 욕실로 향했다. 안방의 욕실보다 사이즈가 제법 컸다. 이 욕실을 사용하는 건 처음이었다. 서준은 옷을 벗어 바구니에 던져 넣은 후 샤워기 아래에 섰다.

물 아래에 서 있어도, 아무리 물을 마셔도 목이 마르다.

샤워를 마친 서준은 옷을 갈아입은 후 방으로 돌아가 침대에 누웠다. 빗소리가 들렸다. 서준이 얼굴을 찌푸리며 몸을 모로 세웠다. 여전히 빗소리가 그의 뒤를 따라다녔다. 죽을 듯한 침묵보다 빗소리가 더욱 힘들다.

아버지가 떠난 날도, 아버지가 송장이 되어 돌아왔던 날도 모두 비가 내렸다. 비가 내리는 날은 서준에게 무척 힘든 날이었다. 서준은 괴로운 표정으로 몸을 뒤척거리다가 일어났다. 거실을 가로질러 지나친 서준은 다연의 방 문고리를 잡았다.

이곳에 들어가는 게 맞는 일일까. 고민하다 말고 방문을 밀고 들어가자, 다연의 향기가 훅 밀려왔다. 서준은 잠시 눈을 감고서 숨을 들이마셨다. 눈을 뜨면 다연이 마주 서서 웃고 있을 것만 같다. 왈칵 그리움이 몰려든다. 한참이나 그 자리에 서 있던 서준은 느릿하게 눈을 떴다. 검은 어둠뿐이다. 당연한 것임에도 허탈해서 서준의 어깨가 축 늘어졌다. 서준은 손으로 벽을 더듬어 불을 켰다.

말끔하게 정리된 다연의 방을 보자, 그녀의 부재가 한층 더 실감났다. 이럴까 봐 여태껏 이곳에 들어오지 못했었다. 잠시 눈을 감았다가 뜬 서준은 방으로 들어가 찬찬히 둘러보았다.

다연이 쓰던 물건, 다연이 잠들었던 침대…….

다연의 모습을 떠올리며 서준은 손끝으로 책상 끝을 쓸었다. 다연이 읽던 책을 뽑아 훑어보기도 하고, 다연이 옷걸이에 걸어 둔 옷들도 한 번씩 보았다. 다연이 즐겨 입던 외투를 잡았다. 습기를 머금은 옷이 눅눅했다.

'내 방은 습해.'

언젠가 다연이 흘리듯 하는 말에, 서준은 '방을 바꾸자.' 라고 말했으나 다연은 웃으며 고개를 가로저었다. 습하고 좁아도 어린 시절부터 쓰던 곳이라 편하다고 했다. 다연의 방에 온 탓인지 다연의 생각이 더 절실히 난다. 서준은 느리게 눈을 감았다가 뜨면 빈방을 둘러보았다. 무심코 창가에 시선이 닿았다. 환기를 시키지 않아 더 습해진 창가에 뿌옇게 습기가 맺혔다. 창문의 구석 단 한 곳을 빼고서.

서준이 천천히 다가갔다. 침대에 올라가 무릎걸음으로 창문에 다가갔다. 가로등의 붉은 불빛을 머금은 창문의 귀퉁이에, 언젠가 다연이 적어 놓았을 글씨가 자국이 되어 떠올랐다.

[서준아.]

언제, 무슨 마음으로 다연이 적었을지 모를 자신의 이름을 바라보았다. 다만 비가 오고 습기가 차오른 창문을 바라보다가 문득 생각나서 적었을 거라 추측할 뿐이었다. 서준의 입술 끝이 말려 올라갔다.

자신이 더 많이 사랑하는 줄 알았다. 다연은 표현에 인색했기에, 자신을 생각했다는 이 증거를 발견하기 전까지 그렇게 믿을 뻔했다.

자신의 등 뒤에서 자신의 이름을 그립게 불렀을 다연의 모습이 떠오른다.

서준은 눈을 감고서 다연이 남기고 간 이름 위에 입술을 가져다 댔다. 차갑고 촉촉한 물기가 입술을 적셨다.

불안해하지 않고 기다릴게.

다연이 남기고 간 마음의 조각에 대고 서준이 맹세했다.

8.

"이제 해외 좀 가자! 서준아! 네 커리어가 아무리 화려해도 이만큼 쉬면 안 돼!"

매니저 강혁이 다연의 카페인 '지금 이 순간'까지 찾아와 서준을 붙들고서 애타는 목소리로 소리쳤다. 서준은 계산대 앞을 가로막고 있는 매니저를 힐끔 보며 물었다.

"아메리카노랬지? 따뜻한 거?"

"아니. 차가운 거. 이게 아니라! 지금 아메리카노가 중요한 게 아니야! 언제까지 국내 스케줄만 소화할 거야? 벌써 3개월째야."

"벌써 그렇게 되었네."

서준은 놀랍다는 듯 짧막하게 그 말을 하곤 고개를 돌렸다.

창밖으로 푸른 빛깔의 잎사귀들이 넘실대는 것이 보였다. 맑은 하늘, 깨끗한 햇살, 투명하게 빛나는 나뭇잎들이 바람에 넘실대는 모습이 벌써 초여름이 왔음을 증명하고 있었다.

"어느새."

서준의 눈빛이 짙게 물들었다. 다연에게서 가끔 연락이 왔다. 어머니를 만났다는 메시지, 다형이와 화해했다는 메시지, 그리고 보고 싶다는 메시지까지 왔다. 서준은 그때마다 '잘했어. 오늘도 기다리고 있어.' 라는 짤막한 답변만 보냈다.

"지금 내 말 듣고 있어?"

강혁이 답답하다는 듯 물었다.

"듣고 있어."

서준이 샷을 내리며 덤덤히 답했다.

"다연 씨 언제 돌아온대? 전화해서 물어봤어?"

"아니."

"그럼 다연 씨가 돌아올 때까지 마냥 이렇게 기다리겠다는 거야?"

"응."

"신서준!"

생각할 것 없다는 듯 곧바로 답하는 서준을 강혁이 불렀다. 강혁은 서준이 다연을 얼마나 끔찍하게 생각하는지 알고 있었다. 강혁이 짐작하기로 다연을 위해 대신 죽으라면 그렇게 할 수도 있을 서준이었다. 맹목적이다시피 느껴지는 사랑이었다. 강혁도 그런 서준의 사랑을 대단하다고 인정하지만 3개월째 국내 스케줄만 소화한 채 카페에서 일하는 건 인재 낭비라고 생각했다. 그런 강혁의 속을 아는지 모르는지 서준은 시종일관 덤덤한 얼굴이었다.

"카페 수입이 나름 괜찮아. 먹고살 만해."

거기다가 서준이 화병 돋우는 소리를 천연덕스럽게 했다.

"누가 너 먹고사는 거 이야기해? 넌 내가 저번 달에 정산해 준 돈으로도 족히 1년은 먹고살 수 있어!"

"아, 확인 안 해 봤다."

서준이 뒤늦게 기억났다는 듯 고개를 들며 답했다. 강혁이 얼굴을 찌푸렸다. 대화가 겉돈다. 강혁이 하아, 하고 긴 한숨을 내쉬었다.

"내가 포기했다. 그래, 신서준. 사장님이 널 때려서라도 이탈리아로 보내라고 했지만, 내가 포기할게. 그냥 내가 사장님한테 얻어맞고 말지."

강혁이 두 손 두 발 다 들었다. 서준을 움직이려면 계약서라도 들이밀고서 강제로 움직이게 할 수 있지만 강혁은 그러고 싶지 않았다. 10대 때부터 지금껏 별 탈 없이 함께 일해 온 서준이었다. 가족이나 다름없었고, 무엇보다도 서준은 정신력으로 버티고 있다는 것이 여실히 느껴졌다.

사랑하는 사람의 부재.

모든 것에 무감한 서준이 가장 못 견뎌 하는 것이었다. 가끔 연락이 온다고 하더라도 사랑하는 사람을 보지 못하는 것을 서준은 끔찍하게 여겼다. 그걸 겪고 있는 중에도 서준이 이 정도 일상생활을 유지하고 있다는 건 언젠가 다연이 돌아온다는 사실 하나 때문이었다.

"정말 대단하다. 대단해. 주다연 씨, 아주 엄청난 여자야. 신서준을 쥐고 흔드네. 십 년 동안 나도 못 해 본 걸 몇 달 만에 해내네."

강혁이 혀를 끌끌 차며 계산대에 비스듬히 기대섰다. 서준에게서 아무 대답이 돌아오지 않자, 강혁이 힐끔 서준을 보았다.

"너, 엄청 말랐다. 살 좀 찌워."

강혁이 유난히 더 길어 보이는 서준의 팔을 안쓰럽게 쳐다보며 말했다.

"노력 중이야."

"운동도 그만하고."

"응."

"커피나 빨리 줘. 마시고 가게."

"형."

"왜?"

"전에 말한 그 일, 할게."

서준이 강혁에게 아이스 아메리카노를 내밀며 말했다.

"무슨……. 그 일?"

무슨 소리냐는 듯 반문하려다 무언가 기억난 듯 강혁이 고개를 들었다. 강혁은 작년부터 서준에게 모델 기획사 일을 함께하자고 제안했었다. 서준은 모델 보는 눈이 좋았고, 신인 모델들을 교육시키는 데 탁월한 재주가 있었다. 특히 서준은 모델의 장점과 단점을 파악해 차후에 어떤 방향으로 일을 하면 좋을지까지 빨리 캐치해 냈다. 강혁은 서준의 모델 능력만큼이나 매니지먼트 능력을 높이 사고 있었다.

"당장은 아니야. 차근차근 시작할게."

서준이 한 걸음 물러났다.

"죽어도 안 할 것처럼 굴더니 갑자기 왜?"

강혁이 의아한 듯 물었다. 얼마 전까지만 해도 서준은 모델 일을 은퇴하면 카페에 눌러앉을 것처럼 굴었다. 커피향을 맡으면 기분이 좋다는 둥, 두 사람이 나란히 서서 일하기 딱 좋은 구조의 카페라는 둥의 말로 번번이 강혁의 속을 뒤집어 놓던 서준이었다.

"그냥. 하고 싶어서."

서준은 일회용잔에 스트로우를 꽂으며 웃었다. 강혁에게 말하지 않았지만, 서준은 조금 더 안정적인 사람이 되고 싶었다. 다연에게 경제적으로 풍족한 삶을 누리게 해 주고 싶었다. 자신이 이 일을 좋아하기도 했고.

"나중에 딴소리하기 없기다, 너!"

강혁이 신난 얼굴로 소리쳤다.

"알았어."

"후우, 일단 이 사실을 전하면 사장님이 내 등짝을 때리진 않겠네. 알겠다! 자세한 건 내일 와서 이야기 나누자! 사장님이랑 의견 조율도 해야 하니까, 되도록 사무실로 나와. 알았지?"

갑자기 힘이 난 듯 강혁이 아이스 아메리카노를 손에 쥐며 크게 말했다. 서준이 알겠다는 듯 고개를 끄덕였다. 문을 밀고 나가는 내내 강혁은 '약속했다!'라는 말을 반복해 소리친 후 사라졌다. 강혁이 사라진 방향을 바라보던 서준이 픽 웃었다.

"형, 매니저 형 또 다녀갔어요?"

얼마 전에 새로 뽑은 아르바이트생인 준호가 재고 조사를 마친 후 창고에서 나오며 물었다.

"어."

"어쩐지. 목소리가 그랬어요. 얼굴을 몰라도 목소리는 맨날 듣잖아요. 그래서 기억해 뒀어요."

준호가 씩 웃었다.

"준호야."

"네, 형."

준호가 서준의 부름에 단번에 달려왔다.

"다음 주에 시간 있어?"

"언제요?"

"오전에."

준호가 생각하는 듯 눈을 굴리다 답했다.

"음, 있어요. 다음 주 오전엔 다 가능해요."

"그럼 나랑 우리 사무실 가자."

"네?"

준호가 무슨 소리냐는 듯 물었다.

"모델 하고 싶다며. 테스트 받으러 가자."

"네? 그, 그거야 그런데……."

갑작스런 말에 얼떨떨한 표정을 지었다. 모델 지망생인 준호가 유복한 집안임에도 불구하고 이 카페에서 일을 하는 이유는 서준 때문이었다. 서준이 나온 잡지라면 모두 구매할 정도로 서준을 열렬히 좋아하는 준호는 자연스럽게 모델을 꿈꿨다. 그렇게 마냥 꿈꿨을 뿐, 실제로 이루어지리라 여기진 않았다.

"그냥 뱉은 말이었어?"

서준이 비스듬히 기대서며 물었다.

"아뇨. 그건 아닌데…… 갑작스러워서."

"그럼 간다고 알고 있을게."

서준이 대답을 기다리기 귀찮다는 듯 못 박았다.

"네? 네. 네. 형."

준호가 얼떨떨한 얼굴로 고개를 끄덕였다. 그러고는 멍한 얼굴로 서준을 보았다. 서준은 그런 준호를 지그시 쳐다보다가 물었다.

"뭐해? 가서 화장실 청소해야지."

"네, 형."

서준의 말에 준호가 허겁지겁 화장실로 달려갔다. 서준은 준호가 사라진 방향을 보았다.

준호가 '제 꿈은 형처럼 모델이 되는 것입니다!' 라고 하기 전에 이미 서준은 그를 모델감을 점찍어 놓았다. 그의 감이 그렇게 말했다. 그렇게 판단했음에도 서준이 준호를 곧장 매니지먼트로 데려가지 않고 매니저가 올 때마다 창고에 숨겨 두었던 이유는 카페에 알바생이 급하기도 했고, 인성이 궁금하기도 했기 때문이다. 한 달간 데리고 있다 보니 이래저래 재목도 좋고, 인성도 좋아 보여 준호 때문에 강혁이 힘들 일은 없어 보였다. 서준이 고개를 돌려 창밖을 보았다.

바람 따라 나뭇잎이 물결쳤다. 틈새로 햇살이 반짝였다가 가리기를 반복했다. 지독하게 맑은 날씨였다. 봄도 함께 맞이하지 못했는데 어느새 눈부신 초여름이었다. 계절은 변하지 않았으면 해도 조금씩 변하고, 시간은 흐르지 않았으면 해도 조금씩 흐른다.

겨울옷이 걸려 있는 다연의 방과, 자신을 빼고서.

✱

어젯밤 오후에 시작된 촬영이 다음 날 아침까지 이어졌다. 광고주의 변덕에 광고가 몇 번이나 중단되었고, 한밤중엔 광고주와 제작사 간의 마찰까지 생겼다. 새벽이 되어서야 합의점을 찾았고, 촬영은 아침이 되어서야 끝났다.

"서준아."

다리를 두드리는 손길에 서준이 눈을 떴다. 잠깐 잠이 든 모양이었다. 자동차에서 내리려던 서준이 창밖을 보곤 멈칫했다.

"카페로 가자니까 왜 집으로 왔어?"

서준이 강혁의 뒤통수를 보며 물었다.

"너 그 상태로 카페 갔다가 쓰러져. 잠시라도 좋으니까 눈 붙여. 내가 너 대신에 준호랑 지서한테 카페 오픈 준비 잘하라고 연락해 놨어."

"하아."

낮은 한숨 소리에 강혁이 사이드미러로 고개를 푹 숙이고 있는 서준을 보았다. 강혁은 인상을 썼다.

"카페 쓸고 닦는다고 다연 씨 하루 더 일찍 오는 거 아니니까 그만 집착하고 가서 쉬어. 내일 스케줄 잊지 말고. 너 감기 기운도 있어 보이더라."

"어, 알았어. 형도 조심해서 가."

이미 집에 도착했으니 어쩔 도리 없었다. 카페로 다시 가자고 한들 강혁이 들어줄 리 만무했다. 집에 가서 옷을 갈아입고 카페로 갈 생각을 하며 서준이 자동차에서 내렸다.

눈이 부셨다. 서준은 잠시 눈을 감았다 떴다. 하루가 다르게 햇살이 더욱 눈부시게 변했다. 막 주차장으로 들어선 차가 빵 하고 클랙슨을 울렸다. 서준은 주차장을 가로질러 타일이 깔린 인도로 향했다.

인도 위에 푸른 잎들이 어지럽게 널려 있었다. 바람에 이기지 못하고 떨어진 잎사귀를 바라보던 서준은 문득 바람이 조금 습해졌다는 것을 느꼈다. 고개를 들자 잎사귀가 이전보다 조금 짙은 빛을 발하고 있었다. 어느새 초여름도 끝나 가려 하고 있었다.

아파트 단지를 따라 심어진 나무들의 짙은 잎사귀, 푸른 하늘에 깔린 하얀 구름을 스치던 서준의 시선이 앞을 향했다. 느릿하게 걸어가던 서준의 걸음이 멈췄다.

하얗게 빛나는 세상 속,

"서준아."

그리운 목소리가 바람에 실려 온다.

"서준아."

다시금 그리운 목소리가 들려온다.

자신을 부르는 소리에 서준이 한 걸음 걸었다. 환상이라면 깨어질까, 꿈이라면 흩어질까 봐 숨조차 쉬지 못한 채 조심히 걸었다. 한 발, 한 발 나아가던 걸음이 어느새 빨라졌다.

나무 그늘 아래에 서 있는 그녀를 붙잡은 서준의 눈동자가 빠르게 움직였다. 성급하게 움직이는 눈동자가 자신이 제대로 보고 있는 게 맞느냐고 물었다. 다연이 손을 뻗어 서준의 뺨을 쓸어내렸다.

"오랜만이야. 늦어서 미안해."

몇 개월간의 시간이 고통스러웠다는 걸 반증이라도 하듯 초췌하게 마른 모습으로 다연이 웃었다. 다연이 맞다는 것을 확인하자 비로소 서준의 눈동자가 제 색을 띠었다. 마음 놓이는 듯 편히 웃은 서준이 입술을 달싹였다.

"왔으니까 됐어."

3개월이 3년 같았다. 때때로 1초가 10년 같았다. 흐르는 시간을 버텨 내기가 힘들어서 고통스러웠다. 그럼에도 모두 다 괜찮다.

"다시 왔으니까."

서준이 다연의 양쪽 뺨을 감싸고서 입을 맞췄다.

잎사귀가 바람 따라 흔들리며 끝없이 파도 소리를 냈다.

막바지 초여름의 어느 날, 한 연인이 다시 만났다.

—*Fin*

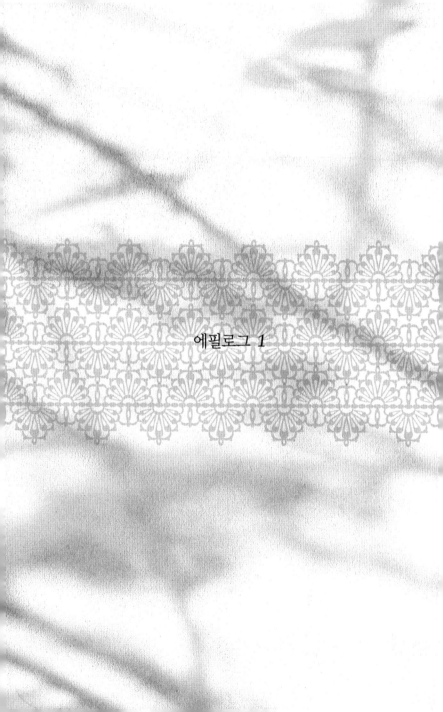

에필로그 1

물병에 깨끗한 물을 담아 병실로 향하던 다연은 주위를 둘러보았다. 늦은 시간이라 오전보다 덜했으나 아직도 곳곳에 외국인들이 있었다. 최대한 다른 사람과 부딪치지 않게끔 조심해서 복도를 걸어가는데 다형이 앞을 가로막았다.

　"누나."

　다연을 부르는 다형의 두 눈이 퉁퉁 부어 있었다.

　"어. 가서 좀 자지."

　"누나야말로 가서 쉬어. 누나, 며칠째 날 새우고 있는 줄 알아?"

　다연은 미국행 비행기에서도 잠을 자지 못했다. 미국에 와서는 시차 적응이 덜 됐다는 이유로 밤에 자지 않았고, 낮에도 지쳐서 잠깐 조는 것이 전부였다. 며칠 새에 다연의 몸은 툭 건드리면 쓰러질 만큼 연약해져 있었다.

　"괜찮아. 아직 낯설어서 그래. 잠자리 바뀌면 잠 못 자는 거 알잖아."

다연이 희미하게 웃었다.

"그래도 며칠째인데. 그러다가 누나 몸 축나."

"걱정하지 마. 아버지는?"

"내일 출근하셔야지. 내가 보냈어."

다형의 말에 다연은 말없이 고개를 끄덕였다. 미국 내 IT 업체 사업을 하고 있는 아버지는, 요즘이 한창 바쁠 때라고 했었다.

"밤엔 내가 지킬게. 넌 내일 아침에 와."

"그래도……."

"둘 다 날 새우는 건 체력 낭비야. 최대한 체력 아껴 가면서 병간호해야 우리도 편하고…… 어머니도 편하셔."

어머니라는 말을 할 때 다연이 잠시 머뭇거리는 것을 다형이 알아챘다. 그러나 '알았어.' 라고 말하며 순순히 물러났다. 착하네, 다연이 다형의 머리를 쓰다듬어 준 후 물병을 꼭 쥔 채 어머니의 병실로 걸어갈 때였다.

"누나."

늦은 밤 텅 빈 복도에 다형의 목소리가 울렸다. 다연이 대답 대신 돌아섰다. 잠시 고민하는 듯 어쩔 줄 몰라 하던 다형이 한참 만에 말을 꺼냈다.

"미안해."

갑작스레 복도를 텅 울리는 다형의 말에 다연이 느리게 눈을 감았다가 떴다.

"뭐가."

"그때 그 말."

콕 집어 말하지 않았으나 다연은 한 번에 알아들었다. '어느 여자 딸인지도 모르는 누나'라고 했었다. 그때 그 말이 다연에게 다형의 얼굴을 마주 보는 것이 힘겨울 만큼 깊은 상처로 남았다. 절대로 듣고 싶지 않았던 말을 들은 기분, 결국은 서로의 관계에 끼여 있던 1%의 이물질을 기어코 발견한 느낌에 절망했다.

그러나 다연은 희미하게 웃었다.

"이젠 괜찮아. 진심으로."

미국으로 오는 비행기 안에서 끝없이 이어진 하늘을 보다가 다연은 죽음에 대해 생각했다. 자신이 죽고 나면 가장 후회할 게 무엇일까. 그러자 가장 먼저 서준이 떠올랐고, 이후에 다형과 아버지가 떠올랐다. 그러다 깨달았다. 자신이 1%의 부정적인 이물질 때문에 순수한 감정인 99%를 낭비하고 있었다는 것을.

다형의 말에 상처받았다는 것은 결국 다형을 사랑하고 있다는 증거였고, 자신은 1%의 부정적 감정 때문에 99%를 포기할 수 없는 사람이었다. 1%를 감수하자. 조금 힘들고, 어렵겠지만 그보다 더 어려운 일도 해내며 살았다. 더군다나 죽음을 맞이하면 모든 것이 끝이다. 그렇게 생각하는 순간 다연의 마음은 더할 나위 없이 슬퍼졌고, 동시에 편안해졌다.

다연은 불안한 표정으로 자신을 보고 있는 다형에게 다가갔다. 예전처럼 다형의 옷깃을 정리해 주었다.

"너도 나 때문에 상처 입었겠지."

모두를 사랑하고 싶지 않아서 자신이 마음의 빗장을 잠근 날, 다형은 이유도 모른 채 자신의 애정을 빼앗겼다. 순진하던 눈동자가 처연하게 변한 걸 보면서도 다연은 모르는 척했다. 그 이후 다형은 상처받았음이 분명함에도 모르는 척 다연에게 해맑게 웃으며 누나 하고 다가왔었다. 그날부터 지금껏 다형은 꾸준히 상처를 입고 있었을 거다.

다연의 손이 다형의 퉁퉁 부은 눈에 닿았다. 눈두덩이가 뜨거웠다.

"그러니까 괜찮아. 이제 잊어버리자. 다형아."

모든 것이 끝나기 전에, 이 아픔은 잊어버리자.

차분한 다연의 목소리에 짙은 슬픔이 얹혀 있었다. 다형은 입술에 힘을 주며 억지로 참았으나 눈가가 붉어지는 것까진 멈추지 못했다.

"고마워, 누나."

다형의 목소리가 바들바들 떨렸다. 다연은 다형의 머리를 쓰다듬어 주었다. 팔을 꽤 뻗어야 했다. 그러고 보니 키가 많이 컸다. 자그맣던 얼굴은 이토록 커졌고, 수염도 거뭇거뭇 날 만큼 어른이 되었다. 다연은 아주 오랜만에 다형을 본 듯한 기분이 들었다.

내 동생 주다형.

다연은 울먹거리다가 울음을 터트리는 덩치 큰 동생의 머리를 한참이나 쓰다듬어 주었다.

✳

어머니는 노인들이 종종 걸린다는 담관암에 걸렸다. 속이 뜨겁고 아파도 그저 위장장애인 줄 알고 무심코 넘겼던 어머니는 산책을 하던 중 길가에서 쓰러졌다고 했다. 병원에 실려 왔을 땐 이미 수술조차 불가능할 만큼 늦은 상태였다고 했다.

아버지는 수술하기를 원했으나, '하루라도 더 살 수 있는 가능성이 높은 쪽을 택하고 싶어요.' 라는 어머니의 말에 결국 눈물을 흘리며 수긍할 수밖에 없었다고 했다. 아버지도 어머니와 하루라도 더 지내고 싶어 했다.

이후 어머니는 한국으로 돌아가고 싶다는 의사를 밝혔으나 장시간의 비행기 탑승은 무리라는 의사의 말에 포기할 수밖에 없었다. 실제로 통증이 극심하여 어머니는 그럴 거라고 미리 짐작은 하고 있었다고 했다. 어머니는 두 아이들에게 자신의 병을 알리고 싶어 하지 않았다. 그러나 극심한 통증이 이어지고 자신의 삶이 얼마 남지 않았다는 생각이 들 즈음, 돌연 마음을 바꾸었다.

'한 번은 봐야겠어요. 우리 다연이와 다형이.'

그 말에 아버지는 한국으로 자신과 다형을 데리러 왔다고 했다.

다연은 처음 미국을 찾아 어머니를 만나기 위해 병실 앞에 섰을 때 연기처럼 사라지고 싶은 마음 절반, 어서 들어가서 어머니의 얼굴을 보고 싶은 마음 절반이었다. 숱한 갈등을 내리다가 결론을 내리지 못했을 때 다형이 병실 문을 벌컥 열었다.

'엄마.'

다형이가 병실에 들어서며 어머니를 불렀다. 다형은 성큼성큼 걸어갔고, 다연은 다형이 사라진 후에야 어머니를 볼 수 있었다. 곱고 다정하던 어머니는 겨울나무가 되어 있었다. 검고, 앙상하며, 초라하고, 을씨년스러운 느낌. 어머니는 다형이가 아니라 다연을 먼저 보고는 멋쩍게 웃었다.

'왔니?'

어색한 목소리로 어머니가 말했다.

'네.'

'이런 꼴이라서 미안하구나.'

다연은 목이 메어서 대답하지 못했다.

그 만남이 있은 지 정확히 일주일 후, 간호의 순서를 바꿔 손이 많이 가는 낮에는 다연이가, 밤에는 다형이가 병간호를 번갈아 가며 했다. 외국인 간병인에게 몸 맡기는 걸 어색해하는 어머니를 위한 배려였다. 어머니는 '내가 자식들한테 민폐를 끼치는구나.' 라며 씁쓸한 얼굴로 중얼거렸다. 다형은 그런 소리 하지 말라며 펄쩍 뛰었고, 다연은 아무 말도 하지 못했다. 그저 낯설어서 어머니의 얼굴을 보고 또 볼 뿐이었다.

아버지는 틈틈이 병원에 찾아 어머니와 함께 시간을 보냈고, 주름지고 지친 어머니의 뺨에 입을 맞춰 주었다. 다연은 그 모습을 볼 때마다 서준을 떠올렸다. 자신이 아파서 지쳐 있어도 그는 입을 맞춰 줄 거다. 그리고 그림 같은 미소를 지으며 '사랑한다' 속삭여 줄 거다. 그때마다 급습한 외로움에 마음이 타는 듯했고, 서준의 목소리를 듣고 싶었다. 그래도 참았다. 목소리를 들으면 한없이 무너질 것만 같아서 꾸역꾸역 참았다. 이따금씩 그가 걱정할까 봐 문자를 보내는 것이 전부였다.

다음 날 병원으로 나온 다연은 침대에 엎드린 채 잠깐 잠이 들었다. 선잠을 자고 있는데 뺨 위로 나뭇가지가 스치듯, 무언가가 스윽 스쳤다. 다연은 굳이 고개를 돌리지 않아도 마른 손이 누구의 것이 알고 있었다.

"이 뺨이었지? 내가 그날 때렸던 뺨이……."

어머니의 혼잣말이 들렸다. 그 후 어머니는 한참이나 다연이의 왼쪽 뺨을 만지고, 또 만지다가, 소리 죽여 울었다. 다연은 깨어났으나 눈을 뜨지 못했다. 어머니가 지쳐서 잠드신 후에야 눈물 젖은 얼굴을 가리고서 화장실로 뛰어갔다.

이후 다연이 잠들 때면 어머니는 하염없이 다연의 왼쪽 뺨을 만졌고, 다연은 어머니가 만져 주는 것이 좋아서 일부러 잠이 든 척했다.

그러던 어느 날 다연은 용기 내어 어머니의 손을 천천히 감싸 쥐었다. 깜짝 놀란 어머니가 아무 말도 못 한 채 다연을 보았다. 다연은 어머니의 손을 보았다. 자신을 키워 주었던 손이었다. 언제나 크고 따뜻했던 손. 그 손이 이젠 자신의 손아귀에 다 들어올 만큼 작고 말라 있었다. 서서히 죽음을 향해 가고 있는 몸, 그 몸이 슬프다.

"다연아."

어머니가 놀란 얼굴로 그녀의 이름을 불렀다.

"……괜찮아요. 안 아파요. 왼쪽 얼굴."

다연은 웃지도, 울지도 못하는 고통스런 표정으로 소리 내어 말했다. 서서히 어머니의 얼굴이 일그러지더니 마른 뺨 위로 눈물이 후두둑 떨어져 내렸다.

"미안해, 다연아. 내가 미안해. 내가 미쳤었나 봐."

어머니가 입술을 틀어막은 채 끝없이 사과를 했다. 다연은 자신을 때린 이후 긴긴 세월 죄책감에 스스로를 괴롭혔을 어머니를 이제야 알아보았다. 자신만큼이나 놀라고 어색했을 어머니.

자신은 왜 이제야 이 사실을 제대로 볼 용기를 가진 건지…….

왜 서로가 기다리고만 있었는지…….

뒤늦은 후회가 끝없이 밀려와 마음을 내려치고 때렸다.

다연의 일그러진 뺨 위로 눈물이 뚝뚝 떨어져 내렸다.

"이제는 정말로…… 괜찮아요. 하나도 안 아팠어요."

다연이 억지로 입술을 비틀며 웃어 보였다.

어머니가 자신을 사랑하지 않아도, 자신이 좀 더 사랑하면 되는 일이었다. 마음에 빗장을 건다고 해서 이미 사랑한 사람을 내칠 수 있는 게 아니었는데. 어리석고 아둔한 자신은 이제야 그 사실을 알아챘다.

"한 번만 안아 보자."

눈물을 흘리던 어머니가 앙상한 두 팔을 벌렸다. 다연은 수많은 감정을 안고서 그 품에 안겼다.

이별. 왜 사람은 그 위치에 서서야 존재의 가치를 아는 걸까. 긴긴 세월 서로가 충분히 사랑할 수 있던 시간을 내버려 두고, 왜 막바지가 되어서야…….

초등학교를 졸업한 이후, 다연은 처음으로 어머니의 품에서 안겨 울었다. 마르고 딱딱했으나, 여전히 그 품은 따뜻했다.

✲

'죽거든 한국으로 데려가 줘요. 전에 봤던 그 수목장에 묻어 줘요.'

죽기 직전 어머니가 꺼냈던 말에 따라 수목장을 진행했다. 어머니의 뼛가루가 느티나무 근처에 뿌려졌다. 국립 수목장을 벗어나며 다형은 말없이 편지 한 장을 내밀었다. 모두가 국립 수목장을 벗어났으나, 다연은 느티나무에 쭈그리고 앉아 맥없이 편지를 뜯었다. 바람이 불어 머리카락이 날리고, 편지 끝이 펄럭였다.

[다연이에게.]

첫 줄에 적힌 삐뚤삐뚤한 글씨를 보자마자 마른 눈가로 눈물이 비집고 나왔다. 다연의 눈동자가 천천히 아래로 향했다.

글씨를 예쁘게 쓰고 싶었으나 힘이 없어 글씨체가 엉망이라는 말로 편지가 시작되었다. 서준을 보고 가지 못함이 미안하다는 말과 함께 어머니가 오랜 시간 묵혀 두었던 고백이 이어졌다.

남편의 과거 여자를 오랜 시간 질투했었노라고. 자신이 사랑하는 남자의 과거를 아는 여자, 자신이 사랑하는 남자가 그토록 사랑했다는 여자라는 사실에 여자로서 가끔 화가 났고, 그 못난 마음이 자신의 눈을 가렸다고 했다. 의무감에 다정하되 사랑하지 말자는 못난 오기를 부렸었다고 했다. 그 오기가 결국 모두를 상처 입히게 되었다는 걸 미국에 와서야 알게 되었다고 했다. 자신이 얼마나 무모한 짓을 한 것이며, 자신이 누굴 사랑했는지. 그땐 이미 전화 통화조차 맘 편히 할 수 없을 만큼 멀어진 거리를 느꼈다고 했다. 자신의 애정을 불편하게 느낄 걸 알아서 참는 게 최선이었다고 했다.

다연의 눈물 어린 시선이 느릿하게 편지의 아랫줄로 향했다.

[사과한다고 해서 받아 줄 수 없다는 걸 안다. 비겁한 선택이고 내 죄가 크니까. 그래도 꼭 전하고 싶었다. 미안하다, 다연아.

그날 너의 뺨을 때린 것도, 나를 바라보던 초롱초롱한 눈을 외면한 것도. 긴긴 시간 너를 외롭게 한 것도. 지난 시간을 돌이킬 수만 있다면 영혼이라도 팔아서 돌아가고 싶구나. 그럴 수만 있다면 너를 안고 이야기해 주고 싶구나.

너는 내 딸이다. 너는 내 딸이야.

누구에게서 나왔든, 어디서 우리가 만났든, 결국 너는 내 딸이야.

이제 이 말을 전하기에 나는 못나고 부족해서 결국 도망치듯 편지로만 남기는구나.

내 인생에서 가장 행복한 날은, 너와 함께했던 마지막 삼 개월이란
다.

내 딸 다연아, 사랑한단다.

다음 생에 또 만나.]

"흡."

마지막 문장을 보던 다연이 결국 입을 틀어막았다.

어머니의 죽음을 목도했을 때에도, 그 뼛가루를 나무에 뿌릴 때에
도 깨닫지 못했던 이별이 실감났다.

정말로 당신이 사라졌구나. 태어나 가장 처음으로 열렬히 사랑했던
당신이 결국은…….

다연은 편지를 품에 안으며 눈을 감았다.

후드득, 후드득. 아주 오랫동안 맑은 하늘 아래 비가 내렸다.

에필로그 2

"그러니까, 두 사람이 사귄단 말이지?"

다형이 믿기지 않는다는 듯 떨떠름하게 물었다. 벌써 3번째 이어진 질문임에도 다연은 느리게 고개를 끄덕였다. 다형은 멍한 표정을 지었다. 오늘 아침 할 말이 있으니 빨리 귀가하라는 다연의 말을 들을 때부터 기분이 이상했다.

평소보다 일찍 귀가한 다형은 거실에서 가방을 벗다가 우연히 손잡고 들어오는 다연과 서준을 보았다. 두 사람이 왜 손을 잡고 들어오냐는 말에, 서준은 '손잡을 사이니까.' 라고 덤덤히 답했다. 그 후, 다형은 다연과 서준을 거실 테이블에 앉혀 놓고 10분 째 넋이 나간 표정을 짓고 있었다. 계속해서 '두 사람이 사귄단 말이지?' 라는 말만 반복하면서.

"그러니까 언제부터? 우리가 미국 가기 전부터였어?"

귀국한 지 열흘밖에 지나지 않았다. 열흘 만에 사귄 사람들치곤 다연과 서준은 지나치게 다정했다. 다른 사람이면 몰라도 다연의 성격을 보건대 그런 다정함은 열흘 안에 나오기 불가능한 것이었다.

"응, 몇 달 됐어."

다연이 고개를 끄덕였다.

"그거 이야기하려고 일찍 오라고 한 거야?"

"응."

"하아."

다형이 한숨을 내쉬며 서준을 보았다.

"반대하는 불상사는 없었으면 좋겠다."

서준이 덧붙이는 짤막한 말에 다형은 기가 막혔다. 다연의 사생활이기 때문에 자신이 왈가왈부할 수 없었다. 더욱이 다연과는 미국에서 극적으로 화해한 후 겨우 사이가 좋아진 터라, 굳이 연애를 반대해서 사이를 틀고 싶지 않았다. 다만, 다형은 다연이 걱정스러웠다.

"누나, 서준이 형 감당할 수 있겠어?"

다형이 상체를 앞으로 숙이며 진지하게 물었다.

"어. 할 수 있어. 걱정하지 마."

미국을 다녀온 후로 몰라보게 밝아진 다연이 생긋 웃으며 고개를 끄덕였다. 봄에 꽃이 만개한 것처럼 화사한 미소를 보는 순간, 다형은 더 이상 자신이 걱정할 필요가 없다는 생각이 들었다. 다연을 저렇게 웃게 만드는 남자였다. 서준이 고아라든가 지나치게 유명 인사라든가 하는 건 다연에게 전혀 상관없는 일이었다. 더욱이 서준은 집에 들어온 이후 지금껏 단 한 번도 마주 잡은 손을 놓지 않았다.

"아버지도 아셔?"

"대충 눈치채신 것 같아."

"그래. 아버지 눈치가 귀신이지."

다형이 한마디 덧붙이며 혀를 끌끌 찼다. 아버지가 눈치를 챘음에
도 반대하지 않았다는 건 어느 정도 허락한 것이나 다름없었다. 다형
은 고개를 들어 다시 한 번 서준과 다연을 번갈아 보았다. 두 사람의
교제 사실을 알고 난 후라서 그런지 두 사람의 모습이 닮아 보였다.

"그래서 내가 이 집에서 겉도는 느낌을 받았구나……. 하아. 생각
지 못한 반전이네요. 술 한잔할래요? 들을 이야기도 많고, 할 이야기
도 많고, 오랜만에 친목도 다져야 할 것 같고요."

다형이 불쑥 물었다.

"그래."

서준이 답했고, 다연이 일어나 '내가 준비할게.' 라며 부엌으로 움
직였다. 뒤따라 일어나려는 서준을 다형이 불러 세웠다.

"형은 잠시만요."

부엌에 시선을 둔 서준이 마지못해 자리에 앉았다.

"왜?"

다형이 얼굴을 찌푸린 채 서준을 무섭게 노려보았다. 그러나 서준
의 표정은 조금의 변함도 없었다. 오히려 뭐하냐는 듯 무심했다.

"내가 우리 누나 속을 많이 썩이긴 했지만요. 다른 남자가 우리 누
나 속 썩이는 건 못 봐요."

다형의 삼엄한 경고에 서준의 입술이 늘어났다. 서준은 느릿하게,
그러나 진심을 다해 고개를 끄덕였다.

"그래. 안 썩일게."

"약속했어요."

"그래."

"근데, 형. 김수진이랑 아무 사이도 아니에요?"

"어."

"지나가다가 스친 적도 없어요?"

"광고 촬영 한 번 한 적 있어."

서준도 자신과 김수진의 연애에 관한 소문을 들었다. 광고 촬영 딱 한 번 한 사이인데 갑작스럽게 금융가로부터 교제한다는 헛소문이 돌았다. 기획사는 오히려 김수진과의 스캔들로 유명세를 더 탈 수 있다며 내버려 두었고, 김수진 기획사만 소문을 불식시키기 위해 바빴다. 서준은 다형이 무엇을 걱정하는지 알아챘다. 아무 사이도 아니라고 말을 하려는 순간, 다형이 심각한 얼굴로 물었다.

"김수진, 예뻐요?"

"……뭐?"

뜬금없는 물음에 서준이 의아하다는 얼굴로 되물었다.

"연락처 있어요?"

"……."

"통화 한 번만……. 이상형이라서……."

점점 다형의 뺨이 붉어졌다. 서준은 할 말을 잃었다. 방금 전까지 자신에게 '우리 누나 속 썩이면 가만히 안 돼요.' 라고 했던 든든한 남동생은 오간 데 없이 사라졌다. 서준은 조용히 자리에서 일어나 다연이 있는 부엌으로 걸음을 옮겼다. 등 뒤에서 '아, 형! 한 번만!' 이라고 조르는 다형을 무시한 채.

*

어느새 성큼 가을이 다가왔다. 날이 쌀쌀해지자 카페를 찾는 손님이 부쩍 늘었다. 그렇지만 카페가 가장 한산해야 할 오전 10시에 테이블에 손님들로 꽉 찬 건 처음 있는 일이었다.

테이크아웃 주문을 제외하곤 손님을 받을 수 없게 되자 오히려 다연은 한가해졌다. 느긋하게 싱크대를 정리한 다연은 자리에 앉아 휴대폰을 들었다. 아까부터 계속 문자 도착음이 울렸다. 메시지를 확인하니 주은을 포함한 지인들이 보낸 것이었다. 총 3통이었다.

[진짜야?]

아주 오랜만에 동창이 대뜸 한 문장 보냈다.

[너! 퇴근하고 딱 있어! 내가 찾아갈 테니까!]

주은이었다. 흥분한 게 문자로 느껴졌다. 어리둥절해진 다연이 다음 문자로 넘겼다.

[언니, 결혼해요? 신서준 씨랑?]

지서의 문자에 다연은 자신도 모르게 '뭐?' 라고 소리 냈다. 손님들이 놀라서 쳐다봤다. 다연은 멋쩍은 웃음을 지으며 고개를 숙였다. 그러고는 얼른 휴대폰으로 인터넷에 접속했다. 신서준 결혼, 이라는 검색 따윈 필요치 않았다.

[신서준, 일반인 여성과 결혼 예정]

메인에 떠 있는 기사를 클릭하자 곧바로 내용이 떴다. 한 달 전 연애 사실을 밝힌 신서준이 연애 중인 일반인 여성과 결혼한다는 게 기사의 주요 골자였다.

"말도 안 돼."

다연이 인상을 쓰며 중얼거렸다.

"뭐가."

대뜸 들리는 목소리에 다연이 고개를 들었다. 포스에 몸을 기대고 선 서준이 싱긋 웃었다. 얼마 전 촬영 때문에 검은 머리로 염색한 그가 머리카락을 쓸어 넘겼다. 다연이 서준의 앞으로 휴대폰을 다급히 들이밀었다.

"기사 봤어?"

"한 시간 전에."

덤덤히 대꾸하는 서준을 보며 다연은 할 말을 잃었다.

"반박 보도 안 했어?"

"사실인데 뭐하러."

굳이 귀찮은 일을 할 필요 있냐는 듯한 말투였다. 오히려 결혼설이 터진 후로 그는 설레는 표정이었다. 다연은 다시 한 번 할 말을 잃었다.

한 달 전 데이트하다가 우연인지, 파파라치인지 알 수 없는 기자에게 사진이 찍힌 후 연애 사실이 공개되었다. 다연은 서준의 커리어를 비롯해 자신의 사생활 보호를 위해서라도 공개 연애를 부인해 주길 바랐지만, 서준은 '늦었어.'라는 말로 휴대폰을 들이밀었다. 거기엔 '신서준 연애 사실 수긍, 좋게 봐 달라고 전해.'라고 쓰여 있었다. 그때도 맥없이 당했는데 결혼만큼은 어물쩍 넘어갈 수 없었다.

다연이 단호한 얼굴로 말했다.

"결혼설은 사실이 아니잖아."

"어차피 할 거잖아."

"……."

"아니야?"

입을 꾹 다무는 다연을 보며 서준의 눈이 조금 커졌다. 자신이 본 것을 믿기 힘들다는 표정이었다. 다연은 잠시 시간 차를 두고 답했다.

"아직…… 일러. 못 한 것도 있고."

"유학 계획 중이야?"

서준의 목소리가 낮아졌다.

"아니."

"그럼 결혼을 안 할 만큼 못 한 일이 뭔데?"

다연이 잠시 입술을 달싹이다가 입을 다물었다. 잠시 호흡을 고른 다연이 말했다.

"그런 게 있어. 꼭 해야 할 일."

"나한테도 말 못 할 만한 건가."

서준의 눈이 가늘어지면서 예리한 빛을 냈다. 톡, 톡. 서준의 긴 손가락 끝이 테이블 위를 두드렸다. 이 상황이 못마땅하다는 것을 여실히 드러내고 있었다.

"지금은 좀 그래."

다연이 우물쭈물 대답했다.

"그래서 결혼 안 하겠다고?"

"하긴 하겠지만, 지금은 아니야."

다연이 다시 한 번 못 박았다. 서준의 표정이 굳었다. 자신을 볼 때면 한없이 다정한 표정만 보이던 서준이 정색한 건 처음이었다. 다연은 움찔하긴 했으나 의사를 번복하진 않았다. 서준은 고집 부리는 다연을 내려다보며 딱딱하게 말했다.

"난 반박 보도 낼 생각 없어. 회사에도 그렇게 말했어. 어차피 우리 결혼하긴 할 거니까. 언제가 되었든."

"지금이 아니잖아. 그러니까 내가 기자를 직접 만나서 반박을……"

다연이 다부지게 말할 때였다. 서준의 손이 다연의 턱을 치켜들게 했다. 그대로 입을 맞춰 왔다. 한 번, 두 번, 세 번쯤 입맞춤이 이어질 무렵 다연이 서준을 밀어냈다. 다연이 손님들도 있는 데서 왜 이러냐는 듯 눈을 크게 떴다. 순간, 서준의 입술이 길게 늘어났다. 눈이 부실 만큼 아름다운 미소지만, 다연은 섬뜩한 불안함을 느꼈다. 서준은 다연의 귀 뒤로 머리카락을 넘겨 주며 작게 속삭였다.

"결혼설이 뜬 후에 카페에서 보란 듯이 뽀뽀하는 커플을 보고 기자들이 무슨 생각을 할까?"

"무슨 소리야?"

"이 카페에 있는 사람들이 전부 손님 같아? 전부 기자야."

"뭐?"

다연이 놀라 되물었다. 다연이 고개를 돌리자 사람들이 들고 있던 카메라를 모두 슬그머니 내려놓았다. 전부 다 알면서 이런 짓을 하다니! 다연이 원망스런 표정으로 쳐다보았으나, 서준은 덤덤한 얼굴로 상체를 일으켰다.

어쩐지 오늘 오전부터 손님이 밀려들었다. 그리고 한 번 착석한 손님은 별 대화도 나누지 않으면서 꼼짝도 하지 않았다. 기자들이 자신의 카페까지 알아낼 거라 생각 못 한 게 실수였다.

그러나 다연은 서준에게 화내지 못했다. 그는 섬뜩하리만큼 아름답게 웃고 있었으나, 화가 난 것이 여실히 느껴졌다.

"결혼 보류할 거면 해. 어차피 난 주다연 못 이기니까."

목소리부터 차가웠다.

"대신 방금 건 벌이야. 집에서 봐."

서준은 다연만 들을 수 있을 크기로 속삭인 후, 카페를 벗어났다.

서준이 떠난 지 5분도 되지 않아 카페 안을 채우고 있던 손님들이 썰물처럼 빠져나갔다.

✳

촬영을 마친 후, 강혁은 자동차로 향하는 서준의 등을 보았다. 다연이 미국에서 돌아온 후 무서우리만큼 맑은 고기압 상태를 보여 주던 서준이 오늘은 착 가라앉아 있었다. 하루 종일 말도 잘 하지 않았고, 이따금씩 미끈한 미간을 좁혀 인상을 쓰기도 했다. 다행히 촬영에 피해가 가지 않았으나, 강혁은 조마조마한 마음으로 서준의 촬영을 보았다.

"무슨 일 있어?"

운전석에 올라타며 강혁이 슬그머니 물었으나, 자동차에 탄 서준은 창밖만 물끄러미 바라볼 뿐 입도 달싹하지 않았다. 강혁은 서준의 옆얼굴을 보다가 한숨을 내쉰 후 서준의 집 쪽으로 자동차를 몰았다.

서준은 여전히 다연과 다형의 집에 살았다. 다형이 서준의 빚을 갚을 겸, 작은 규모의 집으로 이사 갈 겸 집을 내놓은 걸 서준이 매입했다. 다형과 다연과 계속 살기 위함이었고, 두 사람은 고민 끝에 서준의 뜻을 받아들였다. 미국에 계신 두 사람의 아버지 또한 서준과 오랜 시간 통화 끝에 함께 사는 것을 허락했다고 했다.

서준은 결혼해서도 되도록 그곳에서 살길 바란다는 뜻을 비추었고, 강혁은 자연스럽게 서준과 다연이 결혼할 거라고 생각했다. 그래서 결혼설이 터졌을 때도 강혁은 부인하지 않았다. 이제 서준이 행복해졌으면 하는 것이 강혁의 바람이었다. 결혼해서도 모델 일은 계속할 수 있는 거고, 매니지먼트 일도 착실히 배우고 있으니 모델 일감이 줄어도 기획사에서 근무하면 될 일이었다. 이렇게 인생이 탄탄대로를 향해 달려가고 있는데도 불구하고 서준은 오늘따라 기분이 가라앉아 있었다.

서준은 이마를 짚은 채 흘러가는 창밖을 보았다.

'아직…… 일러. 못 한 것도 있고.'

다연의 목소리가 떠올랐다. 신중한 다연의 성격상 자신과의 결혼을 즐거운 마음으로 받아들일 거라 생각하지 않았다. 고민도 하고, 걱정도 할 거라고 생각했다. 다만 이르다는 말로 거절의 뜻을 내비칠 거라곤 생각지 못했다. 더욱이 다연이 못한 일이 있다는 건 처음 듣는 일이었다. 투명하리만큼 서로에게 서로를 다 보여 주고 있다고 생각했었는데. 주다연이 무언가를 숨기고 있다는 것이 화가 났다. 더욱 사실대로 말하자면 불안했다.

한 사람이 한 사람에 대해 전적으로 다 알기 힘들다는 걸 안다. 그런데도 욕심이 난다. 다연을 위해서라면 죽을 수도 있는 자신의 마음만큼은 아니더라도, 주다연이 자신에게 스스로를 투명하게 보여 주기 위해 노력했으면 했다.

서준의 갈색 눈동자가 심란함에 흔들렸다.

자동차가 아파트 단지 앞에 멈춰 섰다.

"서준아."

강혁이 백미러를 보며 그를 불렀다.

"수고했어. 고마워."

서준이 입버릇처럼 감사의 인사를 하고 차에서 내릴 때였다.

"잠시만. 줄 거 있어."

강혁이 서준을 잡았다. 강혁이 무언가를 쑥 내밀었다.

"이거 받아."

"뭔데?"

서준은 강혁이 내민 무언가를 바라보며 물었다.

"보면 알아. 자, 빨리 받아. 팔 아파."

강혁의 재촉에 서준이 의아한 표정으로 봉투를 받아 들었다. 차에서 내린 서준은 봉투를 묘한 눈으로 보며 혀로 입술을 쓸었다. 차가운 밤공기가 혀끝에 서늘하게 닿았다.

서준은 아파트로 향하며 봉투를 열었다. 내용물을 확인한 서준의 미간이 살짝 찌푸려졌다. 자그마한 메모지와 케이스였다. 케이스를 열자 반지 하나가 가로등 불빛에 반사되어 반짝였다. 서준이 메모지를 펼쳤다.

[고백은 네가 먼저 했으나, 청혼은 내가 먼저 하고 싶었어. 죽을 때까지 함께 살자, 서준아.]

언젠가 다연의 방 유리창에 낙서처럼 남겨졌던 '서준아'라는 이름과 같은 글씨체였다. 죽을 때까지 함께 살자, 그 문장에서 서준은 눈을 떼지 못했다. 서로가 서로를 절실하게 사랑한다는 걸 알면서도 결혼을 미루는 다연을 보며 불안했다. 자신을 놓아 버릴까 봐, 초조한 마음으로 시간이 어떻게 흘렀는지도 몰랐다. 그 불안하고 예민한 감정이 '죽을 때까지 함께 살자.'라는 문장 하나로 먼지처럼 흩날려 사라졌다.

서준의 얼굴에 비로소 웃음이 피어났다. 아랫입술을 살짝 깨물며 기쁜 표정을 감추지 못하던 서준이 케이스를 열어 반지를 꺼냈다. 주다연이 고른 게 확실하다는 생각이 들 만큼 깔끔한 디자인의 금반지였다. 서준은 자신의 네 번째 손가락에 반지를 꼈다. 분명 손가락에 닿은 금반지는 차가운데, 가슴은 뜨거워졌다.

"이제 끝났다."

서준이 고개를 들었다. 카디건을 걸친 다연이 빙긋 웃으며 말을 이었다.

"꼭 해야 할 일."

그렇게 답하며 다연이 왼손을 들어 보였다. 네 번째 손가락에 똑같은 반지가 끼워져 있었다. 서준이 믿기지 않는 듯, 또는 너무 설레서 어떤 반응을 보여야 할지 모른다는 표정으로 서 있자 다연이 성큼 다가갔다. 그러고는 서준의 얼굴을 바라보았다.

오랜 시간 돌고 돌아 자신에게 다가온 연인이자, 나무처럼 올곧게 자신만을 기다려 주었던 사랑스러운 사람은 지금 이 상황이 벅차서 믿기지 않는다는 얼굴을 하고 있었다.

다연은 손을 내밀었다.

"어서 가자."

바람이 불어 다연의 머리카락이 날리었다.

"우리 집에."

다연의 말에 서준이 눈부시도록 환하게 웃었다. 서준은 이끌리듯 다연의 손을 잡았다. 서준은 다연의 왼손을 끌어당겨 네 번째 손가락에 입을 맞추며 '그래, 우리의 집에.' 라고 속삭였다.

The old SeCreT
오래된 비밀

초판 1쇄 찍음 2014년 4월 28일
초판 1쇄 펴냄 2014년 5월 7일

지은이 | 이채영
펴낸이 | 정 필
펴낸곳 | 도서출판 **뿔미디어**

편집장 | 이재권
기획 · 편집 | 주종숙, 정시연

출판등록 | 2002년 9월 11일 (제1081-1-132호)
주소 | 경기도 부천시 원미구 상동로 117번길 49(상동) 503호
전화 | 032)651-6513 / 팩스 | 032)651-6094
E-mail | dahyangs@naver.com
블로그 | http://blog.naver.com/dahyangs
홈페이지 | http://bbulmedia.com

값 9,000원

ISBN 979-11-315-1143-5 03810

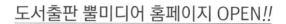

도서출판 뿔미디어 홈페이지 OPEN!!

안녕하세요.
지금껏 저희 뿔미디어를 응원해 주신
독자님들의 성원에 힘입어
이번에 새롭게 홈페이지를 오픈하였습니다.

저희 뿔미디어는 홈페이지에서 독자님들께서
보다 빠른 출간 소식과 미리보기 등
알찬 내용을 제공하기 위해 많은 노력을 기울였습니다.
또한 독자님들에게 도서 할인, 이벤트 등
다양한 혜택을 제공하고자 합니다.

저희 뿔미디어 홈페이지 오픈을 계기로
한층 더 독자님들과 가까워질 수 있는 기회가 되었으면 합니다.

보다 많은 관심과 사랑 부탁드리며,
앞으로도 더 좋은 컨텐츠 제공에 힘쓰도록 하겠습니다.

감사합니다.

-도서출판 뿔미디어 올림-

www.bbulmedia.com

www.bbulmedia.com

www.bbulmedia.com